Anna Johannsen

Enna Andersen und die Tote im Mai

EDITION M

Das Buch

Vor beinahe 20 Jahren verschwand eine Studentin nach einer großen Maifeier, ihre Leiche wurde Monate später vergraben im Wald gefunden. Die SoKo-Ermittlungen führten zu keinem Erfolg.

Hauptkommissarin Enna Andersen und ihre Kollegen Pia Sims und Jan Paulsen rollen den Fall neu auf. Das Opfer war auf den ersten Blick äußerst beliebt und ehrgeizig, doch schnell stellt sich bei Befragungen ihres Umfelds heraus, dass sie sich mit ihrem ausgeprägten Gerechtigkeitssinn nicht nur Freunde gemacht hat. Auch die erzkonservative Familie der jungen Frau reagiert zurückhaltend und scheint etwas zu verschweigen. Die Lage spitzt sich zu, als einer der Zeugen tot aufgefunden wird …

Die Autorin

Anna Johannsen lebt seit ihrer Kindheit in Nordfriesland. Sie liebt die Landschaft und Menschen der Region, besonders verbunden ist sie den nordfriesischen Inseln, auf denen die Krimireihe »Die Inselkommissarin« spielt. Nun schreibt sie mit Begeisterung auch an ihrer neuen Reihe um die alleinerziehende Kommissarin Enna Andersen. Beide Reihen werden parallel veröffentlicht.

ANNA JOHANNSEN

Enna Andersen und die Tote im Mai

KRIMINALROMAN

EDITION M

Deutsche Erstveröffentlichung bei
Edition M, Amazon Media EU S.à r.l.
38, avenue John F. Kennedy, L-1855 Luxembourg
November 2020

Umschlaggestaltung: semper smile, München, www.sempersmile.de
Umschlagmotiv: © javarman/Shutterstock; © Stephen Rees/Shutterstock;
© caesart/Shutterstock; © sankai/Getty Images
1. Lektorat: Kanut Kirches
2. Lektorat und Korrektorat: Rotkel Textwerkstatt
Gedruckt durch:
Amazon Distribution GmbH, Amazonstraße 1, 04347 Leipzig /
Canon Deutschland Business Services GmbH, Ferdinand-Jühlke-Str. 7,
99095 Erfurt /
CPI books GmbH, Birkstraße 10, 25917 Leck

ISBN 978-2-49670-157-9

www.edition-m-verlag.de

Eins

Hauptkommissarin Enna Andersen schloss die Tür auf. Sie kam früher als üblich ins Büro. Ihre Schwiegermutter war zu Besuch und würde Ennas Sohn Elias heute zum Kindergarten bringen.

Die Holztür des Altbaus klemmte. Enna stemmte sich mit der Schulter dagegen und schob sie auf. In Gedanken notierte sie, einen Tischler anzurufen.

Ihre kleine LKA-Einheit war vor vier Monaten gegründet worden und hatte seitdem ihren Sitz in einer sogenannten Oldenburger Hundehütte. Das einhundertzwanzig Jahre alte Haus hatte jede Menge Charme, allerdings auch hier und da seine altersgemäßen Macken. Ennas LKA-Team hatte das Gebäude aber schnell ins Herz geschlossen, und das nicht nur, weil das Haus zu ihrer Aufgabe passte. Die drei Kriminalbeamten beschäftigten sich mit unaufgeklärten Fällen aus der Vergangenheit.

Enna schob die Tür wieder zu und ging in ihr Büro. An diesem Montagmorgen würden die beiden Kollegen später ihren Dienst antreten. Am Freitag hatten sie ihren dritten Fall erfolgreich abgeschlossen und sich vorgenommen, die angefallenen Überstunden in den kommenden Tagen abzubummeln.

Während ihr Laptop hochfuhr, öffnete Enna das Fenster. Kühle Morgenluft strömte ins Zimmer. Im Laufe des Vormittags würden die Temperaturen laut Wettervorhersage wieder auf über zwanzig Grad ansteigen. Der ausklingende Sommer zeigte sich, selbst im hohen Norden, noch einmal von seiner besten Seite.

Enna kippte das Fenster und setzte sich hinter ihren Schreibtisch. Nachdem sie einige Protokolle ihrer Kollegin Pia Sims durchgesehen hatte, klingelte ihr Telefon. Nach einem Blick aufs Display nahm sie den Hörer ab. »Guten Morgen, Albrecht!«

Kriminaldirektor Albrecht Heinzen war ihr Vorgesetzter bei der Oldenburger Kriminalpolizei gewesen.

»Guten Morgen, Enna. Wie geht es dir?«

Als Freund der Familie hatte Albrecht Heinzen Enna dazu gedrängt, die neue Abteilung aufzubauen. Nach dem Unfalltod ihres Mannes und einer einjährigen Auszeit war Enna davon ausgegangen, wieder auf ihre alte Position als stellvertretende Leiterin des Dezernats 11 der Polizeidirektion Oldenburg zurückkehren zu können. Doch Albrecht hatte ihre Stelle mit einer Kollegin besetzt.

»Gut.«

»Immer noch verschnupft?«

Enna hatte seit Monaten kaum Kontakt zu Albrecht Heinzen gehabt. Die meisten seiner Anrufe ignorierte sie.

»Es war viel zu tun. So ruhig, wie du angenommen hattest, ist der Job auch nicht.«

»Ich habe natürlich von euren Ermittlungserfolgen gehört. Gratulation. Hervorragende Arbeit.«

Enna ging auf das Lob nicht ein. »Ist absehbar, wann mein Posten im Dezernat wieder frei wird?«

»Willst du ihn denn zurück?«

»Würde ich sonst fragen?« Enna wunderte sich über ihre eigenen Worte. Provozierte sie ihren alten Freund und Mentor bewusst, weil sie weiter ihrer alten Stelle nachtrauerte? Oder wollte sie ihm nicht eingestehen, dass er mit seiner nachdrücklichen Empfehlung nicht so falschgelegen hatte?

»Sagen wir es so: Wenn du dort aufhörst, setze ich alles in Bewegung, um dir bei uns eine Stelle anbieten zu können.«

»Klingt nicht nach einer Zusage«, antwortete sie spitz.

»Willst du denn hinschmeißen?« Er schien es zu bezweifeln.

Albrecht Heinzen hatte, wie so häufig, den richtigen Riecher. Enna hatte sich während der letzten Monate nicht nur mit der Arbeit angefreundet, auch ihr Team war, trotz der unterschiedlichen Herangehensweisen und Berufserfahrungen, zu einer funktionierenden Einheit zusammengewachsen, in der sie sich wohlfühlte. Das war keine Selbstverständlichkeit.

»Darum geht es nicht, Albrecht. Ich bin keine, die sich schmollend hinter dem Schreibtisch verkriecht. Und das weißt du auch.«

»Du bist immer noch sauer, weil ich dich vor vollendete Tatsachen gestellt habe, oder?«

Enna seufzte. »Lass uns über etwas anderes reden, Albrecht.« Sie hielt kurz inne und fuhr fort: »Läuft alles bei den Kollegen im Dezernat?«

»Die Überstundenzahlen sind nicht geschrumpft, wenn du das meinst. Die Politik hat immer noch kein Einsehen, sprich: Neue Stellen sind rar. Manchmal denke sogar ich ans Aufhören.«

Enna lag eine patzige Antwort auf der Zunge, aber sie schwieg.

»Hat Grothe sich bei dir gemeldet?«, fragte Albrecht Heinzen. Seine Stimme vibrierte leicht und er hatte leiser als zuvor gesprochen.

Ronald Grothe war der verurteilte Mörder von Ennas Eltern. Nach zweiundzwanzig Jahren Haft und Sicherheitsverwahrung war er vor wenigen Wochen entlassen worden. Die Tat hatte er nie gestanden und während der Haft mehrmals versucht, mit Enna in Kontakt zu kommen. Sie weigerte sich strikt, mit ihm zu sprechen, und hatte per Gerichtsbeschluss ein Kontaktverbot erwirkt.

»Nein, bisher nicht«, antwortete Enna. »Er darf sich mir nicht nähern, in welcher Form auch immer. Das weißt du doch.«

»Gut. Ich war mir nicht so sicher, dass er sich daran halten würde.«

»Bisher tut er das. Albrecht, ich muss jetzt leider Schluss machen. Lass uns ein anderes Mal telefonieren. Ist das in Ordnung?«

»Natürlich, Enna. Grüß Elias von mir.«

Enna verabschiedete sich kühler als beabsichtigt und warf ihr Handy auf den Tisch. »Verdammt«, murmelte sie. Sie hätte Albrecht Heinzen nicht so abkanzeln sollen. Offensichtlich saß ihr Schmerz über seine Entscheidung, sie nicht in das Oldenburger Dezernat »Organisierte Kriminalität« zurückzuholen, immer noch tief. Enna nahm sich vor, sich mit Albrecht in den nächsten Wochen privat zu treffen.

Enna schreckte aus ihrer Arbeit auf, als die Haustür geräuschvoll geöffnet wurde.

»Moin, Chefin!«, erklang Jan Paulsens tiefe Stimme, als er über den Flur an ihrer geöffneten Tür vorbeilief.

»Paulsen! Hast du eine Sekunde?«

»Klar, Che…« Er verstummte, als er Ennas Blick bemerkte.

»Setz dich doch.«

Jan Paulsen war aus Osnabrück nach Oldenburg gekommen. Dort war er vom Hauptkommissar zum Oberkommissar degradiert worden, nachdem er, wie er es nannte, »unkonventionell ermittelt« hatte. Dass die eine oder andere handgreifliche Auseinandersetzung mit zu seinen Problemen beigetragen hatte, überging er gerne. Allein seine Statur ließ vermuten, dass sein Gegenüber dabei nicht gut weggekommen sein konnte. Er war groß, hatte breite Schultern, gewaltige Hände und eine durchdringende Stimme. Trotz seiner neunundvierzig Jahre hatte er einen sportlichen, durchtrainierten Körper.

»In den letzten Wochen war wenig Zeit. Ich wollte mal wieder nachfragen …«, sagte Enna und suchte nach den richtigen Worten.

»Worum geht's?«, fragte er. »Bin ich jemandem auf die Füße getreten?«

»Nein, das hätte ich sofort angesprochen. Mir geht es mehr um deine private Situation.« Enna zögerte. »Hast du jetzt eine Wohnung gefunden?«

Paulsen zog seine Augenbrauen zusammen. »Ich schlaf in Zimmer Nummer 11 ganz gut.«

Enna hatte ihn einmal bei seiner Pension abgesetzt und war entsetzt gewesen von der heruntergekommenen Fassade des Hauses, deshalb sah sie ihn skeptisch an, als sie fragte: »Hast du denn deine Osnabrücker Wohnung schon aufgegeben?«

Sie spürte, dass Paulsen das Thema unangenehm war, und wurde unsicher, ob sie sich als Leiterin der Einheit in private Angelegenheiten einmischen sollte.

»Hab zumindest drüber nachgedacht«, antwortete Paulsen mit verschnupfter Miene.

»Entschuldige, Paulsen! Ich fürchte, dass das Ganze jetzt etwas blöd rübergekommen ist. Es sollte eigentlich mehr eine Frage unter Freunden sein.«

»Sind wir denn befreundet?«, fragte Paulsen nicht unfreundlich und neigte den Kopf.

Enna zögerte. Sollte sie das Gespräch lieber abbrechen oder sich weiter auf dem dünnen Eis vorwagen? »Zumindest sind wir Teil eines engen, gut funktionierenden Teams. In gewisser Weise sehe ich uns schon als befreundet. Du nicht?«

Paulsen schwieg eine Weile. Schließlich richtete er sich auf. »Mag sein.«

»Sag einfach, wenn ich mit meiner Fragerei zu weit gegangen bin.«

»Schon gut.« Er lächelte matt. »Meine Wohnung in Osnabrück habe ich noch. Allerdings untervermietet. Und die Pension ist eine Absteige. Das siehst du schon ganz richtig.«

Enna sah ihn fragend an.

»Vielleicht brauche ich es ja so. Keine Ahnung. Ich hab mir Oldenburg nicht ausgesucht.«

»Ich könnte mich umhören. Hin und wieder vermieten Bekannte …«

»Nein!«, unterbrach Paulsen Enna. »Im Moment ist alles in Ordnung.« Er grinste schwach. »Und Kakerlaken habe ich in meiner Bude auch noch nicht entdeckt.«

Ennas Lächeln misslang. »Na denn!«

Pia Sims ließ sich auf den Stuhl vor Ennas Schreibtisch fallen. Sie kniff die Augen zusammen und hob die Hand, um sich gegen die durchs Fenster hereinfallende Sonne zu schützen. »Muss das eigentlich so hell sein?«

»Mittags scheint die Sonne immer in mein Büro. Ist dir das noch nie aufgefallen?«

Pia verzog ihr Gesicht. »Nicht so laut, bitte.«

Enna lachte und schob ihr eine Packung Kopfschmerztabletten über den Tisch. »Was hältst du davon?«

Pia griff danach. »Ist Paulsen schon da?«

»Seit genau zwei Stunden. Wir wollten uns gleich zusammensetzen, um …«

Pia stand auf. »Gib mir noch ein paar Minuten, ja?« Ohne Ennas Antwort abzuwarten, stand sie auf und ging mit den Tabletten in der Hand zur Tür.

Enna sah ihr hinterher. Pia Sims wirkte mit den kurzen blonden Haaren und ihrem tänzelnden Gang eher wie ein Teenager als wie eine Frau von vierundzwanzig Jahren. Ihren Traumjob in Ennas altem Dezernat 11 hatte sie trotz Bestnoten nicht bekommen. Pia vermutete, dass ihr Onkel, der Generalstaatsanwalt Grotewohl, in Zusammenarbeit mit ihrer ängstlichen Mutter seine Finger im Spiel gehabt hatte, als sie in die vermeintlich ruhige und vor allem ungefährliche Dienststelle versetzt wurde.

»In einer halben Stunde!«, rief Enna ihr hinterher.

Pia hob die Hand, bevor sie um die Ecke verschwand.

Zwei

Enna stellte die Pappschachtel auf den Tisch. »Wer zieht?«

Schon seit ihrem ersten Fall hatten sie aus dem Pool der Fälle, die in Oldenburg und den angrenzenden Polizeidirektionen als ungeklärt zu den Akten gelegt worden waren, blind ausgewählt. Enna hatte dazu die Fälle durchnummeriert und Zettel vorbereitet.

Paulsen beugte sich vor und griff in die Schachtel. Er faltete das Blatt auseinander. »Dreiundvierzig.«

Pia mühte sich hoch und verließ die Runde, um die entsprechende Handakte aus dem Archiv zu holen. Wenige Minuten später reichte sie Enna den Ordner. »Frau, vierundzwanzig, tot aufgefunden.«

Enna blätterte die Akte durch. »Den Fall habe ich damals im Studium verfolgt. Das ist siebzehn Jahre her. Die junge Frau verschwand am 1. Mai nach einer großen Tanzveranstaltung.« Sie blätterte in dem Ordner. »Julia Dirksen, geboren in Friesoythe, wohnhaft zu der Zeit in Emden. Die Feier war in Thüle, einem kleinen Dorf etwa acht Kilometer Luftlinie entfernt von ihrem Heimatort. Diese 1.-Mai-Feier fand am Vormittag statt, da waren über tausend vor allem junge Menschen.« Enna überflog die nächste Seite und fuhr fort: »Julia wurde zuletzt auf dem

Fest gesehen und kam am Abend nicht nach Hause. Eine groß angelegte Suchaktion brachte keinen Erfolg, bis fünf Monate nach ihrem Verschwinden jemand die Leiche der jungen Frau gefunden hat.« Sie blätterte zur nächsten Seite. »Oder besser gesagt, der Hund des Mannes. Die Leiche war nicht tief vergraben. Die kleine vierköpfige Sonderkommission war zu diesem Zeitpunkt bereits seit drei Monaten wieder aufgelöst. Sie wurde dann neu zusammengestellt. Die zwanzig Kollegen kamen aber letztlich zu keinen gerichtsverwertbaren Ergebnissen.«

Enna blickte auf. Pia Sims nickte zustimmend, während Paulsen den Kopf gesenkt hielt, als denke er über etwas nach.

»Hört sich nach einem schwierigen Fall an«, sagte Enna. »Was meint ihr?«

»Das Los hat entschieden!«, antwortete Pia Sims, die sich inzwischen erholt zu haben schien. »Was sagst du, Paulsen?«

Er brummte etwas Unverständliches und nickte schließlich.

»Cool. Dann mache ich mich mal auf ins Archiv der Direktion, um alle Akten zu holen. Oder möchte einer von euch?«

Paulsen stand auf, schüttelte den Kopf und verließ den Raum.

»Was ist dem denn über die Leber gelaufen?«, fragte Pia leise.

»Das wird Paulsen uns schon noch erklären«, antwortete Enna und stand ebenfalls auf. »Und bei dir? Gestern eine lange Nacht gehabt?«

»Ein Tequila zu viel und später …« Sie grinste. »Wie das so ist. Nichts Festes. Aber war lustig.«

Pia Sims hatte bisher nicht viel von ihrem Privatleben erzählt, aber Enna hatte herausgehört, dass sie Single war. Sie griff nach der noch auf dem Tisch liegenden Akte. »Die werde ich mal für alle kopieren. Wenn du wieder da bist, sollten wir uns noch einmal kurz zusammensetzen.«

Kurz nach sechzehn Uhr saßen sie in der großzügig geschnittenen Küche zusammen und sichteten das Material. Pia hatte drei große Kartons mit Ordnern aus dem Archiv geholt und erklärte, was die einzelnen Akten umfassten.

»Leider ist der ganze Vorgang noch nicht digitalisiert worden. Wir werden uns wohl analog durch die Vernehmungen und Zeugenaussagen quälen müssen.«

»Ich habe uns bei Julias Familie in Friesoythe angemeldet«, sagte Enna. »Morgen, zehn Uhr. Wer kommt mit?«

Pia hob die Hand. »Wahrscheinlich sollte ich mal wieder rauskommen. Oder willst du, Paulsen?«

Er wehrte ab. »Ich mache mich über die Akten her.«

»Okay, das wäre geklärt«, sagte Enna. »Dann fasse ich noch mal die Handakte zusammen.« Sie schlug ihre Notizen auf. »Julia Dirksen studierte zu der Zeit in Emden Betriebswirtschaft an der Fachhochschule. Der 1. Mai 2002 war ein Mittwoch, und Julia war seit dem Freitag, 26. April bei ihren Eltern zu Besuch. Sie wollte am 2. Mai zurück nach Emden fahren.«

»Sie hatte ein eigenes Auto?«, fragte Pia, die die Handakte noch nicht gelesen hatte.

»Richtig. Einen VW Golf, der zu dem Zeitpunkt erst zwei Jahre alt war. Der Wagen stand bei ihren Eltern, da sie mit einer kleinen Gruppe von Freunden zu Fuß von Friesoythe nach Thüle gegangen ist. Und, wie vermutet wird, auch zurück. Allerdings hat niemand gesehen, wie sie das Fest verlassen hat. Deshalb gingen die Kollegen davon aus, dass sie allein gegangen ist.«

»Was war mit ihren Freunden?«

»Die Gruppe hat sich wohl in der Masse der Feiernden aus den Augen verloren beziehungsweise gab es nur hin und wieder Kontakt zwischen Julia und Personen der ursprünglich siebenköpfigen Gruppe. Vier Männer und drei Frauen, alle im Alter des Opfers. Sie sind natürlich ausführlich und mehrfach vernommen worden. Die Gruppe wird neben der Familie sicher der wichtigste Ansatzpunkt für uns sein.«

»Gibt es Anzeichen für eine Vergewaltigung?«, fragte Paulsen.

»Die Leiche lag fünf Monate in der Erde. DNA-Spuren waren nicht mehr nachweisbar, die Gerichtsmedizin konnte nicht mit Bestimmtheit sagen, ob es zu sexueller Gewalt gekommen ist.«

»Keine Spuren auf der Kleidung?«

»Sie war vollkommen nackt. Die Kleidung ist nicht gefunden worden.«

»Todesursache?«

»Sie ist erwürgt worden«, sagte Enna. »Der Gerichtsmediziner war sich sicher, dass es einen Kampf gegeben haben musste. Er konnte mehrere dafür typische Hämatome nachweisen.«

»Verdammter Mist!«, murmelte Paulsen. »Verdächtige?«

»Es sind unzählige junge Männer als Zeugen befragt und später, nach dem Fund der Leiche, auch vernommen worden.«

»Mit denen sie schon mal oder aktuell zusammen war?«, fragte Pia.

»Kann sein, allerdings gibt die Handakte dazu nicht so viel her. Auf jeden Fall ist niemand in Untersuchungshaft gekommen und schon gar nicht angeklagt worden.«

Paulsen räusperte sich. »Wo ist die Leiche gefunden worden?«

»Teutoburger Wald. Einige Kilometer östlich von Bad Iburg.«

»Kenne ich. Da gibt es Wälder, die dazu gut geeignet sind. Trotzdem merkwürdig, dass sie erst nach so langer Zeit gefunden wurde.«

»Das war weit abseits der üblichen Wanderwege. Der Mann, der sie gefunden hat, war ein Förster auf der Suche nach vom Borkenkäfer befallenen Bäumen. Wir werden ihn auch noch einmal befragen müssen.«

»Kann ich machen«, sagte Paulsen. »Ich bin am Wochenende in Osnabrück. Von da ist es nur ein Katzensprung.«

»Warum nicht?«, antwortete Enna und wandte sich an Pia Sims. »Sind das alle Akten, die du gebracht hast?«

»Du meinst, weil ich so lange weg war? Aus einem unerklärlichen Grund standen die Teile an drei verschiedenen Stellen. Der Kollege hat ganz schön geschwitzt. Er dachte wohl, ich würde das an seinen Chef weitergeben.«

»Hatte er eine Erklärung dafür?«, fragte Paulsen.

»Er macht den Job erst seit einem Jahr, hat er mir gesagt. Und dass ihm die Akten bisher nicht aufgefallen sind. Um auf deine Frage zurückzukommen, Enna: Das war alles, was er finden konnte, aber ich weiß natürlich nicht, ob etwas fehlt. Im System konnten wir keine Auflistung finden. Es gab nur eine ausgedruckte Liste, aber ob die vollständig ist, kann ich dir nicht sagen. Die Kopie davon kann ich dir gleich noch geben.«

»Dann sichten wir erst mal die Unterlagen und sehen dann weiter. Könntest du bis morgen die Aussagen der Eltern durchgehen und mir morgen auf der Fahrt eine Zusammenfassung geben, Pia? Das werde ich heute nicht mehr schaffen.« Enna stand auf. »Ich muss jetzt leider los.«

»Mama!« Elias lief auf Enna zu und ließ sich von ihr in den Arm nehmen. »Wo ist Oma?«

»Zu Hause. Sie wartet sicher schon auf dich.«

»Dann müssen wir jetzt schnell machen. Oma soll mir doch die Geschichte weiter vorlesen.«

Enna lachte. »Dafür habt ihr beide doch genug Zeit. Jetzt holen wir erst mal deine Jacke und die Tasche und dann verabschiedest du dich von Brit. Ist Lukas noch da?« Brit war Elias' Erzieherin, die er über alles liebte, Lukas Elias' bester Freund.

Brit und Lukas waren schnell gefunden, die Verabschiedung fiel wie jedes Mal laut und herzlich aus. Die Fahrt zu Ennas Haus dauerte keine zehn Minuten. Greta Andersen, Elias' Großmutter, wartete bereits auf die beiden. Sie hatte einen Apfelkuchen gebacken und für Elias einen heißen Kakao zubereitet.

»Das wäre aber doch nicht notwendig gewesen«, sagte Enna und half, den Tisch zu decken.

»Wann kommt das polnische Mädchen?«, fragte Greta Andersen, als sie am Abend mit Enna im Wohnzimmer saß.

»Ende der Woche. Und sie heißt Alina, ist neunzehn und hat Abitur.«

»Meinst du wirklich, dass das für Elias gut ist?«

»Greta, das haben wir doch schon ein paar Mal besprochen. Wenn ich meinen Job weitermachen will, brauche ich Unterstützung. Ich kann dich nicht immer die zwei Stunden fahren lassen, wenn es wieder mal eng wird.«

»Aber ich mache das doch gerne.« Greta Andersen wohnte in der Nähe von Münster und hatte schon mehrfach überlegt, ob sie nach Oldenburg umziehen sollte.

»Es bleiben noch genug Zeiten für die Oma übrig. Alina wird Urlaub haben, und mehr als fünf Tage in der Woche kann ich sie nicht in Anspruch nehmen. Außerdem wirst du sie mögen.«

Alina Jankowski war vier Wochen zuvor für drei Tage in Oldenburg gewesen, hatte sich vorgestellt und die Stadt besichtigt. Enna hatte ihr auch die wichtigsten Wege gezeigt und sie hatten einen Nachmittag mit Lukas und seiner Mutter Sarah, Ennas bester Freundin, verbracht. Die junge Frau hatte Deutsch als Unterrichtsfach in der Schule gehabt und wollte ihre Sprachkenntnisse erweitern, da sie über ein Studium in Deutschland nachdachte. Enna fand sie nicht nur sympathisch, sondern hatte bereits nach wenigen Stunden Vertrauen zu ihr gefasst. Nach bisheriger Planung würde Alina ein Jahr als Au-pair bei ihnen in der Familie leben und sich vor allem um Elias kümmern.

»Sie ist aber doch eine Fremde«, sagte Greta Andersen. »Und wenn Elias nicht mit ihr zurechtkommt?«

»Das kann ich mir nicht vorstellen. Er war schon nach wenigen Minuten von ihr begeistert. Du kennst doch deinen Enkel. Er mag entweder die Menschen oder nicht.«

Greta Andersen lächelte. »Da hast du recht. Wenn Elias erst mal jemanden ins Herz geschlossen hat …« Ihre Augen wurden feucht. »Simon war genauso, als er klein war.«

Enna legte ihre Hand auf die ihrer Schwiegermutter. »Auch noch, als er längst erwachsen war. Und Elias hat noch viel mehr von seinem Vater.«

Greta Andersen drückte Ennas Hand. »Ich weiß.«

Enna lag im Bett und starrte an die Decke. Sie hatte noch eine Weile mit Greta über Simon und Elias gesprochen, sich dann aber zurückgezogen, um noch ein paar Akten zu lesen. Zwischendurch wanderten ihre Gedanken wieder zu ihrer Schwiegermutter. Der Tod ihres einzigen Sohnes hatte Greta Andersen so tief getroffen, dass sie sich viele Monate lang selbst bei Enna kaum gemeldet hatte und nur selten zu kurzen Besuchen in Oldenburg vorbeigekommen war. Erst als Enna ein halbes Jahr nach Simons Tod einen Zusammenbruch erlitt, kamen sie sich wieder näher. Greta zog für sechs Wochen zu Enna und Elias ins Haus, kümmerte sich um den kleinen Jungen und nahm Enna so viel Arbeit wie möglich ab.

Enna drehte sich auf die Seite. Hatte sie nach einer Au-pair gesucht, weil sie nicht wollte, dass Greta sich verpflichtet fühlte, nach Oldenburg zu ziehen? Oder konnte sie sich selbst nicht vorstellen, mit ihrer Schwiegermutter unter einem Dach zu wohnen?

Enna stand auf und öffnete das Fenster. Kalte Luft strömte ihr entgegen. Sie sog sie tief ein und schloss das Fenster wieder. Leise ging sie zum Kinderzimmer und schlich sich zu Elias' Bett. Im Schein des Nachtlichts betrachtete sie ihren Sohn, strich ihm zärtlich über den Kopf und zog die Decke bis über seine Schulter.

»Schlaf gut, mein Engel. Alles wird gut.«

Drei

»Ich war noch nie in Friesoythe«, sagte Pia Sims und klinkte den Sicherheitsgurt ein. »Du?«

»Ja, ich bin einmal durchgefahren oder besser gesagt vorbeigefahren, als ich mit Elias im Tierpark Thüle war.«

»Es gibt einen Zoo in diesem Dorf?«

»Als richtigen Zoo würde ich das nicht bezeichnen.« Enna startete den Motor und lenkte ihren VW Passat auf die Straße. »Klein und übersichtlich, mit einem angeschlossenen Freizeitpark.«

»Du hattest mich ja gebeten, die Aussagen der Eltern durchzulesen«, sagte Pia. »Sie konnten nicht viel beitragen, würde ich mal sagen. Verständlich, ihre Tochter hat nicht mehr zu Hause gelebt. Da ist die Bindung zur Familie ja nicht mehr so eng. Sie haben Julia auch erst am 3. Mai als vermisst gemeldet. Sie dachten zuerst, sie hätte bei einer Freundin übernachtet, und als sie am Nachmittag des 2. Mai herumtelefoniert haben, wurden sie unsicher. Julias Auto stand immer noch vor dem Haus. Am Tag darauf haben sie dann die Kollegen vor Ort informiert.«

Enna hatte inzwischen die Ausfallstraße erreicht und fuhr auf den Küstenkanal zu, zu dem sie fast zwanzig Kilometer parallel auf der B401 fahren würden.

»Wenn ich das richtig verstehe, sind die Eltern wohl sehr religiös«, fuhr Pia fort.

»Friesoythe gehört zu einer katholischen Enklave. Landkreis Cloppenburg und Vechta.«

»Spielt das heute wirklich noch eine so große Rolle?«, fragte Pia Sims. »Ich bin oder war evangelisch. In unserer Familie waren die Bindungen zur Kirche nie sehr stark.«

»Ich bin auch evangelisch getauft.«

»Und Paulsen?«

»Er ist konfessionslos. Ob er getauft wurde, weiß ich nicht.«

»Paulsen hat nie darüber gesprochen, wo er aufgewachsen ist«, sagte Pia. »Ich habe einmal versucht, ihn auszuhorchen.« Sie zuckte mit den Schultern. »Da muss ich wohl noch etwas üben, bevor ich einem Profi etwas aus der Nase ziehen kann.«

»Was haben Julias Eltern noch ausgesagt?«, fragte Enna. »Hatte ihre Tochter einen Freund?«

»Ihres Wissens nicht. Aber wenn ich mir Julias Foto so ansehe, kann ich mir nicht vorstellen, dass es nicht zumindest Interessenten gab. Die Typen müssen ihr reihenweise hinterhergehechelt haben.«

Enna nickte. »Ich würde es zwar anders ausdrücken, aber in der Sache hast du recht.«

»Sonst haben sie nur belangloses Zeugs erzählt. Ganz ehrlich, die können ihre Tochter nicht wirklich gekannt haben.«

»Oder sie waren nicht in der Lage, Antworten zu geben. Nach so einer Nachricht kann es eine Weile dauern, bis man wieder klar denken kann.« Enna hatte inzwischen die Bundesstraße erreicht und erhöhte ihre Geschwindigkeit. Aus dem Augenwinkel sah sie, dass Pia ihr einen zögernden Blick zuwarf. Die junge Kommissarin wusste von Simons Unfalltod und hatte auch von dem Mord an Ennas Eltern gehört.

»Alles gut, Pia. Ich kann inzwischen gut damit umgehen.« Sie schenkte ihr ein Lächeln. »Hast du etwas zum familiären Umfeld von Julia Dirksen herausgefunden?«

»Woher weißt du …?«

Enna lächelte. »Wir arbeiten schon ein paar Monate zusammen. Würde mich wundern, wenn du nicht recherchiert hättest.«

»Schon gut! Ja, habe ich. Alteingesessene Familie mit Stammbaum und Geld. Julias Vater besitzt mehrere Baustoffhandel. Friesoythe, Cloppenburg, Bad Zwischenahn, Leer und noch ein paar Standorte. Julia hat einen vier Jahre jüngeren Bruder, der als Geschäftsführer des Standorts Cloppenburg eingetragen ist. Ich habe eine uralte Firmenchronik im Netz gefunden, die zum fünfzigjährigen Jubiläum herausgekommen ist. Das war zwei Jahre vor Julias Tod.«

»Klingt interessant.«

»Auf jeden Fall! Julia hat zu dem Zeitpunkt schon studiert und wurde als die kommende Generation angekündigt.«

»Nicht ihr Bruder?«

»Nein. Gut, er war erst neunzehn, aber wohl nicht der Hellste. Es steht zwar nirgends schwarz auf weiß, aber ich gehe davon aus, dass er, wenn überhaupt, nur …«, bei *nur* malte sie Anführungszeichen in die Luft, »… Mittlere Reife hat. Ich tippe allerdings eher, dass er die Schule abgebrochen hat. Seine Vita bleibt da extrem vage. Er hat im Süden Deutschlands eine Ausbildung zum Großhandelskaufmann gemacht und ist dann mit dreißig in das Unternehmen seines Vaters eingestiegen.«

»Wenn ich richtig gerechnet habe, ist er jetzt siebenunddreißig.«

»Exakt.« Pia zeigte aus dem Fenster. »Ist das Schiff da mit Sand beladen?«

»Oder Kies. Das kann ich von hier aus nicht so genau sehen. Wahrscheinlich ist es unterwegs zum Seehafen nach

Oldenburg. Warst du noch nie oberhalb des Klärwerks an der Hunte spazieren?«

»Bin ich noch nie zu gekommen. Und da ist ein richtiger Hafen?«

»Mehr oder weniger. Von der Ferne sieht das eher wie eine große Entladestelle mit riesigen Baggerkränen aus.«

»Und der Kanal hier mündet in die Hunte bei Oldenburg?«

»Küstenkanal. Und ja, er verbindet die Hunte mit der Ems. Rechts und links des Kanals lagen früher ausgedehnte Moore.«

»Echt jetzt, richtiges Moor? Wie im ›Wirtshaus von Dartmoor‹?«, fragte Pia schmunzelnd. »Kennst du das? Ist ein Edgar-Wallace-Verschnitt aus den Sechzigern.«

Enna lachte. »Etwas ernsthafter bitte, Kommissarin Sims.«

Pia stöhnte theatralisch. »Ist das jetzt ein Befehl?«

»Haben deine Recherchen noch mehr erbracht?«, fragte Enna, um das Thema zu wechseln.

»Der Vater von Julia ist inzwischen über siebzig. Er hat auf der Homepage angekündigt, dass er sich in einem Jahr zur Ruhe setzt und die nächste Generation übernehmen wird.«

»Also der Sohn. Wie heißt er noch mal?«

»Christian. Sein Vater ist Heinrich Dirksen, Hannelore Dirksen die Mutter.«

»Weiter?«

»Nichts Handfestes. In einem Forum habe ich von Gerüchten gehört, dass es der Firma nicht gut geht. Das klang allerdings eher nach frustriertem Mitarbeiter. Ich habe den Mann dann auf Facebook gefunden, mich mit ihm befreundet und per Messenger gefragt, wo er genau arbeitet. Er hat tatsächlich eine Stelle bei den Dirksens in Cloppenburg. Er hat dann vom tyrannischen Chef gesprochen und von einem unfähigen Junior. Ob da was dran ist, kann ich nicht sagen.«

»Ganz schön fleißig. Hast du überhaupt geschlafen?«

»Klar. Mit fünf Stunden komme ich aus. Und das mit der Facebook-Freundschaft ging ganz schnell. Ich hatte Glück, dass der Typ gerade online war.«

An der Straße stand ein Hinweisschild nach Friesoythe. Enna verringerte die Geschwindigkeit und bog links ab über die Kanalbrücke. »Zehn Kilometer noch. Kannst du die Adresse ins Navi eingeben?«

Sie fuhren durch eine Eichenallee auf das Dirksen-Anwesen zu. Das zweieinhalbstöckige Gebäude im Stil eines englischen Landhauses mit Sandsteinfassade, weißen Sprossenfenstern und einem eindrucksvollen Eingangsportal wirkte deplatziert in der norddeutschen Landschaft.

Pia Sims starrte auf das Haus. »Ob uns gleich ein Butler die Tür öffnet?«

Enna parkte den Passat auf dem Rundweg vor dem Gebäude. »Wart's ab!«

Die tiefe Türglocke schien passend zum englischen Ambiente ausgesucht worden zu sein. Die beiden Kommissarinnen warteten. Als Pia sich nach vorne zur Klingel beugte, um sie ein weiteres Mal zu betätigen, wurde die Tür geöffnet. Vor ihnen stand ein Mann Ende dreißig, mit dunklen zurückgekämmten Haaren und Dreitagebart. Er musterte sie mit einem abfälligen Blick. »Sind Sie von der Oldenburger Polizei?«

Enna stellte sich vor und reichte ihm eine Visitenkarte. »Mit wem habe ich es zu tun?«

»Christian Dirksen. Kommen Sie doch bitte herein.« Er trat zur Seite und wartete, bis Enna und Pia in die große Halle des Hauses getreten waren, bevor er die Tür schloss und dann vorausging und sie in ein Büro mit Schreibtisch und einem Besprechungstisch führte. »Wenn Sie Platz nehmen möchten. Darf ich Ihnen etwas zu trinken bringen lassen?«

»Gerne ein Glas Wasser, vielen Dank«, sagte Enna. »Wir waren ja angemeldet, um mit Ihren Eltern zu sprechen.«

»Das ist leider etwas ungünstig. Mein Vater ist geschäftlich unterwegs und meine Mutter hat sich gerade mit einer Migräne noch einmal hingelegt. Ich stehe Ihnen aber voll und ganz zur Verfügung. Wenn Sie mich kurz entschuldigen würden.«

Er lächelte geschäftsmäßig und verließ den Raum.

»Was war das denn?«, fragte Pia Sims und zog einen der Stühle vor. »Will der uns verarschen?«

Enna hob die Hand, um Pia zu unterbrechen. Sie warf einen Blick auf ihr Smartphone und sagte: »Schau mal, Paulsen hat etwas geschickt.« Als Pia neben ihr stand, tippte Enna »Wir werden gefilmt« in eine Kurznachricht, ohne diese abzuschicken. In der Ecke des Raumes hatte sie eine versteckt angebrachte Kamera entdeckt und vermutete, dass nicht nur das Bild, sondern auch der Ton übertragen wurde.

Pia nickte. »Sieht interessant aus. Lass uns das nachher zu dritt besprechen«, sagte sie und setzte sich an den Tisch.

Sie unterhielten sich über unverfängliche Themen, bis Christian Dirksen eine Viertelstunde später mit einem Tablett in der Hand zurückkam. Er stellte drei Gläser, eine Flasche Mineralwasser und eine Schale mit Keksen auf den Tisch. »Entschuldigen Sie, ich wusste nicht, dass unsere Haushaltshilfe einen Tag Urlaub genommen hat. Es hat eine Weile gedauert, bis ich alles gefunden habe.«

»Möchten Sie sich zu uns setzen?«, fragte Enna.

Wortlos zog Christian Dirksen den Stuhl vor und setzte sich, routiniert lächelnd, zu den Kommissarinnen.

Enna erklärte ihm ihr Anliegen, er hörte zu, nickte hin und wieder. »Was genau kann ich für Sie tun?«

»Aus vergleichbaren Fällen wissen wir, dass sich Zeugen nach vielen Jahren an Details und Zusammenhänge erinnern, die sie direkt nach der Tat nicht gesehen haben oder sehen konnten. Deshalb befragen wir im ersten Schritt die wichtigsten Zeugen noch einmal.«

»Tut mir leid, zu diesen gehöre ich sicher nicht. Da kann ich Ihnen nicht weiterhelfen.«

»Wo waren Sie denn am 1. Mai 2002?«, fragte Pia Sims. Ihre Stimme klang, als spreche sie mit einem alten Bekannten.

»Das steht doch sicher in Ihren Akten, Frau Kommissarin«, antwortete Christian Dirksen, ohne seinen Blick von Enna abzuwenden.

»Laut den Akten waren Sie auch auf der 1.-Mai-Feier. Sind Sie mit der Gruppe Ihrer Schwester nach Thüle gelaufen?«, fuhr Pia Sims fort.

»Nein!« Christian Dirksens Miene hatte sich verfinstert. »Ich hatte mit denen nichts zu tun.« Langsam wandte er sich Pia Sims zu. »Ihnen ist sicher nicht entgangen, dass meine Schwester vier Jahre älter war als ich.«

»Aber Sie sind den gleichen Weg gegangen wie sie?«

»Mag sein. Wir, meine Kumpels und ich, sind ziemlich früh los. Sie wissen schon, der frühe Vogel …«

»Sie waren also auf der Suche?«, unterbrach ihn Pia Sims.

»Na klar! Ich wüsste nicht, dass das verboten ist.«

Enna räusperte sich. »Sie haben damals ausgesagt, dass Sie Ihre Schwester auf der Feier nicht gesehen haben. Über tausend Besucher sind natürlich nicht wenig, aber dass Sie sie gar nicht gesehen haben, ist doch ungewöhnlich.«

»Vielleicht wollte sie von mir nicht gesehen werden?« Christian Dirksen schüttelte den Kopf. »Können Sie mir bitte mal erklären, was diese dummen Fragen sollen?« Er sah sie an wie eine Bedienstete, die sich tölpelhaft angestellt hatte und von der er eine demütige Entschuldigung erwartete.

»Es gibt Zeugen, die ausgesagt haben, dass Sie sich mit Ihrer Schwester nicht besonders gut verstanden haben. Sie sollen sich regelmäßig gestritten haben, zum Teil ausgesprochen heftig.«

Enna hatte drei Aussagen von damaligen Freunden Julias, in denen diese andeuteten, dass das Verhältnis zwischen den Geschwistern nicht das beste gewesen war. Ihre Interpretation war gewagt, aber sie sah keine andere Möglichkeit, um Christian Dirksen aus der Reserve zu locken.

»Die Leute reden viel, wenn der Tag lang ist.« Christian Dirksen wirkte nach außen ruhig, aber Enna war sich sicher, dass sie einen wunden Punkt bei ihm getroffen hatte. Seine Augenlider zuckten unruhig, sein Lächeln wirkte wie eingefroren.

»Sie hatten also ein gutes Verhältnis zu Ihrer Schwester?«

»Familie! Da hält man zusammen.«

»Das hört man heutzutage nicht mehr so häufig«, sagte Enna und lächelte anerkennend. »Schon gar, wo Ihre Schwester auf dem besten Weg war, die Leitung des Familienunternehmens zu übernehmen.«

Christian Dirksen zog die Augenbrauen zusammen, schwieg aber.

»Können Sie uns etwas über Julia erzählen? In unseren Akten finden sich nur wenige Details über ihre Persönlichkeit.«

»Das ist lange her. Was wollen Sie wissen?« Christian Dirksen klang, als spräche er über ein geschäftliches Ereignis.

Enna legte ein Foto von Julia Dirksen auf den Tisch. Die junge Frau lachte in die Kamera, im Hintergrund sah man Wasser und einen strahlend blauen Himmel. Ihre langen blonden Haare wehten im Wind.

Christian Dirksen schob das Foto zu Enna zurück. »Ich fürchte, ich kann Ihnen da nicht helfen.«

»Ich schon!«

Enna drehte sich zur Tür. Eine Frau Mitte sechzig kam auf sie zu. Die Ähnlichkeit mit der jungen Frau auf dem Foto war trotz des Altersunterschieds nicht zu übersehen. Enna stand auf und reichte Hannelore Dirksen die Hand. »Hauptkommissarin

Andersen. Guten Tag, Frau Dirksen. Wollen Sie sich zu uns setzen?«

Die Hand von Hannelore Dirksen war weich und warm. »Guten Tag!«

Christian Dirksen war aufgesprungen und stand jetzt neben seiner Mutter. »Mama, du solltest dich doch ausruhen.«

Hannelore Dirksen warf ihm einen kurzen, aber bestimmten Blick zu und setzte sich. Ihr Sohn stand einen Moment wie angewurzelt auf der Stelle. Enna konnte nicht ausmachen, ob er ärgerlich oder ängstlich reagierte. Als seine Mutter anfing zu sprechen, sank er langsam wieder auf seinen Stuhl.

»Julia war unser Sonnenschein«, sagte Hannelore Dirksen zögerlich. »Schon als Kind hat sie uns alle mit ihrem Lachen beglückt. Sie war zu allen höflich und zuvorkommend.«

»Mutter, das ist für dich alles zu schw…«

»Christian!«, unterbrach Frau Dirksen ihren Sohn. »Könntest du uns einen Tee servieren? Du findest alles in der Küche.«

Schweigend stand Christian Dirksen auf und verließ den Raum.

»Mein Sohn meint es nur gut«, sagte Frau Dirksen. »Sie wollen den Mörder meiner Tochter finden? Nach so vielen Jahren?«

»Wir werden den Fall neu aufrollen«, sagte Enna. »Unsere Einheit ist darauf spezialisiert.«

»Waren Sie das, von der ich vor einigen Monaten in der Zeitung gelesen habe? Es ging, glaube ich, um ein verschwundenes Kind.«

»Ja, das war mein Team.« Enna schaute kurz zu Pia Sims und stellte sie dann vor. »Wir hoffen, auch diese Tat aufzuklären.«

»Die Polizei hat damals viel zu schnell aufgegeben. Niemand weiß doch, wann genau Julia …« Sie brach ab und schloss für einen Moment die Augen. »… wann Julia gestorben ist.

Vielleicht war sie noch für Tage oder länger gefangen. Niemand konnte mir das damals ganz genau sagen.«

Enna hatte den Obduktionsbericht gelesen. Dort hatte der Gerichtsmediziner die Vermutung aufgestellt, dass Julia Dirksen nicht in dem Waldstück zu Tode gekommen war. Einen exakten Todeszeitpunkt hatte er nicht festlegen können. Da die Leiche aber keine Anzeichen einer Fesselung aufwies, wurde davon ausgegangen, dass Julia Dirksen nicht gefangen gehalten worden, sondern am 1. Mai gestorben war.

»War Julia während des Studiums häufig zu Hause?«, fragte Pia Sims weiter.

»Im ersten Semester schon.« Hannelore Dirksen lächelte. »Später hatte sie viel zu tun, ist aber trotzdem regelmäßig zu uns gekommen.«

»Sie war vierundzwanzig und, wenn ich das richtig in Erinnerung habe, im sechsten Semester. Was hat sie zwischen Abitur und Studium gemacht?«

»Julia hat ein Jahr als Au-pair gearbeitet. Sie wollte nicht gleich studieren und da sind wir auf die Idee gekommen, dass sie ihr Spanisch ausbaut. Im kaufmännischen Bereich ist die Sprache durchaus wichtig. Aber das wissen Sie sicher.«

»In welchem Land war sie?«

Hannelore Dirksen warf Pia einen verwunderten Blick zu. »In Spanien natürlich. Die lateinamerikanischen Länder kamen für uns nicht infrage. Mein Mann meinte, dass das viel zu gefähr…« Sie stutzte und rang nach Luft. »Entschuldigung. Wenn ich von Julia spreche, bricht die Trauer so schnell wieder auf.« Sie blinzelte eine Träne aus dem Augenwinkel und fuhr fort: »Julia war in Spanien. Bei einer guten Familie. Zwei kleine Kinder. Als sie zurückkam, sprach sie fließend Spanisch.«

Enna wunderte sich, dass sie über diese Zeit keine Akteneinträge gefunden hatte. Die Ermittlungen hatten sich offensichtlich ausschließlich auf die aktuelle Lebenssituation konzentriert.

»Können Sie mir die Adresse der Familie geben?«, fragte Enna.

Hannelore Dirksen nickte. »Julia hat Briefe geschrieben. Ich habe alles aufgehoben. Auf dem Umschlag sollte die Adresse stehen. Allerdings weiß ich nicht, ob die Familie dort noch lebt. Es war eine Kleinstadt in der Nähe von Barcelona.«

Christian Dirksen betrat den Raum, ein Tablett in der Hand. Er stellte Tassen auf den Tisch und goss anschließend Tee ein, bevor er sich neben seine Mutter setzte.

Hannelore Dirksen trank einen Schluck Tee. »Wenn Sie mich einen Augenblick entschuldigen, dann suche ich die Adresse raus.«

Vier

Enna wartete, bis Frau Dirksen den Raum verlassen hatte, bevor sie sich an deren Sohn wandte. »Geschwister wissen ja manchmal mehr übereinander als ihre Eltern. Hatte Ihre Schwester einen Freund?«

Christian Dirksen senkte kurz den Kopf und sah Enna dann direkt an. »Worauf läuft das hier eigentlich hinaus? Glauben Sie wirklich, dass Sie nach so vielen Jahren noch irgendetwas ermitteln können? Damals waren unzählige Polizisten damit beschäftigt, jede Kleinigkeit in unser aller Leben zu durchleuchten. Das sollte alles in Ihren Akten stehen.« Dirksen beugte sich leicht vor. »Warum müssen Sie die alten Wunden wieder aufreißen? Hat die Polizei nichts Besseres zu tun?« Er verschränkte die Arme vor der Brust. »Vielleicht kümmern Sie sich lieber um die Sicherheit der Bevölkerung. Es laufen viel zu viele Messermänner auf unseren Straßen herum. Dieses gesamte Gesocks hätte Ihre Aufmerksamkeit wirklich nötig. Ich denke, Sie wissen schon, wen und was ich meine.« Christian Dirksen hatte schnell gesprochen und geklungen, als hätte er sich die Worte zuvor zurechtgelegt.

Enna sah aus dem Augenwinkel, dass Pia Sims sich leicht nach vorne lehnte und ihm offensichtlich etwas entgegnen wollte. Sie gab ihr ein Zeichen mit der Hand, sich zurückzuhalten.

»Hatte Ihre Schwester einen Freund?« Enna wusste, dass die Kollegen vor siebzehn Jahren den Akten zufolge keinen Mann hatten ermitteln können, der Julia nahegestanden hatte.

»Ich weiß zumindest von niemandem. Allerdings lebte Julia zu diesem Zeitpunkt schon länger nicht mehr hier.«

Christian Dirksen schien von einem Moment auf den anderen umgeschaltet zu haben. Seine Stimme klang freundlicher, sein professionelles Verkäuferlächeln wirkte aufgeschlossener als zuvor.

»Und in den Jahren, als Julia noch in Friesoythe gelebt hat? Hat sie Ihnen nie etwas erzählt?«, fragte Enna weiter.

»Ich bin vier Jahre jünger als sie gewesen. Hätten Sie als Teenager mit Ihrem kleinen Bruder über so etwas geredet? Ich habe nur mitbekommen, wie meine Eltern sich über den einen oder anderen Jungen unterhielten, den sie für Julia passend gefunden hätten. Aber fragen Sie mich jetzt nicht nach Namen. Mir war das damals vollkommen gleichgültig. Mit zwölf oder dreizehn hat man andere Dinge im Kopf, als seiner großen Schwester hinterherzuspionieren.«

Auf dem Flur näherten sich Schritte und gleich darauf trat Hannelore Dirksen zurück in das Büro.

»Tatsächlich«, sagte sie. »Ich habe hier einen Briefumschlag mit der Adresse. Julia hat auch den Namen der Familie notiert. Ich hoffe, Ihnen hilft das weiter.« Sie reichte Enna den Umschlag und setzte sich wieder neben ihren Sohn.

»Vielen Dank, Frau Dirksen. Ich habe gerade Ihren Sohn nach einem möglichen festen Freund von Julia gefragt. Können Sie uns dazu noch etwas sagen?«

»Es gab keinen Mann in Julias Leben. Sie wollte warten, bis der Richtige kommt.« Hannelore Dirksen hatte leiser als zuvor gesprochen, sie wirkte erschöpft. Ihr Blick fuhr zwischen Enna und der Tür hin und her, als erwarte sie jemanden. Die Hände hatte sie zuvor auf den Tisch gelegt, jetzt faltete sie sie und rieb mit dem rechten Daumen unruhig über den Zeigefinger.

»Möchten Sie, dass wir ein anderes Mal wiederkommen?«, fragte Enna an Hannelore Dirksen gewandt.

»Das halte ich für eine gute Idee«, sagte Christian Dirksen und stand auf. »Wenn ich Sie dann beglei…«

»Nein!« Seine Mutter unterbrach ihn energisch. Sie schien im gleichen Augenblick neue Kraft gewonnen zu haben. »Ich habe lange genug gewartet, um die Wahrheit zu erfahren. Was möchten Sie noch wissen?«

In der folgenden Stunde stellte Enna Fragen zu Julia, um mehr über die junge Frau zu erfahren. Sie war auf dem Friesoyther Gymnasium mit einem Durchschnitt von 1,0 Jahrgangsbeste gewesen, hatte aber auf ein Universitätsstudium verzichtet und war im Anschluss an das Jahr in Spanien stattdessen nach Emden auf die Fachhochschule gegangen. Zwischen den Zeilen hörte Enna heraus, dass Julia sich beim Studiengang und bei der Hochschule nach den Wünschen ihres Vaters gerichtet hatte. Julias Freundeskreis in Friesoythe war bereits zu Schulzeiten klein gewesen. Neben ihrer besten Freundin Franziska hatte es noch zwei weitere Jugendfreundinnen gegeben und drei Männer. Enna notierte sich die Namen. Bis auf Franziska waren alle alten Freunde am 1. Mai mitgelaufen. Der vierte junge Mann war ein Cousin von Julia und Christian, der zufällig in Friesoythe zu Besuch gewesen war.

Hannelore Dirksen erzählte aus Julias Leben und Enna spürte bei jedem Wort, wie sehr sie ihre Tochter selbst nach der langen Zeit vermisste. Julia schien die perfekte Tochter gewesen zu sein. Ruhig, beliebt, zielstrebig und gehorsam.

Christian Dirksen folgte den Schilderungen seiner Mutter schweigend und mit eingefrorener Miene. Er schien sich zwingen zu müssen, ruhig zu bleiben.

»Warum war Julias beste Freundin Franziska nicht bei der Gruppe, die nach Thüle zur 1.-Mai-Feier gegangen ist?«, fragte Pia Sims, als Hannelore Dirksen kurz innehielt und sich erschöpft auf dem Stuhl zurücklehnte.

»Ja, die Franziska. Die wohnte gar nicht mehr in Friesoythe. Ihre Eltern waren Lehrer und kamen nicht von hier. Sie haben sich scheiden lassen. Das muss ein Jahr vor dem Abitur gewesen sein, sie sind dann beide weggezogen und Franziska ist natürlich mitgegangen. Aber ich erinnere mich nicht mehr daran, was Julia mir über sie genau erzählt hat. Ihr Nachname war Bergmann.« Frau Dirksen wandte sich an ihren Sohn. »Das ist doch richtig, Christian? Franziska Bergmann?«

Christian Dirksen nickte stumm.

»Julia hatte zu Franziska keinen Kontakt mehr?«, fragte Pia weiter.

»Nein, ich habe sie nie wieder in Friesoythe gesehen. Du, Christian?«

»Nein.«

Nach weiteren zehn Minuten bedankte sich Enna bei Hannelore Dirksen und bat darum, sollten sich weitere Fragen auftun, noch einmal vorbeikommen zu dürfen.

Christian Dirksen begleitete die beiden Kommissarinnen zur Tür. »Ich hoffe doch sehr, dass das Ihr letzter Auftritt hier bei uns war. Eine Dienstaufsichtsbeschwerde halte ich mir im Übrigen vor. Sie haben gesehen, wie sehr Sie meine Mutter mit Ihren Fragen aufgewühlt haben.«

»Lässt es Sie denn kalt?«, fragte Pia spitz.

»Ich darf doch sehr bitten«, fuhr Dirksen sie mit funkelnden Augen an. »Ihre Frage ist mehr als unverschämt.« Er öffnete die Haustür und trat zur Seite.

»Und wie bezeichnen Sie das heimliche Abhören und Filmen Ihrer Gäste?«, fragte Pia und sah Dirksen dabei fest in die Augen. »Als nette Geste? Oder ist das in diesem Ort üblich?«

Christian Dirksen schluckte schwer, streckte schließlich den Rücken durch und starrte Pia finster an. »Das ist sehr dünnes Eis, auf dem Sie sich da gerade bewegen, Fräulein.«

Pia ließ ihren Blick langsam über Christian Dirksen gleiten, von den Schuhen bis zum Scheitel. »Das lassen Sie mal meine Sorge sein, Männlein.«

»Was für ein Arschloch war das denn?«, fragte Pia, als sie durch Friesoythe Richtung Oldenburg fuhren. Sie zeigte aus dem Seitenfenster auf die Einkaufsstraße. »Genauso charakterlos wie diese ganze Stadt. Schreckliche Häuser, breite Straßen. Was ist das hier? Eine Zombiesiedlung?«

»Jetzt beruhig dich mal«, sagte Enna.

»Bist du sauer auf mich?«

Enna seufzte leise. »Verdient hatte er es, aber du weißt selbst, dass das nicht sehr professionell war.«

»Hätte ich schweigen sollen? Echt jetzt?«

»Das habe ich nicht gesagt, Pia. Aber wir verfolgen ein Ziel, und alles, was wir machen und sagen, sollten wir dem unterordnen.«

»Das muss ich wohl noch lernen«, murmelte Pia.

Enna legte ihr kurz die Hand auf die Schulter. »Jetzt mach dich nicht kleiner, als du bist. Du bist eine verdammt gute Polizistin. Punkt! Jeder macht mal einen Fehler.« Sie grinste. »Und verdient hatte Dirksen es allemal.«

Pia atmete tief durch. »Danke! Das habe ich jetzt gebraucht.« Sie nickte nachdenklich. »Eine merkwürdige Familie. Aus der Atmosphäre zwischen Mutter und Sohn werde ich nicht schlau. Und wo war bitte schön der Vater? Hat er kein Interesse an der Aufklärung des Falles?«

»Ist der Sohn eigentlich noch bei seinen Eltern gemeldet?«

»Das habe ich gestern noch gecheckt. Er leitet ja die Cloppenburger Filiale und wohnt auch da. Das ist aber nur eine halbe Stunde Fahrt mit dem Auto.«

»Das wäre aber ein großer Zufall, wenn er zufällig vor Ort gewesen wäre.«

»Mit wem hast du gestern am Telefon gesprochen?«, fragte Pia.

»Das muss die Haushälterin gewesen sein. Ich habe eine Nachricht hinterlassen. Hätte ich Heinrich Dirksen erreicht, wären wir wohl ausgeladen worden.«

»Du meinst, er hat seinen Sohn herbeigeordert und ist selbst in die Firma gefahren?«

Enna zuckte mit den Schultern. »Mag sein. Auf jeden Fall haben wir einen ersten Einblick in die Familie bekommen.«

Sie fuhren durch Altenoythe, eine kleine Ortschaft unmittelbar hinter Friesoythe. Von hier bis zur Küstenkanalstraße waren es wenige Kilometer. An beiden Seiten der Straße erstreckten sich Felder und Wiesen.

»Die Menschen, die sich hier in den letzten zwei Jahrhunderten im Moor angesiedelt haben, hatten es ausgesprochen schwer«, sagte Enna mit Blick über die Landschaft. »Ich habe einmal eine Art Biografie eines Moorbauern gelesen. Oder eigentlich war er der Sohn eines solchen Bauern, später ist er nach Hamburg gegangen und hat da erst in einer Fabrik gearbeitet und sich später in der Gewerkschaftsbewegung engagiert.«

»Hört sich nicht nach einem schönen Leben an«, sagte Pia.

»Eher nicht. *Dem Ersten den Tod, dem Zweiten die Not, dem Dritten das Brot.* Aber es gab keine Alternative, wenn man nicht als Knecht oder Magd auf einem der großen Höfe für einen Hungerlohn arbeiten wollte.«

Pia nickte. Sie fuhren über die Kanalbrücke und bogen nach rechts ab Richtung Oldenburg.

»Wie geht es weiter?«, fragte Pia.

»Schlag du was vor!«

»Wir können alle Zeugen noch einmal befragen. Allerdings ist die Tat über siebzehn Jahre her und vermutlich erinnert sich kaum einer von denen gerne an Julia und die ganzen Umstände. Das wird viel Arbeit mit wenig Ausbeute. Ganz davon abgesehen könnten die Freunde über ganz Deutschland oder sogar die Welt verteilt leben.«

»Was machen wir also?«, fragte Enna.

»Ganz ehrlich? Ich habe nicht die geringste Idee. Null. Selbst der Vater wollte nicht mit uns sprechen. Und wäre Frau Dirksen nicht zufällig dazugestoßen, wäre auch das Gespräch mit dem Sohn kurz gewesen. Wir wären dann mit vollkommen leeren Händen zurückgefahren.«

»Warum?«

»Was meinst du? Warum die beiden Männer uns ignorieren oder kein Interesse daran haben, dass der Fall neu aufgerollt wird?«

»Genau! Warum?«

»Sie versprechen sich nichts davon. Sie wollen nicht, dass Frau Dirksen alles noch einmal durchleben muss. Vielleicht ist es auch schlecht fürs Geschäft, wenn sich unsere Ermittlungen herumsprechen. Dass die Familie immer als Erstes im Fokus steht, weiß inzwischen jeder, der Krimis schaut.«

»Das erklärt aber nicht, warum sie sich so seltsam verhalten. Da muss mehr sein.«

»Du meinst, sie haben etwas mit dem Tod von Julia zu tun?«

»Nein, so weit würde ich nicht gehen. Aber es muss einen Grund haben, dass sie blockieren. Und wenn wir den finden, haben wir vielleicht einen Anhaltspunkt.«

»Mag sein«, sagte Pia, klang aber wenig überzeugt.

»Warum ist Franziska Bergmann nicht befragt worden? Ich habe ihren Namen nirgendwo gesehen. Du?«

»Nein, ich glaube nicht. Aber müssten wir dann nicht gleich bis zum Kindergarten zurückgehen?«

»Vermutlich kam damals das gleiche Argument. Du solltest es besser wissen, Pia. Wenn Julia nicht ein Zufallsopfer war, müssen wir in ihrer Vergangenheit nach möglichen Verbindungen zum Fall suchen. Und da dürfen wir Franziska als beste Freundin nicht außer Acht lassen. Wissen wir denn, ob sie nicht nach dem Abitur weiter mit Julia Kontakt gehalten hat? Dass sie nicht in Friesoythe war, kann ganz andere Gründe haben, als die Kollegen damals vermutlich angenommen haben.«

»Okay, sobald wir im Büro sind, mache ich mich auf die Suche.«

»Über das Studium und das Leben in Emden scheint Julia nicht gerade auskunftsfreudig gewesen zu sein«, fuhr Enna fort. »Dort hat sie ihre letzten drei Jahre verbracht. Wir werden hier sehr intensiv recherchieren müssen.«

»Und der Bruder?«, fragte Pia. »Auch wenn du ihn nicht verdächtigst, ganz koscher war der mir nicht.«

»Überprüf ihn. Und zwar gründlich. Dann werden wir sehen, ob du richtig liegst.«

Fünf

Gegen fünfzehn Uhr setzten sich die drei Kommissare zusammen, um den Stand der Ermittlungen zu erörtern. Enna hatte Jan Paulsen bei ihrer Ankunft im Büro über die Befragung in Oldenburg informiert und sich anschließend ins Aktenstudium vertieft.

»Tag eins geht dem Ende entgegen«, sagte Enna. »Wo stehen wir?«

Paulsen klappte sein Notizheft auf. »Ich weiß ja nicht, wie ihr das seht, aber die Kollegen damals waren, um es nett zu formulieren, nicht sehr eifrig. Oder klar ausgedrückt: Die waren die reinsten Luschen. Die vier, die direkt nach Julias Verschwinden ermittelt haben, haben den Fall nicht sehr ernst genommen und sind wohl davon ausgegangen, dass Julia für eine Weile untertauchen wollte. Sie war vierundzwanzig und lebte nicht mehr bei ihren Eltern. Im Normalfall wären die Ermittlungen erheblich schneller zu den Akten gelegt worden. Ich denke, hier hat Heinrich Dirksen seine Beziehungen spielen lassen. Als dann die Leiche entdeckt wurde, war das Kind schon in den Brunnen gefallen. Uns fehlen quasi relevante Zeugenaussagen direkt nach dem 1. Mai. Bei den späteren Befragungen war zu viel Zeit vergangen, und wenn ich mir die Protokolle durchlese, habe ich das Gefühl, als wären da die absoluten Frischlinge am Werk gewesen.«

»Ganz so dramatisch sehe ich es nicht«, sagte Pia Sims, »aber im Prinzip liegst du wohl richtig.«

Beide sahen Enna an. »Ich muss dir leider auch recht geben, Paulsen«, sagte sie.

»Eine verdammte Scheiße ist das!«, platzte Jan Paulsen heraus. »Unsere Chancen, einen relevanten Ansatzpunkt zu finden, sind gleich null. Wir sollten uns einen anderen Fall vornehmen.«

»Nein«, sagte Enna bestimmt. »Wir finden den Täter. Das ist nun mal unser Job.«

»Daran beißen wir uns die Zähne aus«, murmelte Paulsen und klappte mit Wucht sein Notizbuch zu.

Enna ließ ein paar Sekunden verstreichen, bevor sie sich Pia zuwandte. »Und was ist deine Meinung?«

»Der nächste Fall kann noch komplizierter sein. Das Los hat entschieden. Wir finden den Typ oder die Typin, wer auch immer Julia auf dem Gewissen hat.«

Enna atmete auf. Auch ohne Pias Zustimmung hätte sie den Fall nicht zu den Akten gelegt. Trotzdem war sie froh, nicht gegen beide ihrer Mitarbeiter argumentieren zu müssen. Sie fragte sich, ob Paulsens Vorbehalte gegen weitere Ermittlungen noch andere Ursachen hatten. Enna nahm sich vor, ihn darauf anzusprechen.

»Zwei zu eins. Legen wir also los.«

Paulsen begann mit einem ausführlichen Bericht, Pia und Enna folgten ihm mit den Teilen der Akten, die sie gelesen hatten.

Julia Dirksen war am 26. April in Friesoythe eingetroffen, hatte den Abend mit der Familie verbracht und war früh schlafen gegangen. An den folgenden Tagen traf sie sich mit alten Freunden, ging spazieren und verbrachte Zeit mit ihrer

Familie. Am Morgen des 1. Mai 2002 gegen acht Uhr startete die Gruppe, im Schlepptau einen Bollerwagen mit drei Bierkästen und einem CD-Player. In den Tagen vor dem 1. Mai hatte das Wetter umgeschlagen und eine Warmfront war über Norddeutschland hinweggezogen. Schon in den frühen Vormittagsstunden stiegen die Temperaturen auf knapp zwanzig Grad. Die Gruppe ging langsam, machte viele Pausen und kam erst gegen elf Uhr in Thüle an. Zunächst blieben die alten Freunde zusammen, aber im Laufe der folgenden Stunden verloren sie sich aus den Augen. Julia wurde zusammen mit verschiedenen Personen gesehen, von denen aber nur drei identifiziert werden konnten.

»Wo und wann wurde Julia das letzte Mal gesehen?«, fragte Pia.

»Die Aussage habe ich in meinen Unterlagen«, sagte Paulsen. »Das war ein Bekannter von Julia aus Friesoythe. Er hat gesehen, wie Julia sich mit einem Mann gestritten und sich dann vom Festzelt entfernt hat. Das war gegen fünfzehn Uhr. Diese Aussage wurde wie viele andere erst nach dem Leichenfund aufgenommen. Ich brauche nicht zu sagen, was das bedeutet.«

Enna trat an die Flipchart und notierte die Uhrzeit in dem von ihr bereits begonnenen Zeitstrahl. »Wir werden den Zeugen noch einmal befragen müssen. Ein Phantombild des Mannes ist nicht erstellt worden?«

»Sie haben es versucht, aber wieder aufgegeben«, antwortete Paulsen.

Die großflächige Suche, die am 3. Mai begann und bei der drei Hundertschaften der Bereitschaftspolizei über fünf Tage die Gegend rund um Thüle in einem Radius von zehn Kilometern absuchten, brachte keine Ergebnisse.

»Gab es damals eigentlich schon Handys?«, fragte Pia Sims.

»Durchaus, aber sie wurden in erster Linie zum Telefonieren benutzt«, sagte Paulsen, der den größten Teil der Akten gesichtet hatte. »Tatsächlich hatte Julia zu dem Zeitpunkt bereits ein Handy, aber erst seit wenigen Monaten. Ein Geschenk ihrer Eltern. In Thüle hatte sie es nicht dabei.«

»Ist das Handy untersucht worden?«, fragte Enna.

»Ja, allerdings fanden sich darauf nur Anrufe von ihrem Vater«, antwortete Paulsen. »Ich vermute mal, dass es mehr zur Kontrolle diente.«

Die drei Kommissare gingen die weiteren Fakten durch. Nach dem Aufruf in der Presse, fünf Monate nach dem 1. Mai, gab es eine große Anzahl von Anrufen, die den Ermittlern viel Arbeit bereiteten, aber keine neuen Erkenntnisse brachten. Den Zeugenaussagen von Julias Freunden hörte man die zwischen Tat und Leichenfund vergangene Zeit an. Es gab kaum präzise Angaben, und wenn, wurden sie schnell wieder in Zweifel gezogen. Julias Familie wurde aus Rücksicht kein zweites Mal befragt. Das Studienumfeld in Emden wurde kaum berücksichtigt. In den Akten befanden sich zwei Befragungen von Dozenten aus Julias Studiengang, eine weitere von ihrem Vermieter in Emden sowie zwei Befragungen von Julias direkten Wohnungsnachbarn. Letztlich kamen die Ermittler zu dem Schluss, dass es sich um die Zufallstat eines Fremden gehandelt haben musste. Kurz vor Weihnachten 2002 wurde die SoKo aufgelöst und der Fall zu den Akten gelegt.

Pia verteilte einen Kartenausdruck, auf dem die Gegend zwischen Friesoythe und Thüle abgebildet war. »Die rote Linie ist der Weg, den Julia und ihre Freunde – und wohl auch die meisten anderen Maiwanderer – genommen haben. Er führt mehr oder weniger parallel zur Bundesstraße über kleine Nebenstraßen und Feldwege und durch Wäldchen. Nach einem möglichen Taxi ist gründlich gesucht worden. Das können wir ausschließen. Also bleibt noch die Variante, dass Julia auf der Feier jemanden kennengelernt hat, bei dem sie ins Auto gestiegen ist, oder sie ist den kompletten Hinweg zu Fuß zurückgegangen. Das sind über neun Kilometer. Möglich wäre auch, dass sie über den Radweg gegangen ist, der neben der B72 verläuft. Wirklich kürzer ist dieser Weg nicht, aber mit mehr Lärm und Gestank verbunden. Wenn Julia ihn genommen haben sollte, hätte sie dort natürlich von ihrem Mörder mitgenommen werden können. Allerdings ist es schwierig, mit dem Auto auf der Bundesstraße anzuhalten. Auf den Nebenstraßen wäre das allerdings kein Problem.«

»Und was sagt uns das jetzt?«, fragte Jan Paulsen mürrisch.

»Was schon!«, brauste Pia auf. »Hattest du gedacht, ich präsentiere jetzt mal schnell den Täter? Warum musst du …«

»Leute!«, fuhr Enna dazwischen. »Was ist los hier?«

»War mein Fehler«, murmelte Paulsen. »Ist nicht so mein Tag heute.« Er warf einen entschuldigenden Blick zu Pia. »Wo waren wir stehen geblieben?«

»Bei der Frage, wohin Julia nach der Feier gegangen oder gefahren ist«, sagte Pia.

»Der Rückweg, egal ob über die B72 oder über die Nebenstrecke, ist an dem Tag so befahren oder bevölkert, dass eine Entführung wohl kaum ohne Aufsehen möglich wäre«, sagte Paulsen. »Die meisten haben zwar etwas über den Durst getrunken, aber am Nachmittag ist der Kopf in aller Regel schon wieder klarer.«

»Also ist sie vielleicht doch mit jemandem mitgefahren«, sagte Enna. Sie wunderte sich über Paulsens Detailkenntnisse, wollte aber in der etwas hitzigen Situation nicht nachfragen.

»Nicht unbedingt«, antwortete Paulsen. »Sie könnte auch mit jemandem zusammen nach Friesoythe zurückgegangen sein. Zwei Stunden muss man für den Weg schon einplanen. Das wäre Zeit genug, um sie an einer unbeobachteten Stelle zu töten, zu verstecken und sie zum Beispiel in der Nacht abzuholen. Eine Pause im Wald, nicht einsehbar, er wollte was von ihr, sie hat sich gewehrt. Bumm!«

Pia nickte. »Das hieße, es wäre jemand aus Friesoythe oder der Umgebung von Friesoythe. Klingt logisch. Ich habe mir den Weg auf Google Maps mal angesehen. Mögliche Stellen dafür finden sich hier ausreichend.«

»Oder sie ist tatsächlich bei jemandem eingestiegen, als sie schon auf dem Weg war«, sagte Enna. »Vorstellen kann ich es mir bei einem Fremden nur, wenn er ihr angeboten hat, sie nach Friesoythe zu fahren.«

»Ich weiß nicht«, sagte Pia. »Nach allem, was ich von Julia gelesen habe, war sie ein ausgesprochen vorsichtiger Mensch. Alkohol hat sie übrigens mehr oder weniger gemieden. Das haben mehrere Zeugen bestätigt. Auch auf dem Fest hat niemand beobachtet, dass sie etwas getrunken hat.«

»Okay, wir haben reichlich Arbeit vor uns«, sagte Enna. »Ich schlage vor, dass wir uns aufteilen, um schneller voranzukommen. Wie immer sollten wir, wenn es geht, die Befragungen aufzeichnen. Wer will was übernehmen?«

»Ich kann nach Emden fahren«, sagte Paulsen. »Wir sollten da die Studentenlisten der entsprechenden Jahre durchsehen. Ich bin mir nicht sicher, ob die Kollegen damals sauber gearbeitet haben.«

»Okay. Die Listen bekommst du nicht ohne Beschluss. Ich rufe gleich beim Staatsanwalt an und bitte ihn, sich darum zu kümmern. Mit Glück haben wir den Beschluss morgen.«

»Und ich«, sagte Pia Sims, »würde gerne nach Friesoythe fahren. Ich habe mir bereits die Adressen von Julias Freunden herausgesucht.«

»Klingt gut. Was ist mit der Schulfreundin? Franziska Bergmann.«

»Habe ich gefunden«, sagte Pia. »Daten schicke ich dir gleich. Sie wohnt in Hannover.«

»Dann rufe ich da gleich an.« Enna sah in die Runde. »Wir sollten uns morgen um sechzehn Uhr zur nächsten Besprechung treffen.«

Enna wälzte sich im Bett.

Der Fall und vor allem Paulsens Reaktion ließen ihr keine Ruhe. Nachdem sie mit dem Staatsanwalt gesprochen und mit Franziska Bergmann einen Termin ausgemacht hatte, hatte sie einen Blick in Paulsens Personalakte geworfen. Sein Geburtsort war Bösel, das nur wenige Kilometer entfernt von Friesoythe lag, dem Ort, wo Paulsen aufs Gymnasium gegangen war. Warum hatte er das nicht offen in der Runde gesagt? Zwischen ihm und Julia Dirksen lagen neun Jahre. Als Paulsen Abitur gemacht hatte, war Julia gerade in der fünften Klasse gewesen. Sie konnten kaum etwas miteinander zu tun gehabt haben. Anschließend war Paulsen auf die Polizeiakademie Nienburg gegangen und hatte später seine erste Dienststelle in Göttingen angetreten.

Sollte sie Paulsen auf seine Verbindung nach Friesoythe ansprechen oder warten, bis er auf sie zukäme? Hatte er noch persönliche Beziehungen nach Friesoythe, eventuell sogar zur Familie Dirksen? Nein, sicher nicht. In dem Fall wäre Paulsen so professionell gewesen und hätte sich dazu geäußert.

Dass Paulsen Einblick ins Friesoyther Leben hatte, konnte für den Fall durchaus nützlich sein. Da er in der Gegend aufgewachsen war, würde er besser als Pia und sie über die Mentalität der Menschen Bescheid wissen.

Ihre Gedanken wanderten zu Elias. Beim Zubettgehen hatte er sie gefragt, ob Greta nicht bei ihnen wohnen könne. Es war nicht das erste Mal, dass er sich gewünscht hatte, dass seine Oma ständig bei ihnen lebte, aber dieses Mal war es mehr eine Feststellung als eine Frage gewesen. Wie konnte Enna ihm klarmachen, dass seine Oma ein eigenes Leben hatte? Er würde nicht verstehen, dass Enna Greta zwar mochte und ihr dankbar war für ihre Hilfe, sich aber nicht vorstellen konnte, auf Dauer mit ihrer Schwiegermutter unter einem Dach zu wohnen. Enna hoffte, dass Alina zumindest ein kleiner Ersatz für die fehlende Oma sein würde.

Unwillkürlich musste sie an Sarah denken. Diese hatte sie vor wenigen Wochen gefragt, ob Enna sich vorstellen könne, wieder eine Beziehung zu einem Mann zu haben. Enna hatte Sarah daraufhin nur anstarren können und eine Weile gebraucht, um die Sprache wiederzufinden. Schließlich hatte sie die Frage nur verneint und sich auf keine weitere Diskussion eingelassen.

In den dann folgenden Tagen war ihr Sarahs Frage nicht aus dem Kopf gegangen. Nach Simons Tod hatte sie Monate gebraucht, um wieder ins normale Leben zurückzufinden. Sarah hatte ihr dabei zur Seite gestanden, obwohl ihr der von ihr getrennt lebende Mann das Leben schwer machte. Inzwischen hatte Enna wieder festen Boden unter den Füßen. Trotzdem bezweifelte sie, ob sie jemals wieder einem Menschen so nahe sein konnte wie Simon.

Enna drehte sich auf die andere Seite und zwang sich, an etwas Leichtes zu denken. Welchen Ausflug könnte sie am Wochenende mit Elias unternehmen? Und sollten sie Alina gleich mitnehmen?

Sechs

Der Fahrstuhl endete direkt in dem Penthouse. Die Tür öffnete sich, vor Enna stand eine Frau Anfang vierzig mit kurzen dunklen Haaren, sie trug eine schwarze Hose zu einer beigen Bluse.

»Frau Andersen, nehme ich an«, sagte die Frau und reichte Enna die Hand. »Bergmann.«

Enna folgte Franziska Bergmann in einen Raum, in dessen Mitte ein Sofa und zwei Sessel standen. Der Blick durch die deckenhohe Fensterfront über die Dächer von Hannover war atemberaubend.

»Daran erfreue ich mich auch immer wieder«, sagte Franziska Bergmann, die Ennas beeindruckten Blick offenbar bemerkt hatte. »Möchten Sie sich setzen?«

»Ja, alle Städte sehen von oben so friedlich aus.« Enna wählte einen der Sessel und wartete, bis Franziska Bergmann sich zu ihr gesetzt hatte. »Danke, dass Sie so kurzfristig Zeit für mich hatten.«

»Ich bin freiberuflich tätig und habe heute keine festen Termine.« Sie hielt inne. »Wenn ich Sie richtig verstanden habe, untersuchen Sie Julias Tod. Sie wissen aber, dass ich mich damals schon viele Jahre nicht mehr an diesem Ort aufgehalten hatte?«

»Ja, das wissen wir. Wir rollen den Fall von Grund auf neu auf. Dazu gehören auch die Jahre, in denen Sie mit Julia befreundet waren.«

»Kein Problem, ich helfe gerne. Julia war ein wichtiger Mensch in meinem Leben. Ohne sie hätte ich es wohl kaum an diesem Ort ausgehalten.«

Enna hatte im Internet recherchiert und erfahren, dass Franziska Bergmann nach dem Abitur Psychologie studiert hatte und anschließend in einer Klinik beschäftigt gewesen war, bevor sie sich selbstständig gemacht hatte. Inzwischen arbeitete sie seit zwölf Jahren als Coachin und PR-Beraterin.

»Hatten Sie nach dem Abitur weiter Kontakt zu Julia?«

»Zunächst ja. Direkt nachdem ich aus Friesoythe weggezogen bin, haben wir uns hin und wieder E-Mails geschrieben, aber sie wurden am Schluss immer oberflächlicher. Als Julia in Spanien war, ist der Kontakt abgebrochen. Allerdings habe ich sie später einmal in Emden besucht.«

»Verstehe«, sagte Enna. »Wir versuchen, uns ein Bild von Julia zu machen. Können Sie mir ein wenig von ihr erzählen?«

Franziska Bergmann beugte sich leicht vor. »Ich mochte Julia sehr und ich denke, sie mich auch. Wir haben uns gegenseitig gebraucht, um die Zeit durchzustehen. Ich sie vermutlich mehr als sie mich.« Sie blickte kurz auf ihre im Schoß gefalteten Hände, bevor sie Enna in die Augen sah. »Sie kennen Julias Familie?«

»Ja, ich habe gestern mit Julias Mutter und ihrem Bruder gesprochen.«

»Was haben sie Ihnen erzählt? Dass Julia ein folgsames Mädchen war? Immer freundlich und hilfsbereit, strebsam und zielbewusst?«

Enna lächelte. »Ja, darauf lief es wohl hinaus.«

»Diese Menschen kennen nach wie vor nur die eine Seite von Julia. Oberflächlich betrachtet haben sie ja auch recht. Aber es gab auch eine andere Julia. Ich würde sagen, die wahre Julia.«

»Wie genau kann ich das verstehen?«

»Ich versuche, es an einem Beispiel deutlich zu machen: Julia hasste alles Kaufmännische. Und was hat sie schließlich studiert? Betriebswirtschaft, um später im Familienunternehmen zu arbeiten und es irgendwann weiterzuführen. Ich konnte es erst nicht glauben, als ich davon gehört habe. Mit ihrem Notendurchschnitt hätte Julia alles studieren können. Ursprünglich war ein Medizinstudium ihr Traum. Später hat sie davon gesprochen, Lehrerin werden zu wollen.«

»Und dieser Widerspruch zog sich durch ihr gesamtes Leben?«

»Je näher das Abitur rückte, desto größer wurde der Druck der Familie. Julia war so sensibel, sie konnte damit nur schwer umgehen. Also hat sie sich für den Weg des geringsten Widerstands entschieden. Sie hat so getan, als würde sie sämtliche Erwartungen erfüllen. Insgeheim haben wir aber Pläne geschmiedet. Wir wollten zusammen studieren, weit weg von diesem Ort.«

»Warum hat es nicht geklappt?«

»Meine Eltern mussten sich unbedingt trennen. Großes Drama. Leider wurde ich da mit reingezogen oder habe mich reinziehen lassen. Dadurch war ich mehr mit meinen eigenen Problemen beschäftigt als mit meiner Freundschaft zu Julia.«

»Hat sie Ihnen in der Situation nicht beigestanden?«

»Nein, aber das habe ich auch verstanden. Für sie war die Familie heilig. Sie konnte nicht mit der Trennung meiner Eltern umgehen, sie hasste Streit und alles, was damit zu tun hatte. Ja, wie gesagt, wir haben unsere Pläne fallen lassen. Allerdings bin ich mir ohnehin nicht sicher, dass Julia es zu diesem Zeitpunkt geschafft hätte, sich tatsächlich gegen ihre Familie zu stellen.

Vielleicht war es ihr auch ganz recht, dass ich sie nicht weiter bedrängt habe.«

»Hatte Julia einen Freund?«

»Sie fragen, ob sie eine Beziehung zu einem Jungen hatte?« Franziska Bergmann lachte. »Nein, hatte sie nicht. Das war auch ein weiteres Tabuthema dieser Familie. Vorehelicher Geschlechtsverkehr. Pfui!«

»Und da gab es nur Schwarz und Weiß?«

»Für mich sicher nicht – ich konnte mit diesem ganzen katholischen Quatsch noch nie etwas anfangen. Für Julia war es aber leider sehr real. Vielleicht hatte sie Angst, bei einem Jungen nicht Nein sagen zu können, und hat es lieber ganz gelassen.«

»Haben Sie sich nie darüber unterhalten?«, fragte Enna.

»Ich habe schon über meine Erfahrungen mit Jungs gesprochen. Julia war davon aber eher peinlich berührt. Nicht dass sie mit hochrotem Kopf dagesessen und sich die Ohren zugehalten hätte, wenn ich von meinen kleinen Abenteuern berichtet habe. Mir kam es eher so vor, als würde sie erschrecken, wenn ich von einem Zungenkuss oder später auch von meinem ersten Mal erzählt habe. So, als habe sie Angst davor. Ich habe es dann auch irgendwann gelassen.«

»Aber Sie standen sich schon sehr nahe?«

»Wie das so ist in dem Alter: Freundschaft auf ewig und so weiter.« Franziska Bergmann lächelte mild. »Ja, es war schon eine tiefe Beziehung zwischen uns beiden. Wir haben sehr viel miteinander gemacht, fast ständig aufeinandergehockt. An den Wochenenden habe ich bei ihr übernachtet oder sie bei mir. Wenn ich mich dann mal davongestohlen habe, weil es mir zu viel wurde, war sie eingeschnappt. Aber ich hatte auch ein anderes Leben.« Sie lachte wieder. »Wo hätte ich auch sonst etwas mit Jungs anfangen können?«

»Sie sagten vorhin, Sie hätten Julia in Emden besucht. Wann war das?«

»Gute Frage. Ich glaube, Julia war im dritten Semester.« Franziska Bergmann legte den Kopf in den Nacken und schien nachzudenken. »Ja, das könnte hinkommen.«

»Wie lange waren Sie bei ihr?«

»Ein Wochenende. Sie hatte eine kleine Wohnung. Sauber und ordentlich. Als ich sie gefragt habe, ob sie extra für mich aufgeräumt habe, war sie doch tatsächlich beleidigt. Kein guter Einstand für mich, aber ich habe zu der Zeit in einer Chaos-WG gewohnt und war wie vor den Kopf gestoßen, als ich ihre Wohnung gesehen habe. Schlafzimmer, Küche und noch ein Wohnzimmer.«

»Hatte Julia zu diesem Zeitpunkt einen Freund?«

»Das weiß ich nicht. Wenn, dann hat sie mir nichts davon erzählt.«

»Hat Julia an dem Wochenende über ihre Studienfreunde gesprochen?«

Franziska Bergmann runzelte die Stirn. »Das ist jetzt fast zwanzig Jahre her. Ich weiß es ehrlich gesagt nicht mehr. Über irgendetwas müssen wir ja aber geredet haben.« Sie schwieg einige Sekunden. »Die beiden Tage waren etwas krampfhaft. Ich habe mich damals quasi selbst eingeladen. So richtig begeistert war sie nicht, als ich dann auftauchte. Zumindest habe ich es so empfunden. Ich wollte meine alte Freundin wiedersehen, sie war aber eher abweisend. Ich kam aus dem wilden Studentenleben in Göttingen, hatte dort ganze Nächte durchgefeiert und alles ausprobiert, was es auszuprobieren gab, da können Sie sich vorstellen, was für ein Kulturschock das für mich war. Julia saß da in diesem kleinen Ort an der Küste in ihrer schicken Wohnung und studierte ein Fach, das sie nie hatte studieren wollen.« Sie rieb sich mit der Hand über die Stirn. »Jetzt fällt mir doch wieder etwas ein. An einem Abend waren wir in einer Studentenkneipe, da habe ich ein paar ihrer Kommilitonen kennengelernt. Das waren fast nur Männer.

Ich glaube, Julia hat mir erzählt, dass es in ihrem Jahrgang nur zwei oder drei weitere Frauen gab.« Franziska Bergmann setzte sich auf und legte den Kopf in den Nacken. »An irgendwelche Namen kann ich mich nicht erinnern. Aber ich weiß noch, wie ein paar der Jungs Julia angeschmachtet haben. Gruselig. Als wäre sie das einzige weibliche Wesen auf der Welt.«

»Können Sie sich erinnern, worüber Sie an diesem Wochenende noch mit ihr gesprochen haben?«

Franziska Bergmann schien Ennas Frage nicht gehört zu haben. Sie starrte geistesabwesend vor sich hin, bis sie Enna erschrocken ansah. »Entschuldigung. Ich war in Gedanken. Was haben Sie gesagt?«

»Ich würde gerne wissen, worüber Sie sich noch unterhalten haben.«

»An dem Wochenende? Wir haben zwei lange Spaziergänge gemacht. Das weiß ich noch. Aber über was wir konkret gesprochen haben … Tut mir leid.«

»Was haben Sie gedacht, als Sie von Julias Tod gehört haben?«

Franziska Bergmann schwieg eine Weile. »Entsetzt war ich, habe mir Vorwürfe gemacht. Mir kam es vor, als trage ich eine Mitschuld. Verrückt, aber so war es.« Sie seufzte. »Was habe ich gedacht? Ich war traurig, verwirrt. Warum gerade Julia, die nie jemandem etwas getan hat? Sie war der friedliebendste Mensch der Welt. Es war für mich damals unvorstellbar, dass sie womöglich von einem Vergewaltiger ermordet worden war.«

»Wie meinen Sie das?«, fragte Enna.

»Das war meine spontane Reaktion. Natürlich war mir die Dunkelziffer bei sexueller Gewalt an Frauen bewusst. Mindestens jede dritte Frau ist in irgendeiner Form davon betroffen. Trotzdem habe ich gedacht: Julia doch nicht. Sie war immer so vorsichtig, zurückhaltend. Ich konnte und kann mir nicht vorstellen, dass sie zu einem Fremden ins Auto gestiegen ist. Oder gehen Sie davon aus, dass es jemand aus ihrem unmittelbaren Umfeld war?«

»Wir sind noch ganz am Anfang unserer Ermittlung. Denkbar sind beide Möglichkeiten.«

»Deshalb die Frage nach den Freunden in Emden. Ich verstehe.«

»Sie sagten, Sie konnten damals nicht verstehen, dass es Julia getroffen hatte. Später sind Sie zu einem anderen Schluss gekommen?«

»Heute weiß ich, dass eher Frauen angegriffen werden, die unsicher und zurückhaltend sind«, sagte Franziska Bergmann. »Und Julia wirkte so auf andere Menschen. Allerdings denke ich, dass sie im Kern mehr Widerstandskraft besaß, als sie sich selbst zugestanden hat. Ein solch verhasstes Studium durchzuziehen, dazu gehört schon einiges an Energie.«

»Glauben Sie, dass Julia nach dem Studium in der Firma ihres Vaters gearbeitet hätte?«

»Huh! Das ist jetzt aber eine schwierige Frage.« Franziska Bergmann stand auf und begann, im Raum auf und ab zu laufen. »Entschuldigen Sie, ich kann beim Gehen besser nachdenken.«

»Kein Problem.«

Franziska Bergmann ging zum Fenster und kippte es, bevor sie zu Enna zurückkehrte. »Es gab Zeiten, da war ich vollkommen überzeugt, dass sie mit mir zusammen studieren würde. Als ich sie in Emden besucht habe, war ich entsetzt über ihre Anpassungsfähigkeit und überzeugt, dass sie sich niemals wieder aus dieser Spirale würde befreien können.«

»Und heute? Ganz spontan, was würden Sie sagen?«

»Vielleicht ist es ja Wunschdenken, aber ich glaube nicht, dass sie in der Firma angefangen hätte. Sie wusste nur zu genau, dass sie es nicht lange durchgehalten hätte. Nein, sie wäre geflüchtet.«

»Danke für Ihre Offenheit. Können Sie mir auch etwas über Julias Bruder sagen?«

»Er war erst vierzehn, als ich diesen Ort verlassen habe, hatte aber schon so ein …«, sie breitete die Arme aus, »… Strafregister. Kein echtes, aber ein gefühltes. Als ich Julia in Emden besucht habe, hat sie mir von ihm erzählt. Dass er in der Zehnten von der Schule geflogen sei. Drogen, Alkohol und Schlägereien. Aber das wissen Sie sicher schon.«

»Nein, solche Jugendstrafen sind nicht direkt einsehbar für uns. Erzählen Sie ruhig.«

»Christian ist bereits als kleiner Junge aggressiv gewesen. Als Teenie hat er immer wieder Probleme gemacht. Sein Vater hat mit seinen Beziehungen einiges regeln können, aber ab einem bestimmten Punkt geht das selbst in diesem Ort nicht mehr. Mein alter Herr hat am Friesoyther Gymnasium unterrichtet, daher habe ich so einiges am Abendessenstisch mitbekommen. Christian hat Mitschüler gemobbt, geschlagen und andere mit Drogen versorgt. Nicht verkauft, sondern verschenkt. Sie können sich sicher vorstellen, warum er das gemacht hat. Freunde kaufen, das war seine Masche. Als die Polizei ihn erwischt hat, ist der Schulleitung wohl der Kragen geplatzt.«

»Was ist danach mit ihm passiert?«

»Das weiß ich nicht. Als ich bei Julia war, hat sie nur erzählt, dass ihr Vater die Reißleine gezogen habe. Was immer das auch heißen mochte. Mehr wollte sie mir nicht sagen, und ich habe auch nicht weiter nachgefragt.«

»Wie schätzen Sie Christian Dirksen persönlich ein?«

»Ich will da nichts Falsches sagen. Ich habe ihn zwar als Jugendlichen gekannt, aber das ist zwanzig Jahre her. Menschen können sich ändern.«

»Christian muss doch damals darunter gelitten haben, dass nicht er, sondern seine Schwester zur Nachfolgerin aufgebaut wurde.«

Franziska Bergmann runzelte die Stirn. »Ich möchte mich da wirklich etwas bedeckt halten. Kann ich Ihnen sonst noch irgendwie helfen?«

»Gibt es noch etwas, was Sie mir von Ihrem Besuch in Emden erzählen können?«, fragte Enna.

Franziska Bergmann dachte kurz nach, dann stand sie abrupt auf. »Von dem Besuch direkt nicht. Aber gerade fällt mir ein, dass Julia mir kurz danach eine E-Mail geschrieben hat. Vielleicht habe ich die noch gespeichert? Wenn Sie einen Moment Zeit haben, schaue ich gerne nach.«

Sieben

Liebe Franziska,

jetzt ist es drei Wochen her, dass du mich hier in Emden besucht hast. Ich habe mir während der Zeit viele Gedanken über uns beide gemacht und vor allem darüber, wie ich mich dir gegenüber am Wochenende verhalten habe.

Ja, ich habe mich über deinen Besuch nicht so gefreut, wie ich es gewollt hätte. Du wirst jetzt fragen, wie das kommt, und ich würde dir so gerne etwas dazu sagen. Aber ich habe keine fertigen Antworten, sosehr ich es mir wünsche.

Wir waren in Friesoythe so eng befreundet, dass ich schon manches Mal dachte, du wärst mir wichtiger als meine Familie. Du warst der Dreh- und Angelpunkt für mich und ich hoffe, ich für dich auch ein wenig.

Als du so plötzlich ein Jahr vor dem Abitur die Schule verlassen hast, bin ich in ein tiefes Loch gefallen. Ich habe dich gehasst und dich gleichzeitig so schmerzhaft vermisst. Ich habe dich verflucht und trotzdem gebetet, dass du wiederkommst. Es war die Hölle. Ich konnte dir das damals nicht sagen, weder am Telefon noch in einem Brief. Ich konnte dich auch nicht besuchen kommen, weil ich Angst hatte, dann die ganze Zeit nur zu heulen. Dass du nicht zu mir gekommen bist, kann ich verstehen. Ich wusste ja, dass du diesen Ort, wie du ihn immer genannt hast, abgrundtief gehasst hast und nie wieder betreten wolltest.

Hast du dich jemals gefragt, warum unsere Beziehung so eng war? Vielleicht hast du es ja auch gar nicht so empfunden wie ich – wir haben ja nie wirklich darüber gesprochen. Und waren wir in der Hinsicht nicht genau Kinder dieses Ortes? Etwas nicht auszusprechen, was mit Gefühlen zu tun hat, hat in Friesoythe eine lange Tradition. Gott sei gelobt und die Engel im Himmel. Diese ganze verlogene katholische Gemeinschaft ist doch zum Kotzen! Du wunderst dich wahrscheinlich gerade, wie ich über meine Religion rede. Ja, ich bin nach wie vor gläubig, aber die Institution Kirche ist mir inzwischen zuwider. Und ich bin zutiefst erschrocken über die vielen Menschen, die ihr wie Lemminge folgen.

Aber ich wollte ja über dich und mich schreiben. Was war das damals mit oder zwischen uns? Eine ganz normale Mädchenfreundschaft? Ich habe nie gewagt, dich danach zu fragen. Damals in Friesoythe nicht und auch nicht an unserem Wochenende. Für mich war es auf jeden Fall mehr als eine normale Freundschaft. Ich habe dich gebraucht, verehrt, ja, wenn ich ehrlich bin, sogar geliebt. Wahrscheinlich geht das allen jungen Mädchen so. Wir brauchen eine Bezugsperson in unserem Alter, der man alles erzählen kann, mit der man sein Leid, aber auch die Freude teilt. Das warst du für mich.

Als du dann vor mir gestanden bist, hier in Emden, habe ich danach gesucht, nach diesem alten Gefühl. Es war gleich wieder da, aber ich habe auch gespürt, dass trotzdem etwas anders war zwischen uns beiden. War es meine Enttäuschung darüber, die mich so distanziert hat sein lassen? Ich weiß es nicht. Und vor allem will ich nicht dir die Schuld daran geben, dass unser Wochenende so verlaufen ist. Du warst mein Gast und ich hätte besser für dich sorgen müssen, dir näher sein müssen, als ich es in dem Augenblick konnte.

Ich habe lange gezögert, dir das alles zu schreiben. Auch jetzt, kurz vor dem entscheidenden Klick, mit dem ich die Mail zu dir sende, bin ich unsicher, ob ich die richtigen Worte gefunden habe, ob du mich verstehen wirst und mir verzeihen kannst.

Ich würde so gerne Kontakt zu dir halten. Vielleicht, wenn du es überhaupt noch möchtest, komme ich dich bald mal besuchen. Was hältst du davon?

Ich wünsche dir alles Gute und Liebe, Franziska, und würde mich unheimlich freuen, wenn du mir antwortest.

Deine alte Freundin

Julia

Enna legte die ausgedruckte Mail auf den Tisch.

»Haben Sie ihr damals zurückgeschrieben?«, fragte Enna.

Franziska Bergmann runzelte die Stirn. »Ich weiß es nicht mehr genau, aber vermutlich nicht. Ich wollte damals mit der Vergangenheit nichts mehr zu tun haben. Mein Besuch bei Julia war für mich mehr ein Abschiedsbesuch als ein Neuanfang.« Sie nahm das Blatt in die Hand. »Ich habe die Mail seit Julias Tod nicht mehr gelesen. Sie ist viel intensiver, als ich sie in Erinnerung hatte. Julia fleht ja geradezu darum, dass wir in Kontakt bleiben.«

»Sie hat sich nie wieder bei Ihnen gemeldet?«

»Nein. Aber so war Julia. Wenn ich ihr nicht geantwortet habe – und davon gehe ich jetzt mal aus –, hat sie sich auch nicht aufgedrängt.« Franziska Bergmann legte den Ausdruck zurück auf den Tisch, ließ aber eine Hand auf dem Papier liegen. »Julia hat immer viel mit sich selbst ausgemacht. Ich hätte wohl antworten sollen. Vielleicht wäre alles anders gekommen, wenn ich mit Julia in Kontakt geblieben wäre.« Sie stöhnte leise. »Hätte, wäre.«

»Warum meinen Sie das?«, fragte Enna mit zurückhaltender Stimme.

»Nur so ein Gefühl. Vielleicht hätte sie sich endgültig von diesem Ort getrennt und wäre nicht zu dieser Feier am 1. Mai gegangen. Ich verstehe auch nicht, was Julia da wollte. Das sind doch reine Sauftouren. Ich war nur einmal da und hatte nach einer halben Stunde genug davon.«

»Und Julia?«

»Sie war da flexibler oder, sollte ich sagen, anpassungsfähiger. Sie konnte nicht gut Nein sagen und ist halt mitgegangen, wenn sie gefragt wurde, auch wenn sie selbst nicht gerne Alkohol getrunken hat. Anders kann ich es mir nicht erklären.«

»Warum hatte Julia nie einen festen Freund? Zumindest konnten wir bisher in keiner Aussage einen derartigen Anhaltspunkt finden.«

»Ich habe immer mal versucht, sie zu verkuppeln. Meine jeweiligen Freunde hatten genügend Kumpels, die an Julia interessiert waren. Sie hat aber immer dankend abgelehnt. Sie fragen jetzt sicher gleich, warum.« Franziska Bergmann hob entschuldigend die Arme. »Ich kann es Ihnen nicht mit Bestimmtheit sagen.«

»War sie nicht an Jungs interessiert?«

»Sie meinen, ob Julia lesbisch war?«

»Zum Beispiel. Oder asexuell.«

»Damals habe ich mir darüber keine Gedanken gemacht. In Friesoythe war Sexualität eins der vielen Tabuthemen.« Franziska Bergmann nahm die Mail ein weiteres Mal auf und las. »Man könnte das tatsächlich aus dem Text schließen, aber nein, ich habe nie etwas bemerkt, was darauf hingewiesen hätte.«

»Vielleicht war Julia sich selbst nicht darüber im Klaren oder war auf der Suche? Wäre sie damit offen umgegangen? Wie hätte die Familie reagiert?«

»Asexuell wäre nicht weiter aufgefallen. Ihre Eltern hätten sicher gedacht, dass sie auf den richtigen Mann wartet, und sich gefreut, dass sie sich für ihn …«, Franziska Bergmann malte mit den Händen Anführungszeichen in die Luft, »… aufspart. Aber lesbisch, das wäre für diese Leute eine Schande gewesen. Allerdings muss ich ehrlich sagen, dass das reine Spekulation ist. In Friesoythe selbst hat sich zu meiner Zeit niemand zu seiner Homosexualität bekannt. Unter vorgehaltener Hand wurde darüber geredet, aber nie offen.«

»Verstehe«, sagte Enna. »Wenn ich Ihre Aussage richtig interpretiere, waren Sie der Meinung, dass Julia irgendwann ausbrechen würde.«

»Ja, das war meine Vermutung oder eigentlich unser gemeinsamer Plan. Wie es aussieht, hatte sie sich aber anders entschieden.«

Auf Ennas weitere Fragen antwortete Franziska Bergmann bereitwillig. Nach einer halben Stunde reichte Enna ihr eine Visitenkarte. »Wenn Ihnen noch etwas einfällt, wäre ich dankbar, wenn Sie mich informieren. Darf ich Sie im umgekehrten Fall anrufen?«

»Natürlich! Das bin ich Julia schuldig. Ich stehe Ihnen jederzeit zur Verfügung.«

Enna schloss die Tür der Hundehütte auf. Bevor sie in ihr Büro ging, schaute sie bei Paulsen rein. Er saß vor seinem Laptop und tippte mit zwei Fingern etwas ein.

»Wie lief es?«, fragte Enna, die in der offenen Tür stand.

»Gut. Den Rest erzähle ich gleich.«

»Pia noch nicht wieder da?«

»Sie hat mir geschrieben. Sie ist vor einer halben Stunde losgefahren.«

»Okay. Dann warten wir auf sie.«

In diesem Augenblick wurde die Haustür aufgeschlossen. »Gebt mir zehn Minuten«, rief Pia. »Wer macht Kaffee?«

Paulsen stellte die gefüllten Kaffeetassen auf den Küchentisch.

»Dann fange ich mal an«, sagte Enna und berichtete ausführlich von dem Gespräch mit Franziska Bergmann.

»So was Ähnliches habe ich schon erwartet«, sagte Pia. »Hast du die Namen der weiblichen Cliquen-Mitglieder? Die Jungs der Truppe habe ich schon befragt.«

Enna stand auf und schrieb zwei Frauen- und drei Männernamen an die Flipchart. »Plus Franziska Bergmann, solange sie in Friesoythe lebte.«

Paulsen räusperte sich hörbar. »Ich habe noch was zu sagen.« Er trommelte rhythmisch mit dem Finger auf die Küchenplatte. Pia legte ihre Hand auf seine. Er hielt inne. »Also, ich bin in Bösel aufgewachsen und in Friesoythe aufs Gymnasium gegangen.«

»Echt jetzt?«, fragte Pia und sah ihn mit großen Augen an. »Und das sagst du jetzt erst?«

»Ich kenne weder das Opfer persönlich noch die mir bisher bekannten Zeugen.«

Pia schüttelte vehement den Kopf. »Paulsen! Das ist jetzt nicht dein Ernst, das so runterzuspielen, oder? Ein kleiner Hinweis wäre schon cool gewesen. Ich finde sogar, dass das …«

»Okay, das reicht«, unterbrach Enna ihre junge Kollegin. Sie war froh, dass Paulsen sich selbst geoutet hatte. »Ich sehe da keinen Interessenkonflikt. Im Gegenteil, wenn du dich dort in der Gegend auskennst, Paulsen, sollte uns das die Arbeit erleichtern.«

Paulsen nickte. »Nach dem Abitur bin ich übrigens weg.«

»Und bist nie wieder dort gewesen?«, fragte Pia immer noch leicht verschnupft. »Was ist mit deinen Eltern?«

Paulsen atmete schwer. »Das waren nicht meine Eltern.«

»Wie bitte?«, fragte Pia, schien aber im nächsten Augenblick zu begreifen, was Paulsen damit gemeint hatte. »Okay! Du bist also …«

»Adoptiert«, sagte Jan Paulsen.

»Na gut«, antwortete Pia nach kurzem Zögern. »Aber trotzdem hast du da gelebt. So mit allem Drum und Dran? Bist du katholisch?«

Paulsen stöhnte auf. »Die haben mich getauft, aber ich bin später ausgetreten.«

»Dann wäre das ja soweit geklärt«, sagte Enna. »Noch Fragen zu meinem Bericht?«

Sie hatte zuvor bereits Kopien von Julia Dirksens Mail ausgeteilt.

»Julia scheint mehr als ihre beste Freundin verloren zu haben«, sagte Pia Sims. »Das muss ein regelrechtes Trauma für sie gewesen sein.«

»Enden Mädchenfreundschaften früher oder später nicht immer so dramatisch?«, fragte Paulsen.

»Paulsen!« Pia funkelte Paulsen an. »Bei dem Thema solltest du einfach deinen Mund halten.«

»Bitte etwas sachlicher, Pia«, sagte Enna ruhig. »Wir sind ein Team, und da sind unterschiedliche Ansätze nicht nur erlaubt, sondern entscheidend für unsere Arbeit.«

»Ist ja schon gut.« Pia wandte sich zu Paulsen. »War nicht so gemeint. Und nein, das ist natürlich nicht immer so. Es gibt Freundschaften, die halten ein Leben lang. Wenn man jung ist, sind natürlich mehr Emotionen im Spiel, aber wenn ich die Mail richtig interpretiere, war Julia regelrecht verliebt in ihre Freundin.«

»Also war das mehr als nur Freundschaft?«, fragte Paulsen, dem Pias kleiner Ausraster nichts ausgemacht zu haben schien.

»Was hat die Bergmann dazu gesagt?«, fragte Pia an Enna gewandt.

»Ich habe natürlich gefragt, aber keine zufriedenstellende Antwort bekommen. Franziska Bergmann zufolge hat Julia ihr auf jeden Fall nichts dergleichen anvertraut.«

»Und sie selbst?«, fragte Pia. »Ist sie hetero?«

»Ja, das hörte sich definitiv so an.«

»Ist das alles in unserem Fall wirklich so wichtig?«, fragte Paulsen.

»Kann durchaus sein«, sagte Pia. »Du bist doch da aufgewachsen. Was wäre passiert, wenn sie sich geoutet hätte?«

»Vorausgesetzt, es gab etwas zum Outen«, sagte Paulsen.

»Logo! Also, was wäre passiert?«

»Es wäre totgeschwiegen worden. Ende. Sie hätten sie gezwungen zu heiraten. Solange niemand etwas davon erfahren hätte, wäre es kein großes Problem gewesen. Selbst wenn sie außerhalb von Friesoythe eine Affäre mit einer Frau gehabt hätte, hätte kein Hahn danach gekräht.«

»Was für eine verlogene Gesellschaft. Also alles okay, solange sie es im Geheimen macht«, sagte Pia und es klang, als spräche sie zu sich selbst.

»Sag ich doch. Offen wäre das damals nicht möglich gewesen. Wie das heute in Friesoythe ist, weiß ich natürlich nicht.«

Pia war anzusehen, wie nah ihr das Thema ging. Ihre Ohren waren rot angelaufen, sie atmete flacher als zuvor und lehnte sich jetzt nach vorne zu Paulsen. »Was für ein Schmierentheater! Und was wäre passiert, wenn sich Julia unbedingt offen zu ihrer Sexualität hätte bekennen wollen? Was hätte diese Heuchlerbande gemacht?«

»Leute!«, ging Enna dazwischen. »Dass Julia Dirksen lesbisch war, ist eine vage Vermutung, die wir bisher nicht unterfüttern können. Natürlich wäre ein öffentliches Outing für diese Familie ein Drama gewesen. Aber einen direkten Zusammenhang mit ihrem Tod sehe ich nicht, zumindest noch nicht. Wir werden den Aspekt im Auge behalten. Vielleicht finden sich ja Anhaltspunkte für die These.«

Enna sah vom einen zur anderen. Beide nickten.

»Okay. Paulsen, was hast du zu berichten?«

Acht

Paulsen schlug sein Notizbuch auf. »War nicht so einfach, Einblick in die Hochschulunterlagen zu bekommen. Zum Glück hatte ich dann den Beschluss auf dem Handy. Den habe ich vor Ort ausgedruckt und bekam dann gnädigerweise eine Dame zugeordnet, die für mich die Hochschuldatenbank durchforstet hat. Die erste Überraschung war, dass Julia Dirksen nicht nur in Betriebswirtschaft eingeschrieben war, sondern parallel auch Sozialpädagogik studiert hat. Und zwar seit ihrem zweiten Semester.«

»Das war schon vor dem Besuch von Franziska Bergmann«, sagte Enna. »Und sie hat ihr das nicht erzählt.«

Pia nickte nachdenklich. »Nicht einmal ihrer ehemals besten Freundin. Sie muss panische Angst gehabt haben, dass ihre Eltern etwas herausbekommen.«

»Sie hat in beiden Studiengängen alle notwendigen Scheine und Prüfungen gemacht«, sagte Paulsen. »Ich habe mich dann in den Fachbereichen informiert und tatsächlich einen Professor gefunden, der sich an Julia erinnern konnte. Ein Psychologe.« Schon am Klang von Paulsens Stimme war zu erkennen, was er von diesem Beruf hielt. Er hatte jede Silbe einzeln betont und am Ende gehüstelt.

»Und?«, fragte Pia, die seinen Ausführungen aufmerksam folgte.

»Er wusste nichts davon, dass sie zwei Studiengänge gleichzeitig belegt hatte, und wunderte sich, wie sie das geschafft haben sollte. Laut seiner Aussage war sie extrem engagiert, was wohl bedeutet, dass sie Jahrgangsbeste war. Das gleiche Prozedere habe ich im anderen Fachbereich durchgezogen. Hier war zwar kein Professor zu finden, aber Julias Prüfungsergebnisse konnte ich einsehen. Alles Bestnoten.«

»Wow!«, sagte Pia. »Das musst du erst mal bringen. Aus Angst vor der Familie arbeitet sie Tag und Nacht, um auch im verhassten Fach zu glänzen.«

»Keine voreiligen Schlüsse, Pia«, sagte Enna. »Wir wissen noch nicht, warum sie beide Studiengänge belegt hat. Immerhin sollte sie eine ganze Firmengruppe übernehmen. Da wäre es durchaus von Vorteil, auch Kenntnisse aus dem sozialen Bereich zu haben.«

»Auch Franziska Bergmann hat davon gesprochen, dass Julia einen sozialen Beruf ergreifen wollte«, sagte Pia. »Hinweise haben wir schon. Aber gut. Was war weiter, Paulsen?«

»Ich habe mir die Studentenlisten der jeweiligen Jahrgänge geben lassen. Auf die übrigen Jahrgänge habe ich erst mal verzichtet. Es sind so schon unzählige Personen, von denen wir die aktuellen Wohnorte ermitteln müssen. Aber ich hatte Glück. Die Sekretärin im Fachbereichsbüro hat mir einen Tipp gegeben. Einer der Wirtschaftsprofessoren war in Julia Dirksens Semester. Ich habe ihn auch angetroffen und die Gelegenheit genutzt.«

Enna stand auf und ging mit dem Filzstift in der Hand zur Flipchart. »Name?«

»Boris Lütgen. Sehr gesprächig war er nicht und dazu noch kurz angebunden. Der übliche Schnösel, wenn man mal vom Alter absieht.« Paulsen sah seine Notizen durch. »Er hat natürlich die Aufzeichnung verweigert. Ich durfte mitschreiben, was er ausgesprochen amüsant fand.«

»Komm zum Punkt, Paulsen«, sagte Pia. »Wir haben nicht ewig Zeit.«

»Schon wieder ein Date?«

»Klappe, alter Mann. Was hat dieser Lütgen nun zu sagen gehabt?«

Enna fragte sich, was mit Pia los war. Nach einem etwas holprigen Start vor vier Monaten hatte ihr Team sich eigentlich zusammengefunden und bei den letzten Fällen reibungslos zusammengearbeitet. Warum Pia in den letzten Tagen so allergisch auf Paulsen reagierte, war ihr unklar. Sie würde sie darauf ansprechen müssen.

»Kannte Lütgen Julia?«, fragte Enna.

»Bei nur drei Frauen im Semester ist das wohl kaum zu vermeiden«, antwortete Paulsen. »Er konnte sich zumindest gut an sie erinnern, behauptete zwar, dass dies an ihrem gewaltsamen Tod liege, aber das habe ich ihm nicht abgenommen. Nach und nach hat er sich in – wenn auch kleine – Widersprüche verstrickt. Er hat Julia Dirksen als Streberin und arrogant bezeichnet. Sie hat angeblich damit geprahlt, dass sie später Papas Firmen übernehmen würde.«

»Klingt nicht nach der Julia, wie Franziska Bergmann sie beschrieben hat«, sagte Pia. »Da ist der Herr Professor wohl bei ihr abgeblitzt.«

»Mag sein«, sagte Paulsen. »Ich habe es nur einmal geschafft, ihn richtig aus der Reserve zu locken. Er hat dann eine Bemerkung gemacht, dass der halbe Jahrgang von Julia vernascht worden wäre.«

Pia Sims richtete sich auf. »Was ist das denn für ein Widerling?«

»Was hast du noch?«, fragte Enna.

»Den Herrn Professor habe ich dann erst mal in Ruhe gelassen. Es war mir gleich klar, dass man dem nur mit harten Fakten kommen kann. Ohne wird er nichts mehr sagen. Und ich weiß inzwischen auch, warum.«

»Mach's nicht so spannend, Paulsen«, sagte Pia und klang leicht genervt.

Paulsen reagierte nicht auf sie und fuhr fort: »Ich bin dann zurück zur Sekretärin. Bei einem Kaffee hat sie ein wenig aus dem Nähkästchen geplaudert.« Paulsen legte sein Handy auf den Tisch und ließ eine Aufnahme ablaufen.

»Der Lütgen war der Wortführer dieser Gruppe«, sagte eine Frauenstimme.

»Welcher Gruppe genau?«, fragte Paulsen.

»Das waren sechs Studenten aus dem Semester von dieser toten Studentin.«

»Julia Dirksen?«

»Ja, die meine ich natürlich. Die haben sich hier aufgeführt, als hätten sie das Sagen. So eine Art Studentengemeinschaft haben sie gegründet. Wie heißen die denn noch? Zwar ohne diese Uniformen und die Säbel und so.«

»Eine Studentenverbindung oder Burschenschaft?«, fragte Paulsen.

»Genau. So ein rechter Klub. Ich bin ja schon ewig in der SPD, müssen Sie wissen, und natürlich in der Gewerkschaft. Versteht sich ja von selbst. Am Anfang haben die Flugblätter verteilt mit so merkwürdigen Theorien drin. Verschwörungssachen halt. Gibt es ja heute im Internet überall. Lange haben die das auch nicht gemacht. Das war wohl hier nicht das richtige Pflaster, würde ich mal sagen.«

»Und Julia Dirksen? Was hatte sie mit der Gruppe zu tun?«

»Zu tun? Warum? Nein, sie hat mir nur mal gesagt, dass sie diese Typen für Arschlöcher hält. Entschuldigen Sie den

Ausdruck, aber genau so hat sie es gesagt: ›testosterongesteuerte Arschlöcher‹. Eigentlich hat Julia nie solche Ausdrücke benutzt. Auf jeden Fall wollte sie nichts mit denen zu tun haben. Aber wie gesagt, ich sitze ja den ganzen Tag im Büro, da schnappt man nur hin und wieder etwas auf. Und natürlich in der Cafeteria. Ja, so zwischen den Mitarbeitern wird natürlich auch geredet. Das stimmt schon.«

»Kenne ich auch. Die Buschtrommel ist manchmal nicht zu verachten«, war Paulsen zu hören. »Man muss nur unterscheiden können, was Gerede ist und was einen wahren Kern hat.«

»Genau! Sag ich auch immer. Die Kollegen reden viel, wenn der Tag lang ist. Das meiste davon ist Gequatsche. Das beeindruckt mich nicht mehr. Dafür mache ich den Job hier schon zu lange.«

»Und? Was haben die Kollegen so erzählt? Gab es was Wichtiges?«

Die Frau seufzte leise. »Das ist ja schon ein paar Jährchen her, Herr Kommissar. Und ich will auch nichts Falsches sagen.«

»Keine Angst, ich weiß da schon mit umzugehen. Sie brauchen auch nicht zu befürchten, dass irgendjemand hier im Haus etwas erfährt.«

»Ganz sicher?« Die Frau hatte die Stimme gesenkt.

»Absolut. Dafür garantiere ich.«

Es entstand eine kleine Pause. Enna hörte ein Rascheln, dann schien jemand eine Tasse oder ein Glas auf einem Tisch abzustellen.

»Gut, dass diese Bande Verschwörungstheorien verbreitete, habe ich ja schon gesagt, oder?«

»Ja, das haben Sie«, antwortete Paulsen.

»Die Mitglieder der Gruppe sollen an der Börse spekuliert haben. Wissen Sie noch? Das war die Zeit, wo später alles zusammengebrochen ist, dieser …«

»… Neue Markt?«

»Genau, mit den ganzen Firmen, die eigentlich keine waren, und dann ist die Blase geplatzt.«

»An der Börse spekulieren ist ja nicht verboten«, bemerkte Paulsen.

»Das weiß ich auch. Aber bei deren Aktionen soll nicht alles mit rechten Dingen zugegangen sein. Aber wie gesagt, das habe ich nur gehört. Die sollen Informationen gehabt haben, die sonst keiner hatte.«

»Sie wissen aber nichts Genaues?«

»Nein, ich habe da ja auch nie mitgemacht. Ich habe von einigen Kollegen gehört, dass sie viel Geld verloren haben. Diese Bande hat sie in den Schlamassel reingezogen.«

»Reingezogen?«, fragte Paulsen. »Wie muss ich mir das vorstellen?«

»Na ja, die haben deren Geld investiert. Und später verloren, als es dann alles den Bach runterging. Das hat natürlich niemand so offen zugegeben. Aber unter der Hand war da schon die Rede von.«

»Ja, gerade damals war der Börsenhandel am Neuen Markt sehr spekulativ. Aber auch das ist nicht strafbar«, sagte Paulsen.

»Schon, wenn diese Bande ehrlich mit dem Geld umgegangen ist. Ein Kollege – er ist schon seit ein paar Jahren in Rente – hat mir erzählt, dass er zwanzigtausend Mark investiert habe. Erst sollen die Aktienkurse in die Höhe geschossen und dann immer weiter gesunken sein. Die haben ja damals schon mit Euro gehandelt, schon vor der Einführung.«

»Ja, das weiß ich. Was sagte denn ihr Kollege noch?«

»Er fühlte sich betrogen von der Bande. Von dem ganzen Geld hat er nichts zurückbekommen. Die Aktien standen am Schluss auf ein paar Cent.«

»Hat Julia Dirksen auch von diesen Spekulationsgeschäften gewusst?«

»Na ja, solange es nur bergauf ging, haben da viele drüber geredet. Als es dann langsam losging mit dem Drama, wurde es stiller. Aber ich habe gehört, dass die Bande die Leute genötigt hat, mehr zu investieren. Wohl, um die Verluste auszugleichen. Ob das Geld dann auch wirklich für Aktien ausgegeben wurde, ist eine andere Frage.«

Paulsen stellte die Aufnahme aus. »Hier kommt jetzt nicht viel mehr. Ich springe mal auf einen späteren Zeitpunkt.«

»Da war also noch was?«, hörte man Paulsen fragen.

»Das muss aber absolut unter uns bleiben«, antwortete dieselbe Frauenstimme wie zuvor.

»Auf jeden Fall. Ich bürge dafür.«

»Partys. Wilde Partys. Mit Champagner und Kaviar. Es sollen auch Damen aus dem Rotlichtmilieu dabei gewesen sein. Aus Oldenburg und Bremen.«

»Prostituierte. Verstehe.« Paulsen machte eine kurze Pause, bevor er weitersprach: »Aber da war noch mehr?«

»Es soll auch Übergriffe gegeben haben.«

»Gegen die Prostituierten?«

»Kann sein, aber was da genau abgelaufen ist, weiß ich nicht. Die haben auch Studentinnen dort gehabt. Ich weiß nicht, ob die zusammen mit diesen anderen Frauen da waren. Aber das ist auch nicht so wichtig.«

»Und dabei ist es zu Übergriffen gekommen?«, fragte Paulsen.

»Es gab da einen Vorfall. Eine Studentin ist zum Präsidenten gegangen und hat sich über die Jungs beschwert.«

»Ging es um eine Vergewaltigung?«

»Das weiß ich eben nicht«, antwortete die leise Frauenstimme. »Das ist alles totgeschwiegen worden. Niemand wollte einen Skandal. Ich habe gehört, dass da Geld geflossen ist. Ob das stimmt, weiß ich allerdings nicht.«

»Geld? Von der Gruppe an die Frau?«

»Ja, natürlich. Danach war ja auch Ruhe. Ich habe nie wieder etwas davon gehört.«

»Erinnern Sie sich an den Namen der Frau?«

Paulsen stellte die Aufnahme aus. »Sie hat mir den Namen aufgeschrieben. Sonja Schneider, sie war nicht in Julias Jahrgang. Ich habe ihre damalige Heimatadresse, aber noch nicht ihre aktuelle Adresse recherchiert.«

»Hat deine Zeugin Julia Dirksen mit diesen Feiern in Verbindung gebracht?«, fragte Enna.

»Nein, das nicht. Ich halte es trotzdem für eine mögliche Spur. Übrigens: Nach diesem Vorfall mit Sonja Schneider ist die Gruppe wohl vorsichtiger geworden und hat ihre Strategie geändert.«

»Woraus schließt du das?«, fragte Enna.

»Meine Zeugin meinte, dass sie danach nichts mehr über derartige Veranstaltungen der Gruppe gehört habe. Ich vermute, dass sie das Risiko gescheut haben und vorsichtiger vorgegangen sind. Vielleicht war Sonja Schneider nur das erste Opfer und es gibt weitere? Ich meine, es kön…«

»Paulsen!«, fiel Pia ihm ins Wort. »Das ist hochspekulativ! Du bist doch der Mann der harten Fakten.«

»So ganz unrecht hat Pia nicht, aber warten wir ab, bis wir die frühere Studentin gefunden haben«, sagte Enna. »Unter Umständen kannte sie sogar Julia Dirksen näher. Konnte dir deine Zeugin sagen, wann das genau passiert sein soll, Paulsen?«

»So ungefähr. Nach ihrer Erinnerung war das vor dem 1. Mai 2002. Vermutlich eher Anfang des Jahres.«

»Auf jeden Fall eine Menge Informationen, die du da aus Emden mitgebracht hast«, sagte Pia. »Die Börsenmanipulationen der Studenten, falls es tatsächlich welche gegeben haben sollte, scheinen mir im Moment aber nicht so relevant beziehungsweise zu vage, als dass wir darauf aufbauen könnten.«

»Sehe ich nicht so«, sagte Paulsen. »Julia hatte einen ausgeprägten Gerechtigkeitssinn. Wenn sie etwas von ungesetzlichen Börsenspekulationen mitbekommen hat, könnte sie vielleicht etwas unternommen haben.«

»Spekulativ!«, maulte Pia ihn an. »Und deshalb schicken diese Leute ihr einen Killer nach Friesoythe?«

»Vielleicht hat Julia sich ja für eines der finanziellen Opfer der Gruppe starkgemacht«, entgegnete Paulsen. »Wir haben doch sonst kaum was, warum sollten wir dem nicht nachgehen?«

Enna trat an die Flipchart und schrieb *Boris Lütgen* aufs Blatt. »Haben wir schon Namen?«

»An drei Namen konnte sich meine Zeugin erinnern«, sagte Paulsen. »Peter Behrens, Alexander Zurbrügge und Maximilian Borchert.«

Enna schrieb die Namen neben den von Boris Lütgen. »Sehen wir mal, was die nächsten Tage bringen. Dann entscheiden wir, ob wir in diese Richtung intensiver ermitteln.«

»Hast du den Professor auf die neuen Erkenntnisse angesprochen?«, fragte Pia.

»Nein, ich wollte nicht, dass meine Zeugin da irgendwie in Verdacht gerät, geplaudert zu haben. Wie gesagt, wir müssen diesem Typ mit harten Fakten kommen.«

»Hast du uns noch mehr aus Emden mitgebracht?«, fragte Enna.

»Nein, das war's.«

»Wir müssen Sonja Schneider finden und die beiden weiteren Frauen im Jahrgang. Ich vermute, da werden wir am ehesten erfahren, wie Julia zu der Studentengruppe stand.«

Paulsen nickte. »Ich mache mich gleich an die Arbeit.«

Enna schaute auf die Uhr. »Ich würde hier gerne einen Cut machen und morgen mit Pias Bericht fortfahren. Seid ihr einverstanden?«

»Grüß Elias von uns«, sagte Pia, die bereits aufgestanden war und die leeren Kaffeetassen einsammelte.

Enna nickte Paulsen zu. »Ihr beide solltet heute auch nicht mehr so lange bleiben.«

Paulsen stand auf. »Passt schon!«

Neun

Elias kam Enna aus dem Wohnzimmer entgegengelaufen. Sie nahm ihren Sohn auf den Arm. »Alles gut bei euch?«

»Oma hat mich vom Kindergarten abgeholt. Wir haben die ganze Zeit gespielt, und weißt du was?«

Enna setzte ihren Sohn wieder ab und zog ihre Jacke aus. »Nein, was denn?«

»›Mensch ärgere Dich nicht‹, ich habe dreimal gewonnen!«

Enna nahm Elias an die Hand und ging mit ihm ins Wohnzimmer, wo Greta gerade das Spiel zusammenräumte.

»Hast du Hunger, Enna?«

»Nein, danke! Ich habe unterwegs etwas gegessen.« Enna setzte sich aufs Sofa, Elias ließ sich neben sie fallen.

»Da war eben ein Mann da«, sagte der kleine Junge. »Er hat geklingelt.«

Enna sah ihre Schwiegermutter fragend an.

»Ein Herr Bernard, ein Anwalt. Er wollte dich sprechen.«

»Kenne ich nicht. Was wollte er?«

»Das weiß ich nicht. Auf meine Frage, worum es geht, hat er nicht geantwortet und gemeint, dass er das nur mit dir persönlich besprechen kann. Ich habe ihm gesagt, dass du vor zwanzig Uhr nicht zu sprechen bist.«

»Hat er dir seine Visitenkarte gegeben?«

»Nein.« Greta Andersen sah sie besorgt an. »Hätte ich seinen Ausweis verlangen sollen?«

»Nein, du hast ihn ja nicht reingelassen, oder?«

»Natürlich nicht. Er sah aber ausgesprochen seriös aus.«

»Warten wir es einfach ab.« Enna hob Elias auf ihren Schoß. »Was habt ihr heute im Kindergarten gemacht?«

Enna klappte das Buch zu.

»Können wir auch mal nach Schweden fahren, Mama?«

Seit einigen Tagen las Enna ihrem Sohn aus dem Astrid-Lindgren-Buch »Ferien auf Saltkrokan« vor, in dem ein alleinerziehender Vater mit seinen vier Kindern Urlaub auf einer abgelegenen Schäreninsel macht.

»Das können wir natürlich machen. Aber du weißt, dass wir Pelle, Tjorven und Bootsmann da nicht finden werden, oder?«

»Mama, ich bin doch kein kleines Kind mehr. Ich weiß, dass es Pelle nur im Buch gibt.« Der siebenjährige Pelle Melcherson war Elias' Lieblingsfigur der Geschichte.

Enna deckte Elias zu und küsste ihn auf die Stirn. »Schlaf gut, mein Liebling.«

»Mama?«

»Ja, Elias?«

»Bleibt Oma jetzt für immer bei uns?«

»Ich glaube nicht, Elias. Sie hat doch ihr eigenes Haus. Da muss auch jemand wohnen.«

»Oma kann das Haus ja verkaufen.«

»Das geht nicht so leicht. Stell dir mal vor, wir ziehen in eine andere Stadt. Möchtest du das?«

»Nein!«, sagte Elias entschieden. »Lukas wohnt doch in Oldenburg. Meine anderen Freunde auch.«

»Siehst du. Und Omas Freunde wohnen bei ihr in der Nähe. Sie kann auch nicht so einfach umziehen. Aber Oma kommt, sooft es geht. Das hat sie dir doch versprochen.«

Elias kuschelte sich in sein Kopfkissen.

»Gute Nacht, mein Schatz. Soll ich dir noch die Musik-CD anstellen?«

»Nein«, antwortete er und drehte sich um.

»Möchtest du ein Glas Wein?«, fragte Greta, als Enna zu ihr ins Wohnzimmer kam. »Ich habe eine Flasche kalt gestellt.«

In diesem Moment läutete die Türklingel. Enna sah auf die Uhr. »Da ist aber jemand pünktlich. Ich geh hin.«

Vor der Tür stand ein Mann Anfang vierzig, er hatte schwarze Haare, die von ersten grauen Strähnen durchzogen waren. Er lächelte sie offen an und verneigte sich leicht. »Guten Abend, Frau Andersen. Aaron Bernard. Ich weiß, es ist spät, aber ich wollte Sie nicht bei der Arbeit aufsuchen, und heute Nachmittag waren Sie nicht zu Hause. Hätten Sie zwei Minuten für mich?«

»Guten Abend. Um was geht es?«

»Ich bin Rechtsanwalt und komme im Auftrag meines Mandanten.«

»Dessen Name wäre?«

»Darf ich vielleicht kurz hereinkommen? Hier draußen spricht …«

Enna trat zur Seite. »Die Erste rechts.«

Sie bot ihm einen Platz in der Küche an, er setzte sich, während Enna stehen blieb.

»Möchten Sie sich nicht auch setzen?«

»Nein, im Moment nicht. Was kann ich für Sie tun? Wer ist Ihr Mandant?«

»Ich vertrete Herrn Ronald Grothe. Es geht um …«

»Es reicht!«, fiel Enna ihm ins Wort. »Bitte verlassen Sie sofort mein Haus.«

Der Rechtsanwalt stand auf. »Wenn Sie es wünschen, selbstverständlich.« Er zog seine Karte aus der Tasche. »Ich bin noch zwei Tage hier in Oldenburg und später auch jederzeit auf dem Handy zu erreichen.«

Als Enna keine Anstalten machte, die Karte in Empfang zu nehmen, legte Aaron Bernard sie auf den Tisch. »Ich wollte Sie wirklich nicht überfallen, aber ich habe befürchtet, dass Sie am Telefon nicht mit mir sprechen.«

»Da haben Sie richtig befürchtet.« Enna hatte Mühe, ruhig zu antworten. Wie konnte dieser Mann es wagen, sich in ihr Haus zu schleichen? Hatte sie nicht deutlich genug gemacht, dass sie keinerlei Kontakt zu Grothe wollte?

»Ich verstehe Ihre Reaktion voll und ganz. Glauben Sie mir. Und ich habe lange überlegt, ob ich Sie mit dem Anliegen belästige. Es tut mir leid, dass meine Entscheidung ganz offensichtlich falsch war.« Er verneigte sich leicht. »Ich wollte Ihnen wirklich keine Unannehmlichkeiten bereiten.«

Bernard ging auf die Tür zu.

Enna atmete schwer. »Es ist einfach absurd, dass der Mörder meiner Eltern sich an mich wendet. Hat er denn überhaupt kein …« Enna kämpfte gegen die Tränen an. Eine eisige Kälte zog ihr von den Füßen langsam an den Beinen hoch.

»Mitgefühl?«, fragte Aaron Bernard. »Das habe ich ihn auch gefragt und darum gebeten, dass er von seinem Vorhaben Abstand nimmt.«

»Und warum sind Sie dann hier?«

»Zuerst, weil mich mein Mandant darum gebeten hat. Allerdings hätte ich mich nicht an Sie gewandt, wenn ich nicht inzwischen von seiner Unschuld überzeugt wäre.«

»Hat er Sie eingelullt? So dumm sehen Sie eigentlich gar nicht aus.«

Aaron Bernard lächelte. »Danke für das Kompliment. Und nein, ich lasse mich nicht einlullen. Ich bin – und das nach intensivem Aktenstudium – davon überzeugt, dass es sich im Fall meines Mandanten um einen Justizirrtum handelt, der ihn zweiundzwanzig Jahre seines Lebens gekostet hat.«

»Lächerlich! Das war ein ordentliches Verfahren vor einem deutschen Gericht. Es gab nicht die geringsten Zweifel an seiner Schuld.«

»Ein Indizienprozess. Ein Pflichtverteidiger, der seine besten Tage hinter sich hatte, eine Öffentlichkeit, die den Täter schon vorher zu kennen glaubte, Richter, die den Fall schnell abschließen wollten. Keine guten Voraussetzungen für ein faires Verfahren.«

»Das sehe ich anders. Und das hier …«, Enna sah sich um, »… ist meine private Küche und weder ein Gerichtssaal noch das Richterzimmer.« Sie blickte dem Anwalt direkt in die Augen. »Was wollen Sie von mir?«

»Sie sind die einzige Angehörige. Sollten Sie sich für eine Wiederaufnahme des Verfahrens einsetzen, hätten wir die Aufmerksamkeit, die wir für ein faires Verfahren brauchen.«

Enna starrte ihn an und spürte, wie ihr die Kehle eng wurde. Sie schnappte nach Luft und griff nach einer Stuhllehne, um nicht zu schwanken. »Das ist jetzt nicht Ihr Ernst.«

»Ich weiß, dass ich mich auf einer mehr oder weniger aussichtslosen Mission befinde. Aber ich bin kein Mensch, der so schnell aufgibt. Schon gar nicht, bevor ich es versucht habe.«

»Das haben Sie ja jetzt.« Enna ging auf die Küchentür zu und öffnete sie. »Guten Abend, Herr Bernard.«

Der Rechtsanwalt trat vor und zögerte einen Moment, dann streckte er Enna die Hand entgegen. »Ich danke Ihnen, dass Sie sich die Zeit genommen haben.«

Enna wandte sich ab, Aaron Bernard ging an ihr vorbei in den Flur. Sie folgte ihm. An der geschlossenen Haustür blieb der Anwalt stehen und wandte sich zu Enna um.

»Haben Sie die Akten des Falles jemals angeschaut? Kennen Sie die Details der Verhandlung?«

»Nein, und es interessiert mich auch nicht.«

Aaron Bernard nickte. »Ich wünsche Ihnen alles Gute, Frau Andersen.« Er wandte sich ab und öffnete die Tür.

»Was wollte der Herr von dir?«, fragte Greta, als Enna zu ihr ins Wohnzimmer kam.

Enna setzte sich aufs Sofa, öffnete die Flasche Wein, schenkte sich ein und trank das Glas in einem Zug aus.

»Er ist der Anwalt von Grothe.«

»Von dem, der deine Eltern …« Greta brach ab.

»Genau von dem. Frag mich jetzt nicht, was er von mir wollte. Ich verstehe es auch nicht. Er ist weg und wird auch nicht wiederkommen.«

»Wie kann dieser Mensch es wagen, dich zu belästigen? Das ist eine Ungeheuerlichkeit! Kann man dagegen nicht etwas unternehmen? Du bist doch bei der Polizei.«

Enna schüttelte den Kopf. »Schon gut. Ich hätte ihn nicht ins Haus lassen sollen. Aber er kennt jetzt meine Meinung und wird sicher nicht noch einmal kommen.«

»Das will ich hoffen. Ich weiß ja jetzt, wer er ist, und würde ihn auch nicht ins Haus lassen.«

Enna lehnte sich vor und strich ihrer Schwiegermutter über den Arm. »Er ist Anwalt und nicht der Mörder meiner Eltern. Mach dir nicht zu viele Gedanken. Es ist alles gut.«

Zehn

»Okay!«, sagte Enna und nickte Pia zu. »Dein Bericht steht noch aus. Anschließend müssen wir festlegen, in welche Richtungen wir weiterermitteln wollen.«

»Ich war, wie ihr wisst, in Friesoythe. Dort habe ich die drei Männer aus der damaligen Clique befragt.« Pia zeigte auf die Flipchart, auf der die Namen unter denen der zwei Frauen standen. »Im Grunde genommen haben sie mir das bestätigt, was wir aus den Akten wissen. Sie sind ja damals zu siebt in Friesoythe aufgebrochen. Die Aktion war nicht spontan, sondern schon zu Weihnachten abgesprochen. Damit, dass Julia dann wirklich gekommen ist, hat aber keiner der Befragten gerechnet. Diese Aussage findet sich in keinem der Protokolle.«

»Die drei leben alle noch in Friesoythe?«, fragte Paulsen.

»Ja. Der eine hat den Bauernhof seines Vaters übernommen. Er liegt allerdings in Markhausen, ein Dorf auf Höhe von Thüle. Ein anderer führt das Hotel der Eltern und der Dritte im Bund ist nach einem Lehramtsstudium zurückgekehrt.«

»Die einen gehen und kommen nie oder selten wieder, die anderen bleiben für immer«, sagte Paulsen. »Eine gespaltene Gesellschaft.«

»Mag sein«, sagte Pia. »Aber zurück zu den drei Männern. Helmut Meyer, der Lehrer, war eher kurz angebunden. Er konnte sich kaum erinnern, hat den Tag so allgemein geschildert, als wäre er gar nicht dabei gewesen. Insgesamt ein farbloser Typ, den ich eher als Mitläufer ansehe. Haben wir noch den Hotelier, Martin Schumacher. Der war gesprächiger. Er war wie gesagt erstaunt, dass Julia überhaupt gekommen ist. Nach dem Abitur habe sie sich nur noch selten in Friesoythe blicken lassen, noch seltener in der alten Clique. Franziska war ursprünglich wohl die treibende Kraft und hat Julia mit in die Clique gezogen. Schumacher meinte, Julia wäre gut drauf gewesen und hätte sich fantastisch amüsiert. Es gab auf dem Weg zur Feier keinerlei Konflikte – genauso wie angeblich auch in den Jahren zuvor. Schwer zu glauben, aber lassen wir das mal so stehen.«

»Hast du ihn gefragt, ob Julia während der Zeit in Friesoythe eine Beziehung zu einem Jungen hatte?«, fragte Enna.

»Das habe ich alle gefragt. Meyer wusste von nichts, Schumacher tat geheimnisvoll und hat dann auf seinen ehemaligen Freund, den jetzigen Bauern, verwiesen.«

»Interessant!«, sagte Paulsen.

»Meyer und Schumacher haben beide abgestritten, jemals etwas mit Julia gehabt zu haben. Meyer habe ich es geglaubt, bei Schumacher bin ich mir sicher, dass er zumindest Interesse hatte.«

»Hatte er sonst etwas beizutragen?«, fragte Enna mit Blick auf die Uhr.

»Schon gut, ich beeile mich. Nein, außer vielen Worten war da nichts. Wer sich das antun möchte, kann sich gerne die Aufzeichnung anhören. Meyer hat übrigens die Aufnahme verweigert. So, kommen wir zum Dritten im Bund. Der Bauer, Joachim Sievers. Wie erwähnt hat er den Hof seines Vaters übernommen und ihn inzwischen zu einem reinen Biohof umgewandelt. Hofladen, direkte Lieferung an Haushalte in der gesamten Umgebung, Marktstände auf allen Wochenmärkten. Sogar hier in Oldenburg auf dem Bauernmarkt.«

»Der scheint dich ja mächtig beeindruckt zu haben«, murmelte Paulsen und erntete von Enna einen warnenden Blick.

»Wie man's nimmt. Dann komme ich mal zum Punkt: Tatsächlich waren Julia und er eine Art Paar.«

»Eine Art Paar? Wie geht das denn?«, fragte Paulsen grinsend.

»Mehr als Küsschen und Händchenhalten war nicht, obwohl sie fast achtzehn waren. Das alles fand auch mehr oder weniger im Geheimen statt, weil Julias Eltern nie erlaubt hätten, dass sie etwas mit einem Bauernsohn anfängt. Das war zumindest Julias Begründung dafür, dass niemand davon erfahren durfte.«

»Wie lange ging das?«, fragte Enna.

»Bis Julia nach dem Abitur nach Spanien gegangen ist. Zu dem Zeitpunkt ist der Kontakt jäh abgebrochen. So weit, so gut. Zumindest kannte er von den Jungs Julia am besten. Sie haben viel miteinander geredet und unternommen, und nach Ennas Bericht vermute ich, er war ein wenig der Ersatz für Franziska. Er hat letztlich all das bestätigt, was du von Franziska Bergmann erfahren hast. Der Druck auf Julia ist aber wohl gewachsen, je näher das Abitur kam. Allerdings hatte Joachim Sievers, anders als Franziska, niemals vor, Friesoythe zu verlassen. Zumindest nicht für länger. Er hat Agrarwissenschaften in Osnabrück studiert und ist anschließend zurück auf den elterlichen Hof. In diesem Punkt war er damit wohl nicht der richtige Gesprächspartner.«

»Oder gerade«, meinte Paulsen. »Vielleicht ist ihr so noch klarer geworden, dass ihr Entschluss richtig ist, diesen Ort für immer zu verlassen.«

»Klar doch, und daraufhin hat sie dann Betriebswirtschaft studiert, wie ihr Vater das wollte«, sagte Pia. »Vollkommen logisch.«

»Nein, sie war zuerst in Spanien«, ergänzte Enna. »Aber darüber sollten wir gleich sprechen. Was hat Sievers noch gesagt?«

»Einiges! Aber ich spiele gleich einen Teil der Aufnahme ab. Wichtig zu wissen ist noch, warum seine Aussage damals nicht so umfangreich war. Er befand sich, als Julia gefunden wurde, auf einer längeren Studienreise durch die USA und konnte nur telefonisch befragt werden. Sievers hat mir gesagt, dass er nach dem 1. Mai nur oberflächlich vernommen worden sei, was ja unsere Einschätzung bestätigt, dass die Kollegen damals nicht besonders sorgfältig waren.« Pia legte ihr Handy auf den Tisch und ließ eine Aufnahme abspielen.

»Sie kannten Julia von Ihrer Gruppe am besten«, hörte man Pia Sims' Stimme. »Wie war sie an diesem 1. Mai?«

»Gut gelaunt, dachte ich zumindest im ersten Moment. Wir waren ja eine ganze Weile zu Fuß unterwegs. Zwar habe ich auch mal die Position gewechselt und immer mal wieder mit jemand anderem gesprochen, aber letztlich habe ich mich viel bei Julia aufgehalten.«

»Worüber haben Sie mit ihr gesprochen? Wie genau war Julias Stimmung?«

»Gesprochen? Im Detail weiß ich das natürlich nicht mehr. Das ist zu lange her. Aber wir hatten uns damals eine ganze Weile nicht mehr gesehen, bestimmt ein oder zwei Jahre. Sie hat mir von Emden erzählt, aber auch von ihrem Jahr in Spanien. Woran ich mich auf jeden Fall erinnere, ist, dass ich mich gewundert habe, wie viel sie erzählte. Aber ihre Stimmung war nicht so gut, wie sie mich glauben lassen wollte. Sie wirkte auf mich bedrückt. So, als schleppte sie ein Problem mit sich herum, das nicht so leicht zu lösen wäre.«

»Haben Sie sie darauf angesprochen?«

»Ich denke schon. Ja, ganz sicher. An eine Antwort erinnere ich mich aber nicht, was wohl heißt, dass sie mir ausgewichen ist. Sie war auf der einen Seite niedergeschlagen, aber gleichzeitig auch euphorisch. Ein Wechselbad der Gefühle, ja, so habe ich es in Erinnerung. Ich habe sicher gefragt, ob ich ihr irgendwie helfen könne, aber Julia war in der Beziehung immer schon sehr eigen.«

»Was meinen Sie damit?«

»Na ja, sie hat kaum jemandem wirklich vertraut und lieber alles in die eigene Hand genommen. ›Selbst ist die Frau‹, hat sie immer gesagt. Ja, so war sie.«

»Was hat sie aus dem Studium erzählt?«

»Das war auch wieder so gegensätzlich. Da waren die Kommilitonen, die männlichen, meine ich, die waren wohl in der absoluten Mehrheit, also auf die war sie überhaupt nicht gut zu sprechen. Aber gleichzeitig schien ihr das Studium viel Spaß zu machen. Was mich sehr gewundert hat, da sie vor dem Abitur immer davon gesprochen hat, niemals in die Fußstapfen ihres Vaters treten zu wollen.«

Pia hielt die Aufnahme an. »Zu dem Zeitpunkt wusste ich noch nicht, dass Julia zwei Studiengänge gleichzeitig durchgezogen hat. Deshalb springe ich mal etwas weiter, weil meine kommenden Fragen damit zu tun hatten.«

»Ich weiß noch, dass ich sie gefragt habe, ob sie wieder nach Friesoythe ziehen will. Sie hat aber nicht geantwortet«, sagte Joachim Sievers. »Ich fand das komisch, weil ihr Studium doch dem Ende zuging. Aber gut, ich habe nicht weiter nachgebohrt.

Das mochte Julia auch nicht, ich wusste aus Erfahrung, dass sie dann immer gleich zumachte.«

»Sie haben sich damals noch Hoffnungen gemacht?«, fragte Pia Sims.

»Hoffnungen?« Eine Weile sprach keiner von beiden, bis Joachim Sievers fortfuhr: »Ja, vielleicht. Ich muss gestehen, ich war zu unserer Schulzeit bis über beide Ohren in sie verliebt. Später, als ich in Osnabrück studiert habe, habe ich schon Frauen kennengelernt, aber keine konnte sich vorstellen, auf einem Hof zu leben. Ich war also damals Single, als wir zusammen nach Thüle gegangen sind. Wäre schön gewesen, wenn Julia auch etwas für mich empfunden hätte, aber irgendwann muss man der Wahrheit ins Gesicht sehen. Heute kann ich da so frei drüber sprechen, aber damals …«

»Sie sagten zu Beginn unseres Gesprächs, dass Julia sehr gradlinig gewesen sei. Wie weit ging das?«

»Weit! Sie war unglaublich einfühlsam. Empathisch nennt man das ja heute. Hart gegen sich selbst, aber auch gegen andere. Sie hat Ungerechtigkeiten gehasst. Schon in der Schule. Wenn jemand dort gemobbt wurde, war sie an seiner Seite und hat sich gegen die Mobber gestellt. Es war ihr egal, dass sie damit auch in die Schusslinie kam. Vollkommen egal.«

Pia stoppte die Aufnahme. »Jetzt kommt zu Julia nicht mehr viel. Aber ich habe Sievers später noch zur Familie Dirksen befragt. Er hat keine gute Meinung von ihr, aber hört selbst.« Sie suchte die Stelle in der Aufnahme und legte das Handy zurück auf den Tisch.

»Julias Vater ist und war ein Arschloch. Entschuldigung, wenn ich das so direkt sage. Kennen Sie ihn?«

»Nein, bisher haben wir noch keine Gelegenheit gehabt, mit Herrn Dirksen zu sprechen«, sagte Pia.

»Durch und durch autoritär und verknöchert. Es gibt solche und solche Katholiken. Er ist einer, der sich nie mit der eigentlichen Religion beschäftigt hat. Das sind diese Leute, die sich genau das raussuchen, was für sie passt. Es geht nur darum, andere Menschen kleinzuhalten. Glauben Sie, der weiß, was in der Bergpredigt steht? Solche Menschen wie Dirksen pervertieren die Religion. Der ist ein ekelhafter Machtmensch. Sicher, die Institution Kirche hat in den Jahrhunderten viel Unheil über die Menschen gebracht und ihre Macht immer wieder missbraucht, aber Jesus' Botschaft war eine ganz andere und ich denke, sie wird heutzutage von immer mehr Christen auch so gelebt. Dass sich selbst in Friesoythe etwas geändert hat, wird Dirksen senior weder verstehen noch akzeptieren. Julia war um ihren Vater nicht zu beneiden.«

»Und Christian?«

»Der? Ein Wurm, ein Nichts. Sein Leben lang hat er versucht, es seinem Vater recht zu machen.« Joachim Sievers hüstelte. »Ich muss mich bei Ihnen entschuldigen. Meine Wortwahl ist nicht gerade fein. Aber jedes Mal, wenn ich über diese Familie rede, platzt mir der Kragen.«

»Kein Problem. Mir geht es bei bestimmten Themen auch so. Wir waren eben bei Christian Dirksen. Können Sie mir noch etwas über ihn sagen?«

»Ich weiß nicht, wie es heute genau um ihn steht, aber damals hat sich Julia immer Sorgen um ihn gemacht. Er war labil und ließ sich leicht manipulieren. Alkohol und Drogen, habe ich gehört. Nach Julias Tod ist es besonders schlimm geworden. Er war wohl in Therapie, wie ich gehört habe. Ein halbes Jahr oder auch länger. Entzug. Wovon, weiß ich allerdings nicht.«

»Ist er damals auch durch Gewalttätigkeiten aufgefallen?«

»Ja, das Übliche. Schlägerei beim Schützenfest und bei anderen Feiern, übles Benehmen gegenüber Frauen,

Alkoholexzesse und so weiter und so fort. Allerdings war das vor seiner Therapie oder was immer er gemacht hat.«

Pia nahm das Handy und stoppte die Aufnahme. »Alles Weitere im Protokoll.«

Enna stand auf und stellte sich an die Flipchart. »Danke, Pia. So, wir haben für die ersten zwei Tage einiges zusammengetragen.« Sie schrieb *Julia Dirksen* in die Mitte eines neuen Blattes und umrandete den Namen. »Was haben wir?«

»Eine kranke Familie«, sagte Pia. »Die Mutter weiß nicht viel über ihr Kind, der Vater spricht nicht mit uns und der Bruder ist bestrebt, uns Sand in die Augen zu streuen. Da stimmt etwas nicht.«

Enna notierte die drei Familienmitglieder rechts neben Julia und verband sie mit einer roten Linie mit Pfeil zu Julia. *Christian Dirksen* unterstrich sie.

»Die Studentengruppe«, sagte Paulsen. »Ich habe gestern noch mit einem der Herren gesprochen. Peter Behrens lebt in Berlin. Er arbeitet dort für die Arbeiterwohlfahrt. Wenn ihr mich fragt, ist ihm die Zeit in Emden inzwischen peinlich. Er war bestrebt, sein Mitwirken bei der Gruppe herunterzuspielen. Ihm scheint nicht klar zu sein, dass die ominösen Aktiengeschäfte, sollte es sie gegeben haben, inzwischen längst verjährt wären. Allerdings war er nicht so zurückhaltend in Bezug auf Boris Lütgen. Er hat ihn als absolut skrupellos und machtbesessen beschrieben. Wichtig ist noch, dass er mir bestätigt hat, dass es einen Konflikt mit Julia Dirksen gab. Er sagt allerdings, er hätte sich zu dem Zeitpunkt schon von der Gruppe abgeseilt, um sich auf sein Studium zu konzentrieren.«

Enna notierte auf dem Blatt unter Julia den Namen *Boris Lütgen* und malte fünf Striche daneben. Anschließend umrandete sie die Gruppe und verband sie mit *Julia Dirksen*. Die Pfeile gingen dieses Mal in beide Richtungen.

Links neben Julia schrieb sie *Franziska Bergmann*, die mit einem kräftigen blauen Strich mit ihrer Freundin verbunden wurde. Unter Franziska Bergmann platzierte sie die restlichen fünf Freunde, die umrandet wurden und von denen ein dünner blauer Strich zu Julia führte. Von den Freunden unterstrich sie *Joachim Sievers*.

»Du meinst, er könnte etwas mit Julias Tod zu tun haben?«, fragte Pia.

»Zumindest scheint er der Einzige der Gruppe zu sein, der Julia näherstand. Wir werden sicher noch einmal mit ihm sprechen müssen.«

»Was ist mit Julias Vetter?«, fragte Paulsen und sah in seinem Notizbuch nach. »Enno Hinrichs. Kommt aus einem kleinen Dorf in der Nähe von Leer.«

Enna notierte ihn unter der Familie in einem eigenen Rahmen. »Haben wir seine Adresse?«

»Er wohnt in Leer und arbeitet bei der Gemeindeverwaltung«, sagte Pia. »Seine Aussagen von damals sind vollkommen belanglos. Er hatte nichts mitbekommen, kannte Julia nur oberflächlich und hat sie auf dem Fest auch nicht gesehen.«

Enna schrieb oben auf das Blatt *Spanien* und umrandete es rot. »Haben wir inzwischen etwas aus Spanien?«

»Ja, ist gestern Abend gekommen«, sagte Pia Sims. »Der Mann der Familie lebt nicht mehr, seine Frau wohnt noch im gleichen Haus. Ich habe die Telefonnummer und wollte da heute anrufen.«

»Sehr gut!« Enna trat zurück und betrachtete die Aufstellung auf der Flipchart. »Wo setzen wir jetzt an?«

»Ich muss noch diverse Daten recherchieren«, sagte Pia Sims, »und mache den Anruf in Spanien.«

Paulsen war aufgestanden und zeigte auf einen der Namen. »Maximilian Borchert. Er war anscheinend Lütgens rechte Hand in der Studentenverbindung. Ich habe seine Daten. Wir sollten dringend mit ihm sprechen.«

Elf

Enna fuhr auf einer der Ausfallstraßen in Richtung der nächsten Autobahnauffahrt. Maximilian Borchert lebte in einem Haus unmittelbar hinter dem Deich zwischen Neuharlingersiel und Carolinensiel. Paulsen hatte sich bei ihm telefonisch angemeldet.

»Ungewöhnlicher Wohnort«, sagte Enna. »Wo arbeitet er?«

»Ich habe nichts gefunden. Aber wir werden es wohl bald erfahren. Wie lange brauchen wir bis zur Küste?«

»Eine gute Stunde. Die A29 ist in Richtung Wilhelmshaven fast immer frei.«

Paulsen lehnte sich im Sitz zurück und schloss die Augen.

»Ist das für dich jetzt in Ordnung, dass wir den Friesoyther Fall weiterverfolgen?«, fragte Enna nach einer Weile.

»Sonst hätte ich Urlaub genommen«, murmelte Paulsen.

»So schlechte Erinnerungen?«

Paulsen schwieg. Erst als Enna schon glaubte, er wolle das Thema umgehen, antwortete er: »Ich war vier, als sie mich geholt haben.«

»Geholt? Das klingt fast so, als wärst du entführt worden.«

»Mir ging es gut in dem Heim.«

»Kann man das mit vier wirklich so eindeutig sagen? Kinder passen sich an die Umstände an. Ich könnte mir vorstellen, dass ein Kind einen Wechsel der Bezugspersonen immer als traumatisch empfindet. Egal wie es ihm bei ihnen ergangen ist.«

»Dann eben vom Regen in die Traufe.«

»Leben deine Adoptiveltern noch?«

»Nein.«

Enna fragte nicht weiter. Kurz vor Wilhelmshaven fuhr sie von der Autobahn auf die Bundesstraße Richtung Jever. Rechts und links der Straße befanden sich kleine Wäldchen, aber je näher sie der Kreisstadt kamen, desto mehr lichteten sich diese. Hinter Jever fuhren sie an ausgedehnten Wiesen und Feldern vorbei, die eine weite Sicht in die typisch ostfriesische Landschaft boten.

»Sie waren schon älter«, sagte Paulsen unvermittelt. »Ich glaube, sie hätten rein rechtlich gar nicht mehr als Adoptiveltern angenommen werden dürfen. Aber dieser renitente kleine Bastard war wohl sonst an niemanden vermittelbar.« Paulsen schaute starr aus dem Seitenfenster, während er weitersprach. »Mein Erzeuger ist unbekannt, meine Mutter hat sich, als ich zwei war, zu Tode gesoffen. Was soll dabei schon groß rauskommen.«

Enna schwieg.

»Wahrscheinlich haben die beiden es sogar gut gemeint«, fuhr Paulsen fort. »Endlich ein Kind! Dann wollte das Kind aber die Eltern nicht. Was macht man da? Schließlich gibt es das vierte Gebot. Und das scheint noch wichtiger zu sein als das Gebot, nicht zu töten. Vollkommen verrückt! Und wenn der Pfaffe dann sagt, dass sie sich durchsetzen müssen, egal wie, was sollten sie dann machen? Der Mann der Kirche hat wohl in mir die Inkarnation des Teufels gesehen. Ab wann war es eigentlich verboten, Kinder zu schlagen?«

»Laut Gesetz erst seit dem Jahr 2000. In den Schulen ist die Prügelstrafe 1973 abgeschafft worden. Offiziell.«

»Dann war es sogar rechtens«, sagte Paulsen leise. »Was uns nicht tötet, macht uns härter. Oder so ähnlich. Keine Angst, ich habe sie ordentlich beerdigt. Wie sie es wollten. Schick, in einem gemeinsamen Grab mit Grabstein aus schwarzem Granit und mit goldener Schrift. Mehr kann man doch nicht verlangen, oder?«

Enna nickte stumm. Jan Paulsen hatte sich inzwischen zu ihr gewandt.

»Weißt du, was eine Beichte ist? So richtig im Beichtstuhl jeden Samstagnachmittag? Im Gebetbuch standen vorformulierte Sünden. Ich habe mir immer zwei ausgesucht. Zwei waren gut, drei zu viel. Der Mann hinter dem Holzgitter verkündete die Strafe in Form von Gebeten. Zurück auf der Holzbank habe ich dann immer so getan, als ob ich betete, gleichzeitig aber nach der Uhr geschielt. Genau nach vier Minuten bin ich aufgestanden und gegangen.«

»Ich bin evangelisch. Da gibt es nichts Vergleichbares.«

»Sei froh. Stell dir vor, was die beiden gemacht haben, wenn zu Weihnachten und Ostern der Papst-Segen im Fernsehen übertragen wurde. Das glaubt man nicht. Sie haben vor diesem Gerät gekniet. Und das ist jetzt kein Scherz.« Paulsen atmete tief durch. »Und ich musste mitmachen.«

»Gab es nicht auch schöne Erlebnisse mit deinen Adoptiveltern?«

»Keine Ahnung.«

»Keine einzige schöne Erinnerung?«

Paulsen zuckte die Achseln. Schließlich grinste er. »Loriot. Das haben wir zusammen angeschaut. Und gelacht.«

»Wenn von ihm etwas wiederholt wird, sehe ich es mir auch immer gerne an.«

»Sonntags sind wir manchmal im Wald spazieren gegangen. Oder in den Zoo nach Thüle gefahren.« Er lächelte matt. »Aber nur manchmal. Sonntags nach der Kirche ging er in die Kneipe. Frühschoppen. Das endete nicht immer gut. Ich habe es gehasst, wenn sie mich geschickt hat, um ihn zu holen. Wir hatten dann schon gegessen und er hat sich immer gesträubt. An den Geruch der Kneipe kann ich mich noch erinnern. Zigaretten, Männerschweiß und Bier. Eine fürchterliche Mischung.«

»Und später? Als du älter warst?«

»Er war in der CDU. Wie alle in diesem Kaff. Schon der leiseste Verdacht, von seinen politischen Vorstellungen abzuweichen, hat ausgereicht, damit er ausgeflippt ist. Ich habe mich ruhig verhalten, damit sie nicht so unter seinen Wutanfällen leiden musste.«

Enna sah kurz zu Paulsen hinüber. »Mochtest du deine Adoptivmutter?«

»Mochte? Nicht unbedingt, aber sie hat mir leidgetan. Sie konnte nichts dafür.«

»Wer von beiden ist zuerst gestorben?«

»Er. Zum Glück. Sie hatte noch ein paar schöne Jahre. Hoffe ich zumindest.«

»Ihr hattet keinen Kontakt?«

»Telefonisch. Sie war auch mal in Osnabrück.«

»Seit wann ist sie nicht mehr da?«

»Vier Jahre. Ja, es werden in der nächsten Woche vier Jahre.«

»Warst du noch einmal an ihrem Grab?«

»Nein.«

»Vielleicht ergibt sich ja die Gelegenheit, wenn …«

»Nein.«

Sie fuhren parallel zur Nordseeküste in Sichtweite des Deiches. Hier standen nur vereinzelt Häuser, Bauernhöfe oder ehemalige Höfe. Enna wusste, dass hier das fruchtbare Marschland lag, im Gegensatz zu der weiter landeinwärts liegenden Geest und den ursprünglichen breiten Moorgürteln, die Ostfriesland jahrhundertelang von der Außenwelt abgeschirmt hatten.

»Hier muss es irgendwo sein«, sagte Paulsen. »Da hinten geht ein Weg rein.«

Enna verringerte das Tempo und schaute gleichzeitig auf ihr Navi.

»Ja, hier müsste es sein.«

Sie bog auf den Feldweg ein und fuhr langsam auf den Deich.

Paulsen schaute nach allen Seiten. »Nach rechts, würde ich sagen.«

Nach wenigen Minuten hielten sie vor einem kleinen Bauernhaus direkt hinter dem Deich. Das Reetdach schien vor wenigen Jahren erneuert worden zu sein, auch die Fenster und die Tür machten einen gut gepflegten Eindruck.

Enna parkte neben dem Weg auf einem Rasenstück, sie stiegen aus.

»Weit ab vom Schuss«, murmelte Paulsen.

Als sie auf das Haus zugingen, öffnete ihnen ein Mann Anfang vierzig die Tür. Er hatte schulterlanges Haar und trug einen Dreitagebart, eine blaue Arbeitshose sowie ein verwaschenes Sweatshirt.

»Maximilian Borchert?«, fragte Enna und reichte ihm die Hand. »Enna Andersen, Landeskriminalamt. Mein Kollege Jan Paulsen.«

Der Mann ignorierte Ennas Hand. »Kann ich bitte Ihre Ausweise sehen?«

Nachdem er beide Dokumente ausgiebig gemustert hatte, sah er auf. »Was kann ich für Sie tun?«

»Mein Kollege hat Sie doch gestern bereits telefonisch informiert. Es geht um Julia Dirksen. Können wir im Haus weitersprechen?«, fragte Enna.

»Muss ich mit Ihnen reden?«

»Nein, im Moment sind Sie nicht dazu verpflichtet. Allerdings können wir Sie auch über die Staatsanwaltschaft vorladen. In dem Fall wären Sie dann ver…«

»Schon gut«, unterbrach Borchert sie und trat zur Seite.

Er führte sie in die Küche des Hauses. Ein alter ostfriesischer Kohleherd und ein antiker Küchenschrank waren mit modernen Küchenmöbeln kombiniert worden. Der Raum wirkte heimelig und strahlte Ruhe aus.

»Möchten Sie eine Tasse Tee?«, fragte Maximilian Borchert.

»Gerne«, sagte Enna und auch Paulsen nickte zustimmend.

Borchert reichte ihnen Tassen und zeigte auf eine Schale mit Kluntjes. »Bedienen Sie sich. Der Tee kommt sofort.«

Als Maximilian Borchert sich zu ihnen an den Tisch setzte, sah er Enna mit seinen stahlblauen Augen fragend an.

»Wir haben die Ermittlungen im Fall Julia Dirksen wieder aufgenommen und sprechen mit den Zeugen von damals.«

»Ich kann mich nicht erinnern, schon einmal in dieser Frage von der Polizei kontaktiert worden zu sein. Sie müssen sich irren.«

»Das ist richtig. Wir haben allerdings den Kreis erweitert und inzwischen einige ehemalige Kommilitonen von Frau Dirksen befragt.«

Maximilian Borchert verschränkte die Arme. »Wie Sie meinen. Ich kann Ihnen aber nicht viel sagen. An Julia erinnere ich mich natürlich. Ihr Tod hat uns damals alle beschäftigt.«

Borchert klang, als habe er sich die Sätze vorab zurechtgelegt. Er schien sich zwar zu bemühen, gelassen zu wirken, aber Enna spürte eine tief sitzende Unruhe von ihm ausgehen. Sie beschloss, sich dem Thema vorsichtig zu nähern.

»Darf ich Sie fragen, wo Sie im Moment beruflich tätig sind?«

»Dürfen Sie!«, antwortete Bochert und lächelte dabei steif.

Enna sah ihn direkt an und wartete.

»Ich lebe. Reicht das nicht?«

»Sie sind also im Moment nicht berufstätig?«

»Wie man's sieht. Ich habe ein Stück Land gepachtet und baue dort Gemüse an. Für den Eigenbedarf, und hin und wieder verkaufe ich auch etwas.«

»In Ihrem eigentlichen Beruf arbeiten Sie nicht mehr?«

Borchert grinste steif. »Etwas Buchführung und Steuersachen muss ich hin und wieder auch machen. Also, das Studium war schon ganz nützlich.«

»Seit wann leben Sie hier?«

»Schon länger.«

»Geht es bitte etwas genauer?«, fragte Enna in freundlichem Ton.

»Gekauft habe ich das Haus schon vor vielen Jahren. Es war aber letztlich nur eine Ruine. Vor zehn Jahren habe ich dann mit den Arbeiten am Haus angefangen.« Er runzelte die Stirn. »Oder ist es jetzt schon länger her? Aber sagen Sie, ist mein Lebenslauf jetzt wirklich relevant? Ging es Ihnen nicht um Julia Dirksen?«

»Wie gut kannten Sie Frau Dirksen?«, fragte Enna, ohne auf seine Frage einzugehen.

Maximilian Borchert ließ sich Zeit mit der Antwort. »Wie man sich so kennt. Man sitzt ja nicht nur in Vorlesungen oder Seminaren zusammen, sondern arbeitet viel in Gruppen. Da hatte ich schon hin und wieder etwas mit Julia zu tun. Außerdem ist Emden nicht groß. So viele Kneipen, in denen Studenten verkehren, gab es auch wieder nicht. Auch da habe ich sie ab und zu getroffen. Wie gut ich sie kannte, haben Sie mich gefragt. Befreundet waren wir auf jeden Fall nicht.«

Paulsen räusperte sich. »Sie haben damals mit einigen Kommilitonen eine Art Studentenvereinigung gegründet. Boris Lütgen war dabei, Peter Behrens, Alexander Zurbrügge und andere. Sie erinnern sich?«

»Studentenvereinigung?« Maximilian Borchert lachte. »Wer hat Ihnen das denn erzählt? Ich war nie in einem Verein und werde es auch in Zukunft nicht sein. Reicht das?«

»Nein, das reicht nicht«, sagte Paulsen. Er hatte ruhig, aber bestimmt geantwortet. »Die Gruppe hat in größerem Umfang an der Börse spekuliert. Neuer Markt. Erinnern Sie sich zumindest daran?«

»Ihr Ton gefällt mir nicht, Herr Kommissar. Aber gut, ich will mal nicht so sein. Neuer Markt. Wer hat das zu der Zeit nicht versucht? Goldgräberstimmung, sag ich nur. Ich bekenne mich also schuldig. Werde ich jetzt verhaftet?« Borchert hielt Paulsens Blick stand und wartete. »Tut mir leid, mir war nicht klar, dass Investitionen an der Börse nicht erlaubt waren. Oder sind?«

»Haben Sie mit Ihrem eigenen Geld spekuliert oder im Auftrag, quasi als Makler?«, fuhr Paulsen unbeirrt fort.

»Ich bitte Sie! Wir waren Studenten. Das waren alles nur Spielereien. Hier mal ein Hunderter, dort mal ein Fünfziger. Mag sein, dass wir in unserer Clique unsere wenigen Kröten auch mal zusammengeschmissen haben, damit es sich überhaupt rentiert. Aber das weiß ich heute alles nicht mehr so genau.«

»Sie haben also keine Gewinne gemacht?«

»Wenn Sie sich vorbereitet hätten, wüssten Sie, was aus dem Neuen Markt geworden ist.«

Enna ahnte, dass Paulsen sich langsam der entscheidenden Frage näherte. Sie hielt sich zurück und wartete auf ihren Einsatz.

»Julia Dirksen hat Ihre Aktivitäten nicht so locker gesehen wie Sie.«

»Ach, tatsächlich? Davon ist mir nichts bekannt.«

»Sie war sehr wütend darüber, dass Sie Ihre Geschäfte mit illegalen Insiderinformationen betrieben und gleichzeitig noch Menschen um ihr Geld betrogen haben.«

Maximilian Borchert rutschte unruhig auf seinem Stuhl hin und her. Enna sah ihm deutlich an, wie unangenehm ihm Paulsens Ausführungen waren. Plötzlich sprang er auf und schrie: »Lachhaft!«

»Setzen Sie sich!«, fuhr Enna ihn an. »Oder bedrohen Sie gerade zwei Kriminalbeamte im Dienst?«

Mit verunsicherter Miene sank Borchert zurück auf den Stuhl. »Was sollen diese absurden Beschuldigungen? Selbst wenn da etwas dran wäre, das ist doch alles lange verjährt.«

»Mord verjährt nicht. Davon sollten Sie schon einmal gehört haben«, sagte Enna und fixierte Borchert.

Zwölf

Maximilian Borchert starrte Enna an. »Mord? Sind Sie noch zu retten? Glauben Sie ernsthaft, dass wir ...« Er verschluckte die letzten Worte.

»Wir glauben gar nichts«, sagte Enna. »Wir ermitteln. Und zwar etwas gründlicher, als es vor siebzehn Jahren geschehen ist.«

»Machen Sie, was Sie wollen. Was ich allerdings damit zu tun haben soll, ist mir nicht klar.«

»War Julia Dirksen jemals auf einer Ihrer legendären Feten?«, fragte Paulsen und ließ es klingen, als frage er etwas Nebensächliches.

Borchert lachte verächtlich. »Wissen Sie noch, was Sie vor zwanzig Jahren so gemacht haben? Auf wessen Partys waren Sie da so?« Er grinste Paulsen an. »Na, kommen Sie schon, Sie Meisterdetektiv.«

»Sie erinnern sich an Sonja Schneider?«, fragte Paulsen unbeirrt weiter.

Enna und er hatten auf der Fahrt länger darüber diskutiert, ob sie den Namen fallen lassen sollten. Erst als Paulsen von Pia telefonisch erfahren hatte, dass sie Sonja Schneiders Wohnort ausfindig gemacht hatte, hatte Enna zugestimmt.

»Sollte ich?«, fragte Maximilian Borchert und schien sich dabei Mühe zu geben, unbeeindruckt zu wirken. Aber Enna war im selben Augenblick klar, dass das Gegenteil der Fall war. Borchert war für einen Moment erstarrt, hatte danach schwer geschluckt und zu lange für seine Antwort gebraucht, als dass sie noch als spontan durchgehen konnte.

»Das müssen Sie entscheiden«, sagte Enna. »Ich würde Ihnen allerdings empfehlen, die Wahrheit zu sagen.«

»Lustig! Sind wir hier vor Gericht?«

»Nein, im Moment handelt es sich noch um eine Zeugenbefragung. Aber die Grenzen zu einer Vernehmung sind fließend, Herr Borchert. Ich würde vorschlagen, Sie beantworten einfach die Frage und dann sehen wir weiter.«

Der kurze Schlagabtausch mit Enna schien Borchert vollkommen durcheinandergebracht zu haben. Er blinzelte mehrmals, begann dann, schwer zu atmen, und stand schließlich auf und lief zum Küchenfenster. Er riss es auf und blieb am geöffneten Fenster stehen. Er atmete langsam ein und hörbar durch die Nase wieder aus. Nach einer Weile kam er zum Tisch zurück und setzte sich. Schweiß stand ihm auf der Stirn, die Hände zitterten leicht.

»Ich bekomme manchmal schlecht Luft. Hin und wieder passiert das, ohne dass ich etwas dagegen tun kann. Was hatten Sie mich gefragt?«

»Es ging darum, ob Sie Sonja Schneider kennen«, sagte Enna, die sich ihre Verwunderung nicht anmerken ließ.

»Ich kann mir Namen schlecht merken. Ist das auch eine Kommilitonin gewesen?«

»Ja«, sagte Paulsen. »Sie war zwei Semester unter Ihnen.«

»Betriebswirtschaft?«

»Ja.«

»Es könnte sein, dass ich weiß, wen Sie meinen. Aber unter Vorbehalt.« Maximilian Borchert schien sich schlagartig von seinem Anfall erholt zu haben. »Eine schlanke Brünette, nicht sehr groß, kurze Haare, attraktiv. Kann sie das sein?«

»Ja, durchaus«, sagte Enna, obwohl sie nicht wusste, wie Sonja Schneider aussah. »Woher kennen Sie sie?«

»Sie wird wohl mal bei einem meiner Freunde zu Besuch gewesen sein. Und ja, vielleicht auch auf einer Party. Es könnte auch sein, dass einer meiner Freunde mit ihr zusammen war, aber dafür will ich nicht die Hand ins Feuer legen.«

Paulsen lehnte sich nach vorne und fixierte Borchert. »Wie liefen denn die Partys so ab?«

Maximilian Borchert hob die Hände. »Wie das so ist. Musik, Alkohol, gute Laune. Das Übliche.«

»Und wo fanden sie statt?«

»Hier und da. Keine Ahnung. Das habe ich vergessen.«

»Zum Beispiel?«, fragte Paulsen weiter, ohne seinen Blick von Borchert abzuwenden.

»Ich – weiß – es – nicht – mehr!« Borchert schüttelte den Kopf, anscheinend empört über Paulsens Begriffsstutzigkeit.

»Was ist passiert, als Julia Dirksen auf einer dieser Partys war?« Paulsens Stimme klang, als sei er sich hundertprozentig sicher, dass Julia Dirksen zumindest eine der Partys besucht hatte, und als wüssten sie nur noch nicht, was genau dort passiert war.

»Nichts! Wie auch? Julia war nie dabei.«

»Dabei?«

»Bei unserer Clique. Sie haben doch eben selbst die Jungs erwähnt.«

»Können Sie mir noch andere Mitglieder der Clique nennen?«

»Die vollen Namen? Wie gesagt, Namen merke ich mir nur schwer. Nachnamen haben uns damals auch nicht interessiert. Soll ich jetzt irgendwelche belanglosen Vornamen runterbeten? Klaus, Alexander oder … Reiner?«

Jan Paulsen schlug eine Seite seines Notizbuchs um und schrieb etwas. »Weiter?«

Maximilian Borchert starrte ihn an. »Was meinen Sie?«

»Sie haben doch sicher noch weitere Vornamen für mich. Das reicht mir vollkommen, um Ihre Freunde ausfindig zu machen.«

Borchert lachte hämisch. »Ich glaube, Sie wollen mich verarschen, Sie verdammter Bulle. Nicht mit mir. Sie verlassen jetzt auf der Stelle mein Haus.« Er sprang auf. »Sofort!«

Enna stand auf. »Wenn Sie die Befragung abbrechen wollen, steht Ihnen das natürlich frei. Sie haben aber sicher Verständnis dafür, dass die Angelegenheit für uns damit nicht erledigt ist. Sie müssen damit rechnen, in Kürze von uns zu hören.«

Paulsen stand inzwischen neben Enna. »Sie haben ein schönes Haus, Herr Borchert. Genießen Sie es noch so lange, wie es geht. Wir finden allein hinaus.«

Enna legte eine Visitenkarte auf den Tisch. »Nur für den Fall, dass Sie es sich anders überlegen und doch mit uns kooperieren wollen.«

Sie nickte Maximilian Borchert zu und ging hinter Paulsen her zur Tür.

»Das war aber mal eine dramatische Entwicklung«, sagte Paulsen, als er neben Enna im Wagen saß. »Solch eine Zeugenbefragung habe ich lange nicht mehr erlebt.«

»War das eine Panikattacke, als er da zum Fenster gerannt ist?«, fragte Enna.

»Definitiv! Sie war ziemlich kurz, aber es gibt viele Varianten.«

»Du kennst dich aus?«, fragte Enna.

»Ja.«

»Ich hatte schon nach seinen ersten Antworten das Gefühl, dass er innerlich bebt und es nur mühsam verbergen kann«, sagte Enna. »Was nicht heißt, dass er und die Gruppe etwas mit Julias Tod zu tun haben.«

»Nein.«

»Hast du seine Reaktion gesehen, als du ihn danach gefragt hast, was Julia auf der Party passiert ist?«

»Habe ich«, sagte Paulsen und sah aus dem Fenster auf Borcherts Haus. »Hat sich da gerade die Gardine bewegt?«

»Ja, er beobachtet uns. Lass uns noch ein paar Minuten hier stehen bleiben.« Enna lehnte sich nach hinten. »Wie schätzt du seine Reaktion auf deine Frage ein?«

»Er weiß nichts darüber. Vielleicht hatte er sich zu dem Zeitpunkt wirklich schon aus der Gruppe zurückgezogen. Oder war nicht auf der Party.«

»Sehr spekulativ, würde Pia jetzt sagen.«

»Wir müssen Borchert durchleuchten. Was macht der hier am Ende der Welt? Seit wann ist er hier? Wie finanziert er sich? Warum hat er diese Panikattacken?«

»Hast du die Listen des Jahrgangs mit?«

Paulsen nickte und zog mehrere Ausdrucke aus seiner Tasche. »Die Vornamen sind dabei. Das wolltest du doch kontrollieren?«

»Einen Versuch ist es wert. Vielleicht löst sich dieser Ermittlungsansatz schnell in Luft auf, aber viel haben wir im Moment noch nicht.« Enna griff nach der Studentenliste, die Paulsen in Emden erhalten hatte, und überflog sie. »Borchert sah so erschrocken aus, nachdem er sie genannt hatte. Würde mich wundern, wenn nicht zumindest hinter einem der Namen ein weiteres Gruppenmitglied steckte.«

»Ich gebe die Info gleich an Pia weiter. Sie kann die Personen mit den genannten Vornamen vorrangig überprüfen.«

Enna warf einen Blick auf die Uhr. »Das sollte reichen, um Borchert nervös gemacht zu haben. Hast du was von Pia gehört? Hat sie Sonja Schneider erreicht?«

Paulsen warf einen Blick auf sein Handy. »Ja, Sonja Schneider erwartet uns bei sich zu Hause.« Er gab die Adresse in das Navigationssystem ein, auf dem Display erschien eine Kilometer- und Zeitangabe. »Eine gute Stunde.« Die Übersichtskarte zeigte, dass Stotel, der Ort, in dem Sonja Schneider lebte, östlich der Weser lag. »Wir können durch den Wesertunnel fahren und später auch so zurück nach Oldenburg. Das sollte dann noch einmal eine Stunde sein.«

Enna nickte und startete den Motor.

Sie fuhren Richtung Jever, umrundeten den Jadebusen und nahmen Kurs auf den Wesertunnel.

Paulsen sah aus dem Fenster. »Ziemlich flach hier.« Die B437 führte sie von Varel bis nach Stadland, einem kleinen Ort direkt an der Weser. Zu beiden Seiten der Straße lagen Felder und Wiesen.

»Ich mag die Gegend hier. Elias und ich sind häufiger mal am Jadebusen. Dangast kann ich empfehlen, das alte Kurhaus. Fantastischer Rhabarberkuchen. Am Deich kannst du stundenlang spazieren gehen.«

Paulsen nickte nur und schwieg.

»Hat Pia noch etwas über Sonja Schneider geschrieben?«, fragte Enna.

Paulsen schaute aufs Handydisplay, verneinte und rief Pia Sims an. Er fragte sie, ob sie ihnen zu der Zeugin noch mehr sagen könne, und verabschiedete sich, nachdem Pia kurz gesprochen hatte.

»Pia hat kurz mit ihr telefoniert. Sie hat vor Kurzem ein Kind bekommen und ist deshalb auch zu Hause erreichbar. Pia hat ihr gesagt, dass wir im Mordfall Julia Dirksen ermitteln.«

»Gut. Da Frau Schneider damals keine Anzeige erstattet hat, wird sie jetzt auch nicht unbedingt gesprächiger sein. Wir werden sehr vorsichtig vorgehen müssen. Unter Umständen muss ich auch unter vier Augen mit ihr sprechen.«

»Kein Problem. Ich täusche dann ein Telefongespräch vor. Gib mir einfach einen Wink.«

»Sollte sie vergewaltigt worden und das mit Gewalt oder Drohungen verbunden gewesen sein, wäre die Tat noch nicht verjährt«, sagte Enna. »Aber wir sollten das vorerst nicht mit ins Spiel bringen.«

Paulsen nickte.

Nachdem sie den Wesertunnel durchfahren hatten, querten sie die Autobahn nach Bremerhaven und parkten kurz darauf vor einem älteren eineinhalbstöckigen Haus. Enna schloss ab und reichte Paulsen die Schlüssel für den Fall, dass er später im Auto auf sie warten musste.

Eine Frau mit einem Baby auf dem Arm öffnete ihnen die Tür. Maximilian Borchert hatte sie richtig in Erinnerung gehabt. Sonja Schneider trug ihre Haare wie zur Studienzeit kurz, war einen Kopf kleiner als Enna und sah jünger aus als Ende dreißig. Sie bat die Kommissare ins Haus und bot ihnen im Wohnzimmer einen Platz an.

»Sie kommen wegen Julia Dirksen?«

»Ja«, antwortete Enna. »Wir rollen den Fall neu auf und sind gerade dabei, das damalige Emdener Umfeld zu befragen. Sie kannten Julia?«

»Der Frauenanteil in Betriebswirtschaft war übersichtlich. Okay, bei Julia im Semester war es noch extremer als bei mir. Ich glaube, da waren nur drei Frauen. In meinem Jahrgang waren es mehr.« Sie lächelte. »Aber das haben Sie ja gar nicht gefragt. Ja, ich kannte Julia. Befreundet im eigentlichen Sinne waren wir aber nicht.«

»Sind Sie seinerzeit von unseren Kollegen befragt worden?«

»Nein, ich hatte damals ein Urlaubssemester. Deshalb war ich überhaupt nicht in Emden. Aber ich habe natürlich in der

Zeitung davon gelesen. Eine Freundin hat mich auch angerufen und mir erzählt, dass Julia verschwunden war.«

Enna notierte in Gedanken, dass sie Sonja Schneider später nach dem Grund des Urlaubssemesters fragen musste.

»Wie kam Julia so in Emden zurecht?«, fragte Enna weiter.

»Ist das jetzt die übliche Frage nach ihren Feinden?«, fragte Sonja Schneider schmunzelnd.

Enna nahm den Ball auf, um das Gespräch aufzulockern. »Nein«, antwortete sie lachend. »Diese Frage wird nur in Krimis gestellt. Uns geht es wirklich darum, wie sich Julia in der Stadt und im Studium zurechtgefunden hat. Wie ihre Kontakte waren, was sie in der Freizeit gemacht hat, mit wem sie sich unterhalten hat.«

»Ich hätte auf die Frage sowieso keine Antwort gehabt«, sagte Sonja Schneider lächelnd. »Ob ich allerdings Julia so gut kannte, dass ich Ihre Fragen beantworten kann, weiß ich nicht.« Sie beugte sich über den Stubenwagen, in dem inzwischen ihr Kind schlief. »Vielleicht schiebe ich Jonathan lieber etwas zur Seite.« Sie stand auf und schob den Stubenwagen ans andere Ende des Zimmers.

Enna schaute sich im Raum um. Für das geräumige Wohnzimmer schien zwischen zwei Räumen eine Wand entfernt worden zu sein. An der Wand hing ein großer Fernseher, daneben stand ein Bücherregal. Die Couchgarnitur war älteren Datums, der kleine Tisch davor sah neu aus. An den Wänden hingen eingerahmte Landschaftsfotos aus südlichen Ländern, die Enna gut gefielen.

»Haben Sie diese Fotos gemacht?«, fragte Enna, als Sonja Schneider sich wieder zu ihnen setzte.

»Ja, ich fotografiere schon seit meiner Jugend.« Sie warf einen Blick zum Stubenwagen. »Im Moment ist das mit dem Reisen nicht so aktuell. Haben Sie auch Kinder?«

»Einen Sohn. Elias ist fünf.«

»Dann sind sie ja aus dem Gröbsten raus«, sagte Sonja Schneider lächelnd. »Sagt man zumindest so.«

»Ganz so arbeitsintensiv wie im ersten Jahr ist es nicht mehr«, antwortete Enna. »Aber die Einschränkungen bleiben. Doch das nehme ich gerne in Kauf.«

»Mein Mann arbeitet in Bremerhaven. Ich werde wohl zu Hause bleiben, bis Jonathan in den Kindergarten kommt.«

»Wo waren Sie vor der Geburt tätig?«

»Mal hier, mal da. Ich bin viel gereist, bevor ich meinen Mann kennengelernt habe. Ich sage immer ›mein Mann‹, auch wenn wir noch nicht verheiratet sind.« Sie lachte. »Wenn man mit der Polizei spricht, sollte man immer korrekt sein.«

Paulsens Handy klingelte. Er stand auf und ging Richtung Tür. »Entschuldigen Sie.« Er wechselte ein paar Worte mit jemandem – Enna vermutete, dass es Pia war, die ihn auf seinen Wunsch angerufen hatte – und kam zurück zum Tisch. »Ich würde mich kurz zurückziehen. Ein wichtiges Gespräch.« Er wandte sich Sonja Schneider zu. »Ich finde allein hinaus.«

Dreizehn

Kurz nachdem Paulsen den Raum verlassen hatte, war zu hören, wie er die Haustür hinter sich schloss. Enna wandte sich Sonja Schneider zu. »Wo waren wir stehen geblieben?«

»Ich hatte von meinem Hobby erzählt.«

»Haben Sie während des Studiums auch fotografiert?«

Sonja Schneider sah sie überrascht an. »Sie meinen, ob ich vielleicht Fotos von Julia geschossen habe? Mag sein, dass Julia auch mal mit auf einem der vielen Fotos war, aber ich habe keine Abzüge mehr. Auch die Negative sind weg. Heute fotografiere ich nur noch digital.«

»Uns interessiert, ob Julia während des Studiums einen Freund hatte. Ist Ihnen da etwas aufgefallen?«

»Nein.«

»Wir haben Zeugenaussagen, die Julia mit einer Gruppe von Studenten in Verbindung bringen. Ihr Wortführer war Boris Lütgen.«

Sonja Schneider starrte Enna entsetzt an. »Sind Sie deshalb hier?«, fragte sie flüsternd. Ihre linke Hand zitterte. Sie umfasste mit der rechten das Handgelenk und hielt es fest.

»Sie kennen Boris Lütgen?«, fragte Enna.

»Ja.«

»Können Sie mir etwas über ihn erzählen?«

»Nein.«

»Hatte Julia Kontakt zu der Gruppe?«

Sonja Schneider schwieg.

»Gibt es wirklich nichts, was Sie mir dazu sagen können?« Enna hatte leise gesprochen.

»Das ist lange her«, antwortete Sonja Schneider nach einer gefühlten Ewigkeit. »Sehr lange.«

»Was ist passiert?«

Sonja Schneider schwieg. Enna beschloss, ihr Zeit zu lassen, und hielt sich zurück. Ein Wimmern durchbrach die Stille. Enna blickte sich hektisch um, bis sie begriff, dass das Baby aufgewacht war. In diesem Moment setzte ein ohrenbetäubendes Gebrüll ein, Sonja Schneider war bereits auf dem Weg zum Stubenwagen, um ihren Sohn hochzuheben. Auf ihrem Arm beruhigte sich das Baby etwas, presste aber den Kopf gegen die Brust seiner Mutter und schnüffelte und schluchzte abwechselnd.

»Ich muss ihn eben stillen«, sagte Sonja Schneider, »sonst haben wir keine ruhige Minute mehr.«

Sie setzte sich wieder aufs Sofa, knöpfte eilig ihre Bluse auf und klappte eine Seite des Still-BHs herunter. Das Baby schnappte gierig nach der Brustwarze und schien sie regelrecht in sich einzusaugen. Nach den ersten hektischen Schlucken wurde der kleine Jonathan ruhiger.

Sonja Schneider schaute hoch. »Das ist, was für mich jetzt zählt. Und nicht die Vergangenheit. Ich habe das hinter mir gelassen. Lange schon.«

Enna nickte. »Das kann ich verstehen, Frau Schneider«, sagte sie nach einer Weile. »Ich möchte …«

»Das glaube ich nicht«, unterbrach Sonja Schneider Enna leise, aber energisch. »Das kann niemand verstehen.«

Sonja Schneider sah auf ihren Sohn hinunter, der weiter an ihrer Brust trank. Als sein Kiefer sich nur noch schwach bewegte, trennte sie ihn vorsichtig von der Brustwarze und legte ihn an der anderen Brust an.

»Ich habe vor eineinhalb Jahren meinen Mann bei einem Autounfall verloren. Mein Sohn ist jetzt fünf. Glauben Sie mir, ich weiß, was es bedeutet, aus dem Leben gerissen zu werden.«

Sonja Schneider sah auf. »Das tut mir leid. Das muss schwer sein für Sie.«

Enna nickte. »Ich arbeite erst seit ein paar Monaten wieder.« Sie hielt eine Weile inne, bevor sie fortfuhr: »Ich möchte Sie zu nichts drängen, es geht ausschließlich um Julia Dirksen. Julia hatte nicht das Glück wie wir, Kinder zu bekommen und sie aufwachsen zu sehen. Sie ist jäh aus dem Leben gerissen worden. Julia hat es verdient, dass zumindest der Täter gefunden wird.«

Sonja Schneider konzentrierte sich wieder auf ihr Kind. Schließlich trennte sie den kleinen Jonathan von der Brust. Nachdem er ein Bäuerchen gemacht hatte, legte ihn Sonja Schneider auf die Decke neben dem Sofa und gab ihm einen Beißring in die Hand.

Mit Blick auf ihren Sohn begann Sonja Schneider, leise zu sprechen. »Ich war zwei- oder dreimal auf einer dieser Partys. Die waren immer in gemieteten Ferienhäusern. An der Küste gibt es ja viele davon und außerhalb der Hauptsaison war das wohl kein Problem, die für ein Wochenende zu mieten.« Sonja Schneider setzte sich aufrecht hin und blickte Enna an. »Ich werde nichts von dem, was ich Ihnen jetzt erzähle, offiziell aussagen. Und Sie werden mich nicht dazu drängen. Habe ich Ihr Wort darauf?«

»Ja, ich werde Sie nicht drängen«, sagte Enna. Sie verschwieg, dass das nur die halbe Wahrheit war. Sollte die Staatsanwaltschaft Kenntnis von einer schweren Straftat bekommen, würde sie auch einem Anfangsverdacht nachgehen. Aber solange keine offizielle Aussage von Sonja Schneider vorlag, würde sie den Verdacht nur im Ausnahmefall weiterleiten.

»Ich dumme Kuh hätte da nie hingehen dürfen. Aber mit Anfang zwanzig meint man ja, man wäre unverwundbar. Die letzte Party, auf der ich war, fand in der Nähe von Greetsiel statt. In einem alten Bauernhaus irgendwo in der Wildnis. Ich war – schon ein paar Tage bevor das Sommersemester losging – nach Emden gefahren und es war sonst nichts los, deshalb bin ich hingegangen. Zwanzig bis dreißig Leute waren da. Männerüberschuss. Ich habe mich von Anfang an unwohl gefühlt.« Sonja Schneider sprach leise und abgehackt. Ihre rechte Hand strich über ihren Oberschenkel, ihr Blick wanderte immer wieder zu ihrem vor sich hin brabbelnden Sohn. »Dann ging es los mit der üblichen Anmache. Boris – eigentlich war ich nur seinetwegen gekommen – stand abseits und hat so getan, als ob er nicht sehen würde, was seine Gäste machen.«

Sonja Schneider schluckte schwer und senkte den Kopf.

»Was ist dann passiert?«, fragte Enna nach einer Weile.

Sie zögerte lange, bevor sie weitersprach: »Das kann ich nicht genau sagen. Blackout. Dabei hatte ich kaum Alkohol getrunken. Einen Martini, ansonsten nur Wasser. Ich bin dann am Morgen in einem der Schlafzimmer aufgewacht. Nackt. Im Bett lag niemand sonst und meine Klamotten befanden sich auf dem Boden. Zum Glück hatte ich damals schon ein Handy. Ich habe mir ein Taxi gerufen und bin, so schnell ich konnte, aus dem Haus geflohen.«

»Sie sind an diesem Morgen niemandem begegnet?«

»Es war früh. Acht Uhr, glaube ich. Nein, niemandem. Ich habe aber das Haus auch nicht durchsucht. Es kann sein, dass in den anderen Zimmern noch jemand war. Ich weiß es nicht.«

»Was haben Sie dann getan?«

»Ich habe mich für ein paar Tage in meiner Wohnung verschanzt. Ich war unfähig, irgendwas zu unternehmen. Mir ist dann nach und nach klar geworden, was passiert ... sein musste. Ich habe eine alte Schulfreundin angerufen, die Medizin studierte. Sie hat mir von K.-o.-Tropfen erzählt. Das, was sie mir von den Nebenwirkungen erzählt hat, traf bei mir alles genau zu. Bloß leider kann man dieses Zeug nicht lange im Blut nachweisen. Das war dann mein erster Rückschlag. Wer würde mir glauben? Ich konnte niemanden beschuldigen. Wie auch? Schließlich ging die Uni wieder los und ich bin ganz normal hingegangen. Ich habe so getan, als wäre nichts passiert. Das ging ein paar Tage gut und dann ...« Sie brach wieder ab und sah schweigend auf ihren kleinen Sohn.

Enna wartete eine Weile, bevor sie vorsichtig fragte: »Und dann?«

Sonja Schneider wischte sich die Tränen aus dem Gesicht. »Dann nicht mehr. Ich bin nach Hause zu meinen Eltern gefahren. Habe ihnen gesagt, dass ich überarbeitet bin und eine kurze Pause brauche. Nach zehn Tagen bin ich wieder zurück nach Emden. Ich war wütend, so wütend. Zur Polizei zu gehen, habe ich nicht gewagt. Aber ich bin dann zur Hochschulleitung. Beim Präsidenten habe ich natürlich keinen Termin gekriegt, aber ich bin einfach in sein Büro gestürmt und habe ihm alles ins Gesicht geschrien. Das war wohl mein zweiter Fehler. Sie können sich vorstellen, was er von mir gedacht haben muss.«

»Er hat Sie nicht ernst genommen?«

»Er hat versucht, mich zu beschwichtigen, und mir gesagt, er würde sich darum kümmern. Irgendwas musste er ja machen. Aber da ging es sicher nicht darum, Boris zur Rechenschaft zu ziehen. Ich wusste damals nicht, dass irgendein Verwandter von Boris mit dem Präsidenten befreundet war oder zumindest gut bekannt. Auf jeden Fall stand Boris am nächsten Tag bei mir vor der Tür. Er hat mit Engelszungen auf mich eingeredet und immer wieder beteuert, dass nichts passiert wäre.«

Wieder brach Sonja Schneider ab, nahm ihren Sohn auf den Arm und roch an seinem Strampelanzug. »Ich muss ihm kurz die Windel wechseln.« Sie stand auf und lief aus dem Wohnzimmer.

Enna griff nach ihrem Handy und rief Paulsen an. »Es wird noch etwas dauern. Frau Schneider wickelt gerade ihren Sohn«, sagte sie leise.

»Kein Thema«, antwortete Paulsen. »Ich fahr kurz in den Ort, was essen.«

»Mach das.«

»Es fällt mir schwer, über das alles zu reden«, sagte Sonja Schneider. Sie hatte ihren Sohn wieder auf die Decke gelegt und ein tragbares Baby-Mobile über seinem Kopf platziert.

»Das verstehe ich sehr gut, Frau Schneider. Lassen Sie sich die Zeit, die Sie brauchen.«

»Es geht schon. Ja, Boris war also bei mir. Ich war verunsichert, wusste nicht, was ich glauben sollte. Immer wieder hat er gesagt, dass nichts passiert wäre und ich mich falsch erinnern würde. Ich weiß nicht, ob es das war, was meine Wut wieder hochkochen ließ. Ich habe ihn hochkant rausgeworfen und ihm hinterhergeschrien, dass ich zur Polizei gehen würde. Das war wohl mein dritter Fehler.«

»Er ist zurückgekehrt?«

»Ja. Nicht sofort. Aber am Abend. Zusammen mit seinem Freund.«

»Wer war der Freund?«

»Der hieß Max.«

»Maximilian Borchert?«

Sonja Schneider sah erstaunt auf. »Ja, ich glaube schon. Sie kennen ihn?«

»Wie gesagt, wir untersuchen Julias gesamtes Umfeld aus dieser Zeit. Was wollten die beiden Männer damals von Ihnen?«

»Mich einschüchtern wollten sie. Sie haben mir gedroht, mich öffentlich fertigzumachen. Und sie haben mir Geld angeboten. Dreißigtausend Euro. Ich habe abgelehnt und gesagt, dass sie meine Wohnung verlassen sollen.«

»Haben die beiden das getan?«

Sonja Schneider schüttelte den Kopf und flüsterte: »Nein, das haben sie nicht.« Tränen liefen ihr über die Wangen und versickerten im Stoff ihrer Bluse. »Sie haben …« Wieder einmal brach sie mitten im Satz ab.

»Was haben sie getan?«, fragte Enna.

Wieder schwieg Sonja Schneider lange. Schließlich sah sie auf. »Sie haben mir … die Hose … ausgezogen. Und den … Slip. Max hat mich festgehalten und Boris hat mir die Beine auseinandergedrückt. Dann hat er seine Hose run…« Sonja Schneider wandte sich ab. »Er hat nur so getan, als ob. Aber es hat gereicht. Ich bin noch am gleichen Tag wieder nach Hause gefahren. Deshalb war ich auch nicht da, als Julia ermordet wurde.«

»Wann genau sind Sie aus Emden geflohen?« Enna hatte bewusst den Begriff *geflohen* benutzt. Sie hoffte, Sonja Schneider damit motivieren zu können, weiter auszusagen.

»Ja, es war wohl tatsächlich eine Art Flucht. Die beiden haben mir solche Angst gemacht, dass ich keinen anderen Ausweg mehr gesehen habe. Das müsste Anfang April 2002 gewesen sein, und ich bin erst zum Wintersemester zurück nach Emden gekommen. Und das auch nur, weil ich nicht an eine andere Hochschule wechseln konnte.«

»Ist anschließend noch etwas passiert?«

»Nein, ich habe einen großen Bogen um diese Leute gemacht. Die meisten von denen waren sowieso mit ihrer Abschlussarbeit beschäftigt.«

Enna reichte ihr eine Visitenkarte. »Sie wissen, dass die Vergewaltigung noch nicht verjährt ist?«

»Das ist mir egal. Ich werde auf keinen Fall Anzeige erstatten.«

»Falls Sie es sich doch überlegen sollten, rufen Sie mich an.«

Sonja Schneider legte die Visitenkarte auf den Tisch und nickte.

»Wie war Julias Verhältnis zu der Gruppe?«, fragte Enna.

»Das weiß ich nicht genau. Julia hat wirklich gut ausgesehen, die Männer waren allein schon deshalb hinter ihr her. Ich habe aber nie gesehen, dass sie mit jemandem zusammen war.«

»Und auf den Partys haben Sie sie auch nicht gesehen?«

»Ganz sicher nicht. Julia wäre dort niemals freiwillig hingegangen. Sie hat mir einmal erzählt, wie abstoßend sie Boris und die anderen fand. Sie hat mich vor ihnen gewarnt, aber ich habe mich darum nicht gekümmert.«

»Was hat Julia genau gesagt?«

»Ehrlich gesagt wollte ich das damals alles nicht hören. Schlimm, aber so war es. Ich wäre nie auf die Idee gekommen, dass diese Leute so kriminell sind. Niemals.«

»Sie können sich nicht mehr daran erinnern, was Julia gesagt hat?«, fragte Enna noch einmal.

»Nein, nicht genau. Es ging da um irgendwelche Börsengeschäfte. Das hat mich damals aber nicht im Geringsten interessiert. Wie gesagt, ich glaube, sie wollte mich warnen, aber ich hatte sowieso kein Geld, das ich an der Börse hätte investieren können.«

»Erinnern Sie sich an die Namen der anderen Männer? Die Namen Peter Behrens und Alexander Zurbrügge hat uns eine Zeugin schon genannt.«

Sonja Schneider sah zur Decke und schien zu überlegen. »Nachnamen kannte ich nur von ein paar Leuten. Max. Und Boris. Peter.« Sie schloss die Augen. »Und dann war da noch ein Klaus. Stimmt. Klaus Buchholz. Wie viele Männer suchen Sie denn?«

»Es sollen sechs gewesen sein. Fünf haben wir jetzt. Gab es vielleicht einen Reiner?«

»Daran kann ich mich nicht erinnern. Nein, Reiner wäre mir aufgefallen. Mein Cousin heißt so mit Vornamen. Weitere Namen fallen mir leider nicht ein. Falls ich mich erinnern sollte, rufe ich Sie an, wenn Sie das möchten.«

Vierzehn

»Erfolgreich?«, fragte Paulsen, als Enna auf der Beifahrerseite in den Wagen einstieg.

»Ja, ich habe einiges erfahren. Frau Schneider ist auf einer der Partys mit K.-o.-Tropfen betäubt und anschließend vermutlich vergewaltigt worden. Aber lass uns das morgen ganz in Ruhe besprechen.« Sie lehnte sich auf dem Sitz zurück. »Kannst du fahren?«

»Kein Problem!« Paulsen startete den Motor und fuhr aus der Siedlung heraus Richtung Weser.

Enna telefonierte mit ihrer Schwiegermutter und bat sie, Elias vom Kindergarten abzuholen. »Ich bin spätestens gegen sechs zu Hause.«

»Ganz schön schwierig so mit einem kleinen Kind, oder?«, fragte Paulsen, als Enna das Gespräch beendet hatte.

»Im Moment geht es. Meine Schwiegermutter ist zu Besuch. Und ab Samstag bekomme ich Unterstützung.«

»Kindermädchen?«

»Au-pair aus Polen.«

»Klingt doch gut. Wenn dein Junge damit zurechtkommt.«

»Wir kennen sie schon. Drück mir trotzdem die Daumen. Elias möchte am liebsten, dass seine Oma zu uns zieht.«

»Was du dir nicht vorstellen kannst?«

»Nein. Ich mag sie, aber das wäre mir zu nahe.« Enna wunderte sich, dass sie so offen mit Paulsen über persönliche Dinge sprach.

»Kann ich verstehen.«

»Sie ist wirklich eine klasse Oma und Elias liebt sie über alles. Und er versteht natürlich nicht, was das für meine Schwiegermutter bedeuten würde. Sie lebt jetzt in einem kleinen Ort in der Nähe von Münster und fühlt sich da auch wohl und aufgehoben.«

Paulsen verringerte die Geschwindigkeit, als der Wesertunnel vor ihnen lag. »Ja, das ist schon wichtig.«

»Und bei dir? Hast du noch mal über eine Wohnung in Oldenburg nachgedacht?«, fragte Enna.

»Vielleicht will ich nicht so lange bleiben, dass es sich lohnt.«

»Ist das so?«

Paulsen atmete tief ein und wieder aus. »Osnabrück würde mich zurücknehmen.«

»Oh, davon hast du noch gar nichts erzählt?«

»Großmeier ist die Karriereleiter hochgestiegen.« Als Enna ihn fragend ansah, fuhr er fort: »Mein Ex-Chef. Wir mochten uns nicht besonders. Er sitzt jetzt in Hannover im Innenministerium. Sein Stellvertreter hat übernommen.«

»Und der hat bei dir angefragt?«

»Sozusagen. Am Wochenende treffen wir uns auf ein Bier.«

Enna schwieg. Wollte Paulsen ihr damit seinen Abgang aus ihrer Abteilung ankündigen?

»Ich habe mich noch nicht entschieden«, fügte Paulsen hinzu.

»Zu wann wäre der Wechsel?«

»Lieber heute als morgen, hat er gesagt.«

»Du würdest uns fehlen, Paulsen. Ich brauche dich – und Pia ganz sicher auch.«

Jan Paulsen zog die Augenbrauen zusammen. »Bist du dir da sicher? Mit Pia, meine ich.«

»In meiner Schulzeit hieß es immer: *Was sich liebt, das neckt sich.*«

Paulsen lachte. »Ganz so schlimm ist es hoffentlich nicht.«

»Warum?«

Sie fuhren westlich der Weser an Stadland vorbei in Richtung Brake. Paulsen erhöhte die Geschwindigkeit.

»Ich mag die Kleine ja auch«, sagte er. »Dass sie manchmal nervt, ist nicht so dramatisch. Wir kommen schon miteinander klar.«

»Ich weiß«, sagte Enna, obwohl sie sich sicher war, dass hinter Pias Sticheleien mehr steckte als ein bloßes Necken.

»Wie gesagt, ich habe mich noch nicht entschieden«, sagte Paulsen ein weiteres Mal. »Vielleicht mache ich auch vorerst so weiter.«

»Kann ich irgendwas tun, um dich in Oldenburg zu halten?«

Paulsen schmunzelte. »Gehalt verdoppeln?«

»Das liegt leider nicht in meiner Verantwortung. Aber ich könnte deine erneute Beförderung vorschlagen. Vielleicht in einem halben Jahr, denke ich.«

»Da muss ich schon allein durch. Ich habe den Mist gebaut, obwohl ich es besser hätte wissen müssen. Mit etwas mehr Unterstützung von oben wäre ich auch mit einem blauen Auge davongekommen.«

Enna hatte sich noch einmal seine Personalakte angesehen und einen befreundeten Kollegen in Osnabrück angerufen. Paulsen hatte einen Verdächtigen bedroht und ihn, als er nicht reagierte, geschlagen. Der Mann hatte ein Kind entführt und verlangte einen Deal mit der Staatsanwaltschaft, bevor er das Versteck des Kindes preisgeben wollte. Paulsen hatte gewusst, dass sich der Staatsanwalt nicht einmal zum Schein auf Straffreiheit einlassen würde, und auf eigene Faust gehandelt. Am Ende der Vernehmung hatte der Mann das Versteck preisgegeben, was Paulsen aber nicht vor einem Disziplinarverfahren rettete.

»Großmeier?«

»Ja, er war ganz versessen darauf, mich ganz aus dem Spiel zu kicken. Und hat es fast geschafft.«

»Ich kann nur noch mal sagen, dass es verdammt schade wäre, wenn du uns jetzt verlässt.«

»Danke!«, sagte Paulsen und schwieg eine Weile. »Pia werde ich noch nichts erzählen. Sie verträgt es sicher nicht so gut, oder?«

»Solange du noch keine endgültige Entscheidung getroffen hast, würde ich es auch nicht tun. Dann sollte sie es aber bald erfahren.«

»Schon klar«, murmelte Paulsen.

»Kommt Alina morgen?«, fragte Elias, nachdem Enna ihm am Abend etwas vorgelesen hatte.

»Nein, am Samstag. Wir holen sie in Bremen vom Flughafen ab.«

»Kommt Alina mit so einem richtig großen Flugzeug?«

»Ich glaube schon. Wenn wir Glück haben, sehen wir, wie es landet. Du kannst doch dein Buch mitnehmen, wo alle Flugzeugtypen drin sind.«

»Au ja!« Elias setzte sich auf und zeigte zu seinem Bücherregal. »Holst du mir das?«

Sie sahen sich gemeinsam die verschiedenen Passagierflugzeuge an und rätselten, mit welcher Art von Maschine Alina kommen würde. Als Elias sich zum wiederholten Male die Augen rieb, stellte Enna ihm eine Musik-CD an und deckte ihn zu. »Schlaf gut, mein Hase.«

»Ich liebe dich, Mama.«

Sie küsste ihn zärtlich auf die Stirn. »Ich dich auch, Elias.«

Enna beendete ihren Bericht von den zwei Befragungen. Sie saß mit Pia Sims und Paulsen in der Küche, um sich über das weitere Vorgehen auszutauschen.

»Und sie will keine Anzeige erstatten?«, fragte Pia, die Ennas Bericht mit entsetzter Miene verfolgt hatte.

»Nein, bisher nicht. Ich habe ihr aber Hilfe angeboten, falls sie es sich noch einmal überlegen sollte.«

»Die Frage ist ja jetzt, ob Julia Dirksen etwas Ähnliches erlebt hat«, sagte Paulsen. »Freiwillig scheint sie ja wohl kaum auf eine dieser ominösen Partys gegangen zu sein.«

»Vermutlich nicht«, sagte Enna. »Allerdings zeigt das Vorgehen von Lütgen und Borchert, wie skrupellos die beiden agiert haben. Wenn Julia tatsächlich die Gruppe wegen der Börsenspekulationen unter Druck gesetzt hat, haben sie garantiert reagiert.«

»Und haben ihr nach Thüle einen Auftragskiller hinterhergeschickt?«, fragte Pia.

»Das wohl eher nicht«, sagte Paulsen. »Aber vielleicht wollten sie Julia davon überzeugen, dass sie zu schweigen hat. Dann ist alles außer Kontrolle geraten, und am Ende war Julia Dirksen tot.«

»Möglich«, sagte Enna. »Aber wir sollten uns mit Spekulationen noch zurückhalten und erst die anderen Mitglieder der Gruppe befragen.«

»Was ist mit diesem Hochschulmitarbeiter, der von der Gruppe betrogen wurde?«, fragte Pia. »Hast du den Namen, Paulsen?«

Jan Paulsen schlug sein Notizbuch auf. »Horst Wiegand, ehemals wohnhaft in der Elbestraße in Emden. Hausnummer wusste meine Zeugin nicht.«

Pia hatte mitgeschrieben. »Ich versuche, ihn zu finden.«

»Gut!«, sagte Enna. »Vermutlich kennt er noch weitere Opfer. Auch wenn der Betrug verjährt ist, wäre das vielleicht ein Hebel, um einen in der Gruppe zum Sprechen zu bringen. Ich vermute auch, dass Sonja Schneider nicht das einzige Opfer auf diesen Partys war. Und diese Taten wären nicht verjährt.«

»Das wird nicht einfach«, sagte Paulsen. »Aber gut, das ist unser tägliches Brot.«

»Kommen wir dann zu meinem Bericht?«, fragte Pia.

»Leg los!«, forderte Paulsen sie auf.

»Auf der einen Seite habe ich den aktuellen Wohnsitz einiger Zeugen gesucht und gefunden. Wir werden uns aufteilen müssen. Einige werden wir telefonisch befragen müssen, andere vor Ort, falls es sinnvoll erscheint. Von dieser mysteriösen Studentenvereinigung fehlt mir im Moment noch Klaus Buchholz. Der Name ist häufig zu finden, da muss ich noch etwas Zeit investieren. Die beiden Frauen aus der Friesoyther Clique leben in Neustadt am Steinhuder Meer und Lüneburg. Ich habe noch nicht mit ihnen gesprochen, wollte es aber heute versuchen.«

»Hast du in Spanien jemanden erreicht?«, fragte Paulsen und klang ungeduldig.

»Selbstverständlich, Herr Paulsen«, erwiderte Pia spitz. »Glücklicherweise kann ich ausreichend Spanisch, da die Dame weder Deutsch noch Englisch spricht. Wir haben uns eine halbe Stunde unterhalten.«

»Und?«, fragte Paulsen.

»Die Frau, also die Mutter der Zwillinge, war sehr nett und hatte reichlich Zeit für mich.« Pia schien es zu genießen, Paulsen auf die Folter zu spannen. Sie sah auf ihre Notizen und nickte nachdenklich. Schließlich hob sie den Kopf. »Frau Ramirez war voll des Lobes für Julia. Sie hat die Zwillinge betreut, einen Jungen und ein Mädchen, die damals vier Jahre alt waren.

Zusätzlich hat Julia Frau Ramirez im Haushalt geholfen. Also alles ganz easy. Julia hat sich gut in die Familie integriert und die Eltern der Zwillinge hätten sie, ohne mit der Wimper zu zucken, adoptiert.«

»Keine Besonderheiten?«

»Wenn der Herr Oberkommissar noch etwas Zeit hat, könnte ich meinen Bericht vielleicht zu Ende bringen.«

»Bitte, Pia!«, sagte Enna, die vermutete, dass ihre Kollegin noch lange nicht am Ende war. »Was ist in Spanien passiert?«

»Ich beeile mich ja schon. Also: Über ein halbes Jahr war alles wunderbar und heile Welt. Sieben Monate nach Julias Ankunft in Spanien hat sie sich von heute auf morgen verändert. Frau Ramirez konnte mir nicht sagen, was passiert ist. Sie hat versucht, mit Julia zu reden, aber die hat immer wieder abgeblockt. Sie hatte nicht mehr …«

Ennas Handy machte sich bemerkbar. Nach einem Blick aufs Display, hob sie die Hand als Zeichen, dass sie kurz telefonieren müsse.

»Andersen?«

»Spreche ich mit Hauptkommissarin Andersen vom LKA?«, fragte eine junge männliche Stimme.

»Ja. Und mit wem spreche ich?«

»Andreas Holm, Kriminalpolizei Wittmund.«

»Guten Tag, Kollege. Was kann ich für Sie tun?«

»Ich stehe hier am Deich östlich von Neuharlingersiel. Heute Morgen ist hier Maximilian Borchert tot aufgefunden worden. Ich habe Ihre Visitenkarte in seiner Hosentasche gefunden. Ich gehe einmal davon aus, dass Sie dienstlich mit dem Herrn zu tun hatten?«

»Das ist richtig. Wir haben ihn gestern Vormittag zu einer Ermittlung befragt.« Enna zwang sich, ruhig zu antworten. »Ich stelle mein Handy auf laut. Neben mir sitzen die Kollegen Sims und Paulsen, die beide auch an dem Fall arbeiten. Was ist genau passiert?«

Enna legte das Handy auf den Tisch.

»Im Moment sieht alles nach einem Unfall aus. Herr Borchert ist am Ende der Deich-Steintreppe gefunden worden. Er scheint die Stufen heruntergefallen zu sein.«

»Wir ermitteln in einem Tötungsdelikt, Kollege. Zwar haben wir Herrn Borchert als Zeugen befragt, aber inzwischen haben wir unsere Ermittlungen auch auf ihn ausgeweitet.«

»Interessant. Sie meinen …«

»Ja, ich würde Sie bitten, den Bereich der Treppe weiträumig abzusperren und, falls diese noch nicht vor Ort sind, die Kriminaltechniker zu rufen. Wir können in einer guten Stunde bei Ihnen sein.«

»Da muss ich mich erst auf meiner Dienststelle rückversichern. Sie verstehen sicher, dass …«

»Wer ist Ihr Vorgesetzter in Wittmund?«

»Hauptkommissar Walter.« Er gab Enna die Telefonnummer seines Chefs durch und versprach, bis zu dessen Anruf bei ihm mit weiteren Maßnahmen zu warten.

Enna wählte die Nummer und erklärte Hauptkommissar Walter die Lage. Er sagte ihr seine Unterstützung zu und versicherte ihr, dass er sofort mit Kommissar Holm sprechen würde.

Enna sah in die Runde. »Wie machen wir es?«

»Ich halte hier die Stellung«, sagte Pia. »Ihr beide fahrt.«

»Zufall?«, fragte Paulsen, nachdem Enna auf die Autobahn Richtung Wilhelmshaven aufgefahren war.

»Das werden wir herausbekommen. Ruf doch bitte Kollege Holm an und frag, ob er Borcherts Handy sichergestellt hat. Und frag nach dem letzten Anruf.«

Paulsen suchte aus Ennas Handy die Nummer heraus.

»Und?«, fragte Enna, nachdem Paulsen das Gespräch beendet hatte.

»Er hat das Handy und hat mir die letzte Nummer durchgegeben. Augenblick.« Paulsen scrollte sich durch seine Nachrichten, stieß dann einen Pfiff aus. »Das war die Nummer von Boris Lütgen. Gestern hat er dreimal mit ihm gesprochen. Das letzte Mal um kurz nach elf Uhr abends.«

»Verdammt!«, stieß Enna aus. »Ich fürchte, wir haben den Professor unterschätzt.«

Fünfzehn

Fünfundfünfzig Minuten nachdem Enna und Paulsen in Oldenburg losgefahren waren, bogen sie in den Feldweg ein. Schon von Weitem bemerkten sie zwei blau-weiße Dienstfahrzeuge, die am Rande des Weges standen. Langsam fuhren sie auf das Haus zu, bevor sie ebenfalls am Wegesrand parkten und ausstiegen. Ein uniformierter Beamter hielt sie auf dem Weg zum Haus auf, Enna zeigte ihren Ausweis und fragte nach Andreas Holm. Der Beamte verwies sie an einen Mann, der unweit des Deiches neben zwei Personen stand, die weiße Schutzanzüge trugen.

Als sie die Gruppe erreichten, gab Enna Andreas Holm die Hand und stellte Jan Paulsen vor.

»Das ging aber schnell«, sagte der junge Kommissar.

»Wir sind gut durchgekommen«, antwortete Enna. »Wo ist Maximilian Borchert?«

»Er ist von einem örtlichen Bestatter abgeholt worden. Ich habe mich aber nach unserem Gespräch mit dem Bestatter in Verbindung gesetzt und angeordnet, dass der Leichnam nicht angerührt wird.«

»Danke! Wer hat Borchert gefunden und wann?«

Andreas Holm zögerte, er schien über die Einmischung aus Oldenburg nicht erfreut zu sein. Er räusperte sich. »Das war sozusagen der Nachbar. Allerdings steht der Hof des Bauern fast einen Kilometer entfernt von hier. Der Mann kommt nur selten mit seinem Trecker hier vorbei, zum Glück heute Morgen gegen sechs Uhr. Borchert lag am Fuß der Treppe.«

Andreas Holm zog ein Smartphone aus der Tasche und zeigte Enna die Fotos. »Ein paar Treppenstufen waren es noch bis zum Weg.« Er wandte sich um und zeigte auf die Steinstufen. »Ich habe sie nicht gezählt, aber wie Sie sehen, sind es mindestens vierzig. Das sind vermutlich über acht Meter.«

Enna und Paulsen traten an die Absperrung und sahen nach oben. Auf der Steintreppe suchten zwei Kollegen in Schutzanzügen nach Spuren. Enna schätzte die Breite der Stufen auf eineinhalb Meter. Sie waren aus Beton gegossen, an der linken Seite war ein einfaches Metallgeländer angebracht. Rechts und links der Stufen war der Deich von Gras bedeckt.

»War Borchert schon tot, als er gefunden wurde?«, fragte Paulsen.

»Zumindest nach Aussage des Zeugen, ja. Die Kollegen von der Streife waren gut eine halbe Stunde später hier, ich so gegen acht Uhr.« Andreas Holm scrollte sich durch seine Fotos und zeigte Enna eine Aufnahme. »So habe ich ihn vorgefunden. Laut Zeuge und den Kollegen, die als Erste hier waren, ist der Leichnam nicht groß bewegt worden.«

Enna nahm das Smartphone entgegen. Paulsen trat zu ihr. Maximilian Borchert lag kopfüber auf den letzten Treppenstufen. Sein rechter Arm war unnatürlich nach hinten gebogen, das Gesicht verschrammt und mit rotblauen Flecken übersät. Er trug die gleiche Hose wie bei der Befragung, über das Sweatshirt hatte er sich einen Wollpullover gezogen.

»Er roch stark nach Alkohol«, sagte Andreas Holm. »Von daher bin ich gleich von einem Unfall ausgegangen. Sein Haus ist ja nur ein paar Meter vom Deich und von der Treppe nach oben entfernt. Vielleicht wollte er einen Nachtspaziergang machen.«

»War ein Arzt vor Ort?«, fragte Enna.

»Ja, der Nachbar hat einen Rettungswagen gerufen. Der Notarzt war dabei und hat dann auch den Tod festgestellt. Kurz darauf kamen die Kollegen und haben den Un…, also sie haben hier alles gesichert und Wittmund verständigt.«

»Hat der Arzt die Temperatur der Leiche überprüft?«, fragte Paulsen. »Hat er sich dazu geäußert, wann der Tod eingetreten ist?«

Andreas Holm zuckte mit den Schultern. »Tut mir leid, Kollege. Der Arzt war nicht mehr da, als ich gekommen bin. Aber ich kann ihn gleich anrufen.«

»Das übernehme ich. Name und Telefonnummer?«, sagte Paulsen, dessen Gesichtsausdruck seinen Unmut über die Arbeitsweise des Wittmunder Kollegen nicht verbarg.

»Das muss ich kurz erfragen«, sagte Holm und zeigte auf die uniformierten Beamten, die sich an der Absperrung aufhielten. Er nickte Enna und Paulsen zu und wandte sich ab.

»Perfekt!«, raunte Paulsen, als Andreas Holm außer Hörweite war. »Was wollen wir wetten, dass die sämtliche Spuren vernichtet haben?«

»Das ist nicht mehr zu ändern«, antwortete Enna. »Und wir brauchen die Kollegen noch. Sei nicht zu streng mit ihnen.«

Paulsen stöhnte leise und warf einen Blick hoch zu den Kriminaltechnikern. »Wollen wir hoffen, dass die wenigstens etwas von ihrer Arbeit verstehen.«

Kurz darauf kam Andreas Holm mit einem Zettel in der Hand zurück. Paulsen griff wortlos danach und trat ein paar Schritte zur Seite.

Holm hob die Augenbrauen und murmelte: »Einen netten Kollegen haben Sie da.«

»Entschuldigen Sie, diese Entwicklung hat mein Team etwas geschockt«, sagte Enna. »Sie haben mit Hauptkommissar Walter gesprochen?«

»Ja, er meinte, ich solle mit Ihnen zusammenarbeiten.«

»Haben Sie die Telefonnummer des zuständigen Staatsanwalts?«

»Ich schicke Ihnen die Daten aufs Handy. Rufen Sie ihn an?«

»Ja, die Leiche muss in die Gerichtsmedizin nach Oldenburg. Wir müssen sichergehen, dass es sich hier nicht um ein Tötungsdelikt handelt.«

»Warum haben Sie Borchert gestern befragt?«

»Es geht um einen siebzehn Jahre zurückliegenden Fall. Julia Dirksen. Sie ist mutmaßlich in der Nähe von Friesoythe getötet worden, hat aber in Emden studiert. Borchert war einer ihrer Kommilitonen.«

»Und Sie vermuten …« Holm brach mitten im Satz ab.

»Er gehörte einer Studentenverbindung an, mit der unser Opfer möglicherweise in Konflikt stand.«

»Deshalb die Frage, mit wem Borchert telefoniert hat?«

»Ja. Wir haben einen Tag zuvor einen weiteren ehemaligen Studenten befragt. Er lebt und arbeitet in Emden. Den Handydaten zufolge, die Sie uns netterweise durchgegeben haben, hat Borchert mit ihm nach seiner Befragung mehrfach telefoniert.«

Paulsen kam zurück. »Wir haben Glück. Der Notarzt hat soweit alle Daten gesichert. Er schätzt die Todeszeit auf drei Uhr in der Nacht. Ob das allerdings auch der Zeitpunkt des Sturzes ist, kann er nicht sagen. Er geht davon aus, dass es sich um einen Schädelbasisbruch handelt, unter Umständen können auch innere Blutungen aufgetreten sein. Borchert könnte noch eine Weile gelebt haben, meinte der Arzt.«

Die Kriminaltechniker gaben Andreas Holm ein Zeichen. »Wir können jetzt rauf. Die Kollegen sind fertig.«

»Okay«, sagte Enna und ging voraus. Sie zählte bis zur Deichkrone dreiundvierzig Stufen. Oben angekommen sah sie sich um. Das Wasser der Nordsee lief gerade ab. Ein breiter Wattstreifen war bereits trocken gelaufen. Am Fuße des Deiches endete die Grasfläche und ging dort in einen asphaltierten mehrere Meter breiten Streifen über. Enna verharrte einen Moment und sog die salzige Nordseeluft ein. Über dem in der Sonne glänzenden Watt flogen zwei Möwen, weit in der Ferne sah sie ein Segelschiff über das Wasser gleiten. Der Nordwestwind wirbelte Ennas langes Haar durcheinander, sie zog ein Haargummi aus der Tasche und bändigte die rote Mähne. Schließlich wandte sie sich ab und versuchte, sich vorzustellen, was in der Nacht genau passiert war.

»Hatten wir gestern Vollmond?«, fragte Paulsen. »Ansonsten muss es hier doch in der Nacht stockdunkel sein.« Er zog sein Handy aus der Tasche und tippte etwas ein. »Tatsächlich! In zwei Tagen ist Vollmond. Und Wolken gab es laut meiner App gestern Nacht auch nicht.«

»Zeugen werden wir aber hier wohl kaum finden«, sagte Andreas Holm. »Selbst tagsüber ist hier weit und breit niemand. Um Mitternacht schon gar nicht. Warum auch?«

Enna warf Paulsen einen warnenden Blick zu, der sichtlich genervt von Andreas Holms Bemerkung war. »Wir werden sehen«, sagte sie und wandte sich an den Kriminaltechniker, der zu ihnen auf die Deichkrone gekommen war. »Haben Sie Hinweise auf Fremdverschulden gefunden?«

»Die Frage ist nicht so einfach zu beantworten. Zunächst mal haben wir nach der Stelle gesucht, an der er gefallen ist oder gestoßen wurde.« Der Kriminaltechniker ging fünf Stufen nach unten und zeigte auf eine Stelle am Übergang von der Treppe zur Grasnarbe. »Hier ist etwas frisch aufgewühlt. Das heißt vermutlich, dass der Mann hier mit dem Fuß oder einer Hand aufgeschlagen ist. Das wiederum lässt den Schluss zu, dass der Ausgang des Sturzes die Deichkrone war. Der Körper muss an dieser Stelle schon ziemlich viel Schwung gehabt haben, sonst hätte diese Vertiefung nicht zustande kommen können.«

»Er ist also tatsächlich von hier ganz oben heruntergestürzt?«, fragte Paulsen.

»Gestürzt eher nicht.« Der Beamte kam zu ihnen zurück, stellte sich vor Andreas Holm und schob ihn etwas weiter zur Treppe hin. »Wenn er gestolpert wäre, hätte der Mann sich eigentlich auf der ersten oder zweiten Stufe abstützen oder abrollen müssen. Er scheint aber auf Höhe der fünften Stufe zum ersten Mal aufgeschlagen zu sein. Und das mit einer erheblichen Wucht, sprich, es ist unwahrscheinlich, dass er zum Beispiel beim normalen Heruntergehen gestolpert ist. Nach meiner Theorie ist er mit einiger Krafteinwirkung von der Deichkrone gestoßen worden. Aber wie gesagt, es ist eine Theorie. Ob die vor Gericht standhält, kann ich nicht sagen.«

»Gab es weitere Spuren auf der Treppe?«, fragte Enna.

»Ja, wir haben Fusseln gefunden, die vermutlich von einem Pullover stammen. Wir werden sie mit der Kleidung des Mannes vergleichen, aber ich vermute, dass sie bei dem kräftigen Wind hier nicht lange an den Steinen hängen geblieben wären. Heute Nacht war es vergleichsweise windstill.« Er hielt seine Hand in die Luft. »Das ändert sich gerade wieder.«

»Haben Sie auch Spuren eines möglichen Täters gefunden?«, fragte Enna.

»Nein.« Der Kriminaltechniker stand inzwischen wieder bei den Kommissaren auf der Deichkrone. »Morgen, spätestens übermorgen, haben Sie unseren Bericht.«

Er verabschiedete sich und ging eiligen Schrittes zu seinem wartenden Kollegen.

»Wie geht es weiter?«, fragte Andreas Holm.

»Ich telefoniere gleich mit dem Staatsanwalt. Ist das Haus schon wieder freigegeben?«

»Da sind noch zwei Kollegen am Werk«, sagte Holm.

»Okay, dann treffen wir uns gleich vor dem Haus.«

Das Gespräch mit dem Staatsanwalt fiel kurz aus. Er sagte zu, die Obduktion von Maximilian Borchert in die Wege zu leiten, und befürwortete Ennas weitere Vorschläge. Nach dem Gespräch warf Enna einen letzten Blick auf die inzwischen abgelaufene Nordsee und ging Paulsen und Holm hinterher.

»Wir sollen also das Umfeld von Borchert erst mal nicht weiter durchleuchten?«, fragte Andreas Holm, nachdem Enna ihre Strategie erklärt hatte.

»Doch, solange es niemanden aus der ehemaligen Studentengruppe betrifft, ist das in Ordnung. Versuchen Sie, hier vor Ort Zeugen zu finden, die etwas über Borchert und sein Leben sagen können. Wir kümmern uns um die anderen. Sobald wir ausreichend Material in den Händen haben, werden wir mögliche Verdächtige vom Staatsanwalt nach Aurich vorladen lassen. Vorher nicht.«

»Also gehen wir arbeitsteilig vor?«

Enna nickte. »Wir tauschen täglich die Informationen aus und werden telefonisch das weitere Vorgehen absprechen.«

Enna und Paulsen warteten, bis das Haus freigegeben war, bevor sie sich an die Arbeit machten. Die Kriminaltechniker hatten einen Laptop, ein Tablet und Borcherts Handy gefunden und mit nach Aurich in die Polizeiinspektion genommen. Weitere Unterlagen waren von ihnen gesichtet und als irrelevant eingeschätzt worden.

Paulsen ging in die Küche, Enna nahm sich als Erstes das kleine Arbeitszimmer vor. Neben Rechnungen, Verträgen und Urkunden fand sie eine Schachtel mit alten Fotos. Nach kurzer Durchsicht entschloss sie sich, die Aufnahmen mit nach

Oldenburg zu nehmen. Als sie die Schreibtischschublade herauszog, stutzte sie. Es sah so aus, als wäre die Schublade mehrere Zentimeter kürzer als die Schreibtischplatte. Sie beugte sich nach unten und leuchtete mit der Handylampe den Zwischenraum aus. Die Rückwand schien original zu sein. Enna fasste mit der Hand in die Schublade und klopfte an das Holz. Es klang hohl. Sie ging um den Schreibtisch herum und kontrollierte die Rückwand. Zwischen der inneren und der äußeren Wand der Schublade schien ein Hohlraum zu existieren.

Mit einem langen Messer aus der Küche stieß Enna so lange gegen die Schubladenrückwand, bis diese nachgab. Mit der Hand tastend fand sie etwas Weiches. Sie zog es heraus. Eine verschweißte Plastiktüte. Sie hielt sie gegen das Licht und starrte auf das rosa Stück Stoff im Beutel. Es war ein Damenslip.

Sechzehn

»Haben die Kollegen etwas von Einbruchsspuren gesagt?«, fragte Enna, als Paulsen auf ihren Ruf ins Zimmer kam.

»Nein, wieso fragst du?«

Sie hielt die Plastiktüte hoch. »Das habe ich in einem Versteck im Schreibtisch gefunden.«

Paulsen trat näher. »Ein Slip?« Er nahm die Tüte in die Hand und betrachtete sie von allen Seiten. »Wenn du mich fragst, sieht das verdammt nach Spermaspuren aus.«

»Zumindest würde dann das Versteck einen Sinn ergeben.«

»Erpressung? Oder nur eine Absicherung? Für was auch immer.«

»Leider können wir ihn nicht mehr fragen.«

»Und du meinst, derjenige, der ihn vom Deich gestoßen hat, hat anschließend das Haus durchsucht?«

»Wir können nur hoffen, dass die Kollegen ausreichend Fingerabdrücke gesichert haben«, sagte Enna.

»Ansonsten müssen sie ein weiteres Mal kommen.«

»Hast du etwas gefunden?«, fragte Enna.

»Nein. Küche und Wohnzimmer habe ich durch. Ich gehe in den Schuppen nebenan. Nimmst du das Bad?«

»Was sind das für Pillen?«, fragte Paulsen, als sie im Auto saßen und Enna ihm eine eingetütete Medikamentenschachtel zeigte.

»Laut Internet Psychopharmaka. Ein Antidepressivum. Wie stark es ist und was es genau bewirkt, muss ich noch in Erfahrung bringen.«

»Keine gute Kombination mit Alkohol«, sagte Paulsen.

Enna startete den Motor. »Unsere Befragung hat Borchert wohl reichlich durcheinandergebracht. Und vermutlich hat das jemand anderen wiederum sehr nervös gemacht.«

Sie fuhr parallel zum Deich auf Carolinensiel zu, während Paulsen mit Andreas Holm wegen der Hausdurchsuchung sprach.

»Er kümmert sich darum«, sagte Paulsen, nachdem er das Gespräch beendet hatte. »Muss noch viel lernen, der junge Mann.«

»Mussten wir das nicht alle?«, fragte Enna.

»Keine Ahnung«, murmelte Paulsen. »Ist bei mir schon zu lange her.«

Pia hörte Ennas Bericht aufmerksam zu und sagte dann: »Wessen Slip kann das sein? Der von Julia? Das wäre der Hammer!«

»Das werden wir frühestens nächste Woche erfahren«, sagte Paulsen. »Wir haben Freitag, falls das jemand vergessen haben sollte.«

»Ich habe auch schon an Sonja Schneider gedacht«, sagte Enna. »Allerdings brauchen wir von ihr eine Vergleichsprobe und ich befürchte, die wird sie uns nicht geben.«

»Vielleicht ja auch besser so«, sagte Pia. »Der Staatsanwalt würde vermutlich sofort ein Verfahren einleiten, wenn die DNA ihre ist und wir den …« Sie malte mit den Händen

Anführungszeichen in die Luft. »… Spermageber identifizieren können.«

»Einer aus der Männertruppe«, sagte Paulsen. »Wer sonst. Ich tippe sogar auf Boris Lütgen.«

»Auch hier werden wir Probleme haben, an Vergleichsproben zu kommen«, sagte Enna. »Es sei denn, jemand erkennt den Slip wieder.«

Pia lachte trocken. »Nach so vielen Jahren? Das halte ich für ausgeschlossen.«

»Die Spekulationen bringen uns nicht weiter«, sagte Enna. »Warten wir ab, ob Julias DNA am Slip gefunden wird.«

Sie sah auf die Uhr. Kurz vor fünfzehn Uhr. Sie hatte Elias versprochen, ihn vom Kindergarten abzuholen. »Ich habe leider nur noch eine Dreiviertelstunde Zeit. Willst du deinen Bericht zu Ende bringen, Pia? Anschließend geht es ins Wochenende.«

»Klar!«, sagte Pia und schlug ihre Notizen auf. »Wo war ich heute Morgen stehen geblieben?«

»Julia ging es gut, bis etwas geschah«, half Paulsen aus.

»Richtig! Frau Ramirez konnte mir nicht sagen, was mit Julia passiert war. Sie war von einem Tag auf den anderen zurückhaltender, ja regelrecht ängstlich, wie Frau Ramirez meinte. Dieser Zustand hat ein paar Wochen angedauert. Frau Ramirez sprach von sechs oder sieben Wochen. Julia ist kaum aus dem Haus gegangen, hat wenig gesprochen und wirkte, als wäre sie krank. Wie gesagt, das waren die Worte von Frau Ramirez.«

»Und dann?«, fragte Enna.

»Julia fand wieder zurück in die Familie. Auch Originalton Ramirez. Was ich mir darunter vorstellen könne, habe ich gefragt und zur Antwort bekommen, dass Julia wieder fröhlicher wurde und offener. Allerdings meinte Frau Ramirez, dass sie trotzdem so wirkte, als trüge sie eine Last mit sich herum.«

»Hatte sie in Spanien einen Freund?«, fragte Paulsen.

»Nein, zumindest wusste Frau Ramirez nichts darüber.«

»Hätte sie es wissen können?«

»Sie sagt, ja. Ihre Stieftochter Maria, die zwar nicht mit im Haushalt lebte, aber mehrmals die Woche zu Besuch kam, war in Julias Alter und hatte sich mit Julia angefreundet. Frau Ramirez hat Maria damals nach Julia gefragt, unter anderem nach einem Freund. Maria hat das verneint.«

»Können wir Kontakt zu Maria aufnehmen?«, fragte Enna.

»Frau Ramirez war von meiner gleichlautenden Frage nicht so angetan. Aber ich bin ja nicht untätig gewesen und habe die Facebook-Seite von Frau Ramirez gefunden. Da steht nicht viel drauf, vermutlich hat einer ihrer Zwillinge sie ihr eingerichtet, damit sie über den Messenger Kontakt halten können. Aber eine Maria Lopez Garcia, die wiederum mit den Zwillingen vernetzt ist, hat in ihrer Chronik öffentlich etwas gepostet. Ich habe sie angeschrieben und hoffe, dass sie mir antwortet.«

»Ob das alles lohnt?«, murmelte Paulsen.

Pia warf ihm einen genervten Blick zu.

Sie diskutierten über die Spanien-Recherche und einigten sich darauf, den Ansatz weiterzuverfolgen. Pia berichtete von den recherchierten Namen und teilte die inzwischen vervollständigte Liste aus.

»Montag geht es damit weiter«, sagte Enna.

Paulsen stand auf. »Dann will ich auch mal. Die Autobahn nach Osnabrück ist Freitagnachmittag immer gut voll.«

Mit einem Nicken verabschiedete er sich von seinen Kolleginnen und eilte aus der Küche.

»Seit wann hat Paulsen es so eilig?«, fragte Pia. »Ist was passiert?«

Enna hörte, wie die Haustür geschlossen wurde. »Paulsen hat einen Termin in Osnabrück.«

»Termin? Mit unserem Förster, der Julias Leiche gefunden hat? Der wohnt aber doch in Bad Iburg.«

»Nein, mit dem wollte er sich morgen treffen.« Enna stand auf. »Mach nicht mehr zu lange.«

»Keine Sorge, ich habe heute ein Date.« Pia grinste. »Wieder mal, würde Paulsen sagen.«

Siebzehn

»Dir macht das sicher nichts aus, dass ich noch ausgehe?«, fragte Enna ihre Schwiegermutter.

Enna stand in der Wohnzimmertür. Sie hatte Elias ins Bett gebracht, der beim Vorlesen der Abendgeschichte eingeschlafen war.

»Geh ruhig. Es tut dir sicher gut, mal nicht nur auf Verbrecherjagd zu gehen.«

Enna lachte. »Mit so vielen Verbrechern habe ich es bei meiner Arbeit gar nicht zu tun. Aber du hast recht, ein schönes Glas Wein kann nicht schaden.«

Enna hatte sich auf dem Nachhauseweg mit Vincent Reinbach im Florian verabredet, einem Jugendstil-Café in der Fußgängerzone von Oldenburg. Vincent war in Oldenburg Gerichtsmediziner und seit vielen Jahren mit Enna befreundet.

»Ich bleib auch nicht so lange«, sagte Enna und winkte ihrer Schwiegermutter zu.

»Lass dir Zeit. Ich bin ja hier.«

Enna stellte ihr Fahrrad am Rande der Fußgängerzone ab. Zwar war der Bereich am Abend für Fahrräder freigegeben, aber Enna genoss es, durch die Innenstadt zu laufen. Das einheitliche Stadtbild war auf einen verheerenden Brand im Jahr 1676 zurückzuführen, bei dem über siebzig Prozent aller Häuser vernichtet wurden. In den folgenden Jahrzehnten wurde Oldenburg wieder neu aufgebaut. Verschont durch die Bomben des Zweiten Weltkriegs standen in der gesamten Stadt zahlreiche klassizistische Bauten. Jetzt lief Enna auf eines dieser historischen Gebäude zu. Als sie das Café betrat, machten sich an Ennas Lieblingsplatz am großen Fenster gerade zwei Frauen zum Aufbruch fertig. Sie eilte auf den Tisch zu und wartete, bis sich die beiden Frauen die Jacken angezogen hatten und ihr den Tisch frei machten.

Mit einem Glas Wein in der Hand beobachtete sie das Treiben auf der Straße. Da summte ihr Handy: Vincent Reinbach würde sich um mindestens eine Stunde verspäten. Sie antwortete ihm, dass sie warten würde.

»Guten Abend, Frau Andersen.«

Enna schreckte auf. Vor ihr stand Aaron Bernard.

»Darf ich mich kurz zu Ihnen setzen?«

Enna zuckte mit den Schultern. »Ich erwarte noch einen Freund, aber so lange ist der Sessel noch frei.«

Aaron Bernard zog seine Jacke aus und hängte sie an einem Haken an der Wand auf, bevor er sich umsah und bei einer Servicekraft ein Glas Wein bestellte.

»Nicht dass Sie denken, ich hätte Sie verfolgt«, sagte er mit zurückhaltender Miene.

Enna schmunzelte. »Das hätte ich bemerkt.«

Aaron Bernard setzte sich zu ihr. »Entschuldigen Sie. Ich hatte einen Moment vergessen, dass Sie Polizistin sind.« Er strich sich die Hosen glatt. »Sie sind häufiger hier in diesem schönen Lokal?«, fragte der Anwalt.

»Hin und wieder.«

»Darf ich fragen, ob Sie noch einmal über mein Anliegen nachgedacht haben?«

»Sie dürfen. Aber sagen Sie mir doch bitte, warum ich auch nur einen Gedanken daran verschwenden sollte, dem verurteilten Mörder meiner Eltern zu helfen.«

Eine junge Frau servierte ihm den Wein, er bedankte sich.

»Weil er unschuldig ist.«

»Selbst wenn, was hätte ich damit zu tun?«

»Das habe ich meinen Mandanten auch gefragt.«

Enna hatte eine andere Antwort erwartet, ein Argument, das sie überzeugen würde. Aber der Anwalt hatte den steinigen Weg gewählt, der wenig Aussicht auf Erfolg versprach.

»Und? Was hat er gesagt?«

»Er meinte, Sie hätten am meisten unter der Tat zu leiden gehabt. Sie würden ihn abgrundtief hassen, und wenn jemand von seiner Unschuld erfahren sollte, dann Sie.«

Enna starrte Bernard fassungslos an. Schließlich lachte sie. Kein fröhliches, ausgelassenes Lachen, es kam ihr mehr wie ein Hilfeschrei vor. Kurz und abgehackt, als habe sie den Rest verschluckt. Sie ballte die Hand zu einer Faust, setzte sich leicht auf, ließ sich dann aber zurück in den Sessel fallen.

»Der Mann ist doch komplett irre.«

»Nein, das glaube ich nicht. Als ich das Mandat übernommen habe, habe ich einen vollkommen zerstörten Menschen erwartet. Nach so vielen Jahren Isolation wäre das durchaus logisch gewesen. Aber dem war nicht so. Ich muss zugeben, dass er mich beeindruckt hat. Ronald Grothe ist ein gläubiger Mensch. Wussten Sie das?«

Enna schwieg. Sie fragte sich, wieso sie dem Anwalt weiter zuhörte. Lag es an seiner Ausstrahlung? Sein sanfter Blick schien der eines Mannes zu sein, der zurückhaltend war, nachdenklich, mitfühlend. Und der Gewalt in jeder Form verachtete. Dieser Widerspruch zu seinem Anliegen, sie mit dem Mörder ihrer Eltern zusammenzubringen, faszinierte Enna.

»Nein. Können gläubige Menschen keine Verbrechen begehen?«

»Leider zeigt uns die Geschichte, dass sie dazu durchaus in der Lage sind. Allerdings bezog ich mich nicht auf den Glauben, der Gefolgschaft verlangt, anerzogen ist, durch die Gemeinschaft erzwungen oder benutzt wird, um eigene Interessen durchzusetzen. Ich meine den Glauben, der auf einer tiefen inneren Überzeugung fußt. Nicht dass Sie mich falsch verstehen. Ich glaube nicht an Gott oder eine höhere Macht. Aber ich gebe mir Mühe, tolerant zu sein und zuzuhören.«

Enna sah demonstrativ auf ihre Uhr. »Ich kann nur noch einmal fragen: Was wollen Sie von mir?«

Aaron Bernard zögerte. »Sie sind nicht nur Polizistin, sondern beschäftigen sich auch mit weit zurückliegenden Fällen.«

»Die nicht aufgeklärt wurden«, fügte Enna hinzu.

»Ich weiß«, sagt Bernard. »Aber es gibt auch Justizirrtümer, selbst in unserem Land. Ich bin überzeugt, dass das Urteil gegen meinen Mandanten in diese Kategorie fällt.«

»Justizirrtümer liegen weit unter einem Promille aller Urteile, und da soll gerade dieser Fall dazugehören?«

»Ich kenne die offiziellen Zahlen. Die Dunkelziffer würde ich allerdings bei zehn bis zwanzig Prozent sehen. Aber selbst wenn die offiziellen Zahlen richtig sein sollten, sind es immer noch an die hundert Fehlurteile im Jahr. Wir sprechen hier nur über eins.«

Enna winkte der Servicekraft zu, sie kam zu ihnen an den Tisch. »Ein Glas Wasser, bitte«, sagte Enna und sah Aaron Bernard fragend an. »Sie auch etwas?«

»Gerne. Ich nehme noch einen Grauburgunder.«

Die Servicekraft tippte etwas in ihr Handgerät und wandte sich ab.

»Darf ich Ihnen die Unterlagen oder Teile davon zusenden?«, fragte Aaron Bernard ein weiteres Mal.

In diesem Augenblick klingelte Ennas Handy. Sie nahm das Gespräch direkt an.

»Enna«, sagte Vincent Reinbach, »ich schaffe es nicht mehr. Ein Kollege ist krank, und heute haben wir neben dem Mann von der Nordsee noch zwei weitere hereinbekommen. Ich brauche hier noch mindestens zwei, wenn nicht drei Stunden. Es tut mir wirklich leid. Da schaffen wir es mal, uns zu verabreden, und dann das. Wie ist es morgen mit einer Einladung zum Mittagessen? Selbstverständlich mit Elias.«

»Geht leider nicht. Wir müssen unsere neue Au-pair vom Flughafen abholen. Wie wäre es mit Sonntag?«

Sie verabredeten sich um die Mittagszeit in einem Restaurant an der Schleuse. Vincent betonte noch einmal, wie leid ihm seine Absage tue und wie sehr er sich auf ihr Treffen gefreut habe.

»Ihre Verabredung?«, fragte Aaron Bernard, als Enna das Handy wieder zur Seite legte.

»Ja, Sie haben Glück. Ihr Platz bleibt frei.«

Enna saß aufrecht im Bett. Weit nach Mitternacht war sie nach Hause gekommen. Aaron Bernard hatte darauf bestanden, sie bis vor die Haustür zu begleiten. Auf seine Frage, ob Enna sich die Unterlagen ansehen würde, war er im Laufe des Abends nicht wieder zurückgekommen. Sie hatten sich über unverfängliche Themen unterhalten, Aaron Bernard schwärmte von seinem letzten Urlaub, einer Wandertour in Kanada, Enna erzählte ihm aus der Oldenburger Geschichte.

Bernard war ein angenehmer Gesprächspartner. Er drängte sich nicht in den Vordergrund, konnte zuhören und stellte Fragen, die auf echtes Interesse schließen ließen. Enna hatte sich lange nicht mehr so wohl in Anwesenheit eines Mannes gefühlt. Die drei Stunden, die sie im Florian zusammensaßen, waren wie im Fluge vergangen. Im Gespräch hatte Enna erfahren, dass

Aaron Bernard für den nächsten Tag einen Flug von Bremen nach Frankfurt gebucht hatte. Sie bot an, ihn mit nach Bremen zu nehmen. Bernard hatte dankend angenommen.

Enna glitt in die Waagerechte und zog die Decke bis über die Schultern. Sie wunderte sich über sich selbst. Um ein Haar hätte sie dem Anwalt des Mörders ihrer Eltern das Du angeboten. Wie hatte es dazu kommen können? Nein, sie würde sich keine Prozessunterlagen anschauen, und noch einmal nein, sie würde sich auch nicht mit den damaligen Ermittlungen beschäftigen. Es gab weder einen Grund dafür noch wollte sie sich mit dieser Sache befassen. Sie hatte lange Jahre gebraucht, um den gewaltsamen Tod ihrer Eltern zu verarbeiten. Warum sollte sie jetzt die schweren Jahre wieder aufleben lassen? Sie war nicht verantwortlich für das Urteil. Oder hatte Bernard etwas anderes in ihr wachrütteln wollen? Wenn Grothe tatsächlich unschuldig war, bedeutete das, dass der Täter, falls er noch lebte, weiter frei herumlief. Enna richtete sich wieder auf. Nein, Grothe war schuldig, davon war Enna bisher ausgegangen und würde es auch weiter tun. Es gab keinen anderen Täter als ihn.

Enna fuhr sich mit beiden Händen durch die Haare. Dann stand sie auf und öffnete das Fenster. Kalte Nachtluft strömte herein und ließ sie frösteln. Aaron Bernard hatte sich von einem Doppelmörder hinters Licht führen lassen und war zu Grothes Werkzeug geworden. Über kurz oder lang würde er unweigerlich seinen Irrtum erkennen. Sie ließ das Fenster angelehnt und legte sich ins Bett.

»Wer ist denn der Mann, Mama?«, fragte Elias, als sie am Samstagvormittag vor dem Hotel parkten, in dem Aaron Bernard wohnte.

»Aaron ist ein Bekannter, der nachher mit dem Flugzeug nach Frankfurt fliegt. Und weil wir ja sowieso zum Flughafen müssen, nehmen wir ihn mit.«

»Ich kenne den Mann aber gar nicht.«

»Das macht doch nichts, Elias. Ich kenne ihn. Und er fährt nur mit uns zum Flughafen.«

In diesem Augenblick öffnete sich die automatische Tür des Hotels, und Bernard kam mit einer Reisetasche in der Hand auf sie zu. Enna stieg aus.

»Hallo!«, sagte Aaron Bernard lächelnd. »Gut geschlafen?«

»Guten Tag! Und ja, ich habe gut geschlafen. Sie hoffentlich auch?«

»Dafür, dass ich nicht im eigenen Bett lag, war es traumhaft.« Er legte die Reisetasche in den Kofferraum.

Enna stand unschlüssig vor ihm. Er hielt ihrem Blick stand, schwieg aber.

Enna nickte, zog den Kofferraum zu. »Wir können dann.«

»Ja, natürlich.« Bernard warf einen Blick ins Wageninnere. »Ihr Sohn?«

»Elias. Er wartet schon gespannt auf Sie.«

Sie trennten sich und jeder ging auf seine Seite des Wagens. Enna stieg als Erste ein, Aaron Bernard folgte.

»Guten Tag, Elias«, sagte er. »Ich heiße Aaron.« Er beugte sich nach hinten und reichte Elias die Hand.

»Guten Tag«, erwiderte Elias und musterte Aaron Bernard aufmerksam. »Wohnst du gar nicht in einem Haus?«

Aaron Bernard lachte. »Doch, aber leider nicht in Oldenburg. Das ist eine schöne Stadt.«

»Bitte anschnallen«, unterbrach Enna das Gespräch.

Aaron Bernard nickte Elias lächelnd zu. »Dann tue ich mal lieber, was deine Mama sagt.«

Er rutschte auf den Beifahrersitz zurück und schnallte sich an.

»Auf geht's!«, sagte Enna und startete den Motor.

Enna stellte ihr Auto auf einem Kurzzeitparkplatz ab. Sie stiegen aus und gingen zu dritt auf den kleinen Flughafen zu.

»Sie müssen jetzt dorthin«, sagte Enna, als sie die Halle betreten hatten.

Aaron Bernard bückte sich auf Elias' Höhe und reichte ihm die Hand. »Tschüss, Elias. Vielleicht sehen wir uns ja noch einmal wieder. Das würde mich freuen.«

Bernard und Elias hatten sich während der Fahrt unterhalten. Elias hatte vom Kindergarten erzählt und von seinen Freunden. Aaron Bernard hatte Elias' Fragen nach dem Beruf eines Anwalts beantwortet und sich dabei sehr geschickt angestellt.

»Oh ja!«, sagte Elias und umarmte Bernard.

Aaron Bernard richtete sich auf und reichte Enna die Hand. »Danke fürs Mitnehmen und vor allem für den schönen Abend gestern. Sollten Sie einmal in Frankfurt sein, würde ich mich gerne revanchieren.«

»Danke, aber in der Stadt bin ich eher selten.«

»Schade, aber vielleicht führt mich mein Weg ja wieder nach Oldenburg. Wenn ich mich dann bei Ihnen melden darf …«

Enna lächelte. »Versuchen Sie's. Falls ich Zeit habe, können wir uns gerne noch einmal treffen.«

Aaron Bernard nickte Elias zu, lächelte Enna an und verbeugte sich leicht, bevor er sich abrupt abwandte und Richtung Check-in ging.

Achtzehn

Alina kam als eine der letzten Personen durch den Ausgang auf sie zu. Elias winkte ihr zu, sie winkte lächelnd zurück.

»Hallo, Alina«, begrüßte Enna die junge Frau.

»Hallo!« Alina ging in die Knie und reichte Elias die Hand. »Wie geht es dir, kleiner Mann?«

Elias warf ihr einen empörten Blick zu. »Ich bin groß, Alina.«

Die junge Frau nickte lächelnd. »Natürlich! Das habe ich ganz vergessen.«

Elias beugte sich zu ihr hinüber und umarmte sie. Enna war erleichtert, dass das Wiedersehen so unproblematisch verlief. Als Alina sich wieder aufrichtete, griff Elias nach ihrer Hand und ließ sie nicht wieder los.

»Hattest du einen guten Flug?«, fragte Enna.

Alina nickte. Elias zog sie mit sich. »Wir fahren jetzt nach Hause. Dein Zimmer hat Mama schon sauber gemacht.«

Enna lachte. »Elias, wir haben Zeit.«

»Ein ganzes Jahr«, sagte Alina.

»Ist das lange, Mama?«

»Oh ja. Alina bleibt so lange bei uns, bis du sechs Jahre alt geworden bist.«

Der kleine Junge strahlte. »Das ist toll!«

Als Enna ihr Auto aufschloss, bemerkte sie einen Aktenordner, der auf dem Beifahrersitz lag. Sie setzte sich ins Auto, griff nach dem Ordner und schlug ihn auf. Es waren Auszüge aus den Prozessakten zum Mord an ihren Eltern. Aaron Bernard hatte sie wohl absichtlich im Wagen zurückgelassen.

Am Samstagabend saßen Enna und Alina im Wohnzimmer zusammen, Elias schlief und Ennas Schwiegermutter hatte sich früh schlafen gelegt.

»Elias scheint dich wirklich zu mögen«, sagte Enna und reichte Alina eine Tasse Tee.

»Ich mag ihn auch«, antwortete die junge Frau.

»Du kannst viel besser Deutsch als bei deinem ersten Besuch. Dann hoffe ich mal, dass du nicht früher abbrichst als geplant.«

»Nein, das würde ich nicht tun. Ich habe in den letzten Wochen jeden Tag geübt. Im Internet gibt es einen guten Kurs. Ich möchte nach dem Jahr ohne Akzent sprechen können.«

»Das schaffst du sicher«, sagte Enna und strich Alina über die Schulter. »Hast du dich denn schon für ein Studium in Deutschland entschieden?«

Alina nippte an dem Tee. »Ich bin mir noch nicht sicher, was ich studieren möchte. Aber in meinem Land fühle ich mich nicht mehr wohl.« Sie hatte leise gesprochen. »Es gibt immer mehr Einschränkungen. Ich habe Angst, wie das einmal wird.«

»Ich habe davon gelesen. Aber auch bei uns sind die Rechtspopulisten auf dem Vormarsch. Das hast du sicher gehört.«

»Ja, natürlich«, antwortete Alina. »Aber sie sind nicht an der Regierung. Im Moment werden bei uns die Uhren zurückgedreht. Viele meiner Freunde wollen ins Ausland. Manche sind nach England oder Skandinavien, aber auch hierher nach Deutschland. Bald gibt es nur noch alte Menschen in Polen.«

»Wollen wir hoffen, dass das alles nur eine Phase ist, die schnell vorübergeht.« Enna hielt kurz inne. »Gefällt dir dein Zimmer?«

Alina lächelte. »Ja, sehr sogar. Danke! Das wird sicher ein wunderschönes Jahr hier bei euch. Ich freue mich sehr darauf.«

Enna wiegte den Kopf und lächelte. »Na, warte es ab. Mein kleiner Junge kann auch manchmal ganz schön anstrengend sein.«

»Sind wir das nicht alle mal?«, sagte Alina. »Elias ist ein richtig süßer Junge.«

»Da hast du natürlich recht. Er vermisst manchmal seinen Vater und wird dann sehr traurig.« Enna atmete tief durch. »Wie wir alle hier im Haus.«

Enna ging am Mittag des nächsten Tages auf das Restaurant zu, das direkt neben der Schleuse stand, die den Küstenkanal mit der Hunte verband. Ein Frachtschiff hatte am Kai festgemacht und schien darauf zu warten, dass sich die Tore öffneten. Enna betrat das Restaurant und suchte nach Vincent Reinbach.

»Wo ist Elias?«, fragte Vincent, der von seinem Platz aufstand, als Enna auf ihn zukam.

»Gestern ist Alina gekommen. Sie ist unsere Au-pair aus Polen. Die beiden haben spät gefrühstückt und wollten jetzt zusammen in den Botanischen Garten.«

»Eine Au-pair? Das ist ja schön, dass du jetzt Unterstützung hast«, sagte Vincent Reinbach. »Es ist sicher nicht einfach gewesen, seit du wieder angefangen hast zu arbeiten.«

Enna griff nach der Speisekarte. Vincent hatte bereits eine Flasche Wasser und für jeden ein Glas Wein bestellt. »Weißt du schon, was du isst?«

Vincent Reinbach warf ihr einen irritierten Blick zu, verneinte aber schließlich und nahm ebenfalls seine Karte in die Hand. Enna vermied in Gesprächen mit Vincent, über ihre Situation als alleinerziehende Mutter zu sprechen. Bevor Enna Simon kennengelernt hatte, war sie einige Male mit Vincent verabredet gewesen, und sie wollte ihm keine Hoffnung machen, dass sie jemals ein Paar würden.

»Ich glaube, ich nehme das Rinderfilet«, sagte Enna. »Und du?«

Vincent legte die Karte zur Seite. »Da schließe ich mich doch gleich mal an.« Er lächelte. »Und wie geht es dir inzwischen so in deinem neuen Job?«

»Alles gut. Eigentlich bin ich ganz froh, dass ich nicht zurück in meine alte Abteilung bin.« Sie winkte dem Kellner zu, der an ihrem Tisch vorbeiging. Er blieb stehen und nahm die Bestellung auf.

»Das klingt doch gut«, nahm Vincent Reinbach das Gespräch wieder auf. Er schmunzelte. »Wollen wir gleich über den Toten am Deich sprechen? Besser jetzt als beim Essen.«

Enna schmunzelte. »Du kennst mich schon. Und ja, wenn es dir nicht zu viel ausmacht …«

»Kein Thema. Der Mann muss mehrfach mit dem Kopf aufgeschlagen sein und hatte leider nicht das Glück, salopp ausgedrückt, sich das Genick zu brechen. Seine Kopfverletzungen waren schwer, aber er hätte vermutlich eine Chance gehabt, wenn er gleich in die Klinik gekommen wäre.«

»Wie lange hat er noch gelebt?«

»Das ist nicht mit Sicherheit zu sagen. Im Bericht wirst du dazu auch nichts finden. Meine persönliche Schätzung beläuft sich auf ein bis zwei Stunden, die für den Mann leider sehr unangenehm gewesen sein müssen.«

»Todeszeitpunkt?«

»Ich bin noch nicht fertig mit meinen Berechnungen. Wie du weißt, war ich nicht selbst vor Ort und muss mich auf die Angaben des Kollegen verlassen. Ich wollte ihn morgen noch einmal anrufen und mit ihm die Daten durchgehen. Bis jetzt würde ich auf zwei Uhr plus/minus eine Stunde tippen.«

»Gibt es Anzeichen dafür, dass er gestoßen wurde?«, fragte Enna.

»Zunächst einmal: Er hatte fast drei Promille im Blut, allerdings gehe ich wegen seiner Leber davon aus, dass er ein sehr geübter Trinker war. Was es wiederum schwer macht, seinen Zustand zu beurteilen. Ich zum Beispiel könnte bei einem solchen Alkoholpegel nicht mehr geradeaus gehen und ganz sicher auch keine Treppe mehr nach unten. Bei ihm mag das anders gewesen sein.«

»Aber?«

»Ich habe bei einem normalen Treppensturz noch nie solche Verletzungen gesehen. Was nicht heißt, dass es sich hier nicht trotzdem um einen Unfall handeln könnte. Der Mann scheint sich aber weder abgerollt noch anderweitig geschützt zu haben. Das kann natürlich mit dem Alkohol zusammenhängen – oder aber auch mit einem unerwarteten Stoß. Und bevor du fragst, ja, ich habe Hämatome gefunden, die darauf hindeuten. Ob die allerdings direkt vor dem Fall entstanden sind oder bei einer Auseinandersetzung kurz davor, kann ich natürlich nicht feststellen.« Er holte einmal tief Luft. »Trotzdem: Im Bericht wird stehen, dass es sich mit hoher Wahrscheinlichkeit um Fremdeinwirkung handelt.«

Enna nickte. »Der Kriminaltechniker hat sich ähnlich geäußert. Danke, Vincent, das hilft mir weiter.« Sie lächelte. »Und jetzt kommt der gemütliche Teil.« Sie hob ihr Glas. »Worauf trinken wir?«

»Guten Morgen!«, rief Enna in den Flur hinein. Nach einem ausgiebigen Frühstück mit Elias und Alina war sie ins Büro aufgebrochen. Ihre Schwiegermutter hatte sich bereits am Tag zuvor auf den Heimweg gemacht.

»Moin!«, brummte Paulsen aus seinem Büro.

Pia kam ihr mit einer Tasse in der Hand entgegen und begrüßte sie. »Schönes Wochenende gehabt?«

»Ja, sehr schön«, sagte Enna. »Wir haben Elias' Kindermädchen vom Flughafen abgeholt und zwei erholsame Tage verbracht.«

»Legen wir gleich los?«, fragte Paulsen, der inzwischen in der Tür seines Büros stand.

»In fünf Minuten!«

Enna berichtete von dem Obduktionsergebnis, da der schriftliche Bericht vermutlich erst am nächsten Tag vorliegen würde.

»Holm hat sich vor einer halben Stunde gemeldet«, sagte Paulsen. »Er hat alle anliegenden Höfe durch. Niemand hat etwas gehört oder gesehen. Borchert war bei den Leuten als Sonderling verschrien. Keiner hatte so richtig Kontakt zu ihm. Streit gab es allerdings nicht. Holm fragt, was er jetzt machen soll.«

»Dazu kommen wir gleich. Gibt es schon etwas zum Slip?«

Pia hob die Hand. »Ich habe bei der Kriminaltechnik angerufen und Druck gemacht. Vor morgen, vermutlich erst spät am Tag, können wir aber nicht mit dem DNA-Abgleich rechnen.«

»Dann sollten wir die Zeit bis dahin nutzen«, sagte Enna. »Gehen wir systematisch vor. Hast du mit dem Förster gesprochen, Paulsen?« Erst jetzt fiel Enna wieder ein, welchen anderen Termin ihr Kollege in Osnabrück gehabt hatte. Sie nahm sich vor, ihn später unter vier Augen danach zu fragen.

»Habe ich«, sagte Paulsen. »Er hat mir sogar die Stelle gezeigt, an der die Leiche vergraben war.« Paulsen reichte eine topografische Karte herum, auf der in Rot ein Kreuz eingezeichnet war. »Der Förster meint, es hätte bessere Stellen gegeben, und ist davon überzeugt, dass der Täter keine guten Ortskenntnisse hatte. Der Boden an der Stelle ist viel zu hart und von unzähligen Wurzelausläufern durchwachsen. Es muss, laut Förster, eine Heidenarbeit gewesen sein, ein entsprechendes Loch auszuheben. Vermutlich ist es auch aus diesem Grund nicht sehr tief gewesen. Die Stelle ist gut mit dem Auto erreichbar und gleichzeitig keine Laufgegend. Das lässt sich aber wohl aus einem kurzen Kartenstudium herauslesen.«

»Also eher keine oder wenig Ortskenntnisse oder eine extrem hektische Aktion«, fasste Enna zusammen. »Weitere Erkenntnisse?«

»Der Förster hat auf meine Frage eine Schätzung abgegeben, wie lange man mit dem Ausheben des Grabes zu tun hätte. Er schätzt die Dauer bei einer Person, also mit Pausen, auf drei Stunden, bei zwei Personen auf zwei Stunden. Er sagte mir, dass er seinerzeit mehrere Stellen gefunden habe, an denen gegraben worden sei. Das lässt sich von einem Experten auch nach einem halben Jahr noch beurteilen, wie er mir auf Nachfrage erklärt hat. Ich erspare euch mal die Einzelheiten dazu. Die Person war also nicht unbedingt in Panik, sonst hätte sie wohl schneller aufgegeben und einen vollkommen neuen Platz gesucht.«

»Also können wir von einer ortsfremden Person ausgehen?«, fragte Pia Sims.

»Wahrscheinlich«, antwortete Paulsen. »Eventuell auch nur geringe Ortskenntnisse. Vielleicht war die Person in früheren Jahren dort wandern oder bei jemandem zu Besuch. Es ist ja relativ weit von Thüle entfernt, irgendeine Beziehung hatte sie vielleicht schon zu der Gegend. Ich persönlich hätte auf jeden Fall nach einem besseren Platz gesucht. Je tiefer das Loch, desto größer die Chance, dass die Leiche nicht so schnell entdeckt wird. Unter Umständen sogar nie.«

»Gut«, sagte Enna. »Was diese Auskünfte genau bedeuten, können wir jetzt noch nicht einschätzen. Aber vielleicht ist es ja eins der Puzzleteile, die später wichtig sind.«

Pia hob die Hand. »Ich habe mit den beiden Frauen telefoniert, die seinerzeit mit der Clique nach Thüle gelaufen sind. Sie haben beide gesagt, dass sie sich gewundert haben, dass Julia mit von der Partie war. Sie hatte zwar bei dem Treffen um die Weihnachtszeit ihr Kommen zugesagt, sich aber später bei keinem der Freunde noch einmal gemeldet. Deshalb war wohl auch niemand davon ausgegangen, dass sie erscheint.«

»Was dann doch der Fall war«, sagte Paulsen. »Aber was könnte das bedeuten?«

»Entweder hat die Clique sich in Julia getäuscht«, antwortete Pia, »oder sie war aus einem anderen Grund in Friesoythe.«

»Und zwar?«, murmelte Paulsen.

Pia nahm einen Schluck aus ihrer Tasse. »Vielleicht hat sie Hilfe gesucht. Oder sie hatte in Emden Angst und ist deshalb zu ihren Eltern gefahren. Es könnte natürlich auch sein, dass sie sich in Friesoythe mit jemandem treffen wollte. Oder sie brauchte Geld und wollte ihren Vater darum bitten. Mir fällt eine ganze Reihe von Möglichkeiten ein.«

»Halten wir fest«, sagte Enna, »Julia ist mehr oder weniger unverhofft in Friesoythe aufgetaucht. Den Grund kennen wir nicht.« Sie wandte sich an Pia. »Hast du jetzt Kontakt zu der Stieftochter in Spanien?«

»Mehr oder weniger. Ich habe über Facebook-Messenger mit ihr gechattet, konnte sie aber noch nicht zu einem Gespräch bewegen.«

»War sie über Julias Tod informiert?«

»Das würde mich wundern«, antwortete Pia. »Die Mutter der Zwillinge hatte von Julias Tod nichts gehört. Da ihr Mann, also der Vater von Maria, erst vor zwei Jahren verstorben ist, nehme ich doch an, dass Maria Kontakt zu ihm hatte und ihm oder ihrer Stiefmutter davon erzählt hätte.«

»Du hast es ihr aber geschrieben?«

»Ja, natürlich. Ich habe mich ja als Polizeibeamtin zu erkennen gegeben.«

»Wie war ihre Reaktion?«

»Im Chat ist das immer schwer zu sagen. Sie hat nicht gleich geantwortet, als ich den Grund meiner Kontaktaufnahme mitgeteilt habe. Das heißt aber noch nichts. Ich muss einfach mit ihr telefonieren. Ich werde gleich noch einmal vorsichtig nachhaken.«

»Was ist mit Horst Wiegand, der mutmaßlich von Lütgens Gruppe betrogen wurde?«

»Adresse habe ich inzwischen«, sagte Paulsen. »Er wohnt in Leer. Ich würde ihn lieber vor Ort befragen. Telefonisch ist das so eine Sache bei diesem Thema. Wer gibt schon gerne zu, dass er auf Betrüger reingefallen ist?«

»Okay. Kannst du dann gleichzeitig den Vetter von Julia befragen?«

Paulsen nickte.

»Seine Daten schicke ich dir gleich«, sagte Pia.

»Dann haben wir noch die beiden Kommilitoninnen aus Julias Semester. Haben wir die auch gefunden?«

»Nur eine von beiden«, sagte Pia. »Anna Steffens lebt und arbeitet ganz hier in der Nähe in Rastede. Fehlt noch Melanie Halmer. Sie hat sich in Emden nie abgemeldet, ist aber unter der Adresse, damals eine Wohngemeinschaft, nicht mehr zu finden. Ich gebe nicht auf.«

»So langsam kommen wir weiter«, sagte Enna. »Bleiben noch die restlichen Mitglieder der Gruppe. Wie weit sind wir da?«

»Boris Lütgen, Maximilian Borchert und Peter Behrens haben wir ja bereits befragt«, sagte Pia. »Bleiben noch Alexander

Zurbrügge und Klaus Buchholz. Die beiden habe ich ausfindig gemacht. Falls die Angaben der Sekretärin stimmen, fehlt uns noch eine Person, deren Namen wir nicht kennen.«

»Der große Unbekannte«, murmelte Paulsen.

»Wo leben Zurbrügge und Buchholz?«, fragte Enna.

»Hannover und Kiel. Zurbrügge arbeitet bei einer Privatbank, Buchholz in seiner eigenen Firma als Geschäftsführer.«

»Gute Arbeit, Pia«, sagte Enna. »Warst du das ganze Wochenende im Büro?«

Pia lachte. »Gefühlt schon, aber keine Angst, das ist schon in Ordnung.«

»Schreib bitte die Überstunden auf«, sagte Enna. »So, Paulsen fährt nach Leer zu den beiden Kandidaten, ich werde mich mit Anna Steffens treffen.«

»Ich bleibe erst mal hier«, sagte Pia. Sie grinste. »Auf der Suche nach dem großen Unbekannten. Nein, im Ernst, meine Recherche zu Julias Familie und hier besonders zu ihrem Bruder ist in den letzten Tagen zu kurz gekommen. Außerdem habe ich noch Hoffnung, dass sich Maria aus Spanien meldet.«

Enna stand auf und trat an die Flipchart, an der sie *Klaus Buchholz* und *Alexander Zurbrügge* zur Gruppe von Lütgen hinzufügte.

»Dann fasse ich mal zusammen. Wir konzentrieren uns auf drei Bereiche: Als erster und im Moment wichtigster Bereich wäre da die Gruppe um Boris Lütgen. Borchert ist mit großer Wahrscheinlichkeit durch Fremdeinwirkung ums Leben gekommen. Sonja Schneiders Aussage, die wir leider nicht verwenden können, zeigt die Skrupellosigkeit von Lütgen und vermutlich auch der ganzen Gruppe auf. Allerdings warten wir die Untersuchung des Slips ab, bevor wir weitere Mitglieder der Gruppe befragen. Mit Glück finden sich auch noch DNA-Spuren an Borcherts Kleidung, die wir zuordnen können. Wir brauchen mehr Informationen und Indizien für eine direkte Verbindung oder einen Konflikt zwischen der Gruppe und Julia, bevor wir Lütgen vernehmen können. Wie weit ist Kollege Holm mit Borcherts Laptop, Tablet und Handy? Wir müssen wissen, ob es noch Kontakt zu der Gruppe gab. Kannst du das übernehmen, Pia?«

Pia Sims nickte. »Ich schicke ihm die Namen und Daten der bisher bekannten Männer. Eventuell finden die in Aurich ja auch unseren Unbekannten in Borcherts Unterlagen.«

»Der zweite Bereich umfasst die Familie und Julias Freundeskreis in Friesoythe. Warum war Julia um den 1. Mai bei ihren Eltern? Warum ist sie so lange geblieben? Wieso ist sie mit nach Thüle gelaufen? Was spielt der Bruder für eine Rolle? Mit wem hat Julia sich auf dem Fest gestritten?«

»Ich erhoffe mir von Julias Cousin eine neutrale Sicht auf die Clique«, sagte Paulsen. »Ich glaube nicht an die Theorie *Friede, Freude, Eierkuchen.*«

»Ja, den Ansatz dürfen wir nicht vernachlässigen«, pflichtete Enna Paulsen bei. »Immerhin ist Julia wahrscheinlich auf dem Weg von Thüle nach Friesoythe verschwunden. Es kann durchaus sein, dass alte Konflikte oder auch Sehnsüchte bei der Tour wieder aufgebrochen und auf dem Rückweg eskaliert sind.«

Paulsen nickte, Pia notierte sich etwas in ihrem Notizbuch.

»Dann haben wir als dritten Bereich noch die Spanien-Spur. Was ist bei Julias Aufenthalt dort passiert? Kann das etwas mit ihrem Tod zu tun haben, obwohl es Jahre zurückliegt? Wir können nur hoffen, dass die Stieftochter sich meldet. Mit einem offiziellen Hilfeersuchen an die spanischen Kollegen könnte es viele Wochen, wenn nicht Monate dauern, bis wir Informationen bekommen.« Enna trat wieder an den Tisch. »Dann sollten wir loslegen. Heute Nachmittag treffen wir uns hier im Büro. Die genaue Zeit wird Pia koordinieren. Wir rufen dich an, wenn wir auf dem Rückweg sind.«

Paulsen und Pia Sims standen auf, zu dritt verließen sie die Küche.

Enna schloss die Datei, in der sie in der letzten halben Stunde die Protokolle ihrer Befragungen überarbeitet hatte. Mit Anna Steffens, Julias Studienkollegin, würde sie sich in einer halben Stunde in Rastede treffen. Sie schloss ihren Laptop und machte sich auf den Weg zu Paulsens Büro.

»Ich bin schon fast weg«, sagte Paulsen, stand auf und griff nach seinem Handy.

Enna schloss die Tür. »Wie war deine Besprechung am Wochenende?«

»Gut!«

Als er nicht weitersprach, fragte Enna: »Bedeutet?«

Paulsen zuckte mit den Schultern. »Ich kann zurück nach Osnabrück. Aber das weißt du ja schon.«

»Aber du hast dich noch nicht entschieden?«

Paulsen schüttelte den Kopf. »Nein, noch nicht.«

»Tendenz?«

Paulsen zögerte, schließlich sagte er leise: »Ich habe um Aufschub gebeten, bis wir den Dirksen-Fall beendet haben. Das ist mir sozusagen genehmigt worden.«

Enna nickte. »Also ist noch nichts entschieden.«

»Nein.« Paulsen trat hinter dem Schreibtisch vor. »Wolltest du auch gerade los?«

Neunzehn

Die Firma, in der Anna Steffens als eine der Geschäftsführerinnen arbeitete, hatte ihren Sitz im Industriegebiet von Rastede. Das zweigeschossige quadratische Gebäude schien erst wenige Jahre alt zu sein. Über das IT-Unternehmen hatte Enna aber schon häufiger in der Zeitung gelesen.

Im Empfangsbereich wurde sie auf ihre Frage nach Frau Steffens gebeten, Platz zu nehmen. Fünf Minuten später kam eine Frau Ende dreißig auf Enna zu, sie trug ihre dunklen Haare halblang und einen dezenten Hosenanzug mit weißer Bluse und roten Pumps. Sie reichte ihr die Hand und setzte dabei ein professionelles Lächeln auf. »Frau Andersen?«

»Frau Steffens!«, erwiderte Enna und begrüßte die Frau mit Handschlag.

Anna Steffens hob die Hand in die Richtung, aus der sie gekommen war. »Gehen wir doch in mein Büro.«

Sie lief voraus und führte Enna in einen großen, hellen Raum, in dem ein Glasschreibtisch mit Stuhl und ein großer Besprechungstisch mit sechs Stühlen standen.

»Kaffee, Tee, Wasser?«, fragte Anna Steffens.

»Danke, gerne ein Mineralwasser.«

Sie setzten sich an den Tisch, Anna Steffens schenkte Enna ein und reichte ihr das Glas. »Was genau kann ich für Sie tun? Es geht um Julia Dirksen, haben Sie am Telefon gesagt? Ist das nicht schon fast zwanzig Jahre her?«

»Ungefähr. Wir rollen den Fall neu auf und befragen das Umfeld von Frau Dirksen. Sie waren in ihrem Semester?«

»Ja, das ist richtig. Wir waren nur drei Frauen. Ein Semester unter uns war das Verhältnis schon etwas ausgeglichener.« Sie lächelte geschäftsmäßig. »Was möchten Sie wissen?«

»Sie kannten Julia Dirksen näher?«

»Befreundet im eigentlichen Sinne waren wir nicht, wenn Sie das meinen. Aber wir haben ja fast sechs Semester zusammen studiert. Da bleibt ein engerer Kontakt nicht aus.«

»Wie war Julia so?«

Anna Steffens schien erstaunt über Ennas Frage zu sein. »Das fragen Sie mich? Ich weiß nicht, ob Sie da nicht an der falschen Adresse sind.« Enna vermutete, dass ihr Erstaunen gespielt war und sie Zeit gewinnen wollte für eine Antwort.

»Das ist das normale Prozedere. Wir befragen viele Personen im Umfeld. Sie haben mit ihr studiert, sind auch eine Frau. Da liegt es nahe, dass ich zu Ihnen komme.«

»Wie Sie meinen.« Anna Steffens legte kurz den Kopf in den Nacken und sah Enna dann direkt an. »Sie war nett, hilfsbereit, vielleicht etwas zu weich fürs Business, aber wenn ich mich recht entsinne, sollte sie ja die Firma ihres Vaters übernehmen. Rein fachlich war sie spitze. Aber das wissen Sie sicher schon.«

»Hatte Julia einen Freund?«

»In Emden? Nein, ich glaube nicht. Ich bin wohl immer davon ausgegangen, dass in der Heimat jemand auf sie wartet.

Die Jungs liefen ihr schon hinterher, aber so richtig ist wohl niemand bei ihr gelandet.«

»Was können Sie mir zu Boris Lütgen sagen?«, fragte Enna unvermittelt. Mit ihrer normalen Strategie des langsamen Herantastens würde sie bei Steffens nicht weiterkommen.

Anna Steffens riss die Augen auf. »Boris? Wie kommen Sie jetzt darauf?«

»Haben Sie auch bei den illegalen Börsengeschäften mitgemacht?«

Anna Steffens schreckte gespielt zurück. »Ups, brauche ich etwa einen Anwalt?«

»Nein, das ist lange verjährt, wie Sie sicher wissen«, sagte Enna. Dieses Mal lächelte sie.

»Dann verstehe ich nicht, warum Sie mich das fragen.«

»Haben Sie sich beteiligt?«

»Nein, womit auch? Ich habe BAföG bekommen. Mein Vater war Frührentner, meine Mutter Putzfrau. Nein, Boris hätte mich auch niemals angesprochen.«

»Waren Sie mal auf einer der Feten?«, fragte Enna bewusst unbestimmt.

»Feten? Von denen gab es viele. Welche genau meinen Sie?«

»Die, die in Ferienhäusern stattfanden, organisiert von Boris Lütgen und seinen Freunden.«

»Mag sein«, sagte Anna Steffens. »So genau erinnere ich mich nicht.«

Enna trank einen Schluck Mineralwasser und ließ sich Zeit mit ihrer nächsten Frage. »Erinnern Sie sich denn an Sonja Schneider?«

Zum ersten Mal hatte Anna Steffens ihre Mimik nicht unter Kontrolle. Sie hielt für einen Moment den Atem an, schluckte und senkte den Kopf, als denke sie nach.

»Es war eine Sonja zwei Semester unter uns. An den Nachnamen kann ich mich nicht erinnern. Wenn Sie die meinen, ja, die kannte ich. Flüchtig, würde ich sagen. Im Studium hatten wir nicht so viel miteinander zu tun.«

Enna entschloss sich, aufs Ganze zu gehen. »Wovor haben Sie Angst, Frau Steffens?«

Anna Steffens verzog das Gesicht, als gefalle ihr die Frage nicht. »Ich verstehe nicht, worauf Sie hinauswollen.«

»Doch, das wissen Sie ganz genau. Erzählen Sie mir von Boris Lütgen. Was war er für ein Mensch?«

»Ich bitte Sie!«, sagte Anna Steffens. »Das sind doch alte Kamellen. Wir waren jung und verrückt. Sind das nicht alle in diesem Alter?«

»Gehörte für Boris Lütgen Vergewaltigung von Frauen zu diesen Verrücktheiten?«

»Das will ich nicht hoffen.« Anna Steffens hielt für einen Moment die Luft an, als wollte sie damit ihr Entsetzen ausdrücken. Auf Enna wirkte die Geste gekünstelt. »Tut mir leid, davon habe ich keine Kenntnis. Ich persönlich wurde jedenfalls von Boris und auch sonst niemandem vergewaltigt. Mehr kann ich Ihnen dazu nicht sagen. Ich denke, wir sollten das Gespräch hier beenden.«

»Ihre Entscheidung. Sollten Sie tatsächlich Informationen haben, die Sie mir bewusst vorenthalten, kann das rechtliche Konsequenzen für Sie haben.« Enna sah sich im Zimmer um. »Unter Umständen auch noch andere.«

»Wollen Sie mich einschüchtern?«

»Nein, warum sollte ich? Die Gesetze sind für alle gleich und die Urteile sprechen ohnehin andere. Das war nur ein freundlicher Hinweis.«

Anna Steffens schwieg eine Weile. »Was wollen Sie wissen?«, fragte sie schließlich in herablassendem Ton.

»Sie waren auf einer dieser Feten?«

Anna Steffens nickte.

»Was passierte da?«

Anna Steffens schürzte die Lippen. »Musik, Alkohol, gute Laune, nette Menschen. Mag sein, dass sich hin und wieder ein Pärchen in eins der Schlafzimmer zurückgezogen hat. Ich kann mir aber nicht vorstellen, dass da jemand vergewaltigt wurde.«

»Keine Drogen?«

»Mag sein. Das war nicht so mein Ding.«

»Wie häufig waren Sie auf diesen Feiern?«

»Ein paar Mal.« Anna Steffens warf ihr einen genervten Blick zu. »Wie lange das her ist, brauche ich Ihnen ja nicht zu sagen.«

»Wie stand Julia Dirksen zu der Gruppe?«

»Keine Ahnung. Sie war nicht gerade eine Spaßkanone. Was sollte sie wohl auf solch einer Fete machen?«

»Sonja Schneider?«

»Nicht mein Problem. Die Frau war in Boris verschossen. Und als er ihr die kalte Schulter gezeigt hat, kam die übliche Masche.«

Enna ließ Anna Steffens' Äußerungen unkommentiert stehen. »Und wie war das mit Julia Dirksen?«

Anna Steffens warf einen Blick auf Ennas Handy, das sie neben ihrem geöffneten Notizblock liegen hatte. »Nehmen Sie unser Gespräch auf?«

Enna schaltete ihr Smartphone frei, öffnete die Aufzeichnungs-App und drehte das Display zu Anna Steffens um. Enna hatte nicht erwartet, dass die Geschäftsführerin einer IT-Firma einer Aufzeichnung zustimmen würde, und von vorneherein darauf verzichtet.

»Das, was ich Ihnen jetzt sage, werde ich nicht offiziell bestätigen. Ich werde weder ein Protokoll mit entsprechendem

Inhalt unterzeichnen noch vor Gericht aussagen. Haben Sie mich verstanden?«

»Das liegt ganz bei Ihnen«, antwortete Enna und ließ Anna Steffens damit im Unklaren, ob und wie sie die Aussage verwenden würde.

»Zuerst zu Ihrer Info: Nachdem ich von Julias Verschwinden gehört hatte, habe ich jeglichen Kontakt zu Boris und den anderen Jungs abgebrochen. Was überhaupt nicht heißen soll, dass ich sie in Verdacht hatte, etwas damit zu tun zu haben. Ich hatte einfach ein ungutes Gefühl und mich schon in den Monaten davor mehr und mehr von der Gruppe ferngehalten. Eine Einladung zu einem Kurztrip nach Mallorca habe ich abgelehnt oder …« Sie hielt einen Moment inne und schien zu überlegen. »… eigentlich habe ich unter einem Vorwand abgesagt.«

»Kam es häufiger zu diesen Kurztrips?«

»In den ersten vier Semestern war ich bei drei Reisen dabei.«

»Sie waren eingeladen?«, fragte Enna.

»Ja, ich hätte mir das nicht leisten können. Und bevor Sie fragen, ich weiß nicht, woher das Geld kam, vermute aber, dass es aus den von Ihnen angesprochenen Börsengeschäften stammte.« Sie hob schützend die Hände. »Mit denen ich nicht das Geringste zu tun hatte.«

»Sie sprachen von einem unguten Gefühl«, sagte Enna, um das Gespräch zurück auf Julia Dirksen zu bringen.

»Ja, das ganze Karussell drehte sich immer schneller, und ich musste mich zu dem Zeitpunkt dringend auf mein Studium konzentrieren. Ich hatte Klausuren verhauen und stand kurz vor dem Aus. Das spielte in mein Unbehagen mit rein, aber in erster Linie ging es um Boris und Max.«

»Maximilian Borchert?«

Anna Steffens nickte. »Boris' rechte Hand. Die beiden schienen am Durchdrehen zu sein. Sie wissen ja, dass sich zu der Zeit der Neue Markt immer mehr pulverisierte. Jeder halbwegs normale Mensch hätte spätestens jetzt die Finger vom Spekulieren gelassen. Nur Boris und Max nicht. Die beiden hat diese Endzeitstimmung an der Börse erst richtig in Fahrt gebracht. Sie sind voll auf Risiko gegangen und haben mit dem Geld nur so um sich geworfen. Fragen Sie mich jetzt nicht, wie sie das gemacht haben. Ich wollte es damals nicht wissen und die anderen in der Gruppe auch nicht.«

»Wie kam Julia da ins Spiel?«, fragte Enna.

»Auch das weiß ich nicht wirklich. Ich kann allenfalls ein paar Puzzlestücke zusammensetzen und mir den Rest zusammenreimen.«

Enna nickte und sah Anna Steffens auffordernd an.

»Sie muss irgendwie mitbekommen haben, dass Boris und die anderen nicht immer ganz sauber gearbeitet haben. Was und wie alles abgelaufen ist, danach habe ich wohlweislich nie gefragt. Wie Julia das herausbekommen hat, ist mir ein absolutes Rätsel. Mir war es damals vollkommen schleierhaft, warum sie sich da einmischte. Es ging sie doch nichts an und persönlich hatte sie ganz sicher kein Geld über die Truppe investiert. Und ehrlich gesagt glaube ich auch nicht, dass die Jungs den Schneid gehabt hätten, im großen Umfang zu betrügen. Julia hat da etwas überreagiert. Aber so war sie.«

»Haben Sie eine Auseinandersetzung zwischen Julia und jemandem aus der Gruppe mitbekommen?«, fragte Enna.

»Nicht direkt. Julia kam eines Tages bei mir an. Angeblich wollte sie etwas wegen des Studiums, aber das war nur ein Vorwand. Eigentlich wollte sie mich über Boris und die anderen ausfragen. Aber so ungeschickt, wie Julia sich dabei angestellt hat, war mir nach wenigen Minuten klar, was sie von mir wollte. Ich habe sie einfach reden lassen und nur hin und wieder etwas Belangloses geantwortet.«

»Was wollte Julia wissen?«

»Woher das Geld käme, mit dem Boris spekulierte. Ob mir klar wäre, dass sie alle möglichen Leute mit sich in den Abgrund ziehen würden und so weiter und so fort. Sie schien regelrecht davon besessen, Boris und Max etwas anzuhängen.«

»Wie endete das Gespräch?«

»Ich wusste weder was, noch wollte ich etwas damit zu tun haben. Also konnte ich Julia nicht helfen und sie ist irgendwann gegangen. Für mich war das Gespräch der letzte Auslöser, mich von der Truppe fernzuhalten. Ich hatte einfach keine Lust auf Ärger und musste mich sowieso ums Studium kümmern.«

»Haben Sie Boris oder jemand anderen über dieses Gespräch informiert?«

Anna Steffens schüttelte vehement den Kopf. »Ich habe doch gerade gesagt, dass ich mich ab da rausgehalten habe.«

»Was dachten Sie, als Sie von Julias Verschwinden gehört haben?«

Anna Steffens atmete tief ein und aus. »Erschrocken war ich. Ende Februar war Julia bei mir gewesen, und dann das. Als Julia nicht gefunden wurde, habe ich mir eingeredet, dass sie untergetaucht ist. Irgendwie konnte ich mir das bei ihr gut vorstellen. Dann der Schock, als sie gefunden wurde.« Anna Steffens schluckte schwer und schloss die Augen. »Ein Albtraum. Für uns alle im Semester.«

»Wie haben sich Lütgen und Borchert verhalten?«, fragte Enna, die bezweifelte, dass Anna Steffens ihr die ganze Wahrheit sagte.

»Ich hatte zu der Zeit keinen Kontakt mehr zu den beiden oder anderen aus der Gruppe. Wie gesagt, ich musste mich im Studium etwas mehr anstrengen. Meine Abschlussarbeit stand an, was letztlich hieß, dass ich mich in meinem Zimmer verkrochen und gelesen und geschrieben habe.«

»Aber Sie waren doch sicher nicht vollkommen isoliert. Man bekommt doch hier und da etwas mit. Über Julias Verschwinden und später ihren Tod ist doch sicherlich gesprochen worden.«

»Wie gesagt, ich hatte keinen Kontakt mehr.«

»Keine Feten, keine Ausflüge, niemand aus der Gruppe hat versucht, Sie anzusprechen?«

Anna Steffens seufzte theatralisch. »Sie sind aber hartnäckig. Ich kann mich nicht erinnern. Vielleicht kam mal einer auf mich zu, aber es war anscheinend nicht so relevant, dass ich es mir gemerkt hätte. Ich glaube allerdings nicht, dass es weitere Feten gab, zumindest nicht in dem Ausmaß wie zuvor. Und Ausflüge, wie Sie es genannt haben, ganz sicher nicht. Da wäre ich vermutlich eingeladen worden. Alles andere verschwimmt vor meinen Augen. Es waren ja auch viele Monate zwischen Anfang Mai und dem Tag, wo Julia gefunden wurde.«

Enna nahm noch mehrere Anläufe, um Anna Steffens' Erinnerung auf die Sprünge zu helfen, aber sie ließ sich auf keine weiteren Details mehr ein. Enna zählte die ihnen bekannten Mitglieder der Gruppe auf und fragte anschließend nach dem sechsten Mann.

»Joe. Sie können nur Joe meinen.«

»War das sein richtiger Vorname? Kennen Sie auch den Nachnamen?«

»Ich habe ihn sicher häufiger gehört, aber ich erinnere mich nicht. Er hieß immer nur Joe. Groß, schlaksig, schwarze Haare. Nicht so mein Typ damals. Er war mir etwas unheimlich.«

Enna nickte. »Welche Rolle hatte er in der Gruppe?«

»Rolle? Schwer zu sagen. Max war Boris' rechte Hand, die anderen waren mehr so Mitläufer. Und Joe?« Anna Steffens saß eine Weile gedankenversunken da. Schließlich richtete sie sich auf. »Ich habe mir da damals nie Gedanken drum gemacht. Aber jetzt, so im Nachhinein … Graue Eminenz fällt mir nur dazu ein. Er stand nie im Vordergrund, strahlte aber eine gewisse Autorität aus. Ja, graue Eminenz trifft es vielleicht gut.«

»Kein Nachname?«

»Nein, tut mir leid. In den Seminaren wurde man natürlich mit Nachnamen angesprochen, aber … ich weiß ihn einfach nicht mehr.«

»Okay«, sagte Enna. »Wenn es Ihnen noch einfällt, sagen Sie mir bitte Bescheid.« Sie schlug in ihrem Notizbuch den Namen der dritten Frau im Semester nach. »Wissen Sie, wo wir Melanie Halmer finden können?«

»Melanie?« Enna war sich nicht sicher, ob Anna Steffens überrascht oder erschrocken war. Jetzt lächelte sie. »Nein, das weiß ich nicht. Wenn ich mich recht entsinne, hatte sie einen Freund, mit dem sie ins Ausland gezogen ist. Das war zumindest ihr Plan nach dem Studium.«

»Wir konnten die Eltern von Frau Halmer nicht finden. Wissen Sie, in welcher Stadt sie leben?«

»Nein, aber das wusste Melanie auch nicht. Sie hat mir mal erzählt, dass sie in Heimen aufgewachsen ist und ihre Eltern nicht kannte.«

»Und der Name ihres Freundes?«

»Ich bin ihm nur ein- oder zweimal begegnet.« Anna Steffens schloss die Augen. »Marc, ja, ich glaube, das war sein Name.«

»Und der Nachname?«

»Nein, den weiß ich nicht.«

»Beruf?«

»Tischler, glaube ich.« Sie hielt inne. »Nein, es war doch irgendein anderer Handwerksberuf. Irgendwas mit Sanitär vielleicht. Auf jeden Fall etwas Praktisches. Und mit dem Namen bin ich mir auch nicht mehr so sicher. Aber ganz bestimmt ein kurzer.« Anna Steffens sah auf die Uhr. »Ich habe gleich ein Meeting. Ich denke, wir sind auch durch, oder?«

Enna reichte ihr eine Visitenkarte. »Egal was Ihnen noch einfällt, rufen Sie mich jederzeit an.« Sie stand auf und reichte Anna Steffens die Hand. »Vielen Dank für Ihre Kooperation.«

Zwanzig

»Da haben wir wohl in ein Wespennest gestochen«, sagte Pia Sims, nachdem Enna ihr einen Kurzbericht gegeben hatte. »Unglaublich, dass die Kollegen damals so nachlässig in Emden recherchiert haben. Sie scheinen ja nicht mal mitbekommen zu haben, dass Julia einen zweiten Studiengang belegt hatte.«

»Zumindest steht davon nichts in den Akten, die uns vorliegen«, sagte Enna.

»Du meinst …«

»Wer hat die SoKo geleitet?«

Pia griff nach einer Akte und blätterte darin herum. »Werner Burghardt.«

»Den Namen habe ich schon mal gehört, aber ich kenne den Kollegen nicht persönlich.«

Pia tippte etwas über die Tastatur ein. »Vor zehn Jahren pensioniert worden.« Sie las weiter. »Jetzt rate mal, wo er aufgewachsen ist.«

»Friesoythe?«

»Nein, einen Versuch hast du noch.«

Enna warf Pia einen genervten Blick zu.

»Schon gut! Altenoythe. Das ist der klei…«

»Ich weiß«, unterbrach Enna sie. »Da sind wir doch durchgekommen. Das ist gerade mal einen Kilometer von Friesoythe entfernt.«

»Dirksen senior und unser Ex-Kollege sind fast im selben Alter. Vielleicht kennen sie sich.«

»Das würde zumindest ein paar der Lücken in den Berichten erklären. Nun gut, ob das irgendeine Relevanz hat, lässt sich so ad hoc nicht klären. Ich werde wohl mit diesem Burghardt sprechen müssen. Kannst du bitte nach seinem aktuellen Wohnsitz suchen? Dann sehen wir weiter.« Enna zog sich einen Stuhl heran und setzte sich. »Hast du jetzt Kontakt mit Spanien?«

»Maria und ich haben kurz gechattet. War aber mehr eine vertrauensbildende Maßnahme. Wir haben ein bisschen was Privates ausgetauscht und über das Wetter geplauscht. Maria ist sehr misstrauisch.«

»Okay, warten wir ab. Du kannst ja schlecht nach Spanien fliegen.«

»Warum nicht? Oder gibt unser Budget das nicht her? In Barcelona ist man schnell. Ich könnte am nächsten Tag zurück sein.« Pia hob abwehrend die Hände. »Schon klar, wir brauchen mehr, bevor wir so eine Aktion genehmigt kriegen. Ich versuche ja, an sie ranzukommen. Aber das ist nicht leicht. Und ich habe irgendwie ein ungutes Gefühl. Maria weiß etwas. Da bin ich mir fast sicher.«

»Versuch es weiter. Wir behalten das auf jeden Fall im Auge.«

Pia nickte. »Joe ist also unser Unbekannter. Ich gehe die Listen durch. Johannes, Johann, Joachim, Jonas und so weiter. Unter Umständen ist es auch nur sein Zweitname. Der muss nicht unbedingt in allen Hochschulunterlagen vermerkt sein. Gibt es keine weiteren Hinweise zu Joe?«

»Nein.«

»Und Melanie Halmer ist im Ausland? Das wird schwierig. Vielleicht finde ich das Kinderheim, in dem sie gewohnt hat. Oder meinst du, Heimkinder haben keinen Kontakt zu ihren Betreuern? Die sind doch so was wie Eltern für sie.«

»Tut mir leid«, sagte Enna. »Ich habe keine Erfahrung in dieser Beziehung.«

»Ich versuche es einfach. Was bleibt uns sonst übrig? Was war ihr Freund noch von Beruf?«

Enna versuchte, sich an Anna Steffens' genaue Antwort zu erinnern. Sie hatte den Vornamen Marc erwähnt, ihn aber kurz darauf wieder zurückgenommen. Und der Beruf des jungen Mannes? Sie hatte gesagt, dass er Tischler gewesen sei, und auch diese Angabe gleich wieder korrigiert und nach anderen Berufen gesucht. Hatte Anna Steffens gemerkt, dass sie zu viel gesagt hatte, und wollte ihren Fehler im nächsten Augenblick korrigieren? Warum?

»Tischler. Er ist definitiv Tischler. Und sein Vorname ist Marc. Wir müssen diese Frau finden. Das hat Priorität.«

»So plötzlich?«

»Ja. Ich kann es dir jetzt nicht erklären. Vielleicht liege ich falsch, aber ...« Enna schloss die Augen. Wenn Anna Steffens in dem Punkt nicht die Wahrheit gesagt hatte, was war ihre restliche Aussage dann noch wert?

»Kein Thema! Ich finde Melanie Halmer.«

Enna stand auf. »Ich bin in meinem Büro. Wenn Paulsen zurückkommt, setzen wir uns zusammen.«

Sie wollte sich gerade abwenden, als Pia sie mit einer Handbewegung zurückhielt. »Sag mal, was ist mit Paulsen los? Ich habe das Gefühl, dass er mir aus dem Weg geht.«

Enna zögerte. Konnte sie Pia in Paulsens Pläne mit einweihen? Sie saß zwischen den Stühlen. Egal was sie jetzt sagte, es würde auf die eine oder andere Weise auf sie zurückfallen. Sie entschied sich für einen Mittelweg.

»Kleine Krise, würde ich sagen. Lass ihm Zeit, er kriegt sich schon wieder ein.«

»Sicher?«, fragte Pia mit skeptischem Blick.

Enna nickte und wandte sich endgültig von Pias Schreibtisch ab.

Nachdem Enna das Protokoll der Befragung von Anna Steffens geschrieben und im System abgespeichert hatte, fiel ihr Blick auf die Schachtel, die sie aus der Bauernkate von Maximilian Borchert mitgenommen hatte. Sie zog sich Latexhandschuhe über und hob den Deckel ab. Enna schätzte die Anzahl der Aufnahmen auf knapp hundert. Nach einer schnellen Durchsicht legte sie die Fotos aus Borcherts Kindheit und Jugend wieder zurück und konzentrierte sich auf die Bilder, die ihn als jungen Mann zeigten. Die ersten Fotos schienen auf seiner Abiturfeier aufgenommen worden zu sein. Auf zwei weiteren Aufnahmen sah man Menschen an der Nordseeküste. Vor dem Fotografen, der wahrscheinlich Maximilian Borchert gewesen war, liefen drei junge Männer über den Strand. Da sie nur von hinten zu sehen waren, konnte Enna niemanden davon identifizieren. Weitere Fotos zeigten Emden und den Hafen. Schließlich wählte Enna sechs Fotos aus, die sie näher untersuchte. Sie holte sich eine Lupe und ging die Fotos, auf denen feiernde junge Leute zu sehen waren, einzeln durch. Auf fünf der Aufnahmen war Boris Lütgen zu sehen, den Enna von der Hochschulhomepage kannte. Auf zwei Fotos fand sie Anna Steffens, die neben einer jungen Frau stand, beide mit einem Sektglas in der Hand. Die Stimmung schien auf allen Fotos ausgelassen, die abgebildeten Räumlichkeiten wechselten. Enna nahm an, dass es sich um Ferienhäuser handelte. Auf zwei der Fotos stand Boris Lütgen mit einem großen jungen Mann zusammen, der Anna Steffens' Beschreibung von Joe entsprach.

Weitere sechs Aufnahmen schienen nicht in Emden gemacht worden zu sein. Enna tippte auf Mallorca, Barcelona und Paris. Anna Steffens war auf fast allen Fotos zu sehen.

Enna legte die ausgesuchten Bilder in Plastikhüllen und zog die Handschuhe aus. Sie ging noch einmal alle Fotos durch und zählte neben Anna Steffens acht weitere Frauen. Keine davon war Julia Dirksen. Außer Boris Lütgen erkannte Enna Maximilian Borchert, der nur einmal abgelichtet war, und vier weitere junge Männer, die auf mehreren Fotos zu sehen waren.

Als Paulsen in ihrer Bürotür erschien und sagte, dass sie sich in zehn Minuten zusammensetzen könnten, legte Enna die eingetüteten Fotos in eine Mappe und griff nach ihrem Laptop und dem Handy, bevor sie in die Küche ging.

Enna schloss ihren ausführlichen Bericht mit dem Herumreichen der Fotos ab. »Ich bin mir nicht sicher, ob Anna Steffens mir immer die Wahrheit gesagt hat, aber zumindest haben wir durch sie einen klareren Blick auf die Gruppe.«

»Ich sollte da gleich mit meinem Bericht anschließen«, sagte Paulsen. »Horst Wiegand war nach anfänglicher Zurückhaltung doch sehr gesprächig.«

»Wie viel hat er verloren?«, fragte Pia.

»Das wiederum wollte er mir nicht genau sagen. Aber wenn ich seine Äußerungen richtig interpretiere, müssten es an die zwanzigtausend Euro gewesen sein. Für einen Angestellten im öffentlichen Dienst eine erhebliche Summe. Aber wie gesagt, das ist eine Schätzung.«

»Gab es weitere Geschädigte?«, wollte Pia wissen.

»Eins nach dem anderen«, sagte Paulsen und lehnte sich auf dem Stuhl zurück. »Also: Horst Wiegand war nicht sehr erfreut, mich zu sehen. Deshalb musste ich erst mal gut Wetter machen. Es hat eine Weile gedauert, bis er halbwegs Vertrauen zu mir hatte. Er hat in mehreren Chargen sein Geld investiert.

Die ersten fünftausend hat er nach zwei Monaten mit einem Plus von dreißig Prozent zurückbekommen. Die Gruppe hat ihn dann nicht wieder angesprochen, sondern klugerweise gewartet, bis er sich selbst gemeldet hat. Ich vermute, dass das genau ihre Strategie war. Im nächsten Schub hat Wiegand eine größere Summe investiert und bekam alle vier Wochen Bescheid, wie seine Aktien liefen. Ich gehe hier von zehn- bis fünfzehntausend aus. Anschließend hat er sich Geld geliehen, wohl von Bekannten und Verwandten, und ist größer eingestiegen. Ich lasse jetzt mal das ganze Drama zwischendurch aus und komme gleich zum Ende: Als der Neue Markt sich immer weiter abwärtsbewegte, hat Boris Lütgen Wiegand überredet, weiteres Geld einzusetzen, um die Verluste auszugleichen. Am Ende waren nur noch Cent-Beträge übrig.«

»Warum hat er Lütgen nicht angezeigt?«, fragte Pia.

»Ich kann nur das wiedergeben, was Wiegand mir gesagt hat: Er ging davon aus, dass alles rechtens war und er halt, wie so viele andere in der Zeit, das Geld verloren hat. Kontoauszüge oder andere Belege hat er aber nie bekommen. Zusätzlich war ihm die ganze Sache ausgesprochen peinlich. Er hatte dann in den folgenden Jahren genug damit zu tun, das Geld, das er sich geliehen hatte, wieder zurückzuzahlen. An einem der Kredite, die er dafür bei der Bank aufgenommen hatte, zahlt er immer noch ab.«

»Heftig!«, sagte Pia.

Paulsen nickte. »Könnte man so formulieren. Und nun zu deiner Frage. Ja, er weiß von weiteren …«, Paulsen malte Anführungszeichen in die Luft, »… Investoren. Zum Teil waren es Angestellte an der Hochschule, aber auch Menschen außerhalb des Hochschulbetriebs. Eine genaue Zahl konnte er nicht nennen, aber er selbst kennt allein fünf weitere Kandidaten, die sich mit Boris und seiner Truppe die Finger verbrannt haben.«

»Namen?«, fragte Enna.

Paulsen wehrte ab. »Keine Chance. Damit wollte Wiegand nicht rausrücken. Ich habe dann aufgegeben, um ihn nicht zu verärgern. Er stand mehrfach kurz davor, die Befragung abzubrechen.«

»Er hatte noch weitere Informationen für uns?«, fragte Enna, die vermutete, dass Paulsen noch etwas in der Hinterhand hatte.

»Bingo! Es gab mehr Feiern, als wir bisher geahnt haben«, sagte Paulsen. »Sozusagen Investorenfeiern. Und das mit allem Drum und Dran.«

»Da kamen also die Prostituierten zum Einsatz?«, fragte Enna.

»So würde ich das interpretieren. Ihr könnt euch denken, dass Wiegand mir das nur unter vorgehaltener Hand erzählt hat, und selbstverständlich hat er selbst nie etwas mit einer der anwesenden Damen gehabt. Allerdings sprach er davon, dass es Fotos gibt, die manch einen in verfänglichen Situationen zeigen.« Paulsen seufzte. »Ich konnte die Befragung leider nicht aufnehmen. Das hat Wiegand schon am Anfang strikt abgelehnt. Er will auch nicht gegen Boris und Co. aussagen. Wenn ihr mich fragt, hat er immer noch Angst vor ihm.«

»Erpressung?«, fragte Enna.

»Das kann ich nur vermuten«, sagte Paulsen. »Aber es liegt nahe, da ich mir nicht vorstellen kann, dass sonst alle Investoren so ruhig gehalten hätten. Aber auch das ist verjährt. Und ob jemand von den Betroffenen aussagen würde, bezweifele ich.«

»Ja, für uns ist die Tatsache auch nur relevant, weil sie ein zusätzliches Puzzleteil ist, das uns Boris Lütgens skrupelloses Vorgehen aufzeigt. Was hast du noch? Etwas zu Julia?«

Paulsen grinste. »Ich dachte schon, du fragst überhaupt nicht mehr.« Er holte tief Luft und fuhr fort: »Ich habe Wiegand bereits früh nach Julia Dirksen gefragt. Er kannte sie zwar, hat sich aber zuerst nicht weiter dazu geäußert, ob sie etwas mit

Lütgen zu tun hatte. Ich habe aus bekannten Gründen nicht weitergebohrt und es mir aufgehoben bis zum Schluss. Ein wenig Spannung mu…«

»Nun sag schon, Paulsen«, fiel Pia ihm ins Wort.

»Spielverderber«, maulte Paulsen zurück. »Also gut, Julia war bei Wiegand zu Hause und hat mit ihm gesprochen. Thema war natürlich Lütgen und die Gruppe. Julia wollte wissen, ob Wiegand auch Geld verloren hatte. Sie war wohl sehr hartnäckig und hat Wiegand dazu gebracht, dass er ihr mehr oder weniger alles erzählt hat. Ausgenommen die Partys, vermute ich mal.«

»Wie ist sie auf Horst Wiegand gekommen?«, fragte Enna.

»Das wusste Wiegand nicht. Ich vermute, dass Wiegand zumindest am Anfang seinen Kollegen von den Börsengeschäften erzählt hat. Julia muss den Tipp von jemandem bekommen haben, der oder die vermutlich auch betrogen wurde. Sie hat ihn übrigens bedrängt, die Gruppe anzuzeigen.«

»Wie hat Wiegand darauf reagiert?«, fragte Pia.

»Damit wollte er nicht so ganz rausrücken. Da muss ich wieder interpretieren und vermute mal, dass er sie hingehalten hat.«

»Aber Horst Wiegand ist nicht Julias Ausgangspunkt gewesen, sprich, sie hat sich nicht seinetwegen so engagiert?«, fragte Enna.

»Würde mich jetzt wundern«, antwortete Paulsen. »Die beiden kannten sich nur flüchtig. Mit Studenten hatte Wiegand nicht viel zu tun und privat, sagt er, hatte er mit Julia keinen weiteren Kontakt.«

Einundzwanzig

»Hast du auch noch mit Julias Cousin gesprochen?«, fragte Pia.

Paulsen nickte. »Er kann sich nicht erinnern, war nur zufällig da, kannte außer Julia eigentlich niemanden und hat auch auf der Feier nichts bemerkt.«

»Also abhaken?«, fragte Pia.

»Bin ich mir noch nicht so ganz sicher. Hinrichs ist ein merkwürdig farbloser Typ. Es passiert mir selten, dass mir bei einer Befragung ein Schauer über den Rücken läuft. Schon gar nicht bei einer so harmlosen. Aber genau das ist mir bei Hinrichs passiert.«

Pia grinste. »Ein Zombie? Was sollte dich sonst beeindrucken, Paulsen?«

Jan Paulsen schüttelte genervt den Kopf. »Jetzt lass mal gut sein. Der Typ war mir wirklich unheimlich. Der strahlte so eine hektische Ruhe aus. Ich weiß nicht, ob ihr das kennt? Im ersten Augenblick wirken diese Menschen wie die Ruhe selbst, aber man spürt da etwas unter der Oberfläche, das kurz davor ist zu explodieren. Ich meine jetzt nicht die übliche Aufregung, weil ein Polizist vor einem sitzt. Das war etwas anderes.« Er hob beide Hände als Zeichen, dass er nicht mehr dazu sagen konnte.

»Okay, wenn ich mein Unbehagen mal zur Seite stelle, bleibt nicht viel. Er war am 1. Mai quasi nicht anwesend.«

Enna hatte aufmerksam zugehört. »Sollten wir ihn nach Oldenburg vorladen?«

Paulsen wandte sich an Pia. »Du kennst die Akten doch noch besser als ich. Gab es irgendeinen Hinweis, dass Enno Hinrichs etwas mit Julias Verschwinden zu tun haben könnte?«

»Er ist zweimal befragt worden. Direkt am 4. Mai und später, als die große SoKo ihre Arbeit aufgenommen hat. Absolut nichts. Null!«

»Wissen wir, warum er in Friesoythe war? Kam er häufiger?«

Pia nickte. »Ich muss es noch einmal nachlesen, aber Julias Vater ist dazu befragt worden. Es handelt sich ja um den Sohn seiner Schwester. Soweit ich mich erinnere, haben die Familien regen Kontakt gehabt. Enno war als Kind und auch als Jugendlicher mehrmals länger in Friesoythe zu Besuch. Insofern war seine Anwesenheit nicht ungewöhnlich.«

»Okay!« Enna trat an die Flipchart und kreiste Hinrichs' Namen mit einem roten Filzstift ein. »Wir sollten noch einmal die Clique nach ihm befragen. Telefonisch reicht. Kannst du das übernehmen, Pia?«

Pia Sims notierte sich den Auftrag. »Mache ich.«

»Soweit ist das alles von mir«, sagte Paulsen.

»Pia?«, fragte Enna.

»Ja, auf der einen Seite habe ich mich um Borcherts Finanzen gekümmert und weiter zu Julias Familie recherchiert. Bei der Familie bin ich noch nicht so weit, dass es sich lohnt, darüber zu berichten, Borcherts Finanzen sind da schon interessanter.« Pia teilte Kopien aus. »Ich habe Borcherts Kontoauszüge der letzten zehn Jahre. Er bekam aktuell jeden Monat dreitausend Euro überwiesen.«

Enna und Paulsen blätterten die Kopien durch.

»Von einem Konto auf den Bahamas. Zu Beginn meiner Aufzeichnungen war der Betrag etwas kleiner, zweieinhalbtausend, und ist mit den Jahren auf dreitausend angestiegen. Es gibt also einen geheimen Geldgeber. Da der Kauf des Hauses vor diesen zehn Jahren liegt, habe ich leider keinen Zugriff auf die Zeit. Ich vermute aber, dass Borchert das Geld aus der gleichen Quelle hat.«

»Das stinkt ja meilenweit nach Erpressung«, murmelte Paulsen.

»Bevor ihr fragt, den Kontoinhaber werden wir nicht herausbekommen. Keine Chance. Ich habe heute noch mal mit einem alten Freund gesprochen, der in einer Bank arbeitet. Übrigens Börsenmakler, aber dazu gleich mehr. Also, den Kontoinhaber zu ermitteln, können wir vergessen.«

»Nichts zu machen?«, fragte Paulsen.

Pia schüttelte den Kopf. »Es würde nicht nur viele Monate, vielleicht sogar Jahre dauern, sondern wir müssten der Zahlung auch ein entsprechendes Vergehen zuordnen können. So mal eben läuft da gar nichts.«

»Klasse!«, sagte Paulsen und schnippte mit dem Finger gegen den Kugelschreiber vor ihm auf dem Tisch. Mit Schwung flog der Stift auf den Boden.

»Ich habe die Chance gleich genutzt und meinen Freund über Börsengeschäfte ausgefragt. Zwar hat er den Neuen Markt nicht selbst erlebt, hat aber darüber seine Diplomarbeit geschrieben.«

»Und?«, fragte Paulsen. »Gibt es da wenigstens Hoffnung?«

»Wie man's nimmt. Zumindest sehe ich jetzt etwas klarer. Also: Es wäre natürlich möglich, dass einer in der Lütgen-Gruppe einen besonderen Draht zu jemandem hatte, der in einer dieser Firmen gearbeitet hat, die am Neuen Markt gelistet waren. Allerdings meint mein Freund, dass solche

Insiderinformationen in aller Regel nur einmalig wären. Langfristig wäre das nicht vorstellbar. Er tippt auf einen Kontakt zu einem dieser Börsengurus, die regelmäßig Tipps an ihre Gemeinden ausgeteilt haben. Davon gab es zu Zeiten des Neuen Marktes eine ganze Reihe. Wenn diese Experten am Abend, also nach Börsenschluss, ihre Tipps aussprachen, gab es am nächsten Morgen einen Run auf diese Aktien.« Pia sah Enna und Paulsen an. »Könnt ihr so weit folgen?«

»Komm auf den Punkt, Pia«, sagte Enna mit Blick auf die Uhr.

»Wenn also die Gruppe oder einer aus der Gruppe diese Empfehlungen möglichst mehrere Tage im Voraus kannte und der Börsenexperte eine gute Reichweite hatte, war das eine Goldgrube.«

»Und natürlich illegal«, fügte Paulsen hinzu.

»Definitiv. Es gab übrigens nicht nur Kaufempfehlungen, sondern es wurden auch Aktien aus dem virtuellen Depot herausgeworfen. Die Experten selbst durften und dürfen die Aktien natürlich nicht an der Börse handeln. Wenn sie selbst etwas verdienen wollten, brauchten sie einen Strohmann.«

»Das klingt nach Gelddruckmaschine«, sagte Enna.

»Das Gleiche hat mein Freund auch gesagt. Heutzutage wäre das nicht mehr so einfach, aber in den wilden Zeiten des Neuen Marktes sei da schon einiges gelaufen. Richtig Geld konnte man übrigens mit Wetten machen, indem man auf steigende oder fallende Kurse setzte. Auch das läuft über die Börse, und hier wären die Vorabinfos von einem solchen Börsenguru ebenfalls Gold wert gewesen.«

»Du bist jetzt auf der Suche?«, fragte Enna.

»Ja, einen Versuch ist es wert, finde ich. Sollte es allerdings der große Unbekannte sein, der den Kontakt hatte, sehe ich wenig Chancen.«

»Deshalb, denke ich, solltest du dich zuerst auf Joe konzentrieren«, sagte Enna. »Gibt es schon eine Info aus Aurich zu Borcherts Laptop und Tablet?«

»Nein«, antwortete Pia. »Ich rufe da gleich noch einmal an.«

»Die Kriminaltechnik hat auch noch nicht ihren Bericht zum Haus von Borchert geschickt?«

Pia verneinte.

»Dann wird das hoffentlich auch morgen kommen.« Enna klappte ihren Laptop zu und stand auf. »Ich werde zu Hause erwartet. Morgen früh um acht? Wann können wir mit dem DNA-Ergebnis zum Slip und zu Borcherts Kleidung rechnen?«

»Spätestens morgen um zehn«, sagte Pia. »Soll ich noch mal Druck machen?«

»Nein, spar dir die Zeit.«

Enna verließ mit Pia und Paulsen die Küche und ging in ihr Büro. Als sie dabei war, die Unterlagen zusammenzusuchen, die sie mit nach Hause nehmen wollte, erschien Paulsen in der geöffneten Tür.

»Hast du noch eine Minute?«

»Klar, komm rein«, sagte Enna.

Paulsen trat ein und schloss die Tür. »Hast du Pia etwas von meinen Plänen erzählt? Sie benimmt sich mir gegenüber merkwürdig.«

»Nein, natürlich nicht. Aber sie hat gemerkt, dass etwas im Busch ist. Sie hat mich auch schon gefragt, was mit dir los ist.«

Paulsen nickte nachdenklich. »Das habe ich befürchtet. Soll ich ihr reinen Wein einschenken?«

»Tut mir leid, Paulsen, die Entscheidung kann ich dir nicht abnehmen. Das eine wie das andere wird Probleme mit sich bringen.«

»Sie wird es ja wohl verkraften«, murmelte Paulsen.

»Natürlich, darum geht es nicht. Ich denke, Pia hält große Stücke auf dich. Sie wird sicher geschockt sein, wenn du ihr von deinen Plänen erzählst.«

»Verdammter Mist«, fluchte Paulsen leise. »Ist das hier ein Kindergarten?«

»Du wirst schon damit fertigwerden müssen, dass sie mehr in dir sieht als einen beliebigen Kollegen, der austauschbar ist. Dass ich es schade finde, wenn du uns verlässt, habe ich dir ja schon gesagt.«

Paulsen stöhnte. »Entschuldige, das mit dem Kindergarten war daneben.« Er sah Enna fragend an. »Sie wird doch nicht anfangen zu heulen, wenn ich ...?« Er ließ den Satz unbeendet.

Enna zuckte mit den Schultern. »Keine Ahnung. Ich muss jetzt leider los, Paulsen.«

Jan Paulsen wandte sich ab und öffnete Enna die Tür. »Bis morgen.«

»Ich bin da!«, rief Enna in den Flur. Als keine Reaktion kam, machte sie sich auf die Suche nach Elias und Alina. Sie fand die beiden im Kinderzimmer. Elias, der auf Alinas Schoß saß, erzählte von seinen Freunden im Kindergarten. Beide bemerkten nicht, dass Enna in der offenen Tür stand. Sie schaute der Szene eine Weile zu, bis sie am Türrahmen klopfte.

»Mama! Ich kann schon Polnisch!«

Enna lachte. »Das ging aber schnell.«

Der kleine Junge stellte sich hin, überlegte einen Augenblick und sagte schließlich: »*Mam na imię Elias.*«

»Toll!«, sagte Enna.

»Hast du das denn verstanden?«

Enna schüttelte den Kopf.

Elias holte tief Luft. »Aber ich! Soll ich es dir verraten?« Ohne auf Ennas Antwort zu warten, sagte er stolz: »›Mein Name ist Elias‹ heißt das.«

Enna hob ihren Sohn hoch und küsste ihn auf die Wange. »Du bist ein kluger Junge.«

Kriminaldirektor Albrecht Heinzen nahm Ennas Anruf nach dem ersten Klingeln entgegen. »Hallo, Enna! Schön, dass du dich meldest.«

»Hallo, Albrecht. Ich habe eine dienstliche Frage. Darf ich dich so spät noch stören?«

»Natürlich. Ich habe Zeit.«

Enna hörte die Enttäuschung in seiner Stimme, ging aber nicht weiter darauf ein. »Wir arbeiten an einem neuen Fall. Julia Dirksen, die vor siebzehn Jahren am 1. Mai in Friesoythe verschwunden ist und fünf Monate später tot aufgefunden wurde.«

»Ich erinnere mich dunkel.«

»Kennst du den damaligen SoKo-Leiter Werner Burghardt?«

»Werner, ja, natürlich. Guter Mann. Leider schon eine Weile in Pension. Von seinem Kaliber hätte ich gerne ein paar mehr in meinen Reihen.«

Enna erzählte Heinzen von ihrem Verdacht und fragte, was er davon halte.

»Werner und etwas unterschlagen? Nein, das kann ich mir nun wirklich nicht vorstellen. Ich habe selten mit so einem gradlinigen Kollegen zusammengearbeitet.«

»Vielleicht war er jemandem etwas schuldig?«

Albrecht Heinzen schwieg.

»Lebt Burghardt noch in Oldenburg?«, fragte Enna.

»Nein, er ist passionierter Segler und hat sich irgendwo an der Küste eine Eigentumswohnung gekauft. Seine Frau ist früh an Krebs gestorben, Kinder hat er nicht. Das letzte Mal, dass ich Werner hier in Oldenburg getroffen habe, ist schon ein paar Jahre her. Wir sind uns zufällig begegnet und haben dann zusammen eine Tasse Kaffee getrunken. Er hat mich sogar zu einem Segeltörn eingeladen, aber du weißt ja, dass ich nicht so ein Seebär bin.«

»Ihr seid befreundet?«

»Kann man das immer so unterscheiden? Wann wird ein guter Kollege zu einem Freund?« Er seufzte. »Nach seiner Pensionierung haben wir keinen Kontakt gehalten.« Nach einer kurzen Pause fragte Heinzen: »Ist seine Aussage für eure Ermittlungen wichtig?«

Enna ahnte, worauf Albrecht Heinzen hinauswollte. Er wusste, dass Enna ihn nicht ohne Grund nach seinem alten Kollegen fragte, und ihm war klar, wie hartnäckig Enna Spuren verfolgte, wenn sie erst mal Witterung aufgenommen hatte. »Nein, im Moment sieht es nicht danach aus. Aber ich werde wohl trotzdem mit Burghardt sprechen müssen.«

»Verstehe. Sag Bescheid, wenn ich dir helfen kann.«

Sie unterhielten sich noch eine Weile, bevor Enna sich verabschiedete. Eine Einladung zu sich nach Hause hatte Enna nicht ausgesprochen, obwohl sie kurz darüber nachgedacht hatte.

Enna parkte in der Nähe des Büros. Sie war später dran als geplant, da sie Elias den Wunsch erfüllt hatte, dass sie zu dritt frühstückten.

»Tut mir leid!«, rief sie, als sie die Hundehütte betrat. »Ist etwas später geworden.«

»Wir sind schon hier!«, rief Pia aus der Küche.

Enna hängte ihre Jacke an die Garderobe und eilte in die Küche. »Sorry!«

Pia stand am Fenster, Paulsen lief im Raum auf und ab. Beide strahlten eine nervöse Unruhe aus.

»Was ist passiert?«, fragte Enna.

Paulsen hielt einen Faxausdruck hoch. »Vor zehn Minuten gekommen. Das DNA-Ergebnis zum Slip.«

»Julia?«

Paulsen nickte und reichte ihr den Ausdruck. »Zweifelsfrei. Das Sperma ist allerdings nicht von Borchert.«

Zweiundzwanzig

Enna überflog das Fax. »Unglaublich.« Sie sank auf einen Stuhl.

Paulsen und Pia traten an den Tisch. »Was machen wir jetzt?«, fragte die junge Kommissarin.

Enna zeigte auf die Stühle. »Erst mal hinsetzen.«

Paulsen zog den Stuhl an seinem Stammplatz vor und setzte sich, Pia folgte ihm.

»Das Sperma könnte von Lütgen sein. Wir brauchen einen DNA-Abstrich von ihm«, sagte Paulsen. »Bekommen wir den?«

»Freiwillig sicher nicht«, sagte Pia, obwohl Paulsen die Frage an Enna gerichtet hatte.

»Leute, ganz ruhig. Wir dürfen jetzt keinen Fehler machen. Also: Was ist mit der DNA auf Borcherts Kleidung? Ist das Ergebnis schon da?«

Pia verneinte und griff gleichzeitig nach ihrem Handy. Im nächsten Augenblick hatte sie die Kurzwahltaste gedrückt und sprach mit jemandem von der Kriminaltechnik in Aurich. Mit freundlichen, aber klaren Worten fragte sie nach den Ergebnissen. »Zehn Minuten?« Sie hörte wieder zu und antwortete dann: »Okay. Danke, Kollege.«

»Kommt! Wahrscheinlich noch eine Stunde«, sagte Pia in die Runde. »Liegt wohl noch beim Chef der Kriminaltechnik.«

Erneut gab sie eine Nummer ein. »Pia Sims hier. Ich stelle das Handy auf laut. Meine beiden Kollegen hören zu.«

Andreas Holm grüßte noch einmal in die Runde.

»Guten Morgen, Herr Holm«, sagte Enna. »Wie weit sind Ihre Leute mit den Fingerabdrücken aus Borcherts Haus?«

»Noch nicht da. Beim letzten Mal habe ich drei Wochen gewartet.«

»Dieses Mal haben wir nicht so viel Zeit, Kollege.«

»Was ist passiert?«

Enna erzählte ihm von den DNA-Ergebnissen. »Wir brauchen dringend die Fingerabdruck-Analyse. Was meinen Sie, wie schnell es geht?«

Holm stöhnte leise. »Ich mache mich sofort auf den Weg und rufe Sie in spätestens einer halben Stunde wieder an.«

Enna verabschiedete sich und schaute in die Runde. »Borchert ist tot. Wir müssen jetzt aufpassen, dass der Fall nicht auf diese Weise ein Ende findet und er als Täter herhalten muss.«

»Vielleicht war er es ja«, murmelte Paulsen.

»Glaubst du das wirklich?«, fragte Pia und sah überrascht auf.

Paulsen schüttelte den Kopf. »Eher nicht. Warum sollte er dann den Slip verstecken? Seine DNA war es ja nicht.«

»Steht in den Akten etwas von Julias Unterwäsche, die sie am 1. Mai getragen hat?«, fragte Enna.

»Nein«, antwortete Pia. »Das hätte ich mir gemerkt.«

»Wir dürfen nicht zu voreilig schlussfolgern, dass der Slip vom 1. Mai ist«, sagte Enna. »Vielleicht war es eine Warnung an Julia.«

»Vergewaltigung ohne Kondom?«, warf Paulsen ein.

Enna griff nach dem Fax. »Die haben hier auch die Menge des Spermas geschätzt. Für mich sieht das nicht so aus, als wäre da nur versehentlich beim Herausziehen des Penis etwas Sperma auf den Slip getropft.«

Paulsen zog das Fax zu sich und las. »Zwei bis drei Milliliter. Du meinst, das Kondom ist nach der Vergewaltigung geplatzt oder heruntergerutscht?«

»Oder es ist beim Abziehen des Kondoms passiert«, sagte Enna.

»Und was bedeutet das nun alles?«, fragte Pia.

»Wissen wir nicht«, antwortete Paulsen. »Aber Enna hat recht, wir dürfen keine voreiligen Schlüsse ziehen. Lütgen werden wir nicht mit ein paar Vernehmungstricks aus der Reserve locken. Der wird definitiv seinen Anwalt mitbringen, wenn er offiziell vorgeladen wird.«

»Okay, genug spekuliert«, sagte Enna. »Was wissen wir sicher?« Sie hielt kurz inne und fuhr fort: »Borchert hat nach dem Studium nur zwei Jahre gearbeitet und sich anschließend auf seinen Hof zurückgezogen. In den letzten zehn Jahren – länger können wir es nicht zurückverfolgen – hat er regelmäßig hohe Zahlungen von einem ausländischen Konto erhalten. Wie hoch ist die Gesamtsumme, Pia?«

»Etwas über dreihunderttausend Euro.«

»Also eine beträchtliche Summe. Wenn wir noch den Kauf des Hauses und die Renovierung hinzurechnen, sind wir vermutlich bei weit über einer halben Million Euro. Die muss irgendwo herkommen.«

»Der gut versteckte Slip mit Julias DNA und den Spermaspuren weist eindeutig auf eine Erpressung hin«, nahm Paulsen den Faden auf. »Es ist naheliegend, dass hier die Studentengruppe um Boris Lütgen beteiligt ist.«

»Richtig!«, sagte Pia. »Julia hat die Gruppe unter Druck gesetzt. In wessen Auftrag oder aus welcher Motivation heraus, wissen wir noch nicht, aber das, was wir bisher zu Julias Persönlichkeit recherchiert haben, lässt vermuten, dass Julia ihre Mission sehr ernst genommen hat.«

»Also«, fuhr Enna fort, »entweder stammt der Slip aus einer Vergewaltigung vor dem 1. Mai oder Borchert und eine oder mehrere Personen haben Julia auf ihrem Rückweg von der Feier abgefangen und nach einer Vergewaltigung getötet.«

»Aber warum sollten die oder der Täter, wenn es eigentlich um Julias Beseitigung ging, sie vorher vergewaltigen?«, fragte Pia.

»Und wenn die Tötung gar nicht der Plan war?«, sagte Paulsen. »Vielleicht sollte sie nur bestraft werden, aber die Vergewaltigung lief aus dem Ruder. Mit dem Ergebnis, dass Julia getötet wurde. Sozusagen ein Kollateralschaden.«

Enna nickte. »Das wäre möglich. Borchert war anwesend, genau wie er bei der massiven Einschüchterungsattacke auf Sonja Schneider aktiv beteiligt war. Anschließend gingen alle wieder zur Tagesordnung über, nur Borchert bekam Probleme. Er hatte bei der Beseitigung von Julias Kleidung den Slip eingesteckt, um bei Problemen mit der Polizei zumindest nicht als Mörder verdächtigt zu werden. Auch wenn das von ihm zu kurz gedacht war.«

»Als Mörder hätte ihn das nicht ausgeschlossen«, sagte Pia.

»Vielleicht hat er das später gemerkt«, fuhr Enna fort, »und den Slip für seine Erpressung benutzt.«

»Woher kommt das Geld?«, fragte Pia.

»Aus den Börsenspekulationen«, sagte Paulsen. »Lütgen – ich gehe jetzt einmal davon aus, dass er das Ziel der Erpressung war – hat das Geld als Frontmann der Gruppe im Ausland angelegt. Auf inländische Konten konnten sie es ja kaum einzahlen. Eventuell wussten die anderen Mitglieder der Gruppe nicht, dass selbst am Ende noch so viel Geld übrig war. Lütgen hat bezahlt, Borchert hat ihn nach unserer Befragung angerufen, der ist schließlich zu ihm gefahren und dabei kam es auf dem Deich zu einer Auseinandersetzung.«

Pias Handy machte sich bemerkbar. Sie schaute aufs Display und stand auf. »Das Fax. Ich hole es.«

»Hast du jetzt mit ihr gesprochen?«, fragte Enna leise, als Pia die Küche verlassen hatte.

»Nein, heute Morgen war keine Zeit.«

Noch bevor Enna antworten konnte, hörte sie Pias Schritte im Flur. Gleich darauf trat die junge Kommissarin mit einem Blatt in der Hand in die Küche. »Sie haben DNA auf Borcherts Pullover gefunden.«

Enna griff nach ihrem Handy, rief die Kriminaltechnik an und bat sie darum, sich mit den Kollegen in Oldenburg in Verbindung zu setzen, um die DNA-Funde vom Slip mit denen auf Borcherts Kleidung abzugleichen.

»Eine halbe Stunde«, sagte Enna, nachdem sie das Gespräch beendet hatte. »Wo waren wir stehen geblieben?«

»Bei der Frage, ob Lütgen Borchert womöglich wegen des Slips getötet hat«, sagte Pia.

»Stimmt!« Enna wandte sich an Paulsen. »War Lütgen eigentlich nervös, als du mit ihm gesprochen hast?«

»Nein. Aber auch nicht überrascht, dass wir nach so vielen Jahren die Ermittlungen wieder aufgenommen haben. In der Situation war mir nicht klar, was es ist. Aber inzwischen kommt es mir so vor, als wäre er vorbereitet gewesen, als hätte er so etwas über kurz oder lang erwartet.«

»Interpretierst du das da nicht rein?«, fragte Pia.

»Nein, ich habe vorher nichts gesagt, weil ich nicht wusste, was es war.« Er sah Enna an. »Aber das bringt uns jetzt trotzdem nicht weiter.«

Ennas Handy klingelte. Sie warf einen Blick aufs Display und nahm das Gespräch an. »Die Kollegen hören zu, Herr Holm.«

»Es gab einige fremde Fingerabdrücke im Haus. Vor allem im Wohnzimmer und in der Küche. Allerdings waren an vielen

Stellen, an denen normalerweise Abdrücke hätten sein müssen, also zumindest von Maximilian Borchert, keine zu finden.«

»Abgewischt?«, fragte Enna.

»Genau das vermutet unser Kriminaltechniker. Manche Griffe in der Küche waren sauber, obwohl es Schubladen waren, die vermutlich mehrfach am Tag geöffnet und geschlossen wurden. Im Wohnzimmer ist das natürlich nicht so eindeutig zu sagen, da hier ja in aller Regel nichts aufbewahrt wird, was man täglich braucht.«

»Habe ich Sie richtig verstanden, dass die fremden Fingerabdrücke von nur einer Person waren?«, fragte Enna.

»Ja, richtig.«

»Danke, Kollege. Ich melde mich wieder, sobald ich mit dem Staatsanwalt gesprochen habe.«

»Jetzt fehlt nur noch der Abgleich der DNA auf Borcherts Kleidung mit der vom Slip«, sagte Pia.

»Machen wir eine Pause, bis das Ergebnis da ist?«, fragte Enna und erhielt zustimmendes Nicken. Die drei Kommissare standen auf und verließen den Besprechungsraum.

Enna lief in ihrem Büro auf und ab. Sollte ihnen die Aufklärung der Tat so schnell gelingen? War Boris Lütgen ihr Mann? Vor Ennas geistigem Auge erschien Christian Dirksen. Wieso hatte er sich bei der Befragung so merkwürdig verhalten? Warum war es ihm so wichtig gewesen, dass seine Mutter nicht befragt wurde? Enna blieb stehen und schloss die Augen. Konnte Dirksen junior etwas mit der Gruppe um Boris Lütgen zu tun haben? Wieso war Julia überhaupt nach Friesoythe gefahren? War es eine Flucht gewesen? Vor Lütgen und seinen Leuten? Wohin wollte sie flüchten? War Friesoythe für sie wirklich der Ort, an dem sie ihr weiteres Leben verbringen wollte? Hatte sie vor, ihr Studium so kurz vor dem Abschluss fallen zu lassen? Das alles ergab keinen Sinn. Entweder fehlten Enna die entscheidenden Puzzleteile oder sie war im vollkommen falschen Spiel. Passten die Puzzleteile überhaupt in das Bild, das sie vor sich hatten?

Enna verließ ihr Büro und ging zur Hintertür des Hauses, die in den kleinen Garten führte. Paulsen stand hier und rauchte.

»Ich wusste gar nicht, dass du rauchst«, sagte Enna.

»Habe auch schon vor einer ganzen Weile aufgehört.« Er hielt die Zigarette hoch. »Das ist aus meiner Notration.«

»Wartest du auch so ungern?«

Paulsen nickte. »Nicht gerade meine Stärke.«

Sie standen schweigend nebeneinander und schauten einem Vogel zu, der über das kleine Rasenstück hüpfte.

»Sind wir auf der richtigen Spur?«, fragte Paulsen in die entstandene Stille hinein.

Enna zuckte mit den Schultern. »Was meinst du, worüber ich die ganze Zeit nachdenke.«

»Lütgen? Ein geplanter Mord? Und Borchert hat ihm assistiert?«

»Du hast mit Lütgen gesprochen. Was ist deine Meinung?«

»Einschüchtern, ja, das kann ich mir gut vorstellen. Aber diese Nummer mit Friesoythe hätte schon größere Dimensionen. Woher wusste er, dass Julia auf der Feier war? Sie selbst scheint sich erst kurzfristig dazu entschieden zu haben. Woher die Ortskenntnisse? Warum in Friesoythe und nicht in Emden? Julia hatte eine eigene Wohnung. Es wäre kein Problem gewesen, sie dort aufzusuchen.«

»Gute Fragen«, sagte Enna und schaute zum gefühlt hundertsten Mal auf ihr Handy.

»So geht es auch nicht schneller«, murmelte Paulsen.

»Stimmt wohl.« Enna steckte das Handy wieder in die Hosentasche.

»Die Kollegen könnten sich trotzdem etwas beeilen«, sagte Paulsen.

Enna nickte. In diesem Augenblick klingelte das Gerät.

»Andersen. Wie ist das Ergebnis?«

»Keine Übereinstimmung der DNA-Funde«, sagte eine Männerstimme. »Das Fax kommt in ein paar Minuten. Ich sollte nur kurz Bescheid sagen.«

»Kein Zweifel?«

»Nein.«

»Danke!« Enna beendete das Gespräch.

»Und?«, fragte Paulsen, der nur Ennas Fragen mitbekommen hatte.

»Nicht identisch. Auch nicht verwandt.«

Pia, die in der Tür stand und Ennas Schlussfolgerung offenbar gehört hatte, sagte: »Schade. Das hätte es einfacher gemacht.«

Enna schloss die Augen und hob den Kopf Richtung Sonne. »Ja, vielleicht. Vielleicht aber auch nicht.«

Dreiundzwanzig

Enna startete den Motor ihres Wagens. Neben ihr saß Paulsen, auf der Rückbank Pia.

»Wie lange brauchen wir?«, fragte Pia.

»Eine Stunde, wenn wir gut durchkommen vielleicht auch nur eine Dreiviertelstunde«, antwortete Paulsen.

»Sollte ich nicht doch besser im Büro bleiben?«, fragte Pia. »Es gibt noch so viel zu recherchieren. Auf Marias Reaktion warte ich auch immer noch.«

»Nein«, sagte Paulsen. »Wir brauchen auch deine Meinung.«

Enna fuhr auf die Autobahn Richtung Wilhelmshaven. Sie warf einen Blick auf die Uhr. Kurz vor eins. Vor zwei Stunden hatte sie ein längeres Gespräch mit dem zuständigen Staatsanwalt geführt. Sie waren übereingekommen, dass Boris Lütgen von Ennas Team in Wittmund vernommen werden sollte. Andreas Holm war mit einem weiteren Kollegen zu Lütgen gefahren und hatte ihn um eine Zeugenbefragung im Polizeikommissariat gebeten. Er hatte zugestimmt und war im Moment auf dem Weg nach Wittmund.

»Eventuell wechseln wir uns bei der Vernehmung ab«, sagte Enna. »Du hast erst mal die Aufgabe, Lütgen per Monitor zu beobachten und uns mit Informationen zu versorgen. Paulsen und ich befragen ihn.«

»Wenn er überhaupt etwas sagt«, fügte Paulsen hinzu.

»Das werden wir sehen. Der Staatsanwalt hat zugesagt, einen Beschluss wegen der Fingerabdrücke zu besorgen.«

»Kommt er damit durch vorm Richter?«, fragte Pia.

»Schwer zu sagen. Aber lassen wir jetzt die Spekulationen und besprechen unsere Vorgehensweise bei Lütgen.«

Der Vernehmungsraum war quadratisch. Die Wände waren weiß gestrichen, der Fußboden war mit robustem Teppich ausgelegt. In der Mitte des Raumes standen aneinandergeschoben zwei Tische, an jeder Längsseite befanden sich zwei Stühle, davor auf dem Tisch jeweils zwei Mikrofone. An der Wand hingen zwei Kameras, die auf den Tisch gerichtet waren.

Lütgen war bereits seit einer halben Stunde im Vernehmungsraum und wartete, als Enna und Paulsen eintraten. Der uniformierte Beamte, der an der Tür gestanden hatte, nickte Enna zu und verließ den Raum.

Enna trat an den Tisch und reichte ihm die Hand. »Guten Tag, Herr Professor Lütgen. Vielen Dank, dass Sie den Weg nach Wittmund auf sich genommen haben.«

Boris Lütgens Blick huschte mehrfach zwischen Paulsen und Enna hin und her, bevor er antwortete. Zur Begrüßung war er aufgestanden und hatte Enna zunächst angelächelt, bis er Paulsen bemerkte, der hinter ihr den Raum betreten hatte.

»Geht es hier nicht um Maximilian Borchert?«

»Doch, selbstverständlich«, antwortete Enna. »Wollen wir uns nicht erst mal setzen?«

Boris Lütgen nickte, schien aber immer noch verwirrt zu sein. Enna nutzte die kurze Pause, um den Hochschullehrer zu mustern. Er war schlank und groß, ein fein geschnittenes Männergesicht, lässig zurückgekämmte schwarze Haare mit ersten grauen Strähnen. Sein dunkelgrauer Anzug war modisch geschnitten, unter dem Sakko trug er ein Sweatshirt mit V-Ausschnitt. *Insgesamt eine imposante und attraktive Erscheinung*, dachte Enna und setzte sich.

Enna schaltete das Aufnahmegerät an. »Wir zeichnen die Befragung auf. Sind Sie damit einverstanden?«

Boris Lütgen schien mit dieser Frage nicht gerechnet zu haben, erstarrte kurz, fing sich dann aber schnell wieder. »Wenn es Ihnen hilft«, sagte er schließlich. »Warum nicht?«

Enna öffnete ihren Laptop, auf dem ein Messenger-Dienst eingerichtet war, über den sie mit Pia kommunizieren konnte.

»Herr Borchert hat uns vor seinem Tod erzählt, dass Sie mit ihm befreundet sind. Aus diesem Grund findet diese Befragung statt.«

»Befreundet ist vielleicht etwas zu viel gesagt. Wir kennen uns aus dem Studium, und da er auch hier in der Gegend geblieben ist, trifft man sich schon ab und an.«

Enna nickte. »Verstehe. Ich habe auch noch einige gute Kontakte aus der Ausbildungszeit.« Sie lächelte. »Wann haben Sie Maximilian Borchert das letzte Mal gesehen? Wie ging es ihm da?«

Boris Lütgen ließ sich Zeit mit der Antwort. »Max war schon seit Jahren sehr labil. Depressionen, vermute ich. Dazu der Alkohol. Ich würde mich nicht wundern, wenn er von der Treppe gestürzt ist, weil er zu viel getrunken hatte.«

»Sie kennen ihn also recht gut?«

»Wie gesagt, dick befreundet waren wir nicht, aber man lässt ja auch einen guten Bekannten oder ehemaligen Freund nicht im Stich. Also ja, man könnte schon sagen, dass ich ihn gut kenne.« Lütgen sog die Luft ein. »Kannte.«

»Wann haben Sie ihn das letzte Mal gesehen?«

»Das war …«, Lütgen legte den Kopf in den Nacken und zögerte kurz, »… vor ein paar Tagen. Ich glaube, am Montag letzte Woche. Er hatte mich zu sich eingeladen. Max rief hin und wieder bei mir an, und im letzten Gespräch hat er mich zu einem Kaffee eingeladen.«

Pia schrieb etwas. Um Zeit zu gewinnen, schlug Enna ihr Notizbuch auf und notierte das Datum. Als sie aus dem Augenwinkel wahrnahm, dass Pias Nachricht auf dem Bildschirm erschien, brach sie ab und las.

Bis auf den Donnerstagabend hat Lütgen in den letzten sechs Monaten nicht mit Borchert telefoniert.

»Herr Borchert hatte Sie angerufen? Wann ungefähr war das?«, fragte Enna.

Boris Lütgen schürzte die Lippen. »Das weiß ich nicht mehr genau. Vor ein paar Wochen, vermute ich.«

»Und das geschah regelmäßig?«

Lütgen nickte. »Ein paar Mal im Jahr, würde ich sagen.«

»Worüber haben Sie gesprochen, als Sie ihn besucht haben?«

Wieder ließ sich Lütgen länger Zeit mit der Antwort. »Was soll ich sagen? Ein wenig Vergangenheit war immer dabei, das übliche Geplauder über das Wetter und wahrscheinlich habe ich ihn auch wieder einmal gefragt, wie lange er es dort in der Einsamkeit noch aushält. Das war auch immer Thema.«

»Sie haben Kaffee getrunken?«

»Ja, ich hatte Kuchen mitgebracht. Wie das halt so ist.«

Boris Lütgen schien mit jeder neuen Antwort sicherer zu werden. Jetzt lächelte er Enna an, als wollte er mit ihr flirten.

»Wo haben Sie gesessen?«

»In der Küche. Sehr gemütlich. Wie das ganze Haus. Das hatte Max schon gut hinbekommen. Schade, dass es so enden musste.«

»Sie haben es kommen sehen?«, stellte Paulsen seine erste Frage.

Lütgen schloss kurz die Augen. »Ich bin kein Psychologe. Wenn ich es wirklich hätte kommen sehen, hätte ich etwas unternommen.«

»Wir haben uns etwas mit Herrn Borcherts Biografie beschäftigt«, sagte Enna. »Wieso hat er nach dem Studium nur so kurz gearbeitet?«

»Ich würde es Ihnen sagen, wenn ich es wüsste. Aber gerade zu der Zeit hatten wir wenig Kontakt. Ich habe in Hamburg weiterstudiert und anschließend promoviert. Erst als ich einen Ruf nach Emden erhalten habe, sind wir uns wieder begegnet.«

Enna nickte und tat so, als überlege sie sich die nächste Frage, las aber eine Nachricht von Pia:

Lütgen macht es ja regelrecht Spaß zu antworten. Es kommt mir vor, als genieße er das Spiel mit dem Feuer.

»Sie haben sich später nie darüber unterhalten?«, fragte Paulsen. »Herr Borchert hatte ja nicht einmal annähernd das Alter, in dem man normalerweise in Rente geht.«

Boris Lütgen runzelte die Stirn. »Sicher werden wir uns darüber unterhalten haben. Aber ich erinnere mich nicht mehr an jedes Detail. Meinem Eindruck nach war es Max einfach zu viel. Alles. Das ist nicht schön, aber solche Fälle gibt es.«

»Wie hat sich Herr Borchert finanziert?«

»Das weiß ich auch nicht. Ich vermute mal, seine Familie hat Vermögen und ihm in der schweren Zeit ausgeholfen.«

Auf dem Bildschirm erschien eine neue Nachricht.

Borcherts Familie ist nicht vermögend. Vater Maurer, Mutter Hausfrau.

»Nein, von seiner Familie hat Herr Borchert kein Geld erhalten, das konnten wir überprüfen«, sagte Enna. »Haben Sie keine Idee, wer ihn finanziell unterstützt haben könnte?«

Boris Lütgen runzelte die Stirn. »Ich weiß nicht mal etwas von regelmäßigen Geldbeträgen. Schon gar nicht weiß ich, falls es solche gegeben haben sollte, woher sie kamen.«

Er wird nervös. Hast du seine Augen gesehen?

Boris Lütgen lächelte. »Tut mir wirklich leid, aber ich fürchte, ich kann Ihnen da nicht helfen.«

»Haben Sie schon mal auf den Bahamas Urlaub gemacht?«, fragte Paulsen und ließ es vollkommen unverfänglich klingen.

»Bahamas? Nein, leider nicht.« Er lächelte. »War Max dort? Ich hatte ihn eigentlich als sehr bodenständig eingeschätzt.« Er schüttelte den Kopf. »Wie man sich doch täuschen kann.«

Der Beschluss ist da. Habe ihn gerade per Mail bekommen. Drucke ihn aus. Soll ich ihn reinbringen?

»Sie haben am Donnerstag dreimal mit Herrn Borchert telefoniert«, fuhr Enna fort, nachdem sie Pia eine kurze Antwort geschrieben hatte. »Insgesamt haben Sie mehr als zweiundzwanzig Minuten miteinander gesprochen. Das letzte Gespräch fand um zehn Uhr zweiundfünfzig statt.«

»Wenn Sie das sagen. Das kam schon mal vor, wenn es Max schlecht ging.«

»Worüber haben Sie gesprochen?«

»Er hat wirres Zeug geredet. Schon beim ersten Gespräch am Nachmittag schien er mir zu viel intus zu haben. Das letzte Gespräch war eine reine Katastrophe. Man konnte ihn rein akustisch kaum verstehen, vom Inhalt ganz zu schweigen.«

»Sie haben immerhin sieben Minuten mit ihm gesprochen.«

Boris Lütgen richtete sich auf und schlug mit den Handflächen geräuschvoll auf die Tischplatte. »Jetzt machen Sie aber mal einen Punkt. Was hat mein Gespräch mit dem Tod von Max zu tun? Muss ich mich jetzt wirklich rechtfertigen, wenn ich einem depressiven Freund ein paar Minuten zuhöre?«

»Lassen Sie uns sachlich bleiben, Herr Professor Lütgen«, sagte Enna ruhig. »Das hilft uns allen, schnell nach Hause zu kommen.«

»Gutes Stichwort. Eigentlich habe ich noch einen Termin.«

»Machen wir einfach weiter.« Enna nickte Paulsen zu als Zeichen, dass er den Beschluss holen könne. Er stand auf und verließ den Raum.

»Herr Lütgen, können Sie mir sagen, wo Sie am vergangenen Donnerstag nach dem Gespräch mit Herrn Borchert bis ungefähr drei Uhr morgens gewesen sind?«

»Wie bitte?«

»Sie haben mich schon verstanden. Beantworten Sie einfach meine Frage.«

»Brauche ich einen Anwalt?«, wollte Boris Lütgen wissen.

»Die Frage kann ich Ihnen nicht beantworten. Selbstverständlich können Sie Ihren Rechtsbeistand anrufen, wenn Sie das wünschen.«

Lütgen seufzte leise. »Sie fragen also allen Ernstes nach meinem Alibi? Warum bitte?«

»Das ist Routine. Wir können Fremdverschulden beim Sturz von Herrn Borchert noch nicht ausschließen. Wie gesagt, reine Routine.«

»Ich war in meiner Wohnung. Es war schließlich schon spätabends, als Max mich zum letzten Mal angerufen hat.«

»Sie leben allein?«, fragte Enna.

Jan Paulsen betrat das Zimmer, in der Hand eine Mappe, die er neben Enna auf den Tisch legte, bevor er sich wieder auf seinen Platz setzte.

Boris Lütgen hatte die Szene beobachtet und schien Ennas Frage vergessen zu haben.

»Sie leben allein?«, fragte Enna erneut.

»Im Moment ja. Und es war niemand bei mir, falls das Ihre Frage war.«

»Danke, Herr Professor Lütgen.« Enna hatte seinen Titel deutlich ausgesprochen und in die Länge gezogen. »Sie können sich vorstellen, dass wir in einem solchen ungeklärten Fall das Haus von Herrn Borchert einer gründlichen kriminaltechnischen Untersuchung unterzogen haben.«

»Und?« Lütgens Stimme klang zum ersten Mal leicht genervt.

»Zum Abgleich brauchen wir von Ihnen Ihre Fingerabdrücke. Wie Sie vorhin bestätigt haben, waren Sie vor Kurzem im Haus. So könnten wir Ihre Abdrücke zuordnen und …«

»Vergessen Sie es!«, fuhr Lütgen Enna an. »Das ist eine Unverschämtheit. Ich werde mich über Sie beschweren.«

Enna zog eine Visitenkarte aus der Tasche und reichte sie Lütgen. »Das ist Ihr gutes Recht. Auf der Karte finden Sie alle Daten.«

Lütgen schob die Karte zur Seite und erhob sich leicht. »Kann ich jetzt gehen?«

Enna schlug den Ordner auf und entnahm den Beschluss. »Ich muss Ihnen mitteilen, dass wir Sie ab sofort als Beschuldigten in einem Ermittlungsverfahren vernehmen.« Sie klärte Boris Lütgen über seine Rechte auf und fuhr fort: »Leider geht es nicht ohne erkennungsdienstliche Maßnahmen, Herr Professor Lütgen. Hier haben wir einen richterlichen Beschluss, der Sie dazu verpflichtet.«

Lütgen erstarrte für einen Moment, zog schließlich das Blatt zu sich und überflog es. Während er las, bekam er rote Flecken am Hals und seine Atmung wurde flach. Schließlich warf er Enna einen wütenden Blick zu. »Sind Sie wahnsinnig?« Er sprang auf. »Wissen Sie überhaupt, welche Kontakte ich habe? Sie spielen gerade mit Ihrer Karriere.« Er beugte sich vor und griff nach dem Aufnahmegerät. »Sie werden diesen Mist sofort löschen, und danach gehe ich.«

Paulsen und Enna waren ebenfalls aufgesprungen. Nach einem kurzen Blickkontakt umrundeten sie gleichzeitig den Vernehmungstisch jeweils auf einer Seite. Lütgen sah hektisch von rechts, wo Paulsen auf ihn zukam, nach links, von wo Enna sich näherte. Er hob das Aufnahmegerät und schien es an die Wand werfen zu wollen. Wie ein Rugbyspieler warf Paulsen sich auf ihn, während Enna ihm das Aufnahmegerät aus der Hand riss.

Paulsen drehte Lütgen mit einem schnellen Griff auf den Bauch und drückte seinen Körper mit seinem Gewicht auf den Boden. Schließlich griff er nach Lütgens rechtem Arm und drehte ihn auf den Rücken. Lütgen schrie vor Schmerz auf.

Enna griff ihrem Kollegen an die Schulter. »Das reicht, Paulsen.«

Der Kommissar zog Lütgen hoch und bugsierte ihn auf den Stuhl. »Sie bleiben jetzt sitzen, ist das klar?«

Boris Lütgen starrte Paulsen wutentbrannt an. »Das wird ein Nachspiel haben«, stieß er hervor. »Schwere Körperverletzung im Amt.«

»Es reicht, Professor Lütgen. Seien Sie froh, wenn Sie ohne Anzeige unsererseits davonkommen. Das war ein Angriff auf zwei Kriminalbeamte.« Enna legte das Aufnahmegerät wieder auf den Tisch und kontrollierte es. »Sind Sie jetzt bereit, die Fingerabdrücke abnehmen und den DNA-Abstrich machen zu lassen?«

»Ich will mit meinem Anwalt sprechen«, presste Lütgen heraus. »Jetzt sofort.«

Vierundzwanzig

Boris Lütgen erreichte seinen Anwalt in Emden, der ihm zusagte, direkt nach Wittmund zu kommen. Als Lütgen weiterhin die erkennungsdienstliche Behandlung verweigerte, unterbrach Enna die Befragung und gab Lütgen Bedenkzeit, bis er sich mit seinem Anwalt beraten hatte.

»Wo stehen wir?«, fragte Enna in die Runde. Neben Paulsen waren Pia und Andreas Holm im Raum.

»Wir haben einiges erfahren«, sagte Pia. »Lütgen gibt an, regelmäßig mit Borchert telefoniert zu haben. Bis auf Donnerstag hatten die beiden im letzten halben Jahr aber telefonisch keinen Kontakt. So freundschaftlich scheint ihr Verhältnis nicht gewesen zu sein. Weiter behauptet Lütgen, am Montag letzter Woche bei Borchert gewesen zu sein. Er hat vor der Antwort zu lange gezögert, als dass ich ihm das abnehme. Auch gab es kein Telefongespräch, in dem die Einladung ausgesprochen wurde. Er hat verneint, ein Konto auf den Bahamas zu haben. Sollten wir einen entsprechenden Beschluss bekommen, werden wir sicher bei einer Hausdurchsuchung Daten finden.«

»Wie das denn?«, fragte Andreas Holm, der Pias Ausführungen interessiert verfolgt hatte.

»Die Transaktionen müssen angewiesen werden. Das passiert in aller Regel per Internet. In seltenen Fällen auch telefonisch.«

Andreas Holm nickte. »Verstehe.«

»Lütgen hat ausgesagt, dass er sich bei seinem Besuch ausschließlich in der Küche aufgehalten hat«, fuhr Pia fort. »Sollten die Fingerabdrücke in den anderen Räumen von ihm stammen, haben wir ihn bei einer weiteren Lüge erwischt. Lütgen ist ein Spieler, auch das hat die Befragung ergeben. Da können wir ihn packen.«

»Leute!«, sagte Paulsen. »Das ist alles noch nichts. Lütgen kann sich überall elegant rausreden. Wir brauchen Handfestes, wenn wir punkten wollen. Dass wir den Beschluss bekommen haben, grenzt schon an ein Wunder.«

Enna räusperte sich. »Wie schnell können wir die Fingerabdrücke abgleichen?«

»Das dauert«, antwortete Andreas Holm.

»Rufen Sie bitte direkt in Aurich an und kündigen Sie die Daten an. Sie haben hier doch einen Fingerabdruck-Scanner?«

Andreas Holm nickte.

»Wir brauchen innerhalb von zwanzig Minuten zumindest ein vorläufiges Ergebnis«, sagte Enna. »Klappt das?«

Andreas Holm stand auf. »Ich tue mein Bestes.«

»Und dann?«, fragte Pia. »Die DNA wird mindestens zwei Tage dauern.«

»Ausnahmsweise hilft uns das vielleicht dabei, dass Lütgen keine Beweise vernichten kann«, sagte Enna nachdenklich.

Zehn Minuten nachdem Lütgens Anwalt Dr. Hirschfeld zu seinem Mandanten in den Vernehmungsraum gegangen war, kam er zurück.

»Mein Mandant willigt in die Abnahme ein«, sagte er.

»Wie nicht anders zu erwarten«, erwiderte Enna und nickte Pia und Paulsen zu, die sich auf den Weg in den Vernehmungsraum machten.

Dr. Hirschfeld räusperte sich. »Sie wissen schon, dass Sie sich auf dünnem Eis bewegen, Frau Hauptkommissarin? Auf sehr dünnem Eis.«

»Das ist unser Job. Selten haben wir nach fünf Minuten ein Geständnis.«

Der Anwalt nickte. »Mein Mandant wird auf mein Anraten die weitere Aussage verweigern. Ich denke, nachdem Abdrücke und Abstrich genommen wurden, können wir dieses makabre Schauspiel beenden und nach Emden zurückkehren.«

»Tut mir leid, Dr. Hirschfeld. Ein wenig werden Sie und Ihr Mandant sich noch gedulden müssen. Ein paar Fragen stehen noch aus.«

»Ich denke, wir werden trotzdem gehen. Mein Mandant ist freiwillig hier, und wie ich Ihnen nicht zu erklären brauche, kann er jederzeit die Befragung abbrechen und gehen.«

Enna, die mit dem Vorstoß des Anwalts gerechnet hatte, wiegte den Kopf. »Im Prinzip haben Sie recht, allerdings würde ich Ihrem Mandanten raten, sich noch etwas zu gedulden.«

»Sonst? Wollen Sie uns drohen?«

»Dr. Hirschfeld! Wir sind hier in Deutschland. Kein Polizist droht hier mit was auch immer. Allerdings haben wir auch unsere Möglichkeiten, die Interessen des Staates durchzusetzen. Ansonsten hätten wir Anarchie in unserem Land.«

Inzwischen war Pia aus dem Vernehmungsraum getreten und an ihnen vorbei in Holms Büro gegangen.

Der Anwalt warf ihr einen misstrauischen Blick zu. »Für philosophische Diskussionen habe ich im Moment keine Zeit, Frau Hauptkommissarin. Stellen Sie Ihre Fragen, damit wir alle nach Hause können.«

Enna nickte. »Da stimme ich Ihnen zu. Sie können gerne schon wieder Platz nehmen, ich bin sofort bei Ihnen.«

Pia saß vor dem großen Monitor, auf dem Boris Lütgen und sein Anwalt zu sehen waren. Als Enna zu ihr trat, sah Pia auf. »Noch kein Ergebnis.«

Dr. Hirschfeld sprach leise auf seinen Mandanten ein, Paulsen war aufgestanden und hatte sich neben die Tür gestellt.

Andreas Holm saß an seinem Schreibtisch und starrte aufs Telefon. »Acht Minuten haben sie noch.«

Enna beugte sich zum Monitor, auf dem die Aufnahmen aus dem Verhörraum übertragen wurden. Jetzt schüttelte Lütgen heftig den Kopf und sah seinen Anwalt wütend an. Der sprach weiter auf ihn ein, Lütgen beruhigte sich.

»Was hast du dem Anwalt erzählt?«, fragte Pia schmunzelnd.

»Eigentlich gar nichts. Er wollte nicht mit mir philosophieren.«

Pia warf ihr einen irritierten Blick zu und setzte zu einer Nachfrage an, als Holms Telefon klingelte. Der Kommissar griff nach dem Hörer. »Holm! Und?« Er hörte zu, nickte dabei, bedankte und verabschiedete sich.

»Die Fingerabdrücke sind identisch. Boris Lütgen war im Haus und in den verschiedenen Räumen. Eine genaue Aufstellung bekomme ich noch heute.« Er stutzte. »Ich meine, wir bekommen sie.«

»Kein Zweifel?«, fragte Enna.

»Der Kollege meinte, dass sie zu dritt kontrolliert haben und sich sicher sind.«

»Okay.« Enna griff nach dem Handy, drückte auf die Kurzwahltaste und hatte nach dem ersten Klingelton den Staatsanwalt in der Leitung.

»Entschuldigen Sie bitte«, sagte Enna, nachdem sie den Vernehmungsraum betreten hatte. »Der Staatsanwalt hat mich aufgehalten.«

Dr. Hirschfeld hob ungläubig die Augenbrauen, verkniff sich aber eine Bemerkung.

»Wir führen die unterbrochene Vernehmung fort«, sagte Enna, zählte die Anwesenden auf und klärte Boris Lütgen noch einmal über seine Rechte auf. »Wie Ihr Anwalt mir schon mitgeteilt hat, verweigern Sie die weitere Aussage«, sagte sie an Boris Lütgen gewandt. »Ist das korrekt?«

»Ja!« In Lütgens Antwort schwang die gesammelte Wut der letzten zwei Stunden mit. Er warf Enna einen erbosten Blick zu und schien Mühe zu haben, sich zurückzuhalten.

»Danke«, sagte Enna und wandte sich an Dr. Hirschfeld. »Ihr Mandant hat ausgesagt, dass er sich bei einem Besuch in den letzten Tagen in der Küche von Maximilian Borchert aufgehalten hat.«

Der Anwalt nickte.

»Welcher Tag genau war das?«, fragte Enna.

»Mein Mandant kann diese Frage nicht mit Sicherheit beantworten. Er ist aber gerne bereit, in seinem Terminkalender nachzuschauen. Dann wird Ihre Frage schnell beantwortet sein.«

»Wann hat Herr Borchert sich telefonisch bei Herrn Lütgen gemeldet?«

»Auch das kann mein Mandant nicht mit Sicherheit sagen. Im Übrigen sehe ich nicht den geringsten Anlass, diese Fragen zu stellen. Mein Mandant hat mit dem Tod seines Studienfreunds nichts zu tun.«

»Es gibt, außer den drei Gesprächen am Donnerstag, keine Gespräche, die im letzten halben Jahr von Herrn Borcherts Handy mit einer Ihrer Nummern geführt worden sind. Wie erklären Sie sich das?«

»Dann hatte Herr Borchert ein zweites Handy oder hat sich über das Festnetz gemeldet. Haben Sie noch weitere Fragen oder können wir jetzt gehen?«

»Wir sind auf der Suche nach einem weiteren Studienfreund von Herrn Borchert und Ihrem Mandanten. Leider kennen wir nur seinen Vornamen.« Enna wandte sich an Boris Lütgen. »Joe. Sie kennen doch sicher seinen Nachnamen, Herr Professor Lütgen.«

Der Anwalt wandte sich zu seinem Mandanten und flüsterte ihm etwas ins Ohr. Lütgen antwortete ebenso leise.

»Ich möchte mich unter vier Augen mit meinem Mandanten besprechen«, sagte Dr. Hirschfeld.

Enna schaltete das Aufnahmegerät aus, nahm Mappe und Laptop und stand auf. Paulsen folgte ihr aus dem Raum.

»Der Beschluss ist noch nicht da«, sagte Pia, als die beiden Kommissare in Holms Büro traten.

»Immer mit der Ruhe«, antwortete Enna. »Jetzt beraten sich die beiden erst mal.« Sie wandte sich an Andreas Holm. »Könnten Sie bitte vor dem Vernehmungszimmer warten? Falls der Anwalt nach uns fragt, sagen Sie ihm, dass wir bereits unterwegs sind. Schreiben Sie mir, wenn es so weit ist.«

Holm nickte und ging aus dem Büro.

»Und wenn die beiden einfach gehen?«, fragte Pia.

»Keine Angst, die bleiben. Hirschfeld hat noch keinen Überblick, was ihn erwartet. Er muss erst ausführlich mit Lütgen sprechen, der ihm sicher nicht die ganze Wahrheit sagt. Bevor er keine Akteneinsicht hatte, wird er sich nicht aus dem Fenster lehnen.«

Sie warteten zehn Minuten, bis Holm die Nachricht schrieb. Enna sah zu Pia, die zum wiederholten Male ihre Mails kontrollierte.

»Nein, nichts.«

»Verdammt«, fluchte Paulsen. »Der hat es nicht durchbekommen. Dann sind wir am Arsch.«

»Lass uns Ruhe bewahren«, sagte Enna. »Hat Holm ein Team zusammengestellt, mit dem wir die Wohnung durchsuchen können?«

Pia nickte. »Zwei Kriminaltechniker sind schon da, dann er und ein weiterer Kollege.«

»Gut!« Enna blickte zur Wanduhr. Wie lange konnte sie Hirschfeld warten lassen? Wann würde er ihr Spiel durchblicken? Paulsen hatte recht, sollten sie keinen richterlichen Beschluss bekommen, würde ihre ganze Strategie in sich zusammenfallen. Lütgen hätte genügend Zeit, um alle Hinweise auf seine mutmaßliche Verbindung zu den Bahamas zu beseitigen und alle anderen Mitglieder der Gruppe zu warnen, einschließlich des großen Unbekannten.

»Wir gehen rein«, sagte Enna nach weiteren zehn Minuten. Zu Pia gewandt: »Wenn der Beschluss kommt, bring ihn rein. Sollte der Staatsanwalt sich melden, weil er beim Richter abgeblitzt ist, schreib mir eine Nachricht.«

Pia nickte, Enna und Paulsen gingen zurück in den Vernehmungsraum.

»Ich muss mich leider schon wieder entschuldigen«, sagte Enna, nachdem sie und Paulsen sich gesetzt hatten. »Möchte von Ihnen jemand einen Kaffee oder etwas anderes?«

»Nein, danke«, sagte Hirschfeld. »Wir sollten jetzt zum Schluss kommen.«

»Okay, können wir bei meiner letzten Frage wieder ansetzen? Es ging um einen Studienfreund von Maximili…«

»Ja«, unterbrach der Anwalt Enna. »Mein Mandant erinnert sich nur schwach an einen Kommilitonen, der diesen Spitznamen trug. Leider ist ihm der vollständige Name entfallen.«

Enna zog eines der Fotos, die sie bei Borchert gefunden hatte, aus der Mappe und reichte sie Hirschfeld. »Befindet sich der gesuchte Mann auf diesem Foto?«

Hirschfeld zog das Foto zu sich herüber und zeigte es seinem Mandanten. Boris Lütgen warf einen kurzen Blick auf die Aufnahme und beugte sich zu seinem Anwalt, um ihm etwas ins Ohr zu flüstern.

Hirschfeld nickte und wandte sich an Enna. »Mein Mandant kann sich an die Personen auf dem Foto nicht erinnern.«

Enna zog ein weiteres Bild aus der Mappe und reichte es über den Tisch. »Vielleicht hilft das Ihrem Mandanten, sich zu erinnern.«

Hirschfeld reagierte sichtbar verärgert. »Mir scheint, dass Sie keine substanziellen Fragen mehr an meinen Mandanten haben.« Er stand auf und gab Lütgen ein Zeichen. »Sie kennen das Prozedere. Schicken Sie mir die Akten zu, ich werde dann im Namen meines Mandanten zu den gegebenenfalls erhobenen Anschuldigungen Stellung nehmen. Bitte nehmen Sie keinen Kontakt mehr zu meinem Mandanten auf, ohne dass ich als sein Rechtsbeistand anwesend bin. Ich denke, wir haben uns verstanden, Frau Hauptkommissarin?«

»Ersparen Sie sich Ihre Belehrungen, Herr Anwalt«, sagte Enna in scharfem Ton, stand auf und nickte ihm zu. »Meine Herren!«

Fünfundzwanzig

Enna ging auf die Tür zu, legte die Hand auf die Klinke und wartete, bis Hirschfeld mit Lütgen im Schlepptau vor ihr stand.

»Können wir jetzt?«, fragte der Anwalt und fixierte Enna dabei mit abfälligem Blick.

In diesem Augenblick spürte Enna, dass jemand auf der anderen Seite die Türklinke nach unten drückte. Enna ließ los, die Tür öffnete sich. Vor ihr stand Pia mit einer Mappe in der Hand. Sie nickte Enna zu. »Ein Fax von der Staatsanwaltschaft.«

Enna atmete erleichtert auf, griff nach der Mappe und wandte sich zu Hirschfeld und Lütgen um. »Sie können gerne das Kommissariat verlassen, Herr Dr. Hirschfeld. Ihr Mandant wird aber mit uns fahren müssen.«

»Sparen Sie sich die Mühe. Ich nehme Professor Lütgen mit nach Emden.«

Enna klappte die Mappe auf. »Ich habe hier einen Durchsuchungsbeschluss für die Privatwohnung Ihres Mandanten. Sie verstehen sicher, dass wir sichergehen wollen, dass Herr Professor Lütgen nur mit uns gemeinsam die Wohnung betreten kann.«

Der Anwalt griff nach dem Beschluss und überflog ihn. »Das ist ein Skandal. Sie haben nicht die geringsten …«

»Sie können sich gerne beim Richter beschweren, Herr Dr. Hirschfeld. Ich würde Ihnen aber empfehlen, vorher Akteneinsicht zu beantragen.« Enna hielt kurz inne. »Ach, stimmt. Das hatten Sie ja schon vorher erwähnt.«

Enna nickte Paulsen zu, der zu Lütgen trat und ihn bat, ihm zum Auto zu folgen.

Boris Lütgens Penthouse hatte vier Zimmer, Küche und Bad sowie einen großen Balkon. Lütgen und sein Anwalt wurden von einem jungen Kommissar im Auge behalten, während die restlichen Beamten sich auf die Räume aufteilten, um sie zu durchsuchen.

Pia war mit Lütgens Fahrzeugschlüssel in die Tiefgarage unterwegs, um den Jaguar zu durchsuchen. Enna und Paulsen arbeiteten sich durch Lütgens Arbeitszimmer. Den PC und das Tablet hatten sie bereits sichergestellt, als Paulsen das Regal durchging.

Beim dritten Ordner pfiff er durch die Zähne. »Da war sich aber jemand sehr sicher.«

Paulsen winkte Enna zu sich und zeigte ihr den Fund. »Ordentlich abgeheftete Buchführung. Wenn mich nicht alles täuscht, sind darunter auch die monatlichen Beträge, die Borchert bekommen hat. Bingo, würde ich mal sagen.«

Enna überflog die Seiten. Paulsen hatte recht. Lütgen hatte die Aufstellung mit Datum, Betrag und einer Kennzeichnung über die letzten sechzehn Jahre abgeheftet. Der Anfangsbetrag, der auf das Konto einbezahlt wurde, belief sich auf eine Million zweihundertdreißigtausend Dollar, der Endbetrag lag bei knapp zweihunderttausend.

»Hier«, sagte Enna und zeigte auf eine Zahl. Wenn man das durch zwölf teilt, müsste man ungefähr auf den Monatsbetrag für Borchert kommen.« Hinter dem Betrag stand ein Kürzel:

MB. »Da bin ich mal gespannt auf die Erklärung von Dr. Hirschfeld.«

Paulsen grinste. »Ich auch.«

»Wenn wir jetzt noch Bankunterlagen im Laptop finden …« Die Tür wurde von außen geöffnet. »Pia, perfekt! Du kannst dir gleich den Laptop vornehmen.« Enna zeigte ihr die Aufstellung der Zahlen. »Wir brauchen einen handfesten Nachweis, dass dies das Konto auf den Bahamas ist.«

Pia nickte und zog den Laptop aus der Plastiktüte. Während sie darauf wartete, dass der Rechner hochfuhr, berichtete sie von der Fahrzeugdurchsuchung. »Ich habe Sand im Profil der Reifen gefunden. Würde mich wundern, wenn der nicht von dem Weg zu Borcherts Haus ist.«

»Sonst noch etwas?«

»Schickes Navi, sag ich nur. Speichert doch tatsächlich die Fahrten der letzten Tage.« Sie hielt einen Daten-Stick hoch. »Ich habe sie ausgelesen.«

»Nicht das, was ich jetzt vermute, oder?«, fragte Paulsen.

Pia nickte schmunzelnd. »Doch! Bin gespannt, wem Lütgen am Donnerstag sein Auto geliehen hat.« Sie warf einen Blick auf den Laptop-Monitor. »Passwortgeschützt. Soll ich *Bahamas* eingeben?«

»Leute! Etwas ernsthafter, bitte«, mahnte Enna. »Bekommst du das hin?«

Pia beugte sich zu ihrer Tasche und holte ein Gerät hervor, das aussah wie eine mobile Festplatte. »Ich hoffe doch.«

»Was ist der Stand?«, fragte Enna, als sie sich zu viert in Lütgens Büro trafen.

Pia hob die Hand. »Ich habe eindeutige Beweise, dass Lütgen ein Konto auf den Bahamas besitzt oder zumindest verwaltet und dass die Zahlungen an Maximilian Borchert von dort stammen. Darüber hinaus konnte ich den Laptop und die anderen Geräte noch nicht sichten. Weiterhin habe ich die Daten aus dem Navigationsgerät in seinem Auto, die ebenfalls eindeutig sind. Das Auto hat zur fraglichen Zeit in der Nacht von Donnerstag auf Freitag dort gestanden. Ankunft gegen elf Uhr fünfundfünfzig, Abfahrt nach Emden um zwei Uhr fünfzehn.«

»Ausreichend Zeit, um nach Borcherts Sturz von der Treppe das Haus zu durchsuchen«, fuhr Paulsen fort. »Lütgens Fingerabdrücke sind im ganzen Haus gefunden worden, Wischspuren deuten darauf hin, dass er versucht hat, die Fingerabdrücke zu entfernen.«

»Den Sand im Profil des Reifens werde ich noch heute in die Kriminaltechnik bringen«, sagte Andreas Holm. »Wir können nach jetzigem Stand wohl davon ausgehen, dass er sich dem Sand vor Borcherts Haus zuordnen lassen wird.«

»Einige der beschlagnahmten Unterlagen müssen wir noch gründlich durchforsten«, nahm Enna den Faden auf. »Das kann ein paar Tage dauern. Ich denke, wir können mit den bisherigen Ergebnissen den Haftrichter überzeugen. Andere Meinungen?«

Paulsen wiegte den Kopf. »Lütgen hat einen festen Wohnsitz, Verdunklungsgefahr ist nach der Durchsuchung heute auch nicht mehr unbedingt gegeben.«

»Du vergisst Joe«, sagte Pia. »Er hat bis jetzt seine wahre Identität nicht preisgegeben. Lütgen wird ihn warnen.«

»Joe ist bisher nur ein Phantom. Wir wissen weder, ob er überhaupt existiert, noch können wir in welcher Weise auch immer eine Tatbeteiligung beim Sturz von Borchert nachweisen.« Paulsen sah Enna an. »Was meinst du?«

»In puncto Joe hast du recht. Ich gehe allerdings schon davon aus, dass der Haftrichter Lütgen in Untersuchungshaft nimmt. Zumindest so lange, bis geklärt ist, ob sich Lütgens DNA an Borcherts Kleidung findet, und wir sein Bewegungsprofil laut

Handy ausgewertet haben.« Sie wandte sich an Andreas Holm. »Die Daten der allgemeinen Abfrage sind noch nicht da?«

»Nein«, antwortete der junge Kommissar. »Wir können aber jetzt Lütgens Handydaten und sein Bewegungsprofil anfordern. Ich werde das gleich in die Wege leiten. Zwei bis drei Tage wird das allerdings dauern.«

»Okay, ich telefoniere jetzt mit dem Staatsanwalt. Wenn er grünes Licht gibt, nehmen wir Lütgen vorläufig fest.«

Gegen sechzehn Uhr fuhr Enna auf die Autobahn Richtung Oldenburg auf. Lütgen war mit zwei uniformierten Beamten auf dem Weg in die Untersuchungshaft und würde spätestens am nächsten Vormittag dem Haftrichter in Oldenburg vorgeführt. Enna würde sich zuvor mit dem Staatsanwalt zusammensetzen, um ihm die Fakten im Detail darzulegen.

»Ist Lütgen jetzt auch *unser* Mann?«, fragte Pia, die wieder auf dem Rücksitz saß.

»Gute Frage«, murmelte Paulsen.

»Die du nicht beantworten kannst?«, bohrte Pia nach.

»Wenn das Sperma von ihm ist, hat er auf jeden Fall ein zusätzliches Problem«, antwortete Paulsen. »Das heißt allerdings nicht, dass der Slip vom 1. Mai stammt.«

Pia nickte. »Und Borchert, der ja mit hoher Wahrscheinlichkeit dabei war, ist tot und kann uns nichts mehr verraten.«

»Wir müssen das Phantom finden«, sagte Enna. »Das hat ab morgen Priorität.«

»Leichter gesagt als getan«, brummte Paulsen. »Wir haben bisher nichts.«

»Wir werden jeden einzelnen Studenten des Semesters ermitteln und dann überprüfen müssen, ob er Joe sein könnte. Du rufst Peter Behrens in Berlin an. Der war doch ganz auskunftswillig. Vielleicht kann er uns weiterhelfen. Dann haben wir noch …« Enna versuchte, sich an die Namen zu erinnern.

»Alexander Zurbrügge und Klaus Buchholz«, half Pia ihr aus. »Zurbrügge lebt in Hannover, Buchholz in Kiel.«

»Genau! Diese beiden Mitglieder der Gruppe hatten wir uns ja noch aufgespart. Ich nehme Hannover, kannst du nach Kiel fahren, Paulsen?«

»Morgen?«

»Ja, sobald ich mit dem Staatsanwalt gesprochen habe, fahre ich nach Hannover und spreche mit Zurbrügge. Irgendwie müssen wir doch an diesen Joe rankommen.«

»Wenn er denn überhaupt existiert«, sagte Paulsen leise.

Als Enna in Oldenburg aus dem Wagen stieg, lief Elias auf sie zu. »Mama! Wir wollen dich abholen.«

Enna beugte sich hinunter und nahm Elias auf den Arm. »Was machst du denn hier?«

Alina hatte die beiden inzwischen erreicht. »Elias wollte unbedingt bei dir vorbeikommen.«

»Wir sind mit dem Bus gefahren, Mama.«

»Toll! Das hat sicher Spaß gemacht«, antwortete Enna und drückte ihrem Sohn einen Kuss auf die Backe. Paulsen und Pia standen jetzt neben ihr. »Das ist Alina. Sie passt für ein Jahr auf Elias auf.«

Paulsen nickte und reichte ihr die Hand. »Jan Paulsen.«

Pia stand neben Paulsen und schien für einen Augenblick wie hypnotisiert. Als sie sich nicht vorstellte, übernahm das Enna: »Das ist meine Kollegin Pia Sims.«

»Hallo!«, sagte Pia daraufhin lächelnd.

»Dann wollen wir mal«, sagte Paulsen und bewegte sich auf die Eingangstür zu, an der er sich noch einmal umdrehte und der Gruppe zuwinkte. »Bis morgen!«

Pia schien aus ihrer Starre aufzuwachen. »Ja, stimmt. Ich habe ja auch noch was zu tun. Bis morgen, Enna.« Sie lächelte Alina und Elias zu und ging wortlos ins Haus.

»Fahren wir jetzt nach Hause?«, fragte Elias.

Enna setzte ihn wieder auf den Bürgersteig. »Ja, setzt euch schon ins Auto. Ich muss nur noch kurz was holen, dann geht es los.«

»Findest du dich schon etwas zurecht?«, fragte Enna, als sie am Abend mit Alina im Wohnzimmer saß.

»Ja, ich glaube schon.« Alina warf Enna einen unsicheren Blick zu. »War das in Ordnung, dass wir heute Nachmittag zu dir gekommen sind?«

»Natürlich, das war eine schöne Überraschung. Und ich kenne doch Elias. Wenn der sich etwas in den Kopf gesetzt hat, ist es schwer, ihn davon abzubringen.«

Alina lachte erleichtert auf. »Das stimmt wohl.«

»Lass Elias aber nicht alles durchgehen«, sagte Enna. »Er tanzt dir sonst irgendwann auf der Nase herum.«

Alina sah sie irritiert an. »Auf der Nase?«

Enna lachte. »Entschuldige! Das ist auf Deutsch so ein Ausdruck dafür, wenn man zu gutmütig ist und das ausgenutzt wird.«

»Ach so! Nein, Elias ist das liebste Kind, das ich kenne. Der würde so etwas nie machen.«

Enna schmunzelte. »Warten wir's ab.«

Sechsundzwanzig

»Guten Morgen!« Enna stand in der Tür zu Pias Büro. »Schon lange da? Oder sollte ich fragen, ob du überhaupt zu Hause warst?«

»Hey, ich bin doch keine Masochistin! Ein paar Stunden Schlaf brauche selbst ich.«

»Apropos Schlaf, du hast doch gestern meine neue Au-pair kennengelernt.«

Pia nickte. »Ja, warum?«

»Sie ist ja jetzt ein Jahr hier in Oldenburg und kennt natürlich noch niemanden. Und wenn sie immer im Haus sitzt, wird sich das auch nicht ändern. Vielleicht hast du ja mal Lust, sie abends mitzunehmen.«

Pia lachte. »Soll ich sie etwa mit jemandem verkuppeln? Ich kenne nicht so viele Typen.«

Enna lachte. »Nein, natürlich nicht. Ich dachte nur, wenn du einen Zug um die Häuser machst, könnte sie vielleicht mitkommen und du zeigst ihr …«

»Klar, warum nicht? Soll ich sie fragen oder willst du?«

»Ich biete es ihr einfach an. Vielleicht ergibt sich ja irgendwann eine Möglichkeit.«

»Gibst du mir ihre Nummer?«

Enna zog ihr Handy aus der Tasche und schickte Pia Alinas Kontakt. »In zehn Minuten Besprechung?«

»Wie ist der Stand?«, fragte Enna in die Runde.

»Dein Date mit Zurbrügge habe ich für heute Nachmittag um vierzehn Uhr gemacht«, sagte Pia. »Schaffst du das?«

»Ich denke schon. War er überrascht?«

»Schwer zu sagen. Er arbeitet – welch Überraschung – in der Investmentabteilung einer Privatbank. Ich habe ihm gesagt, dass es sich um eine Zeugenaussage zu einem länger zurückliegenden Fall handelt. Er hat merkwürdigerweise nicht nachgefragt, um was es genau geht. Alles sehr professionell und höflich. Die Adresse habe ich dir geschickt. Soll ich da noch mehr recherchieren?«

»Nein, das reicht mir.« Enna wandte sich an Paulsen. »Und was ist mit Klaus Buchholz?«

»Ich fahre in einer halben Stunde los. Buchholz hat im Gegensatz zu Zurbrügge gefragt, worum es geht. Seine Reaktion war erschrocken bis zurückhaltend. Aber das ist ja normal, wenn wir uns ankündigen. Wir werden sehen.«

»Und Peter Behrens?«

»Gestern erreicht«, antwortete Paulsen. »Ja, er erinnert sich an einen Joe. Allerdings ist Behrens erst im dritten Semester zu der Gruppe gestoßen, und er hat den Typ – so nannte er ihn – nur hin und wieder gesehen. Das war auf diesen ominösen Reisen und auf den Feten der Gruppe. Allerdings habe Joe fast ausschließlich mit Lütgen und Borchert Kontakt gehabt. Den Nachnamen kannte er nicht. Ich habe ihm eins der Fotos gemailt, die du bei Borchert gefunden hast.« Paulsen legte die Aufnahme auf den Tisch und tippte mit dem Finger auf einen jungen Mann, der neben Lütgen stand. »Das ist unser Phantom.«

Pia griff nach dem Foto. »Das scanne ich gleich mal ein, bearbeite es und schicke euch einen schönen Ausschnitt davon. Einverstanden?«

»Hast du auch noch eine Software, um ihn älter zu machen?«, fragte Paulsen grinsend.

»Ich nicht, aber ein Freund von mir. Das dauert aber sicher bis heute Abend. Reicht das?«, gab Pia schnippisch zurück.

»Weitere Erkenntnisse? Was ist mit Maria?«, fragte Enna, die keine Lust auf die Privatfehde ihrer Kollegen hatte.

»Ich habe gestern noch mit ihr gechattet. Kurz nur, aber immerhin«, antwortete Pia. »Wir haben uns über dies und das unterhalten. Ich habe nicht gewagt, auf mein ursprüngliches Anliegen zurückzukommen.«

»Okay, geben wir ihr noch ein paar Tage, bevor wir die Kollegen in Spanien bitten, bei ihr vorbeizuschauen.«

Pia räusperte sich. »Das mit den Kollegen halte ich nicht für eine gute Idee. Maria wird nichts sagen.«

»Montag entscheiden wir, was wir machen.«

Pia nickte, schien mit Ennas Entscheidung aber nicht einverstanden zu sein. »Ich habe übrigens die Adresse von unserem alten Kollegen herausgefunden, der damals die SoKo geleitet hat. Bensersiel, schicke Eigentumswohnung in der Nähe des Hafens. Ich vermute, er hat dort sein Boot liegen. Kontaktdaten schicke ich dir.«

»Danke, Pia. Ich kümmere mich morgen um ihn.«

Das Gespräch mit dem Staatsanwalt verlief ruhig und konzentriert. Enna erläuterte die Ermittlungsergebnisse der letzten Tage und verwies auf die noch ausstehenden Untersuchungen und das Bewegungsprofil von Boris Lütgen, das gerade erstellt wurde. Der Staatsanwalt machte sich ausgiebig Notizen und sah am Ende des Gesprächs gute Chancen, dass Lütgen in Untersuchungshaft genommen werden würde. Sie kamen überein, vorerst Ennas eigentlichen Fall außen vor zu lassen und hier auf den DNA-Abgleich des Spermas mit Lütgens DNA zu warten.

Auf der Fahrt nach Hannover ging Enna noch einmal im Kopf die letzten Tage durch. Noch immer hatte sie das Gefühl, wichtige Aspekte des Falles noch nicht entschlüsselt zu haben. Immer wieder kam die Frage auf, warum Julia zum 1. Mai nach Friesoythe gefahren war. Konnte es wirklich Zufall sein, dass sie auf dem Weg von Thüle nach Friesoythe abgefangen worden war? Am Abend zuvor, als sich Alina in ihr Zimmer zurückgezogen hatte, hatte sich Enna den Weg auf Google Maps genauer angesehen. Die Seitenstraßen und Wege, die Julia vermutlich für den Rückweg genutzt hatte, eigneten sich nicht, um dort jemanden abzupassen. Von den über tausend Besuchern hatte nach Paulsens Schätzung ein Drittel diesen Weg genommen. Es musste also auch am Nachmittag reger Fußverkehr geherrscht haben. Nicht zum ersten Mal dachte Enna darüber nach, ob Julia womöglich nicht allein losgegangen war. Hatte sie jemand aus der Gruppe begleitet oder hatte sie auf dem Fest jemanden getroffen oder kennengelernt, der mit ihr zurückgegangen war? Wer käme dafür infrage? Ihr Bruder? Nein, Enna konnte sich zwar vorstellen, dass Christian Dirksen seine Schwester im Affekt getötet hatte, aber dass er sie vollkommen entkleidet im Wald bei Bad Iburg vergraben hatte, war für sie nicht denkbar. Hatte er zu der Zeit überhaupt schon einen Führerschein gehabt?

Enna rief Pia an und fragte sie nach dem Detail. »Augenblick«, sagte Pia. Enna hörte, wie etwas in die Tastatur getippt wurde. »Ja, er hatte eigentlich einen Führerschein, aber vier Wochen vor dem 1. Mai ist er ihm abgenommen worden. Alkohol am Steuer. Also kein Führerschein, aber Fahrkenntnisse durchaus. Warum fragst du?«

»Ich habe mir darüber Gedanken gemacht, wer Julias Leiche transportiert hat. Danke, Pia, ich weiß jetzt Bescheid.«

Wenn Dirksen junior einen Führerschein hatte, besaß er vermutlich auch ein eigenes Auto oder hatte Zugriff auf ein Fahrzeug. Enna schlug mit der Hand leicht auf das Lenkrad. Das war eine Sackgasse. Es war zu viel Zeit vergangen, um Zeugen danach zu befragen, wo Christian Dirksen sich am 2. Mai oder an den Tagen danach aufgehalten hatte und ob er eventuell sein Fahrzeug auch ohne gültige Fahrerlaubnis weiterbenutzt hatte. Enna nahm sich vor, noch einmal mit Julias Mutter zu sprechen, und zwar allein und ohne Voranmeldung. Es bestand die Möglichkeit, dass dann weder Julias Vater noch ihr Bruder im Haus waren.

Ennas Gedanken wanderten zu Julias Schulfreunden. Nach Aussagen mehrerer Zeugen war Julia an den 1.-Mai-Feiern nie besonders interessiert gewesen. Warum hatte sie ausgerechnet in dem Jahr daran teilgenommen? Welche Rolle spielten die alten Schulfreunde in ihrem Leben? Warum hatte sie kurz vor ihrer geplanten Rückkehr nach Friesoythe diese Tour mit der Gruppe unternommen? War es eine Abschiedstour oder ein Neuanfang gewesen? Der Biobauer Joachim Sievers war neben ihrer engen Freundin Franziska die einzige Person, zu der Julia eine engere Beziehung gehabt hatte. War sie seinetwegen mitgegangen? Wollte sie mit Sievers etwas besprechen oder vielleicht auch klären? Enna nahm sich vor, die komplette Aufzeichnung von Pias Befragung anzuhören. Vielleicht hatte ihre junge Kollegin etwas überhört oder nicht auf Zwischentöne geachtet.

Ein vollkommen dunkler Fleck war für Enna der Spanien-Aufenthalt von Julia. Pia hatte sich in die Idee verbissen, dass dort etwas passiert war, was mit Julias Ermordung zu tun haben könnte. Für Enna war die Zeitspanne zwischen Julias Aufenthalt in Spanien und den Vorfällen in Emden, die Julia offenbar sehr aufgebracht hatten, zu lang, als dass sie hier eine Verbindung vermutete. Ihr war klar, dass Pia eine Befragung in Barcelona vorschwebte, aber Enna sah weder die Notwendigkeit noch wusste sie, wie sie eine solche Reise im Budget ihrer Einheit unterbringen sollte. Ohne weitere Indizien, dass Maria Lopez Garcia weiter mit Julia in Kontakt gewesen war und sie mehr miteinander verband als ein mehr oder weniger zufälliges Aufeinandertreffen in der Gastfamilie, würde Enna keine Dienstreise genehmigen können.

Trotz ihres unguten Gefühls musste Enna sich eingestehen, dass die Emder Spur um Lütgen und Joe im Moment die vielversprechendste war.

Das dreigeschossige Bürohaus im Norden von Hannover war großflächig verglast und wirkte auf Enna wenig einladend. Sie betrat den großen Eingangsbereich und meldete sich beim Empfang an. Drei Minuten später kam eine junge Frau auf sie zu, fragte höflich nach ihrem Ausweis und führte sie anschließend in den dritten Stock. Das Büro von Alexander Zurbrügge hatte den gleichen sterilen Charme wie das ganze Gebäude. Der Mann hinter dem Schreibtisch – groß, schlank und mit dunklen kurzen Haaren, im Maßanzug mit weißem Hemd und dunkelroter Krawatte – stand auf und reichte ihr die Hand.

»Ich hoffe, Sie hatten eine gute Fahrt«, sagte Zurbrügge und bat sie, auf dem Sofa Platz zu nehmen. Er setzte sich in einen der Sessel und sah sie lächelnd an. »Ich habe leider gerade einen unglaublich wichtigen Termin hereinbekommen. Ich würde Sie bitten, sich kurzzufassen.« Er hob entschuldigend die Hände. »Wir können den Termin natürlich auch verlegen.«

Enna entschied sich für den Frontalangriff, nahm ihr Tablet aus der Tasche und rief das von Pia bearbeitete Foto auf.

»Kennen Sie diesen Mann aus dem Studium in Emden?«, fragte sie und reichte ihm das Tablet.

»Studium? Das ist aber schon eine Weile her«, sagte Zurbrügge und musterte die Aufnahme. »So spontan kann ich mich nicht erinnern. Tut mir leid.« Er gab das Tablet an Enna zurück.

»Sie haben von Maximilian Borcherts Tod gehört?«

Er riss theatralisch die Augen auf. »Nein! Was ist passiert?«

»Boris Lütgen sitzt in Untersuchungshaft«, fügte sie hinzu, ohne auf seine Frage einzugehen.

»Boris? Und das hat etwas mit Max' Tod zu tun?«

Enna nahm ihm seine Unwissenheit nicht ab. Vermutlich reichten Zurbrügges Schauspielkünste, um seine Geschäftspartner hinters Licht zu führen, aber bei Enna konnte er damit nicht punkten.

»Die illegalen Aktienspekulationen sind inzwischen verjährt, aber ich vermute, dass es für Ihre Karriere nicht unbedingt förderlich wäre, wenn Sie öffentlich mit diesen Machenschaften in Verbindung gebracht würden.«

Zurbrügge setzte sich auf. »Wollen Sie mir etwa drohen?«

Enna lächelte. »Kann ich das denn?«

»Lassen Sie diese Spielchen«, fuhr Zurbrügge sie grob an. »Was wollen Sie von mir?«

»Informationen. Ihre damaligen Börsengeschäfte interessieren mich nicht. Verjährte Straftaten werden von der Staatsanwaltschaft nicht verfolgt. Nicht verjährte schon. Dazu zählt Mord, aber unter bestimmten Umständen auch sexuelle Gewalt.«

Alexander Zurbrügge starrte sie an. »Nichts von allem, was Sie da erwähnen, hat auch nur das Geringste mit mir zu tun.«

Enna nahm ihm das Tablet aus der Hand und steckte es zurück in ihre Tasche. Sie nickte und stand auf. »Wenn dem so ist, sind wir tatsächlich schon mit unserer Besprechung am Ende.«

Zurbrügge rang nach Luft. »Und was ist …« Er brach mitten im Satz ab.

»Mit den illegalen Aktienspekulationen? Ich bitte Sie, das ist alles verjährt. Ich denke doch, Sie sitzen hier im Bankhaus fest im Sattel.«

»Setzen Sie sich bitte wieder«, presste Zurbrügge heraus. »Kann ich das Foto noch einmal sehen?«

Enna blieb vor ihm stehen. »Wer ist der Mann auf dem Foto?«

»Ich kenne ihn als Joe.«

»Und weiter?«

Zurbrügge schüttelte den Kopf. »Das weiß ich nicht mehr. Man hat die Nachnamen der Leute natürlich in den Veranstaltungen gehört, aber … mit Joe hatte ich nicht so viel zu tun, dass …«

Enna hatte sich von ihm abgewandt und ging auf die Bürotür zu.

»Frau Andersen, bitte!«, rief Zurbrügge ihr nach. Er erhob sich und rieb sich mit den Handflächen über die Wangen. »Es war irgendein Allerweltsname. Meier, Müller, Schmidt oder Schneider. Ich weiß es wirklich nicht mehr.«

Enna ging zum Tisch zurück und sie setzten sich.

»Was war Ihre Funktion in der Gruppe?«, fragte Enna und legte ihr Aufnahmegerät auf den Tisch. »Sie sind doch einverstanden mit der Aufzeichnung?«

»Bleibt mir eine Wahl?«, murmelte Zurbrügge.

»Die hat man immer, Herr Zurbrügge. Also, was war Ihre Funktion in der Gruppe?«

Zurbrügge ließ sich Zeit, warf einen Blick auf das Aufnahmegerät und atmete tief durch, bevor er antwortete. »Gruppe! Es gab keine offizielle Gruppe oder einen Verein. Wir waren ein paar dumme Jungs, die an der Börse spekuliert haben. Das war eine aufregende Zeit mit dem Neuen Markt und …«

»Herr Zurbrügge, lassen wir doch die Märchenstunde«, unterbrach Enna ihn. »Kommen Sie zum Punkt. Sagten Sie nicht, dass Sie wenig Zeit haben?«

Zurbrügge schluckte schwer. »Ich habe die Realtime-Kurse beobachtet. Wir alle natürlich, aber …«

»Ja?«, fragte Enna, als Zurbrügge nicht mehr weitersprach.

»Ich habe die Analysen gemacht. Einen Teil der Aktien hat ausschließlich Boris verwaltet. Ich war für unsere eigenen verantwortlich.«

»Eigenen? Was bedeutet das?«

Wieder sah Zurbrügge zum Aufnahmegerät. »Es war nicht alles unser Geld.«

»Bitte, Herr Zurbrügge. Können Sie etwas konkreter werden?«

»Ich denke, die Tipps kamen von Joe. Er hat immer nur mit Boris über das Geschäft gesprochen, nie mit mir oder Max.«

»Sie drei, Boris Lütgen, Maximilian Borchert und Sie, waren also diejenigen, die … ja, was jetzt genau?«

Zurbrügge schloss die Augen und schwieg. Dieses Mal wartete Enna, bis er weitersprach.

»Die Geschäfte liefen über unsere Konten. Beziehungsweise die Konten, die wir auf unsere Namen für die Geschäfte eingerichtet hatten. Boris und Max haben die hochspekulativen Sachen abgewickelt. Von den Gewinnen bekamen wir einen Teil ab, mit dem wir über mein Konto unsere eigenen Geschäfte organisiert haben.«

»Also ganz legale Aktienkäufe?«

Zurbrügge wiegte den Kopf. »Nicht nur. Wir haben uns auch hin und wieder an Joes Empfehlungen drangehängt. Nicht oft, Joe sollte es nicht mitbekommen. Der Rest war legal.«

»Und was war mit den nicht zurückgezahlten Beträgen, die Sie zum Beispiel von unbedarften Hochschulmitarbeitern erhalten hatten?«

Zurbrügge sah erschrocken auf. »Sie wissen davon?«

Enna schwieg.

»Damit hatte ich nichts zu tun«, sagte Zurbrügge schließlich. »Dafür waren Klaus und Boris zuständig.« Er zuckte zusammen.

»Ein Kollege von mir befragt gerade Klaus Buchholz. Sie haben mir nichts Neues erzählt. Peter Behrens kennen wir auch.«

Zurbrügge senkte den Blick. Er schien zu überlegen, wie weit er in seiner Aussage gehen konnte, ohne sich selbst zu belasten.

»Sämtliche Börsengeschäfte und auch der Betrug sind verjährt, Herr Zurbrügge. Darüber brauchen Sie sich keine Gedanken zu machen.«

»Was wollen Sie dann?«

»Julia Dirksen.«

Alexander Zurbrügge stöhnte leise auf. »Damit hatte ich nichts zu tun.«

Enna wartete. Zurbrügge würde sich selbst dazu entscheiden müssen zu reden. Sie befürchtete, wenn sie ihm jetzt weiter zusetzte, würde er jegliche Kooperation verweigern.

Die erste Minute verging. Hatte Zurbrügge am Anfang Ennas Blick standgehalten, senkte er jetzt die Augen und sah auf seine Hände. Schließlich stand er auf und lief ein paar Mal im Büro auf und ab, bevor er sich wieder zu Enna setzte.

»Ich weiß, dass Julia Dirksen Boris gedroht hat. Er sollte die Gelder, die wir von den …« Zurbrügge schluckte. »… also von den Personen, für die wir die Aktien gekauft haben …« Er zögerte kurz. »Die Gelder sollten sofort zurückgezahlt werden. Sie wollte ihn anzeigen. Oder auch uns alle anzeigen. Bei der Polizei.«

»Was ist dann passiert?«, fragte Enna leise und zurückhaltend.

Alexander Zurbrügge sah zum Fenster hinaus. »Boris wollte das regeln. Ich habe mich da rausgehalten.«

»Wie lange vor ihrem Verschwinden hat Julia Dirksen mit Boris gesprochen?« Enna hatte bewusst eine neutrale Formulierung gewählt, um Zurbrügge nicht unter Druck zu setzen.

»Vier Wochen oder fünf. Vielleicht waren es auch zwei Monate. Alles war ruhig, bis sie verschwunden ist.«

»Ist jemals zur Sprache gekommen, was Boris unternommen hatte?«

Alexander Zurbrügge machte eine abwehrende Bewegung mit den Händen. »Nein, ich weiß nichts davon. Boris kam – ein paar Tage nachdem ich von Julias … Forderungen gehört habe – zu mir und hat erklärt, dass alles soweit geregelt wäre, wir aber noch ein paar Wochen das Geschäft auf Sparflamme laufen lassen würden. Wir hatten zu dem Zeitpunkt schon sämtliche Unterlagen zusammengelegt, und Boris hat sie an einem geheimen Ort deponiert. Nur noch er und ich haben über unsere Laptops die Geschäfte kontrolliert und gesteuert. Die Laptops hatten wir immer bei uns.«

»Wie lange ging das so?«

Alexander Zurbrügge hatte schon zuvor leise gesprochen, aber jetzt war er nur noch mit viel Mühe zu verstehen. »Bis zu Julias Verschwinden.«

»Und danach?«

»Wir haben alles eingestellt. Alles. Boris hatte Angst, dass wir da mit reingezogen werden. Das hat er zumindest behauptet. Ich weiß nicht, ob er etwas mit … dieser Sache zu tun hatte.«

Enna richtete sich auf und sprach laut und deutlich. »›Diese Sache‹ war mit großer Wahrscheinlichkeit ein eiskalter Mord, Herr Zurbrügge. Und erzählen Sie mir jetzt nicht, dass Ihnen der zeitliche Zusammenhang zwischen den Ereignissen damals nicht aufgefallen ist.«

Zurbrügge schwieg und schien sichtlich betroffen von Ennas Worten. »Ich habe damit nichts zu tun«, sagte er flüsternd. »Nichts!«

»Das mag sein, aber Sie haben geschwiegen. Oder haben Sie tatsächlich nachgefragt, was Lütgen unternommen hat, um Julia zum Schweigen zu bringen? Darum ging es doch, oder?« Sie fixierte ihn. »Haben Sie nachgefragt?«

Alexander Zurbrügge schüttelte den Kopf.

»Was ist nach Julias Verschwinden passiert?«

»Es war vorbei. Alles. In den nächsten Monaten haben wir alles eingestellt. Boris hat schließlich alle Aktien verkauft und uns ausbezahlt. Es war aber nicht viel über. Ich habe gerade mal dreißigtausend Euro bekommen.«

»Und als Julias Leiche gefunden wurde?«

»Ich bin nie von der Polizei befragt worden«, sagte Alexander Zurbrügge.

»Aber jemand anders aus Ihrer Gruppe?«

»Die beiden Frauen. Wir hatten doch nur drei Frauen im Semester. Die Polizisten haben sie befragt.«

»Anna Steffens und Melanie Halmer?«

Zurbrügge sah auf. »Ja, genau die.«

Siebenundzwanzig

Enna befragte Alexander Zurbrügge eine weitere halbe Stunde. Als sie sicher war, dass sie an diesem Tag nichts weiter von ihm erfahren würde, beendete sie die Befragung und schärfte ihm ein, absolutes Stillschweigen gegenüber anderen Mitgliedern der Gruppe zu bewahren. Sie riet ihm, sich sofort mit ihr in Verbindung zu setzen, falls er kontaktiert werden sollte.

Zurück im Auto saß Enna eine gefühlte Ewigkeit auf dem Fahrersitz und starrte ins Nichts. War Zurbrügges Aussage der Durchbruch? Reichte sie aus, um Lütgen eine Verbindung zum Mord an Julia Dirksen nachzuweisen? Schließlich griff sie nach dem Handy und rief Pia Sims an.

»Pia, schau doch bitte die Semesterliste durch. Gibt es dort jemanden, der einen sehr geläufigen Namen hat und dessen Vorname einen Bezug zu Joe hat? Am besten, du schaust die Listen des ganzen Fachbereichs durch. Wir haben doch auch die der unteren Semester?«

»Ja, zwei nach unten und zwei nach oben. Ich kümmere mich darum. Fährst du jetzt zurück? Von Paulsen habe ich noch nichts gehört. Es gab allerdings Stau am Elbtunnel.«

»Ich komme …« Sie stutzte. Sollte sie die Gelegenheit nutzen und …? »Vielleicht hat Franziska Bergmann kurz für mich Zeit. Ich melde mich gleich noch mal bei dir.«

»Sind Sie weitergekommen?«, fragte Franziska Bergmann, nachdem sie Enna in die Wohnung gebeten hatte. Sie hatte sich zu einem kurzfristigen Treffen bereit erklärt, als Enna sie aus dem Auto anrief. Eine Viertelstunde später hatte Enna vor dem Mietshaus geparkt.

»Ja, wir sind ein ganzes Stückchen weiter.«

»Verstehe. Sie dürfen es mir nicht im Detail erzählen.«

»Das ist leider so. Vielen Dank, dass Sie sich noch ein paar Minuten Zeit für mich genommen haben.« Enna trank einen Schluck Wasser, das sie zuvor von Franziska Bergmann angeboten bekommen hatte. »Ist Ihnen nach unserem Gespräch noch etwas eingefallen?«

Die Psychologin seufzte leise. »Ich habe viel über Julia nachgedacht, über meinen Besuch bei ihr in Emden, aber auch über die Zeit in Friesoythe. Julia muss sehr enttäuscht gewesen sein, dass unsere Beziehung nach meinem Umzug so wenig Bestand gehabt hat. Mir ist klar geworden, dass ich sie im Stich gelassen habe. Ja, ich hatte Probleme, aber die waren im Verhältnis zu Julias ziemlich unbedeutend. Aber das ist sicher nicht Ihre Frage gewesen. Nein, so aktuell weiß ich nicht, was ich Ihnen noch sagen könnte. Nichts, was Ihnen bei der Suche nach dem Täter weiterhelfen könnte.«

Enna fragte nach der Friesoyther Clique und ging mit ihr eine Person nach der anderen durch. Die beiden Mädchen der Gruppe hatten nach Franziska Bergmanns Auskunft nur wenig Kontakt zu Julia. Sie seien mehr auf die Jungs fixiert als mit Julia befreundet gewesen. Die drei Jungs hätten durchaus Interesse an Julia gehabt. Helmut Meyer, der später als Lehrer nach Friesoythe zurückgekehrt war, habe schnell aufgegeben, der Hotelierssohn Martin Schumacher sei hartnäckiger gewesen und habe immer wieder neue Versuche gemacht. Nur Joachim Sievers habe lange gezögert und Franziska Bergmann hatte ihn früh in Verdacht gehabt, heimlich in Julia verliebt zu sein.

»Joachim war zu der Zeit ziemlich schüchtern«, sagte Franziska Bergmann. »Man musste schon genau hinsehen, um seine Zuneigung zu Julia zu erkennen. Aber das waren alles nur Spielereien.«

»Julia war nach Ihrem Wegzug aus Friesoythe sehr eng mit Joachim Sievers befreundet.«

»Tatsächlich? Die beiden sind ein Paar geworden?«

»Die Verbindung war wohl in erster Linie platonisch«, antwortete Enna.

»Hat Julia nach einem Ersatz für mich gesucht?«, fragte Franziska Bergmann. »Und ihn in Joachim gefunden?«

»Darauf zielte meine Frage. Können Sie mir noch mehr über Herrn Sievers erzählen?«

Franziska Bergmann sah Enna erstaunt an. »Steht er unter Verdacht?«

Enna hatte geahnt, dass die Psychologin ihr Anliegen hinterfragen würde, und sich Antworten zurechtgelegt. »Nein, es geht immer noch darum, Julias Gefühlswelt besser zu verstehen. Als sie nach Spanien gefahren ist, hat sie quasi den Kontakt zu Sievers abgebrochen.«

Franziska Bergmann zögerte ihre Antwort eine Weile heraus, als sei sie mit Ennas Begründung nicht zufrieden. »Sie fragen nach Joachim. Wie geht es ihm heute? Ich vermute mal, dass er nach dem Studium zurück nach Friesoythe gegangen ist? Oder hat er gar nicht mehr studiert?«

»Er hat studiert und später den elterlichen Hof übernommen. Seine Ehe ist nach zehn Jahren zerbrochen. Seine Frau lebt mit den beiden Kindern getrennt von ihm.« Enna hatte sich auf der Fahrt zu Franziska Bergmann von Pia weitere Informationen zu Sievers geben lassen.

»Geht es ihm ansonsten gut?«

»Ich habe nicht selbst mit ihm gesprochen, sondern nur einen kleinen Teil der Befragung auf Band gehört«, antwortete Enna. »Seine Stimme klang gefestigt.«

Franziska Bergmann nickte nachdenklich. »Wie ich schon gesagt habe, Joachim war sehr schüchtern. Nicht einer dieser Möchtegern-Machos, die sich vor ihren Freunden mit Sexabenteuern brüsten, die sie nie erlebt haben.« Die Psychologin lächelte. »Ich mochte ihn. Wir haben uns auch manchmal so getroffen, nur wir beide, sind spazieren gegangen, haben geredet, aber auch viel geschwiegen. Einen Kuss gab es auch. Eigentlich hatte ich darauf gewartet, dass er die Initiative ergreift. Er machte aber keine Anstalten dazu. Also bin ich aktiv geworden.«

»Wie hat er reagiert?«

»Er hat so getan, als wäre nichts passiert. Ich war beleidigt und habe ein paar Wochen nicht mehr mit ihm gesprochen. Aber lange konnte man Joachim nie böse sein. Wie mit einem kleinen Bruder, der etwas tölpelig ist und auf den man aufpassen muss.«

Enna nickte. »Und Sie hatten den Eindruck, dass er die ganze Zeit schon in Julia verliebt war?«

»Joachim war zurückhaltend, aber das sagte ich ja schon. Man musste genau hinschauen, um zu verstehen, was in ihm vorging. Ich war nicht älter als er, zwar war ich immer schon an zwischenmenschlichen Beziehungen interessiert, aber damals natürlich noch nicht professionell.«

Enna wurde klar, dass Franziska Bergmann eine deutlichere Aussage zu Sievers umgehen wollte. »Aber?«, fragte sie vorsichtig.

Franziska Bergmann lächelte. »Sie hören aufmerksam zu, Frau Andersen.« Sie sah eine Weile aus dem Fenster und wandte sich dann wieder an Enna. »Ich weiß es nicht genau, aber Joachim hatte so eine tief sitzende Unruhe in sich, wie ein Vulkan, der seit vielen Jahren nicht mehr aktiv war. Jeder weiß, dass er mehr oder weniger ohne Vorwarnung Feuer speien könnte und dann alles in seiner Umgebung mit glühender Lava zerstören würde.« Die Psychologin schreckte leicht zurück, als wäre sie über ihre eigenen Worte verwundert. »Nicht dass Sie jetzt glauben, Joachim wäre jemals aggressiv gewesen. Nein, ganz im Gegenteil. Er war die Ruhe selbst, immer.«

Enna fühlte sich an Paulsens Worte erinnert, als er sein merkwürdiges Gefühl bei der Begegnung mit Julias Vetter beschrieb.

»Danke für Ihre Offenheit«, sagte Enna. »Ich weiß das zu schätzen und Sie brauchen keine Angst zu haben, dass Sie Herrn Sievers damit belastet haben.«

»Ich hätte es auch niemand anderem erzählt«, antwortete Franziska Bergmann. »Zu Ihnen habe ich Vertrauen.«

Sie sprachen noch eine Weile über die Friesoyther Clique, bevor sich Enna von Franziska Bergmann verabschiedete und sich auf den Rückweg nach Oldenburg machte.

Enna traf gleichzeitig mit Paulsen vor dem Büro ein.

»Ich habe schon gehört, du hast im Stau gestanden«, sagte Enna, als Paulsen auf sie zukam.

»Elbtunnel. Und das gleich in beide Richtungen«, sagte Paulsen.

»Hat es sich wenigstens gelohnt?«, fragte Enna und hielt ihm die Tür auf.

»Schwer zu sagen. Setzen wir uns noch zusammen?«

Enna schaute auf die Uhr. Kurz vor sechzehn Uhr. Sie hatte im Auto mit Alina gesprochen und sich nach Elias erkundigt. Er spielte mit Lukas, seinem Freund. Sarah, Lukas' Mutter, würde in einer Stunde vorbeikommen und ihren Sohn abholen. »Eine Dreiviertelstunde habe ich noch«, antwortete Enna.

Pia begrüßte die beiden Kollegen in der Küche, wo sie gerade neuen Kaffee aufgesetzt hatte.

Enna berichtete als Erste von der Zurbrügge-Befragung und erzählte Paulsen nur kurz, dass sie noch einmal mit Franziska Bergmann gesprochen habe.

»Also, ich war ja in der schönen Landeshauptstadt von Schleswig-Holstein«, sagte Paulsen. »Buchholz hat eine Firma, die Medizinprodukte herstellt. Er hat da eingeheiratet und vor ein paar Jahren seinen Schwiegervater als alleinigen Geschäftsführer abgelöst.«

»Keine Aktien mehr?«, fragte Pia schmunzelnd.

»Zumindest nicht hauptberuflich. Er wollte von der ganzen Sache in Emden nichts mehr wissen, hat auch mehr oder weniger abgestritten, dass er etwas mit den ganzen Börsengeschäften zu tun hatte. Nun gut, das übliche Muster, was kümmern mich meine Jugendsünden. Ihr werdet lachen, genau so hat er es genannt und gemeint, unser ehemaliger Außenminister und Vizekanzler habe als Student auch Polizisten mit Steinen beworfen und Schlimmeres gemacht.«

Pia rollte mit den Augen.

»Ja, so hätte ich auch beinah reagiert«, sagte Paulsen mit Blick auf Pia. »Leider konnte ich ihn mit den Börsengeschäften nicht unter Druck setzen. Das ist einfach so an ihm abgeprallt.

Erst als ich ihm von Lütgens Untersuchungshaft erzählt habe, ist er unsicher geworden.«

»Hat er was zu unserem Phantom ausgesagt?«, fragte Pia mit Blick auf die Uhr.

»Zumindest kannte er seinen richtigen Vornamen. Damit und mit Zurbrügges Informationen sollte Joe jetzt wohl leicht zu finden sein. Buchholz ist sich sicher, dass der Name Jonathan war.«

Pia griff nach ihrem Laptop und ging die Listen durch. Schließlich sah sie auf. »Nichts. Kein Jonathan dabei.«

Paulsen schlug mit der flachen Hand auf den Tisch. »Hat mich dieser Typ doch verarscht. Ich hätte schwören können, dass er mir die Wahrheit gesagt hat.«

»Haben wir alle Listen?«, fragte Enna an Pia gewandt.

»Wie ich dir schon mal gesagt habe, das Semester von Julia, zwei unter und zwei über ihr. Er kann natürlich noch eher angefangen haben zu studieren und zum Beispiel eine Pause eingelegt haben.«

»Der Beschluss ist noch gültig. Fahr morgen früh gleich nach Emden. Wir brauchen Klarheit. Dieser Jonathan muss doch irgendwie zu finden sein.«

»Anderer Fachbereich?«, fragte Pia.

»Unwahrscheinlich, aber du kannst es versuchen.« Enna sah auf die Uhr. »Ich muss jetzt. Tut mir leid, Pia, dass du nicht mehr berichten kannst, aber ich habe es Elias versprochen.«

»Kein Thema, kann warten«, antwortete Pia. »Von Maria nichts Neues. Aber ich bin weiter in Kontakt.«

Enna war aufgestanden und packte ihre Sachen zusammen. »Bis morgen, Leute.«

Enna setzte sich in den Wagen, legte die Tasche auf den Beifahrersitz und wollte sich gerade wieder aufrichten, als sie etwas unter dem Sitz bemerkte. Sie griff danach und wusste im gleichen Augenblick, worum es sich handelte. Die Akte, die Aaron Bernard ihr am Bremer Flughafen ins Auto gelegt hatte. Sie starrte den Ordner an und war schon im Begriff auszusteigen, um ihn in der Mülltonne zu entsorgen, als etwas aus dem Ordner rutschte und auf dem Beifahrersitz liegen blieb. Zum ersten Mal sah sie dem Mörder ihrer Eltern direkt in die Augen.

Achtundzwanzig

Am nächsten Morgen fuhr Enna parallel zum Küstenkanal auf der B401 Richtung Westen. Sie hatte kurz im Büro vorbeigeschaut und mit Paulsen gesprochen. Er war gerade dabei gewesen, das Protokoll der Vortagsbefragung zu verfassen, und wollte anschließend mit der Kriminaltechnik in Aurich telefonieren, die Laptop, Tablet und Handy von Maximilian Borchert auswertete. Pia war bereits auf dem Weg nach Emden, um die Semesterlisten noch einmal durchzugehen.

Die Akte über den Prozess, die Aaron Bernard in Ennas Auto liegen gelassen hatte, lag inzwischen auf dem Schreibtisch ihres Arbeitszimmers. Enna hatte sie kurz durchgeblättert und sie nach zehn Minuten wieder geschlossen. War dieser Mann so geschickt, dass er einen Anwalt wie Aaron Bernard hatte täuschen können? Selbst wenn, hätte Bernard sich nicht ausschließlich an die Fakten gehalten? Enna hatte ihn gegoogelt. Er war nach dem Studium in eine bekannte Frankfurter Anwaltskanzlei aufgenommen worden und dort bereits nach fünf Jahren Partner geworden. Er hatte in diversen öffentlichkeitswirksamen Strafverfahren als Verteidiger fungiert und genoss den Ruf eines akribischen Arbeiters, der sich mit Haut und Haar einer Sache verschrieb. Würde sich so ein gestandener Anwalt von einem verurteilten Mörder manipulieren lassen?

Sollte Ronald Grothe nicht der Mörder ihrer Eltern sein, lief der wahre Täter, soweit er noch am Leben war, weiter frei herum. Dieser Gedanke ging Enna nach dem erneuten Fund der Akte nicht mehr aus dem Kopf. Sie versuchte, ihn abzuschütteln, redete sich ein, dass es nicht ihr Fall sei, dass die Wahrscheinlichkeit eines Fehlurteils in Deutschland ausgesprochen gering und eine Wiederaufnahme des Falles noch unwahrscheinlicher war. Alles half nichts. Der Gedanke an einen anderen, den wahren Mörder ließ sie einfach nicht mehr los.

Als Enna von der B401 Richtung Friesoythe abbog, zwang sie sich, sich auf das bevorstehende Gespräch mit Julias Mutter zu konzentrieren. Was wollte sie erreichen? Welche Fragen hatte sie beim ersten Mal nicht gestellt? Welche Ermittlungsergebnisse konnte sie durch ein weiteres Gespräch mit Hannelore Dirksen neu beleuchten? Sie legte sich in Gedanken eine Strategie zurecht und ging noch einmal alle wesentlichen Punkte durch.

Als Enna auf die Eichenallee einbog, sah sie vor dem Haus eine Frau vor einem Rosenbusch stehen, anscheinend dabei, die Pflanzen zu beschneiden. Enna parkte ihren Wagen mit etwas Abstand und ging langsam auf Frau Dirksen zu.

»Guten Morgen, Frau Andersen.« Hannelore Dirksen lächelte und zog ihre Handschuhe aus, bevor sie Enna die Hand reichte.

»Guten Morgen, Frau Dirksen. Hätten Sie noch einmal ein paar Minuten Zeit für mich?«

»Wenn ich Sie zu einem Tee einladen darf«, sagte Frau Dirksen und wandte sich dem Haus zu.

Enna folgte ihr, Hannelore Dirksen führte sie in einen Raum, allem Anschein nach das persönliche Zimmer der

Hausherrin. An der Fensterfront stand ein runder Tisch mit zwei luxuriös gepolsterten Sesseln.

»Bitte!«, sagte Hannelore Dirksen und wartete, bis Enna Platz genommen hatte.

»Ich würde gerne noch einmal mit Ihnen über die Tage vor dem 1. Mai 2002 sprechen«, begann Enna. »Sie sagten beim letzten Gespräch, dass Julia am 26. April angekommen sei.«

»Das ist richtig.« Hannelore Dirksen schien ruhiger und gefestigter zu sein als bei der ersten Befragung. Als es an der Tür klopfte und gleich darauf eine junge Frau mit einem Tablett eintrat, stand Hannelore Dirksen auf, nahm das Tablett entgegen und bedankte sich bei ihrer Angestellten.

»Bitte!« Frau Dirksen reichte Enna eine Tasse Tee.

»Danke.« Enna trank einen Schluck und stellte die Tasse ab. »Wie lange hatte Julia damals vor, in Friesoythe zu bleiben?«

»Ein paar Tage. Ich glaube, die Hochschule hatte geschlossen.«

Enna wusste von Pia, dass nur am Feiertag kein Hochschulbetrieb gewesen war, erwähnte es allerdings nicht. »Kam es häufiger vor, dass Julia so lange zu Besuch kam?«

Hannelore Dirksen hatte ihre Tasse in der Hand, trank einen Schluck, nickte nachdenklich und stellte dann die Tasse ab. »Ich will ehrlich sein. Nein, es kam nicht sehr häufig vor. Zu Weihnachten, ja, da war sie immer einige Tage bei uns, aber ansonsten waren es nur kurze, manchmal sehr kurze Besuche. Sie hat kaum noch hier übernachtet.«

»Aber dieses Mal schon. Es wären ja sicher fünf oder mehr Übernachtungen zusammengekommen.«

»Das stimmt«, antwortete Hannelore Dirksen.

»Waren Sie damals nicht darüber verwundert?«

Hannelore Dirksen schloss die Augen. Enna wartete, bis sie wieder aufsah. »Ja, das war ich. Aber ich habe Julia nicht gefragt, warum sie dieses Mal so lange bleiben wollte. Ich war einfach froh, dass sie hier war, und habe die Stunden genossen.«

»Waren Sie davon überzeugt, dass Ihre Tochter nach dem Studium in die Firma einsteigen würde?«

Hannelore Dirksen schüttelte den Kopf. »Nein, ganz und gar nicht. Nicht dass Sie mich falsch verstehen, wir haben darüber nie gesprochen. Aber eine Mutter spürt, wenn es ihrem Kind nicht gut geht.«

»Und Julia ging es nicht gut mit dem, was von ihr erwartet wurde?«

»Nein.« Hannelore Dirksen versank regelrecht in ihrem Sessel. Sie atmete flach und hatte den Blick nach unten gerichtet. »Meinen Sie, dass das etwas mit ihrem Tod zu tun hatte?«

»Darauf gibt es bisher keine Hinweise«, antwortete Enna.

Hannelore Dirksen lächelte matt. »Ich habe mir jahrelang Vorwürfe gemacht, dass ich ihr nicht geholfen habe. Dabei wusste ich, dass meine Tochter nie diesen Studiengang gewählt hätte, wenn mein Mann sie nicht dazu …«, sie schluckte, »… wenn Heinrich sie nicht dazu gedrängt hätte.«

»Wussten Sie, dass Julia gleichzeitig in einem weiteren Fach eingeschrieben war?«

Hannelore Dirksen warf ihr einen erstaunten Blick zu. »Nein, natürlich nicht. Ein zweites Studium?«

»Sozialpädagogik. Ebenfalls in Emden.«

Hannelore Dirksen nickte. »Sie wollte als Jugendliche Medizin studieren. Ihr Notendurchschnitt hätte dazu gereicht. Warum haben wir sie nur nicht gelassen? Warum nicht?«

Enna wartete mehrere Minuten. Als sie den Eindruck hatte, dass Frau Dirksen sich wieder gefangen hatte, fragte sie: »Ist Ihnen jemals der Gedanke gekommen, dass Julias Besuch um den 1. Mai eine Art Abschiedsbesuch gewesen sein könnte?«

Hannelore Dirksen starrte sie mit aufgerissenen Augen an. »Abschied? Wie meinen Sie das?«

»Es ist von mir nur eine Vermutung, und wenn es so war, ging es sicher nicht um einen Abschied für immer, aber schon für eine längere Zeit.«

»Aber warum?«

»Das wissen wir noch nicht im Detail. Julia hatte Probleme mit einigen Kommilitonen in ihrem Semester. Wir vermuten, dass sie bedroht wurde.«

»Also doch das Studium?«, fragte Hannelore Dirksen mit leiser Stimme.

»Mit ihrem eigentlichen Studium der Betriebswirtschaft hatte der Konflikt nichts zu tun«, sagte Enna, um Hannelore Dirksen zu beruhigen. »Das hätte auch in einer anderen Stadt mit einem anderen Fach passieren können.«

»Und deshalb ist sie ermordet worden?«

»So weit sind wir noch nicht, Frau Dirksen. Und ich würde Sie auch bitten, unseren Verdacht nicht weiterzutragen. Wenn man es genau nimmt, hätte ich Ihnen davon nicht erzählen dürfen.«

Hannelore Dirksen nickte. »Nein, ich behalte es für mich.« Sie hielt inne. »Was war noch Ihre Frage gewesen?«

»Ob es sein kann, dass Julias Besuch in Friesoythe eine Art Abschiedsbesuch war.«

Hannelore Dirksen ließ sich lange Zeit, bevor sie antwortete: »Ich muss darüber nachdenken. Sie verstehen sicher, dass ich im Moment zu geschockt bin, um …« Sie schluckte schwer. »Wohin wollte Julia fliehen?«

Enna wunderte sich, dass Julias Mutter den Begriff *fliehen* benutzt hatte. »Das weiß ich auch nicht, Frau Dirksen.«

»Nach Spanien?«, fragte sie flüsternd.

»Wie kommen Sie darauf?«

»Ich glaube, Julia war dort glücklich. Ihr gefielen die Menschen, das Klima und die Landschaft. Sie hat vom Mittelmeer geschwärmt und von ihren Freunden in Barcelona.«

»Ja, das könnte sein. Hat Julia einmal Namen ihrer spanischen Freunde genannt?«

Hannelore Dirksen schien nachzudenken und sagte schließlich: »Das ist zu lange her, Frau Andersen.« Dann stutzte sie. »Oder – vielleicht hat sie von einer Maria erzählt. Aber beschwören könnte ich es nicht und den Nachnamen kenne ich auch nicht.«

»Das hilft uns schon weiter, Frau Dirksen.« Enna wartete eine Weile, bevor sie ihre letzte Frage stellte. »Darf ich Sie noch etwas zu Ihrem Sohn fragen?«

Hannelore Dirksen warf ihr einen misstrauischen Blick zu. »Was wollen Sie denn wissen?«

»Nachdem Julia verschwunden ist, wie hat Ihr Sohn da reagiert?«

»Warum wollen Sie das wissen?«, fragte Frau Dirksen und richtete sich auf.

»Wir verdächtigen Christian in keiner Weise. Es ist mein persönliches Interesse. Ich habe vor über einem Jahr meinen Mann durch einen Unfall verloren. Es war schwer für mich, aber noch schwerer für meinen Sohn.«

Hannelore Dirksen nickte. »Und jetzt wollen Sie wissen, wie Christian den Verlust seiner Schwester verkraftet hat?«

»Ja.«

»Sie haben ja in Friesoythe schon einige Freunde meiner Tochter befragt und wahrscheinlich gehört, dass Christian als Teenager einige Probleme hatte.«

Enna nickte.

»Es wurde nach Julias Verschwinden nicht besser. Nein, überhaupt nicht. Christian hat sich in sich zurückgezogen und heftig und lange getrauert.«

»Was genau ist passiert?«, fragte Enna, als Hannelore Dirksen nicht weitersprach.

»Christian hat immer schon alles sehr schwergenommen. Als seine Schwester nicht mehr da war, ist für ihn eine Welt zusammengebrochen. Er ist dann nach Oldenburg zu einem Therapeuten gegangen. Viele Monate, und er hat auch Medikamente bekommen. Wir gingen zu dem Zeitpunkt ja alle schon davon aus, dass Julia tot war. Aber wir wussten es eben nicht mit Sicherheit. Das war für uns alle schwer zu ertragen.«

»Ja, das verstehe ich«, sagte Enna. »Das verstehe ich sehr gut.«

Neunundzwanzig

Auf der Rückfahrt, kurz hinter Altenoythe, meldete sich der Staatsanwalt Dr. Raven bei Enna. Sie begrüßte ihn, er fragte nach dem Stand der Ermittlung. Enna gab ihm einen kurzen Bericht.

»Klingt alles noch nicht nach dem großen Durchbruch«, sagte Raven. »Der Haftrichter hat mich angerufen, Dr. Hirschfeld drängt auf einen neuen Haftprüfungstermin.«

»Das ist die Aufgabe eines Anwalts«, entgegnete Enna, die ahnte, worauf das Gespräch hinauslief. »Wir haben noch nicht einmal den DNA-Vergleich des Spermas und ebenso wenig den Abgleich mit den Spuren auf Borcherts Kleidung. Sie wissen doch, wie lange das in der Regel dauert, Dr. Raven.«

»Absolut, Frau Hauptkommissarin. Ich bin da ganz bei Ihnen. Trotzdem entscheidet der Haftrichter und weder ich noch Sie.«

»Was heißt das jetzt konkret?«

»Eine Untersuchungshaft, schon gar für einen Hochschulprofessor mit festem Wohnsitz und tadellosem Leumund, lässt sich bei der momentanen Beweislage nicht lange durchhalten. Das hatte ich Ihnen gleich prophezeit, und inzwischen drängt das Gericht auf schnelle Klärung.«

»Es soll also zeitnah einen weiteren Haftprüfungstermin geben?«

»Das steht noch nicht fest, aber es liegt in der Luft. Ich habe leider keine besseren Nachrichten für Sie, aber Professor Lütgen scheint einflussreiche Unterstützer zu haben. Es wäre somit ratsam, dass wir etwas mehr Tempo in die Ermittlungen bekommen.«

Enna hätte ihn um ein Haar gefragt, was genau er mit *wir* meinte, hielt sich aber im letzten Augenblick zurück.

»Mehr Leute kann ich Ihnen allerdings nicht geben, Sie kennen die Personalsituation in der Region«, fuhr Raven fort.

»Wann?«, fragte Enna.

»Sie meinen, wann der Termin ist? Das steht wie gesagt noch nicht fest, nicht einmal, ob es überhaupt zeitnah dazu kommt. Ich wollte Sie nur informieren, damit Sie nicht unvorbereitet sind.«

»Eine Woche?«, fragte Enna weiter, die sich sicher war, dass der Staatsanwalt mehr wusste, als er bisher verraten hatte.

»Mit Glück«, antwortete der Staatsanwalt. »Wir brauchen schnell unwiderlegbare Beweise. Schaffen Sie das?«

»Halten Sie sich bitte Dienstag und Mittwoch für eine Vernehmung von Professor Lütgen frei. Ich melde mich morgen Nachmittag noch einmal bei Ihnen.«

»Ich warte auf Ihren Anruf. Je eher, desto besser«, sagte der Staatsanwalt und verabschiedete sich von ihr.

Enna hatte bisher nur einmal mit Staatsanwalt Raven zusammengearbeitet, hatte aber gehört, dass er kein Risiko einging, wenn er vom Haftrichter unter Druck gesetzt wurde. Dass er sie bisher unterstützt und die Untersuchungshaft von Lütgen durchgesetzt hatte, hing vermutlich damit zusammen, dass er sich seinen Anteil am schnellen Erfolg sichern wollte. Ennas Team war durch die letzten Fälle, die allesamt durch die Presse gegangen waren, in aller Munde. Ihr war klar, dass Raven sich nicht die Finger verbrennen wollte, wenn es eng werden würde.

»Und was heißt das jetzt?«, fragte Paulsen, als Enna ihm von dem Gespräch berichtete.

»Dass wir uns sputen müssen. Wir können nur hoffen, dass die DNA-Analyse etwas ergibt. Für eine weitere Vernehmung von Lütgen brauchen wir mehr, als wir bisher haben.« Enna stand auf. »Hat sich Pia schon gemeldet?«

Paulsen verneinte. Enna nickte ihm zu und ging in ihr Büro. Am geöffneten Fenster ging sie noch einmal alle Fakten durch. Sie stutzte. Was war eigentlich mit Vincents Bericht? Hatte er ihn nicht Dienstag oder spätestens Mittwoch liefern wollen? Sie eilte zurück in Paulsens Büro, um nach dem Bericht zu fragen. Paulsen verneinte ihre Frage und vermutete, dass Pia Bescheid wusste. Enna zog ihr Handy aus der Tasche und rief die junge Kollegin an.

»Ich brauche noch etwas Zeit«, sagte Pia.

»Darum geht es nicht. Hast du den Bericht der Gerichtsmedizin?«

»Verdammt! Das habe ich in der Hektik vollkommen vergessen. Er ist gestern Nachmittag gekommen. Er liegt irgendwo auf meinem Schreibtisch. Ich habe ihn ausgedruckt, aber noch nicht gelesen. Sorry!«

»Ich hole ihn. Bis später, Pia.«

Zurück in ihrem Büro blätterte sie durch Vincent Reinbachs Bericht und suchte nach dem Todeszeitpunkt. Der Gerichtsmediziner hatte seine Methode und die zugrunde gelegten Daten ausführlich beschrieben und auf die Schwachpunkte hingewiesen. Aufgrund der vorhandenen Daten vermutete er, dass Maximilian Borchert um zwei Uhr dreißig gestorben war.

Den Puffer gab er wie üblich mit zwei Stunden vor und nach dem vermuteten Todeszeitpunkt an.

Enna griff zum Telefon, rief im Gerichtsmedizinischen Institut an und ließ sich mit Vincent verbinden.

»Zehn Minuten, Enna. Ich habe gleich eine Telefonkonferenz.«

»Todeszeitpunkt bei Maximilian Borchert.«

»Den Bericht hast du sicher gelesen.« Er stöhnte leise. »Der gerufene Notarzt hat glücklicherweise die Temperatur gemessen, aber mir fehlen die Wetterbedingungen. Der Kollege konnte mir dazu nichts sagen, das Wetteramt hatte nur sehr allgemeine Daten für den Küstenabschnitt. Der Wind spielt bei der Auskühlung der Leiche eine entscheidende Rolle. Er kam eigentlich von Norden, wechselte aber im Laufe der Nacht auf Nordwest. Wann das genau war, lässt sich für den Bereich, der für uns relevant ist, nicht eindeutig nachweisen. Insofern musste ich einen Mittelweg finden.«

»Der allerdings vor Gericht vom Verteidiger auseinandergenommen werden könnte«, vervollständigte Enna Vincents Ausführungen.

»So ist es. Wenn der starke Wind den Körper nicht direkt erreicht hat, könnte der Tote auch erst gegen zwei Uhr von der Treppe gestoßen worden sein. Hinzu kommt, dass es unglaublich schwierig ist zu bestimmen, wie lange er noch gelebt hat.«

»Keine guten Nachrichten«, murmelte Enna. »Aber danke, Vincent, dass du dir die Zeit genommen hast.«

»Immer gerne. Ich muss jetzt leider auch. Grüß den kleinen Elias von mir. Vielleicht können wir ja bald mal zu dritt einen kleinen Ausflug machen.«

»Ich melde mich, Vincent.«

Enna setzte sich an ihren Schreibtisch und öffnete den Laptop, um ihre fehlenden Protokolle zu schreiben.

Nachdem Enna einen kurzen Bericht über die zweite Befragung von Hannelore Dirksen gegeben und von dem Telefongespräch mit Dr. Raven erzählt hatte, war Pia an der Reihe.

»Joe hat nur vier Semester studiert. Das ist das Geheimnis«, sagte sie mit triumphierender Miene. »Die Abgänge wurden in einer anderen Liste geführt. Um ein Haar wäre ich auch drauf reingefallen.« Sie schaute in die Runde. »Jonathan Rotmeier. Ich mache mich gleich auf die Suche nach ihm.«

Enna nickte anerkennend.

»Vielleicht habe ich noch mehr.« Pia warf einen Blick zu Paulsen. »Ich habe mich mit deiner auskunftsfreudigen Sekretärin unterhalten, oder sollte ich sagen, sie hat mich vollgelabert? Zuerst war ich von ihrem Redeschwall reichlich genervt, aber dann …« Wieder legte Pia eine Kunstpause ein. »Es gab einen Suizid unter den Hochschulmitarbeitern. Eine junge Frau, die dort eine Ausbildung zur Büroassistentin machte. Als ich das gehört habe, läuteten bei mir die Glocken. Ich habe gleich nachgefragt, ob Julia Dirksen mit der Frau Kontakt hatte. Sie hieß übrigens Nicole Frantzen.«

»Hatte sie?«, fragte Paulsen.

Pia nickte. »Ja, und die Sekretärin war sich sicher, dass Julia auf der Beerdigung war. Etwas ungewöhnlich für eine Studentin, oder?«

»Du vermutest, dass sie Geld investiert hatte?«, fragte Enna.

»Kann sein, aber ich hatte eher an die rauschenden Feten gedacht. Vielleicht ist ihr Ähnliches passiert wie Sonja

Schneider. Sie war neunzehn und laut Sekretärin – ich zitiere – ›sehr hübsch‹.«

»Leben die Eltern noch?«, fragte Enna.

»Auch das muss ich noch herausbekommen. Übrigens, Julia soll auf der Beerdigung geweint haben. Ich denke, sie muss sie näher gekannt haben.«

»Dann schlage ich vor, dass ich die Suche nach den Eltern von Nicole übernehme«, sagte Enna. An Pia gewandt fügte sie hinzu: »Du kümmerst dich um Jonathan Rotmeier.«

»Und ich übernehme Melanie Halmer, die dritte Studentin im Semester«, schlug Paulsen vor. Er warf Pia einen fragenden Blick zu. »Wenn es für dich in Ordnung ist?«

Pia nickte. »Klar, uns läuft die Zeit davon.«

Enna sah auf die Uhr. Sie hatte bereits bei Alina angerufen und ihr gesagt, dass es später werden würde. Elias hatte ihr das Versprechen abgenommen, dass sie ihn am Abend ins Bett bringen würde. Inzwischen war es fünfzehn Uhr, ohne dass Enna mit Nicole Frantzen weitergekommen war. Ihre Eltern waren zwei Jahre nach dem Tod ihrer einzigen Tochter nach Norwegen ausgewandert, und Enna hatte sie bisher nicht finden können. Sie hatte die direkten Nachbarn der Familie Frantzen angerufen und sie befragt. Bis auf eine ältere Dame erinnerte sich niemand an Nicole. Nach einem mühsamen Gespräch mit ihr hatte Enna den Namen von Nicoles damaliger bester Freundin erfahren, war sich aber nicht sicher, ob die alte Dame sich richtig erinnern konnte.

Nach einer weiteren Stunde Recherchearbeit hatte Enna Laura Müller gefunden. Sie lebte inzwischen in Bremen, war verheiratet und hatte den Namen ihres Mannes angenommen.

»Hansen«, meldete sich eine weibliche Stimme am Telefon.

Enna stellte sich vor und fragte, ob sie Nicole Frantzen gekannt habe.

»Sie sind von der Polizei?«, fragte Laura Hansen. »Wie kann ich da sichergehen?«

»Dazu müssten Sie sich die Nummer der Polizeidirektion in Oldenburg heraussuchen und sich zu mir durchstellen lassen. Ist das in Ordnung?«

Wenige Minuten später klingelte das Telefon und Laura Hansen fragte, was Enna zu Nicole wissen wolle.

»Sie waren eng befreundet?«

»Ja, sehr eng sogar. Wie Schwestern, sozusagen.«

»Wissen Sie, weshalb Nicole Suizid begangen hat?«, fragte Enna.

»Warum ist das heute noch wichtig?«

»Im Detail darf ich Ihnen das nicht sagen, nur so viel: Wir haben einen alten Fall wieder aufgenommen und sind dabei auf Ihre Freundin gestoßen. Da Nicoles Eltern im Ausland leben, bin ich auf Sie gestoßen.«

»Weshalb Nicole diesen schrecklichen Schritt gemacht hat, weiß ich nicht genau. Aber sie hatte sich in den Wochen vor ihrem Tod verändert. Vollkommen verändert. Sie hat sich zurückgezogen, kaum noch mit mir gesprochen und ist nicht zur Arbeit gegangen. Der Hausarzt hat Nicole damals krankgeschrieben, aber mehr weiß ich auch nicht.«

»Kannte Nicole eine Julia Dirksen? Julia war Studentin an der Hochschule und nach Zeugenaussagen gut mit Nicole bekannt.«

»War das die, die auf ihrer Beerdigung so geweint hat? Ich habe mich damals gewundert, dass eine wildfremde Frau … Also, ich kannte sie zumindest nicht. Ich glaube Nicoles Eltern kannten sie auch nicht.«

»Ja, Julia Dirksen soll auf der Beerdigung gewesen sein«, sagte Enna.

»Wie gesagt, ich hatte diese Frau vorher nie getroffen. Aber Nicole hat einmal erzählt, dass sie sich mit einer Studentin angefreundet habe. Mehr weiß ich aber nicht.«

»Nicole hat sich also in den Wochen vor ihrem Tod verändert. Sie hat sich zurückgezogen, sagten Sie. War sie noch mit anderen Studenten befreundet? Mit männlichen vielleicht?«

Laura Hansen seufzte leise. »Ja, ich glaube schon. Seit sie an der Hochschule ihre Ausbildung begonnen hatte, trug sie die Nase ziemlich weit oben. Wir beide haben nur einen Hauptschulabschluss, müssen Sie wissen. Nicole hat sich immer dafür geschämt und von einem reichen Mann geträumt. Ich habe ihr immer wieder gesagt, dass sie damit aufhören soll, aber sie hat nur gelacht.«

»Ich habe gehört, dass Nicole sehr attraktiv war.«

»Durchaus. Schlank und groß, lange blonde Haare, nicht so eine Hakennase wie ich, und sie kannte sich richtig gut aus mit den Schminksachen. Schon in der Schule sind die Jungs ihr reihenweise hinterhergelaufen.«

»Hatte sie einen festen Freund?«, fragte Enna.

»Nein, sie wollte auf den Richtigen warten.« Es entstand eine Pause. »Der Richtige. Träumereien.«

»Sie wissen also nicht, ob sie einen der Studenten näher kannte?« Enna wollte nicht so weit gehen, Laura Hansen die Worte in den Mund zu legen und nach den Feten der Studentengruppe zu fragen.

»Nicole hat mir nicht so viel darüber erzählt, weil sie wusste, wie ich dazu stehe. Damals habe ich aber schon vermutet, dass da irgendwas läuft. Sie hatte plötzlich nicht mehr so viel Zeit für mich und tat immer ziemlich geheimnisvoll.«

»Fällt Ihnen jemand ein, der vielleicht besser über diese Dinge Bescheid weiß?«, fragte Enna.

»Keine Ahnung. Ihre Eltern waren damals sehr religiös. Irgendeine evangelische Sekte. Ich glaube kaum, dass sie viel über Nicoles Leben wussten. Und sonst? Nein, ich glaube nicht.«

Enna gab Laura Hansen ihre Handynummer und bat sie, sich zu melden, falls ihr noch etwas einfiele.

Als Enna in die Küche ging, kam ihr Pia entgegen. »Gib mir fünf Minuten. Dann können wir uns zusammensetzen.«

Dreissig

Enna gab einen kurzen Bericht von ihrem Gespräch mit Laura Hansen und bat Paulsen weiterzumachen.

»Nicht einfach. Ich habe unzählige Tischlereien in Emden und Umgebung angerufen und nach einem Marc gefragt, der vor siebzehn Jahren in Emden als Tischler gearbeitet hat. Ich wollte schon fast die Flinte ins Korn werfen, als mir ein Inhaber einer Tischlerei einen Tipp gab: Um die fragliche Zeit hat es in Emden eine Art genossenschaftliches Projekt gegeben. Da haben sich mehrere Handwerker zusammengeschlossen und gemeinsam eine Firma aufgemacht. Selbstverwaltet, sozusagen. Er kannte noch jemanden aus der Truppe, der jetzt bei der Stadt Emden angestellt ist. Den guten Mann habe ich dann ausfindig gemacht, und tatsächlich, er kannte einen Marc, der später mit seiner Freundin oder Frau ausgewandert ist. Kanada. Ich habe also jetzt einen vollständigen Namen. Marc Kessler. Seine Eltern habe ich ausfindig gemacht, aber noch nicht erreicht. Sie werden ja wohl wissen, wo ich ihren Sohn erreichen kann.«

»Wow!«, sagte Pia und schien ehrlich beeindruckt zu sein von Paulsens Recherche. »Du machst mir ja regelrecht Konkurrenz.« Jetzt grinste sie. »Gut, dann bin ich wohl dran.

Ich durfte ja das Phantom jagen. Jonathan Rotmeier. Wie das so ist mit Phantomen, war es auch bei mir nicht so leicht. In Deutschland ist kein Mann dieses Namens gemeldet. Ebenso habe ich ihn in keiner Datenbank gefunden. Er scheint vor sechzehn Jahren von der Bildfläche verschwunden zu sein. Vorher ist er aber durchaus real gewesen.«

»Komm bitte zum Punkt, Pia«, sagte Enna.

»Ja, schon gut. Er ist in Bonn aufgewachsen, seine Eltern hießen Peter und Ursula Rotmeier. Beide sind inzwischen verstorben, Geschwister hat Jonathan nicht. Von Beruf war der Vater Bauunternehmer, eigentlich Maurer, aber er hat sich wohl hochgearbeitet. Seine Mutter war nicht berufstätig, zumindest habe ich nichts gefunden. Jonathan hat in Bonn die Mittlere Reife gemacht und anschließend eine Banklehre. Mit beiden Abschlüssen zusammen konnte er an der Fachhochschule Betriebswirtschaft studieren, was er ja anfänglich auch gemacht hat. Warum er dann aufgehört hat, konnte ich nicht herausfinden. Auf jeden Fall war der Studienabbruch seine Entscheidung, die Hochschule hat ihn nicht rausgeschmissen. Gemeldet war er in Emden unter zwei Adressen. Die erste war eine Einzimmerwohnung. Ich habe mit der Vermieterin gesprochen, aber sie konnte sich nur vage an ihn erinnern. Er ist dort nicht negativ aufgefallen. Nach einem Jahr hat er die Wohnung gewechselt und ein Drei-Zimmer-Penthouse gemietet.«

»Nobel geht die Welt zugrunde«, murmelte Paulsen. »Trotz allem wissen wir noch nicht, ob es unser Mann ist.«

»Doch!«, sagte Pia und drehte ihren Laptop um. Pia hatte aus der Datenbank Rotmeiers Passfoto geladen. Der abgebildete Mann sah dem auf dem Foto aus Borcherts Sammlung ausgesprochen ähnlich.

»Wann ist der Personalausweis ausgegeben worden?«, fragte Enna.

»Vor zehn Jahren. Er ist seit einem Monat abgelaufen. Wenn Rotmeier keine neue Staatsangehörigkeit angenommen hat, müsste er ihn eigentlich verlängern.«

»Wo wurde er ausgestellt?«

»Generalkonsulat Edinburgh. Großbritannien. Zumindest vor zehn Jahren scheint er dort oder irgendwo in Nordengland gelebt zu haben.«

Paulsen hielt ihr den gehobenen Daumen entgegen. »Gratulation! Wir haben ihn!«

Enna wiegte skeptisch den Kopf. »Leider nicht hier vor Ort. Trotzdem gute Arbeit, Pia.« Sie sah auf die Uhr. »Für heute machen wir Schluss. Ich muss dringend nach Hause.«

Enna küsste Elias. »Gute Nacht, Großer. Schlaf gut.«

»Bist du morgen früher zu Hause, Mama?«

»Das weiß ich noch nicht, Elias. Ich muss gerade ganz viel arbeiten. Aber am Samstag und Sonntag, da bin ich auf jeden Fall da und wir unternehmen was Schönes. Ja?«

Elias nickte eifrig. »Und Alina kommt auch mit?«

»Das glaube ich nicht. Sie braucht doch auch ein bisschen Zeit für sich.«

»Schade!«

»Schlaf gut, Elias.« Enna schaltete das Licht aus, im gleichen Moment sprang die Nachtlampe an. Elias winkte ihr ein letztes Mal zu und kuschelte sich dann ins Kopfkissen.

Enna ging in die Küche und half Alina bei dem Abräumen des Abendessens. »Klappt alles gut?«, fragte sie.

»Sehr gut sogar«, antwortete die junge Frau. »So schnell ist noch nie eine Woche vorbeigegangen.« Sie lächelte. »Was machen wir am Wochenende?«

»Wir? Du hast doch sicher etwas vor, oder?«

Alina schüttelte den Kopf. »Nein, ich kenne die anderen aus dem Deutschkurs noch nicht so gut.«

»Und wenn du dich nicht mit ihnen verabredest, wird sich das auch nicht ändern«, sagte Enna lachend. Sie zögerte kurz. »Sag mal, ich habe meine junge Kollegin angesprochen, ob sie dich mal mitnimmt. Pia, du hast sie doch kennengelernt. Sie ist nur ein paar Jahre älter als du und kennt sich gut in Oldenburg aus.«

Alina warf Enna einen unsicheren Blick zu. »Will sie das denn?«

»Sie hat sich angeboten«, sagte Enna, auch wenn das nicht ganz der Wahrheit entsprach. »Sie ist wirklich nett. Ich habe ihr schon deine Telefonnummer gegeben. Sie ruft dich vielleicht mal an. Ist das in Ordnung?«

Alina stellte den letzten Teller in die Spülmaschine und schloss die Klappe. »Ja, wenn du meinst.«

Pia rief laut in den Flur: »Die Ergebnisse sind da!«

Enna sprang auf und lief aus ihrem Büro heraus. »Und?«

»Bin am Lesen«, sagte Pia, die mit dem Papier in der Hand auf die Küche zulief. Paulsen kam aus seinem Büro und eilte Pia hinterher.

»Mist!«, rief Pia. »Das Sperma ist nicht von Lütgen.« Sie las weiter und ballte die gehobene Faust. »Aber sie haben trotzdem seine DNA an dem Slip gefunden!«

Paulsen griff nach dem Fax und überflog es. »Stimmt! Eindeutige Zuordnung. Da kommt er nicht so leicht wieder raus. Er war dabei oder wusste zumindest von der Vergewaltigung.«

Enna hörte das Piepen des Faxgeräts. »Kommt da noch mehr?«

Pia lief zurück in den kleinen Raum, in dem der Server, der Drucker und das Faxgerät untergebracht waren, und kam mit zwei Blättern in der erhobenen Hand zurück. »Die gefundene DNA an Borcherts Kleidung stammt nicht von Lütgen.«

Enna nickte. »Ansonsten hätte es schon beim Abgleich zwischen Borchert-Kleidung und Slip einen Treffer gegeben.«

Pia las die zweite Seite des Fax. »Und siehe da, sie haben die DNA auf Borcherts Kleidung zuordnen können. Sie kommt von dem Bauern, der ihn gefunden hat.«

Enna zog einen Stuhl vom Besprechungstisch in der Küche vor und setzte sich. Pia und Paulsen folgten ihr. Die schriftlichen Ergebnisse machten die Runde, bevor Enna wieder aufstand und Lütgens Namen auf der Flipchart mit einem roten Filzstift mehrfach umrandete. »Was bedeutet das jetzt?«

»Es war ein dritter Mann dabei. Lütgen, Borchert und …«

Bevor Paulsen den Namen aussprechen konnte, sagte Pia: »Jonathan Rotmeier. Unser Phantom aus England.«

Enna schrieb den Namen neben den von Boris Lütgen und unterstrich ihn. »Gehen wir einmal davon aus, dass Rotmeier dabei war und Julia Dirksen vergewaltigt wurde. Wann und warum ist die nächste Frage.«

Paulsen schüttelte den Kopf. »Das können wir im Moment noch nicht beantworten.«

»Aber es liegt doch auf der Hand«, sagte Pia. »Die drei haben Julia auf dem Weg von Thüle nach Friesoythe aufgelauert, sie als Strafmaßnahme vergewaltigt. Sie hat sich gewehrt, hat geschrien, einer von den dreien hat sie gewürgt, um sie zum Schweigen zu bringen, und dabei nicht gemerkt, dass er zu weit gegangen ist.«

»Es kann auch ganz anders gewesen sein«, erwiderte Paulsen. »Wir können nicht nachweisen, wie der Slip zu Borchert gekommen ist. Es ist nicht einmal gesagt, dass Julia nicht freiwillig …«

»Paulsen!« Pia sprang auf. »Jetzt gehst du zu weit. Das ist lächerlich.«

»Ruhe!«, fuhr Enna dazwischen. »Natürlich nehmen wir hier in der Runde erst einmal an, dass Julia nicht freiwillig mit der noch unbekannten Person sexuellen Kontakt hatte. Die ganzen Umstände deuten auf einen anderen Verlauf hin, aber leider hat Paulsen recht, wir haben keine Beweise.«

Pia sah sie ungläubig an. »Und Lütgen kommt davon?«

»Das habe ich nicht gesagt. Er sitzt im Moment wegen des Verdachts der Tötung von Maximilian Borchert in Untersuchungshaft. Im Fall Julia Dirksen wird es schwieriger.«

»Unsinn!«, sagte Pia, die sich inzwischen wieder gesetzt hatte. »Borchert hat von Lütgen über viele Jahre ein kleines Vermögen erhalten. Lütgen hat nach dem Sturz von Borchert sein Haus durchsucht. Auch das können wir nachweisen. Borchert hat diesen Slip, auf dem nachweislich Lütgens DNA gefunden wurde, versteckt. Nichts liegt näher als eine Erpressung. Damit man jemanden erpressen kann, muss es etwas geben, mit dem derjenige erpresst werden kann. Dieser Slip muss etwas mit Julias Tod zu tun haben.«

»Das Sperma von einem anderen, mutmaßlich von Rotmeier«, warf Paulsen ein. »Hätte Borchert nicht eher ihn erpressen müssen?«

»Ist doch ganz einfach, Paulsen«, erwiderte Pia lautstark. »Er hat sie beide erpresst und Lütgen war der … keine Ahnung, der Kassenwart oder so was.«

»Er wird sich rausreden«, murmelte Paulsen und sagte laut: »Ich denke doch auch, dass Lütgen der Täter ist oder zumindest beteiligt war. Trotzdem müssen wir gerichtsverwertbare Beweise liefern, Pia. Und die haben wir noch nicht.«

Pia sprang auf, ihr Stuhl fiel nach hinten auf den Boden. Sie erschrak und zögerte kurz, lief dann aber aus der Küche.

»Was war das denn?«, fragte Paulsen leise.

»Ich denke, ihr geht der ganze Fall sehr nahe«, sagte Enna. Als Paulsen seinen Stuhl zurückschob, hob Enna die Hand. »Lass Pia mal. Sie braucht ein paar Minuten für sich.« In diesem Augenblick hörten sie, wie eine Tür geöffnet wurde und gleich darauf zuknallte. Pia Sims hatte anscheinend das Haus verlassen.

Paulsen stöhnte leise. »Jetzt übertreibt sie aber.«

Nach einer Pause, die Enna und Paulsen vor der Hintertür des Hauses verbrachten, kochte Enna einen Kaffee und setzte sich mit Paulsen zurück an den Küchentisch.

»Ich habe übrigens mit Frau Halmer gesprochen, also der Mutter von Melanie«, sagte Paulsen. »Ihre Tochter lebt weiter in Kanada und hat auch die kanadische Staatsbürgerschaft angenommen. Telefonnummer habe ich auch, allerdings haben die da noch mitten in der Nacht.«

»Sehr gut. Ich kann mir zwar noch nicht vorstellen, was Melanie Halmer zum Fall beitragen kann, aber mein Bauchgefühl sagt mir, dass wir dringend mit ihr sprechen müssen.«

»Heute Abend. Die Mutter meinte, es wäre am besten, wenn ich ihre Tochter gegen Mittag Ortszeit anrufe.«

Enna nickte. »Okay. Sind eigentlich die Ergebnisse zu Borcherts Laptop, Tablet und Handy immer noch nicht da?«

Als Paulsen verneinte, griff sie zum Handy und rief Andreas Holm an. Der entschuldigte sich mehrmals und versprach, sich sofort um die Angelegenheit zu kümmern. Enna bat ihn darum, in spätestens einer halben Stunde zurückzurufen.

»Provinzler«, raunte Paulsen. »Ohne Druck hätten wir das in sechs Wochen noch nicht.«

»In diesem Fall muss ich dir leider zustimmen.« Enna legte ihr Handy auf den Tisch. »Hand aufs Herz: Wie ist deine Einschätzung?«

Paulsen zuckte die Achseln. »Wir haben in der kurzen Zeit verdammt gute Arbeit gemacht. Und mit etwas Glück ziehen wir Lütgen auch aus dem Verkehr. Lütgens DNA war zwar nicht an Borcherts Kleidung, aber wir haben genug, um ihn mit dem Tod von Borchert in Verbindung zu bringen. Leider sieht es im Fall Julia Dirksen anders aus. Da wagt sich kein Staatsanwalt dran. Das würde ein reiner Indizienprozess werden. Der Ausgang wäre so ungewiss wie das Wetter nächstes Jahr um diese Zeit.«

»Wir brauchen Zeugen, die Lütgen, Borchert oder Rotmeier auf dem Fest in Thüle gesehen haben. Das würde reichen, um selbst Raven zu überzeugen, dass wir auf dem richtigen Weg sind.«

»Und wenn wir es nicht sind?«, fragte Paulsen, ohne Enna dabei anzusehen.

Ennas Handy machte sich bemerkbar. »Herr Holm, haben Sie etwas für mich?«

Andreas Holm seufzte leise. »Nicht wirklich. Das Tablet war nicht passwortgeschützt, aber Borchert hat hier keine Daten gespeichert. Der Internetverlauf ist vollkommen normal. Er hat das Gerät nur für Informationsseiten benutzt.«

»Okay. Und die beiden anderen Geräte?«

»Sind beide passwortgeschützt. Leider ist der Experte dafür im Moment krank. Er soll aber nächste Woche wieder im Dienst sein.«

»Wann?«

»Das konnte mir niemand sagen. Ich hoffe, dass er Montag zurückkommt.«

Enna dachte kurz darüber nach, ob sie beide Geräte nach Oldenburg bringen lassen sollte, entschied sich aber dagegen. Vermutlich würde es mindestens so lange dauern wie in Aurich. »Sagen Sie mir bitte am Montag Bescheid, wie es weitergeht, Kollege.«

Als Enna das Büro verlassen wollte, traf sie Pia Sims, die das Haus gerade betreten hatte.

»Mir geht's schon wieder besser. Ich brauchte nur ein bisschen frische Luft«, sagte Pia.

»Können wir kurz reden?«, fragte Enna und stellte ihre Tasche im Flur ab.

»Klar. Zu dir oder zu mir?«

Enna schmunzelte über Pias kleinen Scherz. »Gehen wir doch in dein Büro.«

Sie zog sich einen Stuhl an Pias Schreibtisch und setzte sich zu ihr.

Pia verzog das Gesicht. »Aber jetzt bitte nicht die mütterliche Variante. Ich weiß, ich bin im Moment etwas dünnhäutig und der Fall geht mir hin und wieder zu nahe. Das ist unprofessionell und ich werde mich bemühen, innerlich mehr Abstand zu halten.«

»Schreibst du alle Überstunden auf?«, fragte Enna.

»Eigentlich schon.«

»Und uneigentlich?«

»Himmel, Enna. Du kennst das doch. Manchmal vergisst man das halt. Ja, und? Niemand kommt dadurch zu Schaden. Glaubst du wirklich, dass wir die Stunden irgendwann mal abbummeln können? Und ausbezahlt bekommen wir die auch nicht.«

»Ja, Pia. Ich kenne das tatsächlich. Es gab eine Zeit, da war es mir vollkommen egal, wie viele Stunden ich in der Woche gearbeitet habe. Aber glaub mir, das geht nicht lange gut. Seit ich

Elias habe, dreht sich nicht mehr alles nur um die Polizeiarbeit. Und das ist gut so. Ich schlage vor, du machst für heute Schluss und betrittst das Büro in den nächsten zwei Tagen nicht mehr. Und von zu Hause arbeitest du auch nicht. Es sei denn, wir haben einen wirklichen Notfall und …«

»Alles klar, Chefin. Im Grunde bin ich auch nur zurückgekommen, um meine Sachen zu packen und ins Wochenende zu gehen. Ich wollte sowieso morgen mal rausfahren.«

»Klingt doch gut. Und alles andere besprechen wir nächste Woche in einer ruhigen Minute. Okay?«

Pia nickte und griff nach ihrer Umhängetasche, die neben dem Schreibtisch lag. »Wie du meinst.«

Einunddreissig

Am Samstagvormittag kam Elias' Oma unerwartet zu einem Kurzbesuch vorbei. Nach dem gemeinsamen Mittagessen bestand Greta darauf, dass Enna sich ausruhen sollte, und überredete Elias, mit ihr in den Schlossgarten zu gehen.

Enna ging mit einer großen Tasse Milchkaffee ins Wohnzimmer, um den Roman zu lesen, den Greta ihr vor Wochen geschenkt hatte. Nach zehn Minuten brach sie ab, weil sie sich nicht auf die Handlung konzentrieren konnte.

In ihrem kleinen Arbeitszimmer startete sie ihren Laptop und rief die Aufzeichnung der Befragung von Joachim Sievers, dem Biobauern aus Markhausen, auf. Der Beginn der Befragung lief stockend. Pia schien Sievers gefragt zu haben, ob er mit der Aufzeichnung einverstanden sei, fragte aber, als das Band lief, noch zweimal nach, ob es für ihn in Ordnung sei. Enna schloss daraus, dass Sievers gezögert hatte und Pia der Ansicht war, dass er sich überrumpelt vorkam.

»Alles gut«, sagte Sievers, nachdem er auf Pias erste Nachfrage nicht reagiert hatte. Seine Stimme klang unsicher und leicht brüchig. Aber im Verlauf der nächsten Minuten, in denen Pia unverfängliche Fragen stellte, wurde er zunehmend sicherer und klang schließlich so, wie Enna ihn von den Aufnahmen kannte, die Pia ihr und Paulsen vorgespielt hatte.

Enna hörte sich die fast eine Stunde dauernde Befragung ganz an, machte sich Notizen mit Zeitangaben und spulte die Aufnahme schließlich auf den Anfang zurück. Sollte sie die gesamte Aufzeichnung noch einmal anhören? Enna stand auf, öffnete das Fenster und sah auf ihren verwilderten Garten. Hatte sie etwas Neues erfahren oder war ihr Eindruck von Joachim Sievers immer noch der, den Pia vermittelt hatte? Der jungen Kommissarin hatte Enna angehört, dass sie vom ersten Augenblick einen Draht zu Sievers gehabt hatte. Ihre Stimme klang weicher als bei anderen Befragungen, sie hakte weniger nach als üblich. Alles hatte für Enna mehr nach einem Gespräch unter Freunden geklungen als nach einer Zeugenbefragung. Auch Enna baute in manchen Befragungen einen persönlichen Kontakt zum Zeugen auf. Wichtig dabei war, sich seiner Aufgaben und Position bewusst zu bleiben und die Distanz zum Zeugen oder Verdächtigen zu wahren. Letztendlich spielten sie in diesen Momenten mit den Gefühlen des zu Befragenden, gaukelten Mitgefühl vor und eine Nähe, die nach der kurzen Zeit niemals vorhanden sein konnte. Die Gefahr war, dass der Zeuge den Schachzug durchschaute oder dass man sich ihm emotional zu sehr näherte. Auch das war Enna nicht nur einmal passiert.

Sie ging zurück zum Schreibtisch und startete die Aufnahme erneut. Erst nach einer Viertelstunde stoppte sie und wiederholte die letzten zwei Minuten.

»Sie sagten gerade, dass Julia sehr schüchtern gewesen wäre«, sagte Pia. »Wie genau hat sich das gezeigt?«

Es vergingen sechs Sekunden, bevor Sievers antwortete. »Friesoythe ist eine Kleinstadt. Und dazu noch katholisch.«

»Ich kann mir inzwischen vorstellen, was das bedeutet«, sagte Pia, als Sievers eine Pause einlegte.

»Was ich damit sagen wollte: Es war nicht so, dass man mit fünfzehn schon seine ersten sexuellen Erfahrungen gemacht hat. Auch mit siebzehn war das eher selten. So gesehen waren wir alle gehemmt oder schüchtern.«

»Aber Julia besonders?«, fragte Pia.

»Wer weiß schon genau, was in einem Menschen vor sich geht und warum er dies oder jenes macht. Julia war nicht so spontan und verrückt wie vielleicht manch einer in unserem Alter. Ich habe zum Beispiel nie gesehen, dass sie zu viel Alkohol getrunken hat. Ein Glas Wein oder vielleicht auch mal Bier, aber nichts Härteres. Alkohol war ja nun mal für uns damals der Schlüssel, um etwas lockerer zu sein, nicht mehr schüchtern, sozusagen.«

»Julia war also sehr vernünftig. Wollen Sie das damit sagen?«

»Ja, so könnte man es ausdrücken. Zumindest habe ich es so in Erinnerung. Auch da kann man sich ja schnell mal täuschen. Die Zeit, über die wir gerade reden, liegt mehr als zwanzig Jahre zurück.«

Enna stoppte die Aufnahme. Hatte Sievers im Verlauf des Gesprächs einen Rückzieher gemacht? Hatte Pia zu früh nachgehakt, was genau er gemeint habe? Auf jeden Fall schien sich Sievers besser zu erinnern, als er vorgab. Es klang, als lebe Julia Dirksen noch für ihn. Seine Erinnerungen waren liebevoll und ausgewogen. Er schien davor zurückzuschrecken, etwas Falsches über Julia zu sagen oder sie in einem schlechten Licht erscheinen zu lassen.

Enna hörte weiter und stoppte die Aufnahme erneut nach zehn Minuten. Pia hatte Sievers danach gefragt, was er auf dem Fest gemacht habe.

»Diese 1.-Mai-Feier ist eine riesige Anbahnungsveranstaltung. Ich denke, da haben schon viele Ehen ihren Ausgang genommen. Die Leute kommen ja überwiegend aus der Region, die

Stimmung ist gut. Ja, es wird sehr viel Alkohol getrunken, zumindest war das damals so und ich vermute, dass es immer noch so ist. Aber man bewegt sich auch und viele kommen zu Fuß und laufen auch wieder nach Hause. Bei so viel Bewegung – es wird ja auch noch reichlich getanzt – ist das alles nicht so schlimm. Schlägereien gibt es nur wenige. Und das, obwohl da tausend Menschen auf engstem Raum zusammenkommen und feiern.«

Pia hatte Sievers nicht unterbrochen, stellte jetzt aber noch einmal ihre Ausgangsfrage, was genau er gemacht habe.

»Dies und das. Da trifft man viele Leute, die man sonst nur selten sieht. Man steht mal hier bei einer Gruppe, dann mal da. Es wird gequatscht und gelacht. Ist das nicht immer so?«

»Haben Sie auf dem Fest auch noch Kontakt zu Julia gehabt?«

»Das glaube ich schon.« Sievers schwieg für ein paar Sekunden. »Doch, wir haben etwas zusammen gegessen. Ich glaube, wir hatten sogar einen Tisch, an dem wir uns kurz hinsetzen konnten.«

»Erinnern Sie sich an weitere Details?«

»Während des Festes? Nein, nicht wirklich. Das verschwimmt alles vor meinen Augen. Das ist zu lange her.«

Enna stoppte die Aufnahme und notierte sich etwas. Sievers' Stimme hatte unruhiger als zuvor geklungen. War da ein leichtes Zittern vernehmbar gewesen? Enna hörte sich die Stelle ein weiteres Mal an und war sich sicher, dass Sievers zuerst der Frage ausgewichen und erst auf Pias Nachfrage konkreter geworden war, letztlich aber eine unbedeutende Szene aufgegriffen hatte.

Enna hörte die Aufzeichnung bis zum Schluss an und schloss den Laptop, als sie hörte, dass die Haustür aufgeschlossen wurde.

Am Sonntagmorgen frühstückten sie zu viert. Elias strahlte übers ganze Gesicht, als er zwischen seiner Oma und Alina sitzen durfte. Alina berichtete von ihrer Heimatstadt Danzig und ihrer großen Verwandtschaft. Greta schien sichtbar angetan von der jungen Frau und erzählte ein paar Anekdoten aus ihrer Kindheit, die selbst Enna noch nicht kannte.

Am späten Vormittag verabschiedete sich Greta und versprach Elias, bald wiederzukommen. Nach einem kleinen Mittagessen fuhren Enna und ihr Sohn nach Dangast an den Jadebusen und ließen Elias' Drachen auf dem Deich steigen.

»Guten Morgen!«, rief Enna Montagfrüh, als sie die Hundehütte betrat.

Pia kam direkt aus ihrem Zimmer und lief auf Enna zu. »Hast du ein paar Minuten für mich? Es ist dringend.«

»Klar!« Enna zog ihre Jacke aus und ging mit Pia in die Küche.

Die junge Kommissarin schloss die Tür hinter sich und setzte sich zu Enna an den Tisch. »Ich weiß nicht, ob du gleich sauer auf mich sein wirst, aber ich war am Wochenende in Barcelona.« Sie hob abwehrend die Hände. »Natürlich auf eigene Kosten.«

Enna hob die Augenbrauen, schwieg aber.

»Ich musste da einfach hin«, fuhr Pia fort. »Reiß mir den Kopf ab, aber hör dir erst mal an, was ich erfahren habe.«

»Wir hätten vorher die spanischen Kollegen informieren müssen«, sagte Enna. »Das wenigste wäre gewesen, dass dich ein Beamter der örtlichen Polizei begleitet. Du hast dort keine …«

»Das weiß ich doch alles, Enna«, unterbrach Pia sie. »Und mir ist auch klar, dass wir die Aussage so nur bedingt nutzen können. Aber Maria ist bereit, nach Deutschland zu kommen und hier vor Ort auszusagen. Dann wäre doch alles im Lot.«

Jemand klopfte an und Paulsen streckte den Kopf durch die Tür. »Darf ich? Oder habt ihr was Privates zu besprechen?«

»Nein, komm rein, Paulsen«, sagte Enna. Mit einem Blick zu ihrer Kollegin fuhr sie fort: »Pia wollte mir gerade von ihrem Wochenendausflug nach Barcelona erzählen.«

Paulsen warf der jungen Kommissarin einen anerkennenden Blick zu, sagte aber nichts.

»Dann leg mal los«, forderte Enna Pia auf.

Diese holte tief Luft. »Ich gebe lieber gleich zu, dass ich den Flug schon am Mittwoch gebucht habe. Ich sah …«

»Schon gut«, unterbrach Enna sie. »Was hat Maria dir erzählt?«

»Ich bin Samstag am frühen Vormittag angekommen und gleich zu ihr gefahren. Am Donnerstag hatte ich ihr geschrieben, dass ich am Wochenende in Barcelona wäre und gerne direkt mit ihr sprechen würde. Zunächst hat sie mir nicht geantwortet und sich erst am Freitagabend gemeldet, als ich kurz davor war, den Flug zu stornieren. Sie fragte, was ich genau von ihr wolle. Ich habe dann kleine Brötchen gebacken, wie Paulsen sagen würde, und ihr zugesichert, dass es ein rein privates Gespräch sein würde. Mit Mühe habe ich es dann geschafft, dass sie einem Treffen zugestimmt hat.«

»Was heißt, sie hätte niemals mit den spanischen Kollegen gesprochen«, sagte Paulsen.

»Genau, das war von Anfang an mein Eindruck. Die *Guardia Civil* verbinden viele Spanier immer noch mit der schlimmen Franco-Zeit. Eigentlich wäre in Barcelona die *Policía Local* zuständig, aber da Julias Gastfamilie außerhalb von Barcelona auf dem Land gelebt hat, wäre nicht klar gewesen, wer auf unsere Anforderung tätig geworden wäre.«

»Gut«, sagte Enna. »Dem bist du ja jetzt aus dem Weg gegangen.« Sie hatte sich bemüht, ihre Stimme so neutral wie möglich klingen zu lassen, sah aber an Pias Gesichtsausdruck, dass es ihr nicht gelungen war. »Was hat Maria denn nun gesagt?«

»Ihr müsst schon etwas Geduld haben«, antwortete Pia und verzog leicht verärgert den Mund. »Maria hat erheblich mehr mit Julia zu tun gehabt, als wir es bisher wussten. Sie haben sich regelmäßig getroffen, Julia ist in Marias Freundeskreis aufgenommen worden und … ja, letztlich hat Maria sich in Julia verliebt.« Pia warf einen schnellen Blick zu Paulsen und atmete einmal tief durch.

»Ist das der Grund gewesen, weshalb Julia sich verändert hat?«, fragte Enna.

»Ja, Julia sind Marias Gefühle natürlich nicht verborgen geblieben. Maria sagt, Julia hätte sich zunächst von ihr ferngehalten, aber nach ein paar Wochen wäre sie wiederaufgetaucht. Kurzum, Julia und Maria sind ein Paar geworden. Wir lagen also durchaus richtig mit unseren Vermutungen.«

»Und was heißt das jetzt für uns?«, fragte Paulsen.

»Ich bin noch nicht fertig, Kollege.«

Paulsen schwieg.

»Dass Spanien durch und durch katholisch ist, brauche ich nicht zu erzählen. Wie Julias Mutter uns gesagt hat, haben sie für ihre Tochter eine …«, Pia malte Anführungszeichen in die Luft, »… gute Familie ausgesucht. Soll heißen, gut katholisch. Weder Marias Vater noch ihre Stiefmutter – sie bezeichnet sie selbst so – haben gewusst, dass Maria lesbisch ist.«

»Scheint sie ja immer noch nicht zu wissen«, brummte Paulsen.

»So ist es. Aber die beiden haben auch keinen wirklichen Kontakt. Das läuft alles nur über die Zwillinge. Aber gut, das ist jetzt nicht so wichtig. Julia und Maria waren also ein Paar. Als Julia nach Deutschland zurückkehrte, sind sie weiter in Kontakt geblieben. Julia war zweimal in Barcelona, Maria einmal in Deutschland. Maria hat aber schnell gemerkt, dass Julia nicht bereit ist, sich gegen ihre Familie zu stellen. Sie haben gestritten und irgendwann hat Julia die Beziehung beendet.«

»Aber?«, fragte Enna.

»Keine von beiden konnte die andere vergessen«, fuhr Pia fort. »Ein Dreivierteljahr vor Julias Tod haben sie wieder Kontakt zueinander aufgenommen. Langsam und vorsichtig, sagte Maria. Sie haben sich lange Mails geschrieben und natürlich telefoniert, aber das war damals noch reichlich teuer.«

»Haben sie sich nicht persönlich getroffen?«, fragte Enna.

»Doch! Julia war für eine Woche in Barcelona und Maria für ein paar Tage in Emden. So weit war wohl alles gut, aber der Zeitpunkt der Entscheidung rückte immer näher. Und somit das alte Problem: Wie würde Julia sich entscheiden? Genau in dieser Situation muss Julia mit Lütgen und den anderen Idioten aneinandergeraten sein.«

»Etwas sachlicher, Pia.«

Die junge Kommissarin schluckte hörbar. »Tut mir leid, aber im Moment bin ich dazu nicht in der Lage.«

»Können wir weitermachen?«, fragte Paulsen genervt.

»Also Lütgen und seine Kumpane«, fuhr Pia fort. »Maria hat zunächst nicht viel davon mitbekommen, nur Andeutungen, dass es Kommilitonen gäbe, die andere über den Tisch ziehen. Aber Julia hat ihr von Nicoles Suizid erzählt. Julia wäre vollkommen am Boden zerstört gewesen, hat Maria gesagt. Und unglaublich wütend. Maria war in den dann folgenden drei Wochen in Nicaragua und hat da bei einem sozialen Projekt gearbeitet, von daher hatten Julia und sie nur wenig Kontakt. Als sie zurück in Spanien war, muss es schon passiert gewesen sein.«

»Was?«, fragte Paulsen.

»Ich denke, Julia wurde von Lütgen, Borchert und einer weiteren Person, vermutlich ja Jonathan Rotmeier, vergewaltigt, um ihr einen Denkzettel zu verpassen. Maria kann das natürlich nicht mit Bestimmtheit sagen, aber Julia war vollkommen verändert. Die Mails waren nur kurz, per Telefon wollte sie nicht mit Maria sprechen. Ihr könnt euch vorstellen, was Maria sich da zusammengereimt hat. Sie ging in dem Augenblick davon aus, dass Julia sich für ihre Familie entschieden und sie keine Chance mehr bei ihr hatte.«

Pia stand auf und öffnete das Küchenfenster, blieb eine Weile dort stehen, bevor sie zurück zum Tisch trat. »Ich brauchte etwas Luft. Entschuldigt. Wo war ich stehen geblieben?«

»Julia hat Maria abgeblockt«, sagte Paulsen.

»Ja, das hat diese zumindest gedacht. Julia hat ihr erst mal keinen Ton gesagt beziehungsweise geschrieben. Erst am 20. April hat sie sich telefonisch bei Maria gemeldet. In einem langen Gespräch hat Julia ihr erzählt, dass etwas Schlimmes passiert sei und sie nicht mehr in Deutschland bleiben könne. Sie wollte zu ihr nach Spanien kommen.«

»Für wie lange?«, fragte Enna, als Pia nicht weitersprach. »Und hat sie noch mehr zu dem Vorfall erzählt?«

»Darüber, wie lange Julia bleiben wollte, haben sie nicht gesprochen. Aber Maria ging davon aus, dass es nicht nur ein Besuch sein würde. Zu dem, was in Emden passiert ist, hat Julia sich nicht im Detail geäußert, aber schon angedeutet, dass sie überfallen worden sei. Sie wollte aber am Telefon nicht darüber sprechen. Julia hat wohl sehr klar und überzeugt geklungen. Sie hat dann Maria gesagt, dass sie vorher noch nach Friesoythe fahren müsse.«

»Also doch ein Abschiedsbesuch«, sagte Paulsen.

Pia nickte. »Ich denke, ja. Maria war dagegen, dass sie dort mehrere Tage bleibt. Ich vermute, sie hatte Angst, dass die Familie sie umstimmt. Julia hat aber darauf bestanden, und sie haben sich dann darauf geeinigt, dass sie vorsichtig sein soll. Was aber noch wichtiger ist: Julia wollte Geld besorgen. Maria wusste nicht wie und hat auch nicht nachgefragt. Sie haben dann verabredet, sich am 3. Mai nachmittags in Cloppenburg zu treffen. Maria wollte Julia mit einem Auto, das sie sich von einem Freund geliehen hatte, abholen. Dass Julia nicht gekommen ist, brauche ich nicht zu erwähnen. Maria hat einen Tag gewartet, versucht, Julia auf dem Handy zu erreichen, und ihr Mails geschrieben. Es kam natürlich keine Antwort und Maria hat daraus den falschen Schluss gezogen, dass Julia sich gegen sie entschieden hat. Sie ist zurück nach Spanien und hat nie wieder etwas von Julia gehört.«

Enna lehnte sich auf dem Stuhl zurück und raufte sich die Haare. »Was für eine traurige Geschichte.«

Paulsen stand auf. »Ich mache uns mal einen starken Kaffee.«

Zweiunddreissig

Paulsen rief aus der Küche. Enna, die kurz in den Garten gegangen war, trat ins Haus und traf im Flur auf Pia.

»Alles in Ordnung?«, fragte Enna.

»Geht so.« Pias Lächeln misslang. »Das Wochenende war reichlich anstrengend.«

»Reich mir die Belege ein. Ich sehe zu, was ich machen kann.«

Pia warf ihr einen dankbaren Blick zu.

Paulsen saß am Tisch. Der Kaffee dampfte in den Tassen, die heiße Milch für Enna hatte er aufgeschäumt.

»Das waren ausgesprochen wichtige Informationen, die Pia in Spanien für uns besorgt hat. Wo stehen wir?« Enna trank einen Schluck aus ihrer Tasse, stand auf und stellte sich an die Flipchart.

»Wenn die Informationen korrekt sind – und daran zweifele ich im Moment nicht –, hatte Julia nicht vor, weiter gegen die Lütgen-Gruppe vorzugehen. Damit fällt natürlich auch das Mordmotiv weg.«

»Falls Lütgen und Co. klar war, dass Julia aufgegeben hatte«, sagte Paulsen.

»Davon müssen wir ausgehen. Laut Maria war Julia vollkommen am Boden zerstört. In dieser Verfassung wird sie nicht weiter gegen die Gruppe vorgegangen sein. Es gab keinen Grund, sie zu töten.«

Paulsen wiegte den Kopf. »Bist du dir da ganz sicher?«

»Nein, natürlich nicht.«

In diesem Augenblick klingelte Ennas Handy. Sie sah auf dem Display, dass Staatsanwalt Raven sie zu erreichen versuchte, gab ihren Kollegen einen Wink und nahm das Gespräch an.

»Guten Tag, Herr Dr. Raven«, begrüßte sie den Staatsanwalt.

»Guten Tag«, antwortete er kurz angebunden. »Ich habe leider schlechte Nachrichten für Sie. Der Kollege Haftrichter hat für Mittwoch einen neuen Termin angesetzt. Zehn Uhr.«

Enna schluckte. Sie hatte gehofft, einen oder zwei Tage mehr Zeit zu haben.

»Haben Sie noch Fragen?«

»Können wir morgen um vierzehn Uhr Boris Lütgen vernehmen?«

»Haben Sie neue Erkenntnisse?«

»Ja.«

»Ich informiere Lütgens Anwalt. Wir beide treffen uns eine halbe Stunde vorher. Ich hoffe, dass meine Zeit dort sinnvoll eingesetzt ist. Sehen Sie zu, dass ich rechtzeitig die vollständige Akte habe, damit ich alles dem Kollegen Hirschfeld weiterleiten kann.«

»Dreizehn Uhr dreißig. Bis morgen, Herr Dr. Raven.«

Der Staatsanwalt beendete das Gespräch ohne Abschiedsworte.

Enna schleuderte das Handy auf den Tisch. »Mittwochmorgen Haftprüfungstermin. Den Rest habt ihr mitbekommen.«

»Was soll der Scheiß?«, brummte Paulsen. »Sesselfurzer! Beide!«

»Wo waren wir stehen geblieben?«

»Beim Motiv der Lütgen-Gruppe«, sagte Pia.

»Okay. Deinen Einwand will ich gar nicht ignorieren, Paulsen. Natürlich sind Lütgen, Borchert und der dritte Mann weiterhin im Spiel. Trotzdem müssen wir noch einmal alle Fakten abklopfen. Vielleicht haben wir etwas übersehen.«

Paulsen hob seine Hand. »Ich habe gestern mit Melanie Halmer gesprochen. Vielleicht sollten wir da anfangen.«

Enna nickte. »Leg los!«

»Melanie Halmer beziehungsweise Kessler, da sie geheiratet hat, ist zusammen mit ihrem jetzigen Mann nach Kanada ausgewandert. Sie konnte sich gut an Julia erinnern, war zwar nicht mit ihr befreundet, aber gut bekannt. Von den Aktivitäten der Lütgen-Gruppe hatte sie zwar gehört, sie hat sich aber nicht weiter darum gekümmert. Sie ist weder auf Feten noch mit auf Reisen gewesen. Sie sagte mir, dass sie nicht ins Beuteschema der Typen gepasst habe, und das sei ihr auch ganz lieb gewesen.« Paulsen warf einen schnellen Blick zu Pia. »Nicht meine Worte, das war Originalton Kessler. Interessanter aber ist, dass sie nach Julias Verschwinden von der Polizei befragt wurde. Sie konnte nicht viel sagen, außer dass sie keine wirklichen Veränderungen an Julia festgestellt habe, sie sie aber in den Wochen vor dem 1. Mai kaum gesehen hatte.«

»Was wiederum zu der Aussage von Maria passt«, warf Pia ein.

»Denke ich auch«, sagte Paulsen. »Noch interessanter ist, dass sie sich mit Anna Steffens über Julia unterhalten hat und Steffens ihr erzählt hat, dass sie auch befragt wurde.«

»Hast du gefragt, wie der Polizist aussah?«, fragte Enna. »Oder wusste sie noch seinen Namen?«

»Es sei ein älterer Polizist gewesen. Ihrer Ansicht nach mit einem hohen Rang. Außerdem sagte sie, sein Name habe irgendwas mit Burg oder Schloss zu tun gehabt.«

»Werner Burghardt!« Enna war aufgesprungen. »Also doch! Wenn die beiden Frauen im Semester befragt worden sind, müssen auch noch weitere Personen miteinbezogen worden sein.« Sie lief in der Küche auf und ab und schlug schließlich mit der flachen Hand auf die Tür. »Das ist doch alles nicht wahr, oder?«

»Was machen wir?«, fragte Pia. »Jetzt läuft uns die Zeit wirklich davon.«

»Ihr beide fahrt zu Anna Steffens nach Rastede«, sagte Enna. »Lasst euch nicht abwimmeln, und wenn sie nicht kooperativ ist, droht mit einer Festnahme. Ich habe schließlich ihre Aussage auf Band. Wir müssen wissen, was da abgelaufen ist. Wieso hat sie mir nicht die Wahrheit gesagt?«

»Ich habe da so eine Theorie«, sagte Paulsen. »Von wegen, sie war zu der Zeit schon nicht mehr mit der Gruppe zusammen. Ich habe übrigens Melanie Kessler gefragt, ob Anna Steffens am gleichen Tag befragt worden sei. Sie hat es definitiv verneint. Steffens war mindestens einen Tag später dran. Wenn nicht zwei. Sie hatte also genügend Zeit, sich auf die Befragung vorzubereiten.«

Enna nickte. »Ich fahre zu Burghardt nach Bensersiel.«

Paulsen und Pia waren inzwischen ebenfalls aufgestanden. »Okay«, sagte Pia. »Ich melde uns gleich mal in Rastede an.«

Enna fuhr auf die Autobahn Richtung Wilhelmshaven auf. Zehn Minuten vorher hatte sie mit Werner Burghardt telefoniert und sich mit ihm in seiner Bensersieler Wohnung verabredet.

Als das Handy klingelte, nahm Enna den Anruf an. »Hallo, Albrecht! Danke, dass du zurückrufst.« Sie hatte ihm vor ihrer Abfahrt auf den Anrufbeantworter gesprochen.

»Du bist im Auto?«, fragte Albrecht Heinzen.

»Ja, auf dem Weg zu Werner Burghardt.« Sie schilderte ihrem ehemaligen Chef kurz die neue Sachlage.

»Kein Zweifel?«

»Nein. Ich brauche Informationen von Burghardt. Du kennst ihn doch. Wie kann ich ihn dazu bringen, dass er kooperiert?«

»So wie ich das sehe, kann ihm wegen der Unterschlagung von Zeugenaussagen nichts mehr passieren. Das ist verjährt. Er wird es trotzdem abstreiten. Appelliere an seine Ehre als Polizist. Wenn ich dich richtig verstanden habe, hat er mit seinem Verhalten eventuell die Aufklärung des Falles sabotiert. Selbst wenn er das damals so nicht überblicken konnte, hat er einen kapitalen Bock geschossen. Er kann froh sein, dass niemand irrtümlich für die Tat verurteilt wurde.«

»Ehre. Ich weiß nicht, ob ich dafür die Richtige bin.«

»Beruf dich auf mich und sag ihm, dass du mit mir gesprochen hast. Du kannst mich zitieren. Ich stehe dazu.«

Zum wiederholten Mal in den letzten zwei Wochen fuhr Enna auf der Umgehungsstraße um Jever herum. Sie erinnerte sich noch an die Zeiten, als der gesamte Verkehr direkt durch die Kreisstadt geführt worden war. Als Kind war sie mit ihren Eltern nach Spiekeroog gefahren, eine der Ostfriesischen Inseln. In Jever hatten sie pausiert und waren auf der Suche nach einem Restaurant durch die wunderschöne Altstadt gegangen. Enna liebte Ostfriesland, die Menschen mit ihrem trockenen Humor und Mutterwitz. Sie genoss die Weite der Landschaft und die salzhaltige Luft in Küstennähe oder auf den kleinen Inseln, die sich von Westen nach Osten an der Küste entlangschlängelten. Enna nahm sich vor, in den nächsten Wochen einen Tagesausflug mit Elias und Alina nach Langeoog zu machen. Der herrliche Sandstrand würde Alina an Zoppot erinnern, das Ausflugsziel an der Ostsee ganz in der Nähe von Danzig.

Enna parkte vor der dreigeschossigen Wohnanlage. Die großen Fensterfronten und die gepflegte Gartenanlage ließen auf ein hochpreisiges Objekt schließen. Die Namen unter den sechs Klingelknöpfen klangen alle deutsch, die Videogegensprechanlage versprach Sicherheit. Enna klingelte. Als sie gerade zum zweiten Mal auf den Klingelknopf drücken wollte, erklang eine dunkle Männerstimme. »Hauptkommissarin Andersen?«

»Guten Tag, Herr Burghardt.« Enna hielt ihren Ausweis in die Kamera, das Türschloss summte.

»Dritter Stock«, hörte sie beim Hineingehen und entschied sich für die Treppe.

Der Mann an der Tür hatte eine kräftige Statur und sah trotz seiner über siebzig Jahre durchtrainiert aus. Er reichte Enna die Hand. »Welch seltener Besuch aus der Vergangenheit.« Er trat lächelnd zur Seite.

Burghardt führte sie in sein großzügig geschnittenes Wohnzimmer und wies auf eine Sitzgruppe direkt an der Fensterfront. »Darf ich Ihnen etwas zu trinken anbieten?«

»Ein Mineralwasser wäre schön«, antwortete Enna.

Er ging aus dem Zimmer und kam kurz darauf mit einem Tablett zurück, auf dem eine Flasche und zwei Gläser standen.

»Was genau kann ich für Sie tun?«, fragte Burghardt, nachdem er sich zu Enna gesetzt hatte.

»Julia Dirksen. Wir haben den Fall neu aufgerollt.«

Er atmete hörbar aus. »Kein Ruhmesblatt meiner Karriere. Was wollen Sie wissen?«

»Wir sind jetzt seit knapp zwei Wochen dabei, Zeugen zu befragen. Ich hätte gerne Ihre Einschätzung. Die Akten kenne ich natürlich, aber nach meiner Erfahrung gibt es immer noch das eine oder andere, das es nie in die Akten geschafft hat.«

Werner Burghardt trank einen Schluck Wasser. »Wie lange der Fall zurückliegt, brauche ich Ihnen nicht zu sagen, aber ich versuche mein Bestes.«

Auf Ennas Fragen berichtete er ihr von der anfänglichen Suchaktion, die Tag für Tag weiter ausgedehnt worden sei, von den zahlreichen Zeugenbefragungen, die allesamt keine Erkenntnisse gebracht hätten, und von der Einstellung der Ermittlungen.

»Natürlich war das für uns alle ein Schock, als Julia gefunden wurde. Oder sollte ich besser sagen, ihre Überreste. Bis zu dem Zeitpunkt war ich mir keinesfalls sicher, dass die junge Frau nicht freiwillig untergetaucht war und sich irgendwann aus dem Ausland melden würde.«

»Wie kamen Sie zu dieser Auffassung?«, fragte Enna.

»Ich kannte Julias Vater und die ganzen Lebensumstände in Friesoythe. Nicht dass ich mit Heinrich Dirksen befreundet gewesen wäre, aber wir haben gemeinsam die Schulbank gedrückt.«

Burghardt war Profi genug, um zu wissen, dass Enna sich vor ihrem Besuch über ihn informiert hatte.

»Sie kennen den Vater des Opfers privat?«, fragte Enna und spielte die Erstaunte.

»Wie gesagt, wir sind und waren nicht befreundet. Aber ich bin in der Nähe von Friesoythe aufgewachsen, da kennt man sich natürlich.«

»Und diese Kenntnis über die Familie hat Sie zu der Annahme geführt, dass Julia eventuell … wie soll ich es nennen, geflüchtet war?«

»An Flucht habe ich sicher nicht gedacht«, sagte Werner Burghardt. »Aber Heinrich Dirksen war schon immer ausgesprochen konservativ, was nicht unbedingt auf Gegenliebe bei der nachwachsenden Generation stößt. Sie verstehen sicher, was ich meine.«

»Durchaus. Aber Ihre Theorie hat sich ja leider nicht bestätigt.«

»Nein, leider nicht. Wir haben dann mit Hochdruck die Ermittlungen wieder aufgenommen und noch einmal jeden Stein in Julias Umgebung umgedreht. Manches Mal auch zweimal. Sie kennen die Akten. Am Schluss blieb uns nichts weiter übrig, als von einer Zufallstat auszugehen. Das war tragisch für die Familie, aber solche Fälle gibt es nun mal, und wenn der Täter sich nicht vollkommen dumm anstellt, hat man als Kriminalist kaum eine Chance.«

»Das sehe ich genauso, es gibt natürlich Straftaten, die nur mit viel Glück aufzuklären sind.« Enna hielt kurz inne und sah ihren Ex-Kollegen direkt an. »Was uns allerdings im Fall Julia Dirksen stutzig gemacht hat, waren die fehlenden Recherchen in Emden. Es war immerhin ihr Studienort, an dem sie die letzten drei Jahre gelebt und gearbeitet hatte.«

Werner Burghardt schwieg.

»Oder haben wir nicht alle Akten gefunden?«, fragte Enna, um Burghardt eine Brücke zu bauen.

»Gefunden?«

»Es war nicht so leicht, die an verschiedenen Orten gelagerten Akten aufzuspüren.«

»Tatsächlich? Das muss beim Umzug passiert sein. Ich habe gehört, dass die Räume des Archivs komplett renoviert wurden.«

»Dann können Sie mir vielleicht helfen. Was genau haben die Befragungen in Emden ergeben?«

Werner Burghardt schwieg wieder.

»Mein ehemaliger Chef, Kriminaldirektor Heinzen, mit dem ich noch vorhin auf der Fahrt hierher telefoniert habe, meinte, dass Sie …«

Burghardt richtete sich auf. »Lassen wir doch die Spielchen«, unterbrach er Enna. »Würden Sie mir Ihr Handy zeigen?«

Enna reichte ihm das Smartphone, das sie zuvor entsperrt hatte. Er prüfte, ob sie eine Aufnahme-App aktiviert hatte, und legte das Gerät dann vor sich auf den Tisch. »Was wollen Sie wissen?«

Enna lächelte. »Ehrlich gesagt ist es mir so auch lieber. Sie persönlich haben mehrere Personen in Julia Dirksens Emder

Umfeld befragt. Lassen wir dahingestellt, warum die Protokolle nicht zu finden sind. Was haben Sie damals erfahren?«

»Nichts, was uns in dem Fall weitergebracht hätte«, sagte Werner Burghardt betont ruhig.

Dieses Mal schwieg Enna und wartete darauf, dass er weitersprach.

»Ich habe einige Kommilitonen von Julia befragt. Keiner wusste etwas über sie, da sie sehr zurückgezogen gelebt hat. In der Hochschulverwaltung das Gleiche. Es gab keinen Anlass, diesen Ermittlungsansatz weiterzuverfolgen.«

Enna lehnte sich zu ihm und sah ihn eindringlich an. »Ich dachte, wir hätten die Phase der Spielchen hinter uns gelassen. Oder hatte ich Sie gerade falsch verstanden?«

Werner Burghardt stand auf. »Ich denke, unser Gespräch ist beendet. Ich kann Ihnen leider nicht weiterhelfen.«

Enna blieb sitzen. »Albrecht hat eine hohe Meinung von Ihnen. Er sagte mir, er hätte gerne ein paar Kollegen Ihres Kalibers in seinen Reihen. Und dass Sie ein Polizist alter Schule sind, der sich nie im Leben hätte bestechen lassen.«

Werner Burghardt schluckte schwer. Er wandte sich von Enna ab und einen Moment dachte sie, dass er zur Tür laufen würde, um sie für sie zu öffnen. Dann drehte er sich abrupt um. »Es waren zwei weitere Studentinnen in Julias Semester. Eine von ihnen hat mir glaubhaft versichert, dass Julia lesbisch ist und aus diesem Grund auf keinen Fall nach dem Studium in ihren Heimatort zurückkehren würde.«

Dreiunddreissig

»Sie sprechen von Anna Steffens?«, fragte Enna.

Werner Burghardt warf ihr einen erstaunten Blick zu. »Sie haben schon mit ihr gesprochen?« Er schüttelte leicht den Kopf. »Ich werde alt. Sie wussten schon darüber Bescheid, bevor Sie zu mir gekommen sind.«

»Woher wusste Frau Steffens, dass Julia lesbisch war?«

»Also hat sie die Wahrheit gesagt?«

»Woher wusste sie es?«

Werner Burghardt setzte sich wieder und ließ sich für seine Antwort Zeit. »Julia Dirksen hatte ihr Avancen gemacht. Sie wäre ihr regelrecht hinterhergelaufen. Anna Steffens sagte, sie habe abgelehnt, Julia aber später mit einer anderen Frau gesehen. Die beiden hätten sich geküsst.«

»Wo ist das Protokoll der Befragung?«

»Ordnungsgemäß erstellt und abgeheftet«, sagte Werner Burghardt. »Genau wie die Berichte über die weiteren Befragungen in Emden.«

»Sie bestätigen mir Steffens' Aussage schriftlich?«

»Selbstverständlich. Warum auch nicht? Bei gründlicher Suche würde sich die Akte sicher finden lassen, aber gut, ich kann mich im Detail an die Befragung erinnern. Schicken Sie mir ein Protokoll?«

Enna nickte. »Drei Fragen habe ich noch. Zuvor muss ich aber telefonieren.« Sie stand auf und verließ den Raum. Pia antwortete erst nach dem zehnten Klingelton. »Wir sind noch in der Befragung. Ich musste erst rausgehen. Die Dame ist ausgesprochen hartnäckig.«

Enna berichtete ihr von Burghardts Aussage und sagte ihr, dass sie sich in Kürze wieder auf den Weg machen würde.

Werner Burghardt stand am Fenster und schaute in die ostfriesische Landschaft, als Enna zurück in den Raum kam. Sie setzten sich.

»Hatten Sie keinerlei Zweifel, dass Anna Steffens die Wahrheit sagte?«, stellte sie ihre erste Frage.

»Nein, ich war fest davon überzeugt, dass sie mich nicht anlog. Dafür entwickelt man ja mit der Zeit ein Gefühl. Sie gehen davon aus, dass sie mich hinters Licht führen wollte?«

»Nach allem, was wir von Julia wissen, hätte sie niemals so wie beschrieben agiert. Frau Steffens gehörte zu einer Studentengruppe, mit der Julia in Konflikt stand. Die ganze Aussage war vermutlich eine Inszenierung.«

Werner Burghardt stöhnte. »Jetzt sagen Sie mir nicht, dass in dieser Gruppe ihr Mörder zu finden ist.«

»Die Möglichkeit besteht.«

Werner Burghardt schloss die Augen. Seine Hände krampften sich zu Fäusten, er atmete flach und schnell. Schließlich sah er auf. »Was ist Ihre zweite Frage?«

»Wie haben Sie damals Julias Bruder Christian eingeschätzt?«

»Wieso fragen Sie?«

»Aus persönlichem Interesse. Bei unserer Befragung hat sich Christian ausgesprochen abweisend verhalten.«

Burghardt nickte. »Wir haben Christian nur einmal befragt. Er wusste nichts und hatte wenig Kontakt zu seiner Schwester.

Nachdem Julia gefunden wurde, ist er nicht mehr vernommen worden, weil er zu dem Zeitpunkt in Therapie war.«

»Wissen Sie, was das für eine Therapie war?«

»Drogenentzug. Was genau, haben mir die Eltern nicht gesagt. Sie hatten ein Attest vom Arzt, dass er nicht vernehmungsfähig war. Die ganzen Umstände sprachen auch nicht dafür, dass Christian etwas mit Julias Verschwinden und ihrem Tod zu tun hatte.«

»Wie hat er bei seiner ersten Befragung reagiert?«

Werner Burghardt schwieg zunächst, zuckte schließlich mit den Schultern und sagte: »Er war aufgeregt und etwas fahrig. Aber das haben wir ja häufiger bei Befragungen von Angehörigen.«

»Ihnen ist nichts Besonderes aufgefallen?«, hakte Enna nach.

»Worauf wollen Sie hinaus? Dass Christian etwas mit Julias Tod zu tun hatte? Das ist Unsinn. Der war ein halbes Kind zu der Zeit.«

»Wir haben von Alkohol- und Drogensucht gehört«, sagte Enna. »Nach Kind hört sich das erst mal nicht an. Er war immerhin zwanzig Jahre alt.«

»Wie gesagt, er wirkte auf mich eher wie ein Sechzehn- oder Siebzehnjähriger.«

»Sie haben ihn selbst befragt?«

Burghardt nickte. »Sein Vater hat mich darum gebeten.«

»Allein?«

Burghardt wurde ungehalten. »Wir waren nur zu viert und es war Eile geboten. Wollen Sie mir etwas unterstellen?«

»Ich ermittele. Sie sollten wissen, dass unsere Fragen nicht immer angenehm sind.«

»Und Ihre dritte Frage?« Burghardt schien nun endgültig mit seiner Geduld am Ende. »Oder sind wir durch?«

Enna sah ihn mit ernster Miene an. »Wie hat Heinrich Dirksen reagiert, als Sie ihm von Steffens' Aussage erzählt haben?«

Werner Burghardt erhob sich zu seiner vollen Größe. »Was für eine infame Unterstellung! Ich glaube, Sie gehen jetzt besser.« Seine Stimme hatte einen drohenden Ton angenommen. Er streckte den Arm aus und wies ihr den Weg zur Tür.

Enna stand auf und reichte ihm die Hand, die er nur zögernd ergriff. »Vielen Dank, Herr Burghardt. Sie bekommen das Protokoll noch heute vorgelegt. Ich schicke einen Kollegen aus Wittmund zu Ihnen.« Sie nickte Burghardt zu. »Ich finde allein hinaus.«

Als Enna in die Straße zum Büro einbog, sah sie bereits Paulsens Wagen am Straßenrand stehen. Sie suchte sich einen Parkplatz und eilte ins Haus.

Nachdem sie von dem Gespräch mit Werner Burghardt berichtet hatte, öffnete Pia ihr Notizbuch. »Ja, dein Anruf kam zur rechten Zeit. Anna Steffens war kurz davor, uns rauszuwerfen. Als ich ihr dann erklärt habe, dass der Beamte, der seinerzeit bei ihr war, die Befragung bestätigt hat, war sie vollkommen von den Socken, wie Paulsen es formulieren würde.«

»Ja, das stimmt«, sagte Paulsen. »Und da habe ich nachgehakt. Das Ende vom Lied ist, dass Burghardt sie bei einem zweiten Gespräch per Telefon um Stillschweigen gebeten hat. Das war jetzt übrigens Originalton Steffens.«

»Letztlich war das nur ein Ablenkungsmanöver«, nahm Pia den Faden auf. »Mag ja sein, dass Burghardt sie darum gebeten hat, aber wichtiger für uns war, wer auf die Idee gekommen ist, dieses Gerücht – und mehr war es ja damals nicht – in die Welt zu setzen.«

»Damit wollte die smarte Geschäftsführerin natürlich nicht rausrücken«, sagte Paulsen in ungewohnter Harmonie mit Pia.

»Etwas Druck an der richtigen Stelle hat aber geholfen. Boris Lütgen war der Auftraggeber. Steffens ist natürlich nie von Julia Dirksen angemacht worden.«

»Sieh an, unser Professor hat Regie geführt«, sagte Enna.

Pia legte zwei Ausdrucke auf den Tisch. »Wir haben gleich vor Ort ein Protokoll geschrieben und es von Steffens unterzeichnen lassen. Wenn sie nicht widerruft, hat Lütgen ein Problem mehr.«

Enna stand auf, schrieb Burghardts Namen auf die Flipchart und verband Anna Steffens mit Boris Lütgen. »Anna Steffens' Befragung gehörte also zu einer Desinformationskampagne, die Lütgen gesteuert hat. Ziel war vermutlich, dass Julias Familie kein Interesse an weiteren Ermittlungen im Studienumfeld mehr hatte. Dass Dirksen senior auch noch einen direkten Draht zu Burghardt hatte, war dann für Lütgen großes Glück. Wir wissen nicht, wer noch befragt wurde, aber das ist im Moment nicht so relevant. Die Frage ist: Wovor hatte Lütgen Angst? So ganz ungefährlich war die Aktion ja nicht. Es hätte auch das Gegenteil bewirken können.«

»Lütgen, Borchert und Rotmeier waren in Friesoythe«, sagte Pia. »Die Aktion lief aus dem Ruder, das Ergebnis ist bekannt.«

»Hätte er sich da nicht eher zurückgehalten?«, fragte Enna. »Die Gruppe hätte nur schweigen müssen. Bestand wirklich die Gefahr, dass die Kollegen auf den Konflikt aufmerksam wurden? Julia war sehr verschlossen, hatte keine wirklichen Freunde in Emden. Das war auch Lütgen bekannt.«

»Beide Varianten könnten stimmen«, sagte Paulsen. »Wenn Lütgen und Co. nicht in Friesoythe aktiv waren, konnten sie nicht wissen, ob Julia nur untergetaucht oder ihr tatsächlich etwas passiert war. Hätten sie da nicht Angst gehabt, sie würde jederzeit wiederauftauchen und sie anzeigen? Oder sogar aus dem Untergrund gegen sie agieren? Da wäre es besser, wenn die Kollegen damals ihren Machenschaften nicht auf die Spur kämen. So hätten sie Julia, wenn sie denn wiederaufgetaucht wäre, problemlos weiter einschüchtern können.«

»Und im anderen Fall?«, fragte Pia.

»Panik! Wir gehen ja davon aus, dass die drei Julia nicht töten, sondern nur einschüchtern wollten. Warum sonst die Vergewaltigung? Lütgen und Co. haben Julias Leiche also bei Bad Iburg verscharrt und sich anschließend Alibis gebastelt. Lütgen wird aber klar gewesen sein, dass ein falsches Alibi immer auf tönernen Füßen steht, und da hat er Panik bekommen, als Burghardt mit den Befragungen angefangen hat. Vielleicht hat das mit den Alibis auch nicht geklappt oder die Dreiergruppe war sich nicht einig über das Vorgehen. Borchert wird auch damals schon dünnhäutig gewesen sein. Der Tod von Julia hat ihn sicher aus der Bahn geworfen. Vielleicht ging es nur darum, Borchert vor einer Befragung zu schützen.«

Enna hatte sich inzwischen wieder an den Tisch gesetzt. »Ich brauche mehr, um Lütgen morgen festzunageln.«

»Er war es«, sagte Pia. »Dann wird es halt ein Indizienprozess. Wenn die Tat so weit zurückliegt, ist das nicht weiter verwunderlich.«

»Wo genau sind deine Bedenken?«, fragte Paulsen.

»Sollte Marias Aussage korrekt sein, wollte Julia für längere Zeit Deutschland verlassen. Wenn dem so war, wird sie die Gruppe um Lütgen nicht weiter unter Druck gesetzt haben. Warum sind sie also nach Friesoythe gekommen? Selbst wenn sie Julia nur einschüchtern wollten, muss es einen Grund dafür gegeben haben, die Aktion zum zweiten Mal durchzuziehen. Und dann noch auf fremdem Terrain.«

Pia raufte sich die Haare. »Wir machen uns gerade selbst das Leben schwer. Die Beweislage ist doch klar.«

Enna wiegte den Kopf. »Und warum war Julia so lange in Friesoythe? Für den Abschied hätten auch zwei Tage gereicht. So wie ich Julia einschätze, wäre das nicht für immer gewesen.«

Enna schenkte sich Wasser ein und trank das Glas leer. »Hatte Julia noch weitere nahe Verwandte in Friesoythe? Hat sie da jemanden besucht? Maria hat davon gesprochen, dass Julia Geld besorgen wollte. Von wem? Hätte Julias Vater ihr etwas gegeben? Ihre Mutter? Sicher nicht. Und der Bruder hatte kein Geld. Von wem also?«

»Dann finden wir's halt raus«, sagte Paulsen und wandte sich an Pia. »Du hast den besten Überblick über die Familienverhältnisse.«

»Die Mutter ist nicht gebürtig aus Friesoythe, von daher gibt es von dieser Seite keine Verwandten vor Ort. Der Vater hatte drei Geschwister. Der eine Bruder ist bereits vor siebzehn Jahren verstorben, eine der Schwestern, Enno Hinrichs' Mutter, lebt in der Nähe von Leer. Bleibt noch eine weitere Schwester, die allerdings nicht in Friesoythe lebt, sondern in Osnabrück. Ob Julia mit ihrer Tante Kontakt hatte, kann ich nicht sagen, aber aus einer Bemerkung von Julias Freunden, ich weiß gerade nicht mehr, wer es gesagt hat, habe ich herausgehört, dass diese Tante wohl das schwarze Schaf der Familie war oder ist.«

»Suchst du mir gleich die Adresse raus?«, fragte Enna. »Ich versuche, sie telefonisch zu erreichen.«

»Kein Problem.«

»Hast du eigentlich Julias Schulfreunde noch einmal nach Enno Hinrichs befragt?«

Pia schüttelte den Kopf. »Bin noch nicht dazu gekommen. Aber ich kann es gleich bei ihnen probieren.«

»Und ich versuche, noch mehr über Joe beziehungsweise Jonathan herauszubekommen«, sagte Paulsen.

Enna stand auf. »Okay, das wird heute ein langer Tag. Oder hat von euch noch jemand etwas vor?«

Vierunddreissig

»Guten Tag, Frau Jepsen«, begrüßte Enna Julias Tante, die sie am Telefon erreicht hatte. Enna stellte sich vor und erklärte ihr den Grund ihres Anrufs.

»Ja, ich hatte hin und wieder Kontakt zu der armen Julia«, sagte Elisabeth Jepsen. »Offizielle Familienfeiern, zu denen ich eingeladen wurde, gab und gibt es schon lange nicht mehr. Mein Bruder ist etwas eigen.« Sie lachte leise. »Gerechterweise muss ich hinzufügen, dass er wohl das Gleiche von mir behaupten wird. Mit etwas deftigeren Worten vielleicht.«

»Hatten Sie mit Julia in den letzten zwei Jahren vor ihrem Tod Kontakt?«

»Aber natürlich doch. Sie war auch zwei- oder dreimal hier bei mir. So weit ist Emden ja nicht entfernt. Was wollen Sie wissen?«

»Wir gehen inzwischen davon aus, dass Julia nach dem Studium nicht nach Friesoythe zurückgekehrt wäre, um dort …«

»Nein, natürlich nicht«, unterbrach Elisabeth Jepsen Enna. »Sie hat gleichzeitig Sozialpädagogik studiert und wollte zuerst in einem sozialen Beruf arbeiten und später vielleicht noch ein Studium anhängen. Psychologie hat sie interessiert.«

»In der Hinsicht hat sich Julia eindeutig geäußert?«

Elisabeth Jepsen antwortete nicht gleich, schließlich seufzte sie. »Nein, leider nicht. Das war ein Hin und Her, und ich habe versucht, sie in ihrem Entschluss zu stärken.«

»Wann haben Sie das letzte Mal mit Julia gesprochen?«

»Das war eine Woche vor ihrem Tod.«

»Wie ging es ihr da?«

»Nicht gut. Ich habe das auf das nahe Ende ihres Studiums zurückgeführt. Julia hat darüber gesprochen, ins Ausland gehen zu wollen. Aber das Gespräch war verhältnismäßig kurz. Sie hat immer wieder geweint und schließlich darum gebeten, mich später noch einmal anrufen zu dürfen. Leider kam es nicht mehr dazu.«

»Hat Julia Sie um Geld gebeten?«

»Nein. Warum? Brauchte sie Geld?«

»Vermutlich ja. Wir gehen nach unseren Ermittlungen davon aus, dass Julia Deutschland tatsächlich für längere Zeit verlassen wollte«, sagte Enna.

»Ich war zu der Zeit in Scheidung von meinem zweiten Mann und hatte selbst kaum genug zum Leben. Julia wusste das und wird deshalb nicht gefragt haben.«

An Elisabeth Jepsens Stimme konnte man hören, wie sehr sie der Umstand traf, dass sie Julia nicht hatte helfen können. Sie hatte leise und abgehackt gesprochen.

»Könnte Julia das Geld von irgendjemand anderem bekommen haben? Jemandem in Friesoythe?«

»Sicher nicht von meinem Bruder und auch nicht von seiner Frau. Heinrich ist ein autoritärer Knochen, der alles unternommen hätte, um Julia in Friesoythe zu halten. Und Hannelore, seine Frau, hat immer zu ihm gehalten.«

»Und Julias Bruder?«

»Ach, Christian. Inzwischen soll er sich ja gefangen haben. Aber die beiden standen sich nicht besonders nahe. Ich kann mir nicht vorstellen, dass sie sich ihm anvertraut hätte, und selbst wenn, dann hätte er ihr wohl nicht geholfen. Ganz davon abgesehen wird sein Vater ihn kurzgehalten haben. Manchmal denke ich, er hat am meisten von uns allen unter Heinrich gelitten.«

»Wer hätte Julia so viel Geld geben können, dass sie eine Zeit lang davon leben konnte?«

»In Friesoythe? Haben Sie schon Gerhard gefragt?«

»Wer ist Gerhard?«, fragte Enna.

»Julias Taufpate und Heinrichs bester Freund. Allerdings haben sie sich zerstritten, als Julia noch klein war. Gerhard Bruns. Heinrich und er waren in der gleichen Klasse und wie Brüder. Aber als es später ums Geld ging, kannte Heinrich keine Freunde mehr. Gerhard hat das Möbelgeschäft seiner Eltern übernommen und Filialen in mehreren Ortschaften eröffnet. Dabei sind sich die beiden in die Quere gekommen. Irgendetwas mit einem Baugrundstück, das Gerhard gekauft hat, das aber Heinrich unbedingt haben wollte. Ich weiß es nicht genau.«

»Danke, Frau Jepsen. Sie haben mir sehr geholfen. Eine Frage habe ich noch. Was hätte Ihr Bruder gemacht, wenn er erfahren hätte, dass Julia lesbisch ist?«

»Oh, Sie haben es also … herausgefunden? Dabei hat Julia sehr darauf geachtet, dass niemand etwas erfährt. Wer hat es Ihnen gesagt? Julias Freundin aus Spanien?«

»Ja, auch sie.« Enna hatte den Eindruck, dass Elisabeth Jepsen Zeit gewinnen wollte. Warum hatte sie nicht direkt auf die Frage geantwortet?

»Sie nehmen jetzt aber nicht an, dass Heinrich oder Christian etwas mit Julias Tod zu tun haben?«, fragte Elisabeth Jepsen.

»Es gibt keinerlei Hinweise darauf, und ich persönlich gehe nicht davon aus, dass Ihr Bruder oder Ihr Neffe etwas mit der Tat zu tun haben.«

»Sie fragen sich sicher, warum ich um Julias kleines Geheimnis weiß. Ich habe immer mal wieder danach gefragt, ob sie einen Freund hat. Zwar hat sie mir zu Schulzeiten, es muss in dem Jahr vor dem Abitur gewesen sein, von einem Klassenkameraden erzählt, aber ich hatte die ganze Zeit den Eindruck, dass die beiden eher ein platonisches Verhältnis hatten. Als sie dann aus Spanien zurückkam und in Emden studiert hat, hat sie mich im ersten Semester besucht. Da habe ich sie direkt gefragt. Sie hat nicht gleich geantwortet, nicht einmal am gleichen Tag. Erst kurz bevor sie wieder nach Emden fuhr, hat sie mir von Maria erzählt.«

Enna nickte. »Sie waren in der Beziehung eine Art Muttterersatz?«

Elisabeth Jepsen schwieg und schien nachzudenken. Schließlich sagte sie: »Mag sein. Ich habe ja schon seit Jahren, seit Julia fünf oder sechs war, keinen Kontakt mehr zu meiner Schwägerin.« Sie hielt inne. »Sie merken schon, ich weiche Ihnen aus. Was hätte Heinrich dazu gesagt? Vom Glauben abgefallen wäre er nicht. Er hat nämlich keinen. Er glaubt nur an sich selbst. Trotzdem geht er jeden Sonntag in die Kirche und spendet große Summen für karitative Zwecke. Natürlich nur an kirchliche Einrichtungen.« Erneut machte sie eine Pause. »Ich könnte jetzt sagen, für ihn wäre eine Welt zusammengebrochen. Aber ich glaube es nicht. Als Christian nicht so funktionierte, wie mein Bruder sich das vorgestellt hatte, war er für ihn Luft. Erst als Julia nicht mehr unter uns war, wurde plötzlich sein Sohn wichtig. Vielleicht wäre es für Christian andersrum besser gewesen.«

»Sie meinen, Julias Vater wäre es egal gewesen? Er hätte sie einfach verstoßen und weitergemacht?«

»Egal? Sicher nicht. Er hätte es als Niederlage seines Lebens angesehen. Und wäre Julia dann noch vor ihm und diesem Ort geflohen, dann wäre ihr seine Rache sicher gewesen. Er hätte alles unternommen, um sie zu zerstören. Und glauben Sie mir, darin hat er ausreichend Erfahrung. Ich weiß, wovon ich spreche.«

»Ihr Bruder hätte also nicht akzeptiert, wenn Julia zwar nach Friesoythe gekommen wäre, aber gleichzeitig darauf bestanden hätte, ihr Leben so zu leben, wie sie es für richtig hielt? Selbst wenn sie die Beziehung zu einer Frau nur außerhalb von Friesoythe ausgelebt hätte?«

»Vielleicht wäre das für andere Väter in der gleichen Situation ein Weg gewesen, damit umzugehen, aber ganz sicher nicht für meinen Bruder. Nein, niemals. Da bin ich mir sehr sicher, Frau Kommissarin.«

»Und Christian?«, fragte Enna.

»Ich kenne ihn nur, als er noch ein kleines Kind war. Alles, was ich von ihm weiß, ist mir erzählt worden. Ich weiß wirklich nicht, wie er reagiert hätte.«

Enna stellte noch einige Fragen, bedankte sich schließlich bei Elisabeth Jepsen und suchte gleich darauf die Daten von Gerhard Bruns heraus. Als sie ihn am Telefon erreichte, stimmte er einem Gespräch vor Ort zu.

»Ich fahre nach Friesoythe zu Julias Taufpaten«, rief Enna in den Flur. Paulsen und Pia traten aus ihren Zimmern. »Ich hoffe, dass ich in spätestens zwei Stunden zurück bin.«

Gerhard Bruns' Altersruhesitz, wie er es am Telefon genannt hatte, lag am nördlichen Rand des Stadtgebiets. Enna sah auf dem Navi, dass sich hinter dem Haus der Fluss Soeste entlangschlängelte. Der eineinhalbstöckige Bau mit Reetdach und Fachwerk schien erst vor wenigen Jahren errichtet worden zu sein. Enna ging gerade durch den gepflegten Vorgarten auf das Haus zu, als sich die Tür öffnete und ein älterer Herr auf sie zukam.

»Frau Andersen?«, fragte er und reichte Enna die Hand. »Kommen Sie doch herein. Ich habe uns einen Tee aufgesetzt.«

Gerhard Bruns, ein großer, schlanker Mann mit vollem grauem Haar und strahlenden Augen, führte Enna in die Wohnküche, wo bereits der Tisch gedeckt war. »Ich freue mich immer über Besuch. Seit meine Frau vor zwei Jahren verstorben ist, ist es hier im Haus etwas ruhig geworden.«

Enna setzte sich auf den angebotenen Platz und dankte Gerhard Bruns für den Tee.

»Ich habe schon gehört, dass die Untersuchungen neu aufgenommen wurden. Nicht von Heinrich, aber Sie und Ihre Leute haben ja schon einige Personen befragt.« Er trank einen Schluck Tee. »Ich finde das gut. Sehr gut sogar.«

»Sie sind seinerzeit von den ermittelnden Kollegen nicht befragt worden? Ich habe zumindest kein Protokoll gefunden.«

Gerhard Bruns schüttelte den Kopf. »Nein, das bin ich nicht. Das ist korrekt.«

»Darf ich Sie fragen, wann Sie zum letzten Mal Kontakt zu Julia hatten?«

»Natürlich dürfen Sie das. Das war am Samstag, dem 27. April 2002. Am frühen Nachmittag. Es war noch im alten Haus. Ich war allein an diesem Tag und habe mich sehr darüber gefreut, dass Julia mich besuchte.«

»Sahen Sie Julia häufiger?«

»Nein, leider nicht.« Gerhard Bruns lächelte matt. »Aber ein- bis zweimal im Jahr schlich sie sich davon und kam für einige Stunden zu mir.«

»Hat Julia Sie an diesem Samstag um Geld gebeten?«, fragte Enna.

Der alte Herr sah sie erstaunt an. »Tatsächlich hat sie das! Woher wissen Sie das?«

»Ich habe es vermutet. Was hat Ihnen Julia erzählt?«

Gerhard Bruns lehnte sich auf dem Stuhl zurück und schloss die Augen. Schließlich beugte er sich wieder nach vorne und sah Enna direkt an. »Julia wollte nach Spanien und dort ein neues Leben anfangen. Sie wissen sicher, dass sie dort vor dem Studium ein Jahr gelebt hatte. Es war der Druck, den Heinrich auf sie ausgeübt hat. Sie wollte nicht zurück in unsere Stadt, zu ihrer Familie und dem allen. Das war mir schon lange bewusst gewesen. Wenn Julia mich besucht hat, haben wir intensive Gespräche geführt. Dabei war ihr innerer Konflikt unverkennbar. Zumindest für jemanden, der wirklich hinschaut. Julias Familie hat das leider nicht getan.«

»Um welche Summe hat Julia Sie gebeten?«

»Um zwanzigtausend Euro. Ich hätte noch einmal das Gleiche draufgelegt, wenn ich gekonnt hätte.«

»Es kam nicht zur Übergabe?«

»Nein. Ich hatte am Montag und Dienstag wichtige Termine in Frankfurt und bin schon am Sonntagnachmittag losgefahren. Mittwoch war der 1. Mai und wir hatten abgemacht, dass ich am nächsten Tag zur Bank gehen würde. Ich hatte das Geld hier und habe auf sie gewartet. Sie ist nicht gekommen und erst am nächsten Tag habe ich erfahren, dass nach ihr gesucht wird.«

»Warum haben Sie sich nicht bei der Polizei gemeldet?«, fragte Enna.

»Ich bin davon ausgegangen, dass Julia, aus welchem Grund auch immer, früher wegmusste und sich dann in den Tagen oder Wochen später bei mir melden würde. Ich wollte sie nicht verraten.« Er stöhnte leise. »Hätte ich doch nur die Sitzung fallen gelassen und wäre gleich zur Bank gegangen. Julia würde vielleicht noch leben.« Gerhard Bruns sah Enna flehend an. »Oder?«

»Das kann niemand mit Bestimmtheit sagen. Bisher gehen wir davon aus, dass Julia sich von ihrer Familie und ihren

Freunden verabschieden wollte. Das wiederum würde bedeuten, dass sie in jedem Fall am 1. Mai mit nach Thüle gegangen wäre.«

»Ich habe mir jahrelang Vorwürfe gemacht und mit meiner zögerlichen Haltung gehadert. Wahrscheinlich habe ich deshalb auch geschwiegen, als Julia schließlich gefunden wurde. Ich wollte nicht vor aller Welt als Versager dastehen und …«, er schluckte schwer, »… Heinrich die Genugtuung geben, dass ich Julias Tod verschuldet habe. Ich hätte mich gleich nach ihrem Verschwinden an die Polizei wenden sollen. Aber ich habe es nicht getan.« Die Augen von Gerhard Bruns waren feucht geworden, er senkte den Kopf und schien sich in seinen Gedanken zu verlieren.

Fünfunddreissig

Enna schloss ihren Bericht mit den Worten: »Julia hat sich also doch nicht immer an die Familienregeln gehalten. Sie hatte weiter Kontakt zu ihrer aus der Familie verstoßenen Tante und ihrem Taufpaten, der für ihren Vater vom Freund zum Feind geworden war.«

»Damit steht dann wohl fest, dass sie das Land verlassen wollte«, sagte Paulsen. »Unsere Lütgen-Theorie hat jetzt reichlich Lücken.«

Pia nickte. »Ja, ich gebe zu, dass die Puzzlestücke plötzlich nicht mehr so gut zusammenpassen.« Sie verschränkte die Hände hinterm Kopf und lehnte sich auf dem Stuhl zurück. »Es sei denn, der erste Einschüchterungsversuch ging nicht mit der mutmaßlichen Vergewaltigung einher. Vielleicht haben Lütgen und Co. Julia anders Angst eingejagt und waren später der Meinung, dass das noch nicht ausreichte. Stellt euch vor, sie haben von ihrer Flucht erfahren. Lassen wir mal dahingestellt, wie. Wir haben es so interpretiert, dass die Lütgen-Gruppe das als Nachgeben ausgelegt hat. Es gäbe aber auch noch eine andere Möglichkeit.«

»Und die wäre?«, fragte Paulsen.

»Was passiert mit gefährdeten Zeugen? Sie tauchen mithilfe der Behörden unter und bekommen eine neue Identität. Wir wissen, dass das in diesem Fall niemals geschehen wäre, aber war es der Gruppe auch klar? Vielleicht haben sie Panik bekommen und Friesoythe als die letzte Möglichkeit gesehen, die Zeugin zu beseitigen.«

Enna schüttelte den Kopf. »Das klingt jetzt aber ziemlich spekula…«

»Sehe ich nicht so«, fiel Pia ihr ins Wort. »Soll ich jetzt berichten?«

»Klar«, sagte Enna.

»Ich habe beide Frauen der Friesoyther Clique erreicht, außerdem Helmut Meyer und Martin Schumacher. Joachim Sievers ist nicht ans Handy gegangen, auf dem Hof war ständig besetzt. Also: Niemand von ihnen ist mit Enno Hinrichs richtig warm geworden. Julia hatte ihn zwar bei seinen früheren Besuchen in Friesoythe schon ein- oder zweimal mit dabei, aber das lag Jahre zurück. Kaum einer von ihnen hat sich mit Hinrichs unterhalten und er war der Erste, der auf der Feier verschwunden ist. Zwei Dinge sind mir aufgefallen. Beide Frauen sagten, dass Hinrichs während der Wanderung nach Thüle Julia beobachtet habe. Sie hatten ihn damals in Verdacht, dass er heimlich in seine Cousine verschossen war, aber inzwischen meinten beide übereinstimmend, dass er ihr eher hinterherspioniert hat. Die beiden Männer haben sich ähnlich ausgedrückt, wenn auch nicht so detailreich. Ihnen war auch nicht klar, warum Hinrichs bei ihnen in der Gruppe mitgelaufen ist.«

»Warum das?«, fragte Paulsen.

»Auf dem Fest wurde er von allen zusammen mit Christian Dirksen gesehen. Er hat sich offensichtlich mehr oder weniger die ganze Zeit bei Dirksen und dessen Clique aufgehalten. Die Frage, die mir da kam: Warum ist er nicht gleich mit der Gruppe gelaufen?«

»Was sagst du dazu?«, fragte Enna an Paulsen gewandt. »Du hast ihn doch befragt.«

»Interessant«, murmelte Paulsen. »Wir sollten ihm noch einmal auf den Zahn fühlen.«

Enna sah auf die Uhr. »Heute wird das wohl nichts mehr.«

Paulsen griff zum Handy und tippte etwas auf dem Display. »Guten Tag, Herr Hinrichs. Paulsen, LKA. Sie erinnern sich an mich?«

Paulsen schwieg und sagte dann: »Genau! Ich habe noch ein paar Fragen an Sie. Kann ich gleich bei Ihnen vorbeikommen? In spätestens einer Stunde bin ich vor Ort.« Wieder horchte er. »Nein, Sie müssen nicht mit mir sprechen. Allerdings würden Sie dann offiziell von der Staatsanwaltschaft vorgeladen. Hier nach Oldenburg. Wir können gerne den We… Okay, also in einer Stunde bei Ihnen zu Hause. Adresse habe ich. Bis dann.«

Paulsen ließ das Handy in die Tasche gleiten und wedelte mit der Hand in Pias Richtung. »Auf, auf, Kollegin. Wir haben noch etwas vor«, forderte er sie auf, um sich dann an Enna zu wenden. »Morgen früh um acht Uhr?« Als Enna nickte, fuhr er fort: »Geh nach Hause und ruh dich aus. Der Tag morgen wird ganz sicher anstrengend.«

Kurz vor zwanzig Uhr betrat Enna ihr Haus. Kaum stand sie im Flur, rief Elias nach ihr. »Mama, bist du das?«

»Ja, Elias. Ich komme sofort zu dir.«

»Alina liest mir gerade was vor.«

Enna hängte ihre Jacke an die Garderobe, machte sich im Bad frisch und ging zu Elias ins Zimmer. Alina saß neben seinem Bett, ein Buch in der Hand. Enna setzte sich zu den beiden und hörte der Geschichte zu.

Zwei Stunden später saß Enna in ihrem Arbeitszimmer und starrte auf ihr Handy. Weder Paulsen noch Pia hatten sich bisher gemeldet, obwohl sie darum gebeten hatte, zumindest kurz informiert zu werden. Sie stand auf und lief im Zimmer auf und ab. Als ihr Blick auf die Akte fiel, die Aaron Bernard bei ihr im Auto hatte liegen lassen, griff sie danach und ließ sich auf den Schreibtischstuhl fallen. Bisher hatte sie nur einmal durch die Akte geblättert und sie anschließend wieder verschlossen. Sie begann zu lesen und schreckte auf, als sich ihr Handy meldete. Nach einem schnellen Blick aufs Display nahm sie das Gespräch an.

»Und? Habt ihr was, Pia?«

»Wir sind auf dem Rückweg. Hat eine Weile gedauert, bis Hinrichs uns was verraten hat. Paulsen hatte den richtigen Riecher, Hinrichs hatte sozusagen von Christian Dirksen den Auftrag, Julia zu beobachten. Deshalb ist er mit der Gruppe gelaufen und nicht mit Christians Haufen.«

»Beobachten?«

»Ja. Er hat Dirksen junior Bericht erstattet und sich dann einen hinter die Binde gekippt. Blackout, sagt er. Am 2. Mai ist er zurück nach Ostfriesland, gegen Abend, und hat nicht mehr mitbekommen, dass Julia vermisst gemeldet wurde. Einen Tag später hat sein Onkel bei ihm angerufen, Heinrich Dirksen, und ihn gefragt, ob er etwas wisse, weil er doch mit in der Gruppe war, die nach Thüle gelaufen war. Erst da ist ihm klar geworden, dass Christian etwas damit zu tun haben könnte.«

»Hat er nie nach einer Begründung gefragt, warum er Julia beobachten sollte?«

Pia stöhnte leise. »Der Typ ist eine Heulsuse. Wir haben eine Ewigkeit gebraucht, um etwas aus ihm herauszubekommen. Er hat panische Angst, dass er zur Rechenschaft gezogen wird. Deshalb hat er auch damals geschwiegen.«

»Habt ihr ein Protokoll?«

»Auch deshalb hat es so lange gedauert. Ich habe es gleich da geschrieben und ausgedruckt. Wir haben seine Unterschrift.«

»Danke für euren Einsatz.«

»Werde ich dem Brummbären ausrichten«, sagte Pia lachend.

Enna legte das Handy zur Seite. Was bedeuteten die neuen Erkenntnisse? Warum hatte Christian Dirksen seinem Cousin den Auftrag gegeben, Julia zu beobachten? Gab es eine Verbindung zwischen Christian und der Lütgen-Gruppe, wie sie es schon einmal vermutet hatten?

Enna wollte gerade das Haus verlassen, als sie Elias nach ihr rufen hörte. Sie zog die Jacke wieder aus und ging in sein Schlafzimmer.

»Mama! Bringst du mich heute zum Kindergarten?«

»Tut mir leid, Elias, ich muss zur Arbeit.«

Alina war aus ihrem Zimmer gekommen und stand jetzt in der Kinderzimmertür.

»Alina frühstückt ganz in Ruhe mit dir und dann fahrt ihr wieder zusammen mit dem Fahrrad zum Kindergarten. Das macht dir doch immer viel Spaß, oder?«

Elias zog Enna zu sich herunter und umarmte sie innig. »Schade!«, sagte er leise.

»Bald ist doch wieder Wochenende und dann überlegen wir, wo wir hinfahren. Was hältst du vom Osnabrücker Zoo? Das war doch ganz toll.«

»Oh ja!«, rief Elias und warf einen Blick zu Alina. »Kommst du auch mit?«

»Wenn du mich mitnimmst«, sagte Alina lächelnd. »Haben die da auch Affen?«

»Ganz viele!«, rief Elias. »Und das ist ganz groß da. Wie im Urwald können die Tiere da leben.«

Enna küsste ihren Sohn auf die Wange und verabschiedete sich von ihm. »Bis heute Abend, Großer.«

»Wir sind schon in der Küche«, rief Pia, als Enna die Haustür öffnete.

Paulsen und Pia saßen am Tisch, der Kaffee duftete und frische Croissants standen auf dem Tisch. Enna setzte sich zu ihren Kollegen und sah auffordernd in die Runde.

»Einen Kurzbericht hast du schon«, sagte Paulsen. »Pia und ich sind das ganze Band noch einmal durchgegangen und dabei …«

»So lange seid ihr schon hier?«, unterbrach Enna ihn.

»Ja, wir konnten beide nicht schlafen«, sagte Pia und grinste breit. »Natürlich jeder in seinem eigenen Bett.«

Paulsen sackte gespielt auf seinem Stuhl zusammen. »Wenn das jetzt geklärt wäre. Also, wir sind die Aufnahme noch einmal durchgegangen und sind inzwischen sicher, dass Hinrichs noch mehr weiß, als er zugegeben hat. Aber gestern war nicht mehr aus ihm herauszubringen. Das sehen wir beide so.«

»Definitiv!«, fügte Pia hinzu.

Paulsen vervollständigte Pias kurzen Telefonbericht und spielte einzelne Passagen der Aufnahme ab. Enna hörte gespannt zu und kam letztendlich zu dem gleichen Schluss wie ihre Kollegen.

»Sollen wir ihn heute noch einmal in die Mangel nehmen?«, fragte Paulsen.

Enna wehrte ab. »Dazu ist jetzt keine Zeit mehr.« Ihr Handy machte sich bemerkbar, auf dem Display erschien der Name *Raven.*

»Guten Morgen, Frau Hauptkommissarin«, sagte der Staatsanwalt. »Ich hoffe, Sie sind schon ansprechbar?«

»Ich sitze schon eine Weile mit meinen Kollegen zusammen. Was kann ich für Sie tun?«

»Kollege Hirschfeld hat vor ein paar Minuten die vollständige Akte angefordert. Wenn wir Professor Lütgen heute zu einem weiteren Ermittlungsverfahren vernehmen wollen, müssen wir ihm zwingend die Unterlagen zur Verfügung stellen. Hatten wir nicht abgemacht, dass …«

»Ja, wir sind so weit, dass wir Professor Lütgen damit konfrontieren können. Sie erhalten in einer halben Stunde die vollständige Akte.«

»Gut. Ich gebe sie weiter und hoffe, dass Sie richtigliegen. Sie verstehen, was ich meine?«

»Selbstverständlich, Herr Staatsanwalt. Wir sehen uns später zur Vorbesprechung. Falls Sie vorab Fragen haben, rufen Sie mich einfach unter dieser Nummer an.«

Der Staatsanwalt verabschiedete sich.

Enna schüttelte den Kopf und murmelte: »Dr. Angsthase.« Sie legte das Handy zur Seite. »Ihr habt gehört. Raven braucht sofort die vollständige Akte. Ich schreibe jetzt den Bericht und ihr stellt die Akte zusammen.«

Eine Stunde später saßen sie wieder in der Küche zusammen.

»Hast du noch etwas zu Jonathan Rotmeier herausbekommen?«, fragte Enna.

»Ich hoffe«, antwortete Paulsen. »Über den Brexit wisst ihr ja Bescheid und habt sicher gehört, dass die in Großbritannien lebenden EU-Bürger einen Antrag stellen mussten, um weiter im Land bleiben zu können. Ich habe mich an einen Kollegen erinnert, der sehr gute Kontakte auf die Insel hat. Er hat mir dann einen Detective Inspector von Scotland Yard vermittelt, der ihm noch etwas schuldig ist. Ich habe gestern noch mit John Adams, das ist der DI, gesprochen und er versucht sein Glück in der zuständigen Behörde.«

»Hat er gesagt, bis wann wir mit Ergebnissen rechnen können?«, fragte Enna.

»Das habe ich lieber nicht gefragt. Die Engländer sind schnell verschnupft, wenn wir Deutschen sie drängen wollen. Erst mal eine gute Tasse Tee und dann wird man sehen. Wenn ich das richtig verstanden habe, kann er das nicht über den offiziellen Dienstweg laufen lassen. Also heißt es abwarten.«

»Okay, sonst noch was?«

Pia hob die Hand. »Ich habe gestern auf der Fahrt nach Leer noch mit Joachim Sievers telefoniert. Er sagt zwar auch, dass Hinrichs nicht so richtig in die Gruppe gepasst habe, aber er habe sich darüber keine Gedanken gemacht. Ansonsten ist er ihm nicht weiter aufgefallen.«

»War er so spät noch zu sprechen?«

»Ja, er hat sofort abgenommen und sich entschuldigt, dass er tagsüber nicht erreichbar war. Er wohnt ja auch allein auf dem Hof. Oder hatte ich das nicht erzählt?«

»Nein«, sagte Paulsen, während Enna gleichzeitig »Doch« antwortete.

Pia schmunzelte. »Das waren nur so ein paar private Äußerungen am Schluss der Befragung«, sagte sie zu Paulsen gewandt. »Da hatte ich die Aufnahme schon ausgestellt. Er lebt getrennt von seiner Frau und den beiden Söhnen. Seit zwei oder drei Jahren, glaube ich.«

»Lebt sie in der Nähe?«

»Sozusagen. Cloppenburg, das sind gut zwanzig Kilometer. Die Söhne gehen inzwischen da zur Schule. Gymnasium, soweit ich mich erinnere.«

»Okay«, sagte Enna. »Ich habe mir am Wochenende die Aufzeichnung noch einmal angehört.« Sie hielt kurz inne. »Wo stehen wir?«

Paulsen räusperte sich. »Lütgen ist in puncto Borchert ziemlich am Arsch, würde ich sagen. Aus der Nummer kommt er nicht so schnell raus. Er hat mit ihm am Tattag mehrmals telefoniert, war laut Handydaten vor Ort beziehungsweise im entsprechenden Funknetz eingeloggt, seine Navidaten bezeugen eindeutig, dass zumindest sein Auto zum entsprechenden Zeitpunkt vor Ort war. Und zu guter Letzt: seine Fingerabdrücke, verteilt im ganzen Haus, mit typischen Anzeichen eines Einbruchs. Wie gesagt, da haben wir ihn an der Angel.«

»Den Damenslip nicht zu vergessen«, fügte Pia hinzu. »Seine DNA, wenn auch nicht vom Sperma, seine Zahlungen über viele Jahre. Das wird er erklären müssen.«

»Und bei Julia Dirksen?«, fragte Enna.

»Nicht so eindeutig«, sagte Paulsen. »Wir haben Indizien, aber die lassen sich auch für ihn oder das Dreierteam auslegen. Wenn wir …«

»Das hatten wir doch schon alles«, fuhr Pia ihm ins Wort. »Wollen wir das wirklich noch einmal durchkauen?«

»Schon gut, Pia«, sagte Enna. »Es gibt in der Sache wirklich keine neuen Hinweise. Es sei denn, die Hinrichs-Aussage deutet darauf hin, dass Dirksen junior gemeinsame Sache mit Lütgen gemacht hat.«

»Sehr spekulativ«, entgegnete Paulsen. »Können wir Dirksen in die Mangel nehmen?«

Pia schüttelte den Kopf. »Der wird kein Wort sagen und seinen Anwalt hinzuziehen. Oder, besser noch, seine Anwälte.«

»Da gebe ich dir recht«, sagte Enna. »Dann muss halt Lütgen reden und den Kontakt bestätigen.«

Sechsunddreissig

Enna reichte Dr. Raven die Hand zur Begrüßung, sie setzten sich an den Tisch im Vernehmungszimmer der JVA.

»Der Kollege Hirschfeld ist schon seit einer Stunde bei seinem Mandanten«, sagte Raven. »Kommen wir zum Thema. Welche Strategie schlagen Sie vor?«

»Zum Fall Maximilian Borchert sehe ich inzwischen ausreichende Indizien und Beweise, die Professor Lütgen mit der mutmaßlichen Tötung in Verbindung bringen.«

»Dem stimme ich zu. Ich werde die Anklage auf den Weg bringen. Ich gehe von Totschlag im Affekt aus. Sollte sich Professor Lütgen zu der Tat einlassen, wird es keinen Grund für eine Verlängerung der Untersuchungshaft geben.«

Enna nickte. »Das zweite Ermittlungsverfahren im Fall Julia Dirksen ist unserer Ansicht nach unmittelbar mit dem ersten verbunden. Die monatlichen Zahlungen von Professor Lütgen an Maximilian Borchert und die mutmaßliche Einmalzahlung deuten auf Erpressung hin, die unserer Meinung nach mit dem Damenslip zusammenhängt. Die Details sind Ihnen ja bekannt.«

»Durchaus, Frau Hauptkommissarin«, sagte der Staatsanwalt, als habe ihm Enna unterstellen wollen, die Akten nicht gelesen zu haben. »Ich stimme Ihnen zu, dass es eine Reihe von schwerwiegenden Verdachtsmomenten gegen Professor Lütgen gibt, aber ich fürchte, wir werden auf der Grundlage keine Verlängerung der Untersuchungshaft beantragen können. Das Eis, auf dem wir uns da bewegen, ist extrem dünn.«

»Das ist mir klar, Dr. Raven, allerdings sollten wir heute in der Vernehmung trotzdem versuchen, Professor Lütgen unter Druck zu setzen.«

»Ich kenne den Kollegen Hirschfeld gut. Er wird sich auf solche Spielchen nicht einlassen.« Der Staatsanwalt machte eine gönnerische Handbewegung. »Aber gut, versuchen Sie es. Ich lasse Ihnen da freie Hand.«

Enna war klar, worauf das hinauslief. Sollte sie Erfolg haben, wäre es der Erfolg des Staatsanwalts, sollte sie scheitern, wäre sie verantwortlich. »Es wäre gut, wenn Sie dem Verdächtigen und seinem Rechtsbeistand den Ernst der Lage vermitteln könnten.«

»Das schaffen Sie schon, Frau Hauptkommissarin. Ich hörte, dass Sie eine ausgezeichnete Vernehmerin sind.« Er lächelte geschäftstüchtig. »Haben Sie noch Fragen?«

Enna folgte dem Staatsanwalt in den Vernehmungsraum, in dem Lütgen und sein Anwalt auf sie warteten. Boris Lütgen sah mitgenommen aus: Er hatte dunkle Ringe unter den Augen, seine Haare wirkten ungepflegt und er schien sich seit der Inhaftierung nicht mehr rasiert zu haben.

Staatsanwalt Raven eröffnete die Vernehmung und teilte mit, dass die Ermittlungen auf eine weitere Straftat ausgedehnt worden seien. Anschließend übergab er Enna das Wort.

Bevor sie etwas sagen konnte, hob Hirschfeld seine Hand. »Entschuldigen Sie, wenn ich gleich unterbreche. Mein Mandant wird sich zu keiner der ihm angelasteten Taten äußern.«

Der Staatsanwalt schob seinen Stuhl zurück und stand auf. »Dann sind wir hier für heute fertig und werden uns morgen vor dem Haftrichter wiedersehen.«

»Ich war noch nicht fertig, Herr Kollege«, sagte Hirschfeld.

Raven blieb stehen und sah ihn fragend an.

»Mein Mandant möchte Ihnen ein Angebot machen.«

»Ja, bitte?«, fragte Raven und setzte sich wieder an den Tisch.

»Professor Lütgen würde vollumfänglich zu den Ermittlungen um den Tod von Frau Dirksen aussagen. Voraussetzung wäre, dass ihm Straffreiheit zugestanden wird.«

»Ist das Ihr Ernst?«, fragte Raven. »Wir sprechen hier von einer möglichen Mordanklage.«

»Mein Mandant steht in keiner Verbindung zum Tod von Frau Dirksen. Wie allen bekannt ist, wurde die Frau am 1. Mai 2002 entführt und aller Wahrscheinlichkeit auch in diesem Zusammenhang getötet. Sind wir uns soweit einig?«

Raven nickte.

»Mein Mandant wurde am 1. Mai des betreffenden Jahres im Zuge eines Autounfalls stationär im Emder Krankenhaus behandelt. Er hat dort drei Tage verbracht.«

Staatsanwalt Raven zögerte kurz, bevor er antwortete. »Gehen wir einmal davon aus, dass das stimmt, warum dann die Straffreiheit?«

Enna lehnte sich zu Raven und flüsterte ihm ins Ohr, dass sie kurz mit ihrem Team telefonieren würde, um die Überprüfung des Alibis in die Wege zu leiten. Als er nickte, verließ Enna den Raum und telefonierte mit Pia. Kurz darauf saß sie wieder am Vernehmungstisch. Die Herren schienen während Ennas Abwesenheit eine Pause eingelegt zu haben, da Raven noch einmal seine letzte Bemerkung wiederholte. »Ihr Mandant hat also für die fragliche Zeit ein Alibi. Meine Frage war, warum er in diesem Zusammenhang trotzdem Straffreiheit anstrebt.«

»Tut mir leid, Kollege, diese Frage kann ich nicht beantworten, ohne ins Detail zu gehen.«

»Bleibt noch die Frage, wie sich Ihr Mandant in Bezug auf das Ermittlungsverfahren Borchert äußert«, sagte der Staatsanwalt. »Ich brauche Ihnen nicht zu erzählen, dass ich bei der Beweislage ein Strafverfahren einleiten muss.«

Hirschfeld nickte. »Gehen wir einmal davon aus, dass beide Fälle Schnittmengen haben.« Er hob den Zeigefinger seiner rechten Hand. »Nur einmal angenommen. Wäre es dann nicht durchaus nachvollziehbar, dass mein Mandant zunächst schweigt?«

Der Staatsanwalt stöhnte theatralisch. »Kollege, so kommen wir nicht weiter. Werden Sie konkret und wir können über alles reden.«

Hirschfeld nickte. »Können wir beide kurz vor die Tür gehen?«

Staatsanwalt Raven stand auf und verließ mit Hirschfeld den Raum. Enna hatte dem Schauspiel der letzten Minuten mit einem unguten Gefühl zugesehen. Sie ging davon aus, dass sich Raven und Hirschfeld im normalen Leben duzten und persönlich kannten, sie aber in Verhandlungen auf gespielte Distanz gingen. Jeglicher Einspruch zu den gerade stattfindenden Flurverhandlungen wäre ins Leere gelaufen. Aus diesem Grund hatte sie von vorneherein darauf verzichtet.

Raven und Hirschfeld ließen sich Zeit. Als Ennas Handy sich bemerkbar machte, nahm sie das Gespräch an. »Ja, Pia.« Sie stand auf und ging Richtung Tür, damit Lütgen Pias Antwort nicht mithören konnte.

»War nicht einfach«, sagte Pia. »Musste mich bis zum Klinikdirektor durchhangeln, der sich natürlich auf die üblichen Vorschriften berufen hat. Glücklicherweise kam mir der Name des Mannes bekannt vor. Er ist ein Freund meines Onkels. Ich erspare dir die Einzelheiten. Kurz und gut: Lütgen hat die Wahrheit gesagt, er war zur fraglichen Zeit tatsächlich in der Klinik. Diese Info habe ich allerdings nur ›unter der Hand‹ erhalten. Wir müssen da mit einem Beschluss auftauchen, dann bekommen wir die Daten offiziell.«

Enna hörte Pias Stimme an, wie enttäuscht sie über die Information war, ging aber nicht darauf ein. »Danke, Pia.«

Sie setzte sich zurück an den Tisch. Boris Lütgen hatte sich demonstrativ unbeteiligt verhalten und hielt immer noch den Kopf gesenkt.

Wenige Minuten später kamen Raven und Hirschfeld zurück. Enna stand auf und bat den Staatsanwalt um ein kurzes Gespräch. Sie verließen den Raum.

»Ich brauche jetzt keine Beschwerde Ihrerseits, Frau Hauptkommissarin.«

Enna reagierte nicht auf seine Ansage. »Meine Mitarbeiter haben in Erfahrung gebracht, dass Lütgen bezüglich des Krankenhausaufenthalts die Wahrheit gesagt hat. Offiziell bekommen wir es erst nach einem Beschluss.«

»Frau Hauptkommissarin, Sie überraschen mich.«

»Woraus soll der Deal bestehen?«

»Professor Lütgen würde zugeben, dass er sich mit Herrn Borchert gestritten hat und im Verlauf der Auseinandersetzung sein Freund von der Treppe gestürzt ist. Das wäre dann eine schwere Körperverletzung mit Todesfolge.«

»Borchert hätte überleben können, wenn rechtzeitig ein Notarzt vor Ort gewesen wäre.«

»Das ist eine reine Vermutung, Frau Hauptkommissarin. Aber gut, unterlassene Hilfeleistung steht hier natürlich zur Debatte.«

»Und was bekommen wir dafür?«, fragte Enna und gab sich keine Mühe, ihre Missbilligung des Deals zu verbergen.

»Eine vollumfängliche Einlassung von Professor Lütgen. Es geht um sexuelle Nötigung, Strafvereitelung im Zusammenhang mit einem sexuellen Übergriff und weitere Details, die den Fall Julia Dirksen betreffen.«

»Sie wollen darauf eingehen?«

»Ja, Frau Hauptkommissarin.« Raven wandte sich ab und griff zur Türklinke.

»Mit Verlaub, Herr Dr. Raven, das halte ich für die falsche Strategie.«

Raven drehte sich langsam zu Enna um. »Wollen Sie mir etwa meine Arbeit erklären?«, fuhr er Enna an.

»Nein, wie käme ich dazu? Allerdings wissen wir beide, worauf das hier hinausläuft. Oder?«

»Ach, wissen wir das?«, sagte Raven herablassend.

»Lütgen wird mit einer Bewährungsstrafe davonkommen oder es läuft am Ende nur auf einen Strafbefehl hinaus.«

»Ich denke, Sie überschreiten gerade gewaltig Ihre Kompetenzen. Es lag in Ihrer Verantwortung, ausreichend Beweise für eine Tatbeteiligung von Professor Lütgen zu erbringen. Wir beide wissen doch, dass wir meilenweit davon entfernt sind. Stimmen Sie mir zu?«

»Eine solche umfangreiche Ermittlung ist nicht in wenigen Stunden durchzuführen. Der Zeitdruck, unter den wir ohne Not gesetzt wurden, war viel zu hoch. Stimmen Sie mir zu?«

Der Staatsanwalt funkelte Enna wütend an. »Ich bin Herr des Verfahrens. Das sollten Sie auf der Polizeischule gelernt haben. Ansonsten sind Sie hier mehr als fehl am Platz.«

Enna spürte eine unbändige Wut in sich aufsteigen. Dieser Karrierist mit Doktortitel hatte nicht die geringste Ahnung von Polizeiarbeit. Seinesgleichen zu schützen stand weit oben auf seiner persönlichen Moralskala.

Einen Moment zögerte Enna und wog ab, ob und wie sie antworten sollte. »Wer hier fehl am Platz ist, wird sich noch zeigen. Ich mache Sie persönlich dafür verantwortlich, wenn

Sie Lütgen ungeschoren davonkommen lassen. Auch Sie stehen nicht über dem Gesetz.«

Raven schluckte schwer. »Was erlauben Sie sich …«

»Wir werden erwartet, Herr Dr. Raven«, unterbrach ihn Enna, schob sich an ihm vorbei und öffnete die Tür.

Enna schob den Schlüssel ins Schloss, als die Haustür von innen geöffnet wurde. Pia und Paulsen standen im Flur.

»Und?«, fragte die junge Kommissarin.

»Ich brauche erst mal einen starken Kaffee.« Enna ging an ihren Kollegen vorbei in die Küche und warf ihre Tasche auf den Tisch.

»Ein Deal?«, fragte Paulsen.

Enna nickte.

»Teufel auch!«

»Ganz ungeschoren kommt Lütgen nicht davon.«

Pia, die gerade Kaffeepulver in die Maschine löffelte, drehte sich um. »Aber mehr oder weniger?«

»Das wird das Gericht entscheiden. Schwere Körperverletzung mit Todesfolge, unterlassene Hilfeleistung.«

»Drei Jahre auf Bewährung«, brummte Paulsen. »Jede Wette!«

Pia ballte die Hände kurz zu Fäusten und wandte sich wieder der Kaffeemaschine zu. »Das war mindestens Totschlag. Und ganz sicher nicht im Affekt.«

»Definitiv!«, fügte Paulsen hinzu. »Hat Lütgen den Aufenthaltsort von Rotmeier rausgerückt?«

»Den kennt er angeblich nicht.«

Pia kam zu ihnen an den Tisch. »Kaffee dauert. Willst du schon anfangen?«

Enna atmete tief durch. »Hirschfeld ist raffinierter, als ich dachte. Und Raven durchtrieben. Aber das nur vorweg. Ich fasse mal zusammen, was Lütgen beziehungsweise sein Anwalt für ihn ausgesagt hat: Der Tod von Borchert war ein Unfall. Lütgen wollte Borchert beruhigen und ist ihm auf den Deich hinterhergelaufen. Oben angekommen hat Borchert angeblich Lütgen angegriffen, der hat sich verteidigt, Borchert ist gestolpert und hintenüber den Deich heruntergefallen. Lütgen hat zugegeben, dass Borchert ihn oder eigentlich Rotmeier erpresst hat. Aber dazu gleich mehr. Die Durchsuchung von Borcherts Haus hat er ebenfalls gestanden.« Enna holte tief Luft und setzte ihren Bericht fort. »Nun zum Fall Dirksen: Lütgen behauptet, Julia habe Gerüchte in die Welt gesetzt, dass die Gruppe um Lütgen Frauen vergewaltigte, unter anderem ihre Freundin Nicole Frantzen, die laut Julia deshalb Suizid begangen hat. Julia soll Frauen angesprochen haben, von denen sie vermutete, dass sie etwas Ähnliches erlebt haben könnten. Es ging also angeblich nicht um die Börsenaktivitäten, wie Lütgen sie bezeichnete, sondern um sexuelle Übergriffe auf Frauen. Lütgen hat natürlich alle Schuld von sich gewiesen. Er habe sich nie daran beteiligt und wisse auch nur vom Hörensagen davon. Auch sei nicht er der Kopf der Gruppe gewesen, sondern Jonathan Rotmeier. Von Rotmeier seien die Tipps für die Aktienkäufe gekommen. Woher er sie hatte, will Lütgen angeblich nicht wissen.«

»Das wissen wir aber inzwischen«, sagte Pia und sah kurz zu Paulsen. Als der nickte, fuhr sie fort: »Ein Onkel von Rotmeier gab zur Zeit des Neuen Marktes einen Börsenbrief heraus, der eine beträchtliche Reichweite hatte. Er soll bis zu dreihunderttausend Abonnenten gehabt haben, die für die Infos gezahlt haben. Wir haben ihn nicht gleich gefunden, weil er der Halbbruder von Jonathan Rotmeiers Vater war und deshalb einen anderen Nachnamen trug. Trug, weil er vor einem Jahr verstorben ist.«

»So langsam bekommen wir das Puzzle zusammen«, sagte Enna. »Dann berichte ich mal weiter: Lütgen will also nicht der eigentliche Chef der Gruppe gewesen sein, aber er bestätigt, dass er die Gelder verwaltet hat und in dieser Funktion Borchert die monatlichen Zahlungen zukommen ließ. Maximilian Borchert hat Jonathan Rotmeier und ihn mit einem Damenslip erpresst, auf dem angeblich ihrer beider DNA sein sollte. Er soll behauptet haben, dass dieser Slip Julia Dirksen gehörte, was wiederum durch ihre DNA nachweisbar wäre. Lütgen schwört, dass er diesen Slip niemals in den Händen hatte und seine DNA, sollte sie auf dem Slip zu finden sein, mutmaßlich von Borchert aufgebracht wurde. Rotmeier habe ihn dann angewiesen, die Gelder an Borchert zu zahlen.«

Pia bewegte die Finger wie einen Schnabel. »Blablabla! Glaubst du das etwa?«

»Pia, das ist im Moment nicht die Frage«, sagte Enna. »Lütgen und sein Anwalt haben den Staatsanwalt auf ihre Seite gezogen, und der entscheidet nun mal über die Anklage und auch über einen Deal zur Straffreiheit.«

»Das stinkt doch von vorne bis hinten«, murmelte Paulsen und fuhr lauter fort: »Ich muss da Pia recht geben. Und ich sehe auch nicht, wofür Lütgen jetzt unbedingt Straffreiheit will. Er hat sich doch angeblich im Fall Julia nichts zuschulden kommen lassen. Oder kommt da noch was?«

»Nicht wirklich!«, antwortete Enna. »Entweder ist alles verjährt, wie die vermutlich illegalen Börsenspekulationen, oder Lütgen hat angeblich nichts damit zu tun gehabt. Allerdings vermute ich, dass der Deal weiter gefasst ist, als der Staatsanwalt mir verraten hat.«

»Bedeutet?«, fragte Pia mit entsetzter Stimme.

»Es könnte am Schluss auch auf einen Unfall und allenfalls unterlassene Hilfeleistung hinauslaufen, was Lütgen vor Gericht damit begründet, dass er Borchert für tot gehalten hat.«

»Das ist jetzt nicht dein Ernst?«, rief Pia und schlug dabei mit der flachen Hand auf den Tisch.

»Wie gesagt, nur eine Vermutung«, antwortete Enna ruhig.

»Können wir dann weitermachen?«, fragte Paulsen, bevor Pia ihrer Empörung weiter Luft machen konnte. »Was hat Lütgen noch ausgesagt?«

»Er behauptet, dass er geahnt habe, was Rotmeier und Borchert mit Julia gemacht haben, sagt aber, er habe damit nichts zu tun gehabt. Allerdings gibt er zu, dass er auf Anweisung von Rotmeier Kontakt zu Christian Dirksen aufgenommen habe, damit er ihn auf dem Laufenden halte. Dirksen ist dafür bezahlt worden und hat Lütgen auch angerufen, als Julia Ende April unerwartet nach Friesoythe zu Besuch kam.«

»Clever!«, sagte Paulsen. »Alles zugeben, was wir eventuell noch erfahren könnten. So wirkt es unverfänglich.«

Enna nickte. »Ja, das Gleiche habe ich auch gedacht. Lütgen sagt weiter aus, dass weder Borchert noch Rotmeier in Friesoythe gewesen sein können, da sie ihn mehrfach am 1. Mai im Krankenhaus besucht haben. Außerdem habe er die Information von Dirksen junior nicht weitergegeben. Trotz alledem seien die drei in Panik gewesen, als Anfang Mai die Polizei in Emden auftauchte und Fragen stellte. Lütgen gibt zu, Anna Steffens zur Falschaussage angestiftet zu haben, um die Polizei zu täuschen. Von Dirksen junior wusste er über die streng katholische Familie Bescheid und auch darüber, dass Heinrich Dirksen und Werner Burghardt sich aus Schultagen kannten.«

Pia raufte sich die Haare. »Das passt ja alles wunderbar zusammen. Lütgen und Hirschfeld haben unsere Ermittlungsergebnisse genommen und sich daraus eine Geschichte gebastelt.«

»Die U-Haft wird morgen aufgehoben?«, fragte Paulsen.

»Ja, davon gehe ich aus. Raven wird dem Antrag der Verteidigung nicht widersprechen.«

Paulsen klatschte Beifall. »Und jetzt sind wir wieder ganz am Anfang, oder schließen wir die Akte Julia Dirksen?«

Pia sprang auf und lief kopfschüttelnd aus der Küche.

Siebenunddreissig

Enna reichte den Pizzakarton herum. »Wer möchte noch ein Stück?«

Sie saßen im Garten des Hauses auf einer Holzbank und genossen die Sonne, die sich am Nachmittag den Weg durch die Wolken gebahnt hatte.

»Ich bin satt«, sagte Pia und gab den offenen Karton an Paulsen weiter, der sich das letzte Stück der Familienpizza herausnahm.

»Wollt ihr wirklich noch weitermachen?«, fragte Pia. »Ich denke, wir sollten hinschmeißen.«

»Warum sollten wir?«, fragte Enna.

»Weil wir nicht weiterkommen?«, antwortete Pia. »Und weil wir hier ganz übel verarscht werden vom Staatsanwalt. Übrigens: Holm hat die Ergebnisse zu den Borchert-Geräten geschickt. Tablet war nichts, aber das wussten wir ja schon. Handy ebenfalls nichts und selbst der Laptop war sauber. Keine Kommunikation mit Lütgen oder den anderen Mitgliedern der Gruppe. Auch Rotmeier tauchte nicht auf.« Sie stieß mit dem Fuß in den Sandboden. »Wir sind durch mit der Sache.«

Paulsen nahm einen großen Bissen von der Pizza und kaute genüsslich.

»Sehe ich nicht so«, sagte Enna. »Emden ist vorerst abgehakt, aber nur, bis wir Rotmeier hier in Deutschland haben. Er könnte immer noch der Täter sein. Er und Borchert. Lütgen war definitiv nicht in der Lage, nach Friesoythe beziehungsweise Thüle zu fahren. Deshalb ist er allerdings nicht so unschuldig, wie er dem Staatsanwalt weisgemacht hat. Er hatte von Julias Bruder die Information, dass Julia in Friesoythe war – eventuell wusste er auch mehr.«

Paulsen wischte sich mit einer Serviette den Mund ab. »Wir sollten Dirksen junior offiziell vorladen. Soll er doch mit seinem Anwalt kommen. Wir haben zwei Aussagen, die ihn belasten.«

»Und dann?«, fragte Pia. »Gut, Dirksen war so blöd, sich auf Lütgen einzulassen und für ihn seine Schwester auszuspionieren. Das ist per se noch nicht strafbar. Angeblich ist aufgrund der Info nichts passiert. Selbst wenn, glaubt ihr wirklich, die haben Dirksen erzählt, was sie mit seiner Schwester machen wollen oder gemacht haben?«

Paulsen zuckte mit den Schultern und sah zu Enna.

»Lasst uns noch einmal grundsätzlich auf den Fall schauen: Wenn es keine Zufallstat war, suchen wir einen Täter, der mit Julia auf die eine oder andere Weise in engem Kontakt stand. In Emden waren wir bisher nicht erfolgreich, Spanien mit ihrer Freundin Maria scheint auch nicht der Ort zu sein, wo wir fündig werden könnten, also bleiben im Moment nur Friesoythe und die 1.-Mai-Feier in Thüle.«

»Zumindest in Thüle hätten wir tausend mögliche Kandidaten«, sagte Paulsen.

Enna stand auf und ging ein paar Meter in den Garten hinein. »Vier Männer und zwei Frauen sind zusammen mit Julia zwei Stunden oder mehr zu einer Feier gegangen. Keiner von den sechs will sie gesehen haben, nachdem sie auf dem Festgelände angekommen sind. Warum war das so? Gut, es waren tausend Menschen, aber läuft man auf solch einer Veranstaltung nicht viel herum, sucht nach Bekannten, die man lange nicht mehr gesehen hat, ist mal hier, mal da?«

»Du meinst, sie haben nicht die Wahrheit gesagt?«, fragte Pia.

»Ich glaube erst mal gar nichts, es fällt mir nur auf. Wir werden alle sechs noch einmal zu dem Punkt befragen müssen. Außerdem kennen wir noch nicht die Person, mit der sich Julia gestritten hat, bevor sie das Fest verlassen hat. War es unter Umständen Rotmeier? Den Beschreibungen nach könnte es passen. Als Arbeitshypothese sollten wir davon ausgehen, dass Julia nicht mit einem Fremden zurück nach Friesoythe aufgebrochen ist. Einen weiteren Punkt haben wir bisher außer Acht gelassen: Warum wurde sie gerade in der Nähe von Bad Iburg verscharrt? War das rein zufällig oder kannte sich da jemand zumindest halbwegs aus? Das war ja deine Vermutung, Paulsen.«

»Stimmt! Der Förster meinte, es gäbe bessere Plätze, aber um die zu finden, müsste man sich in der Gegend ziemlich gut auskennen. Andererseits lag der Platz zu sehr abseits, als dass man ihn rein zufällig auswählen würde.«

»Also: Welche der Personen, mit denen Julia an dem Tag in Kontakt war, hat oder hatte einen Bezug zu Bad Iburg? Inklusive Rotmeier oder Borchert.«

»Ich habe bisher noch keinen gefunden«, sagte Pia.

Paulsen stieß sie spielerisch an die Schulter. »Was nicht ist, kann ja noch werden.«

Enna saß mit einem Glas Wein in der Hand in ihrem Wohnzimmer. Sie starrte auf die Bücherregale und gab sich Mühe, einen klaren Gedanken zu fassen. Schließlich setzte sie das noch volle Glas ab und ließ sich nach hinten ins Sofa fallen.

Dass Staatsanwalt Raven der Schwachpunkt in ihrer Strategie war und es auch weiter sein würde, war ihr von Anfang an klar gewesen. Dass er sich in dieser Weise von seinem Kollegen einwickeln lassen würde, hatte sie allerdings nicht ahnen können. Vor Paulsen und Pia hatte sie sich mit Kritik an Raven zurückgehalten, um die Stimmung nicht noch weiter zu drücken. Auch wenn ihr Streit mit Raven eskaliert war und Enna nicht wusste, ob das ein Nachspiel haben würde, galt es jetzt, nach vorne zu schauen und eine neue Strategie zu entwickeln. Dabei hatte Enna keinesfalls die Hoffnung aufgegeben, Boris Lütgen seine Mitverantwortung nachzuweisen und ihn seiner gerechten Strafe zuzuführen, aber im Moment musste sie den Fokus auf die Aufklärung des Falles Julia Dirksen setzen.

Neben der Variante, dass Rotmeier und Borchert am 1. Mai in Friesoythe gewesen waren, um Julia abzufangen, mussten sie sich auf Julias Schulfreunde und ihren Vetter konzentrieren. Enna legte sich einen Plan zurecht, machte sich ein paar Notizen und trank schließlich den Wein in einem Zug aus, bevor sie ins Badezimmer ging, um sich für die Nacht fertig zu machen.

Enna drückte den Klingelknopf, kurz darauf summte das Türschloss. Sie ging die Treppe hinauf und betrat die Praxis von Dr. Marxen. Lächelnd kam ihr der Psychotherapeut entgegen und reichte ihr die Hand.

»Danke, dass Sie so kurzfristig Zeit für mich haben«, sagte Enna.

Nach dem Tod ihres Mannes und ihrem Zusammenbruch hatte sie Unterstützung bei Dr. Marxen gefunden.

»Der Polizei hilft man doch gerne. Kommen Sie herein.«

Enna betrat den Raum, in dem sie lange und intensive Gespräche mit dem Psychotherapeuten geführt hatte. Er zeigte auf den Stuhl vor seinem Schreibtisch. »Wie ich sehe, arbeiten Sie wieder.«

»Ja, seit einigen Monaten. Aber wie ich Ihnen schon am Telefon gesagt habe, es geht um einen Fall, den ich gerade bearbeite.« Als Dr. Marxen nickte, fuhr sie fort: »Es geht um eine vierundzwanzigjährige Frau, die vor siebzehn Jahren tot aufgefunden wurde. Zuvor hatte sie sich mit alten Schulfreunden getroffen und mit ihnen gefeiert.«

»Soweit habe ich verstanden. Sie vermuten, einer der Freunde hat sie getötet?«

»Zumindest besteht diese Möglichkeit. Der Fall liegt fast zwei Jahrzehnte zurück, deshalb ist es sehr schwer, über Zeugenaussagen auf mögliche Motive zu stoßen.«

»Verstehe.«

»Die getötete Frau war lesbisch und auf dem Weg ins Ausland zu ihrer Freundin, zu der sie sich nach Jahren endlich bekannt hatte – wenn auch nicht öffentlich. Meine Frage ist: Was löst das in einem Mann beziehungsweise in einer Frau aus, wenn er oder sie erfährt, dass die Schulfreundin lesbisch ist?«

Dr. Marxen nickte bedächtig. »Sie wissen selbst, dass ich auf diese Frage keine allgemeingültige Antwort geben kann. Das kommt natürlich auf den einzelnen Menschen an, auf das Verhältnis, das er zu der Frau während der gemeinsamen Zeit hatte, und auf die grundsätzliche Einstellung zu gleichgeschlechtlichen Partnerschaften.«

Eine ähnliche Antwort hatte Enna bereits erwartet. »Fangen wir bei den Männern der Gruppe an. Einer von ihnen hatte zu Schulzeiten eine mehr oder weniger platonische Beziehung zu der Frau, sprich, sie hatten keinen Sex, haben Händchen gehalten und sich geküsst. Ich würde den Mann eher als konservativ einschätzen.«

»Wie lange hatten die beiden sich vor dem Treffen nicht gesehen?«

»Etwa vier Jahre, wenn man einmal ein kurzes Treffen zu Weihnachten außer Acht lässt.«

»Haben sie sich auf der Feier gut verstanden?«

»Davon gehe ich aus beziehungsweise habe ich keine Hinweise, die gegen diese Annahme sprechen«, sagte Enna.

»Und er hat auf dieser Feier erfahren, dass sie lesbisch ist?«

»Das weiß ich nicht. Das ist meine Hypothese.«

Dr. Marxen ließ sich Zeit für seine Antwort. »Der Kontakt zu lesbischen Frauen kann bei Hetero-Männern unterschiedliche Reaktionen auslösen. Manche lässt es kalt, sie verlieren schlagartig das Interesse an den Frauen, da sie für sie sexuell nicht erreichbar sind. Sie spotten vielleicht über sie, aber tief sitzende Aggressivität ist nicht mit im Spiel. Für andere sind diese Frauen eine Bedrohung. Sie sehen sich in ihrer Männlichkeit gekränkt, fühlen sich ausgeschlossen oder setzen die sexuelle Orientierung der Frau mit Männerhass gleich. Diese Abneigung gegen alles Fremde ist eher bei Männern als bei Frauen zu finden. Die Begegnung muss nicht gleich in Hass münden, es gibt da unzählige Abstufungen.« Er lächelte. »War das ausreichend konkret? Haben Sie Fragen?«

»Bisher nicht, Dr. Marxen. Sollte ich Fragen haben, stelle ich sie später.«

»Gut, wo war ich stehen geblieben? Männer, die sich ausgeschlossen fühlen. Hier kommt es natürlich darauf an, wie nah die beiden einander stehen. Sieht er nur auf der Straße, wie zwei Frauen sich küssen, wird er vielleicht eine abfällige Bemerkung machen oder auch nur mit den Augen rollen. Oder er erzählt im Männerkreis davon und zieht über die Frauen her. Ist die Beziehung näher, kennen sich Mann und Frau, kann es auch zu unangemessenen Äußerungen kommen. Standardspruch wäre da die Frage nach einem Dreier.«

»Und wenn sich Mann und Frau vorab schon einmal nähergekommen sind?«, fragte Enna.

»Jetzt wird es kompliziert. Wie nah war die Beziehung? Fühlt sich der Mann als Verlierer gegenüber der neuen

Beziehung der Frau? Hat er vorher schon etwas geahnt oder trifft ihn die Information wie ein unerwarteter Faustschlag? Wir haben es hier mit Verlustängsten zu tun, die, je nach Menschentyp, durchaus aggressives Verhalten zur Folge haben können. Hier sind Wut, Verzweiflung und Hilflosigkeit im Spiel. Für den Mann bricht unter Umständen eine Welt zusammen. Die Frau ist für ihn plötzlich unerreichbar geworden, so als flöge sie als Astronautin zum Mars ohne Aussicht auf Wiederkehr. Vergleichbar damit, dass eine Frau ihrem Ehemann sagt, sie habe sich nicht nur in jemand anderen verliebt, sondern sei auch noch im vierten Monat schwanger von dem neuen Mann. Verstehen Sie, was ich meine? Die Frau ist von einem Moment auf den anderen nicht mehr das, was sie kurz zuvor noch war. Jede Anstrengung, sie zurückzuerobern, scheint vollkommen sinnlos zu sein.«

»Eine extreme Stresssituation?«, fragte Enna.

»Genau! Das kann Auslöser für einen Zusammenbruch beim Mann sein oder auch das vermeintliche Gegenteil: Er wird gewalttätig. Dabei rechtfertigt er sich damit, dass er derjenige ist, dem Gewalt angetan wurde. Er steht im Regen und die Frau allein ist dafür verantwortlich. Er hat schließlich nichts falsch gemacht. Die Frau hat, ohne sein Zutun, ihre Richtung um hundertachtzig Grad gewechselt.«

»Sie sagten, es komme darauf an, wie nah der Mann der Frau gestanden hat. Müssen sie eine Beziehung gehabt haben?«

Der Psychotherapeut schüttelte den Kopf. »Das kann auch eine einseitige Angelegenheit sein. Der Mann ist heimlich in die Frau verliebt, hat es in jungen Jahren nie gewagt, es ihr zu offenbaren, und jetzt, wo er älter und erfahrener ist, versucht er es erneut und hört von ihr, dass er zu spät gekommen ist. Oder er denkt, die Frau habe es ihm schon immer bewusst verheimlicht, und wird wütend, weil er so viel Zeit in seine nicht erwiderte Liebe investiert hat, was er sich von Anfang an hätte sparen können.«

Enna stöhnte leise. »Also gibt es unzählige Varianten. Während der Schulzeit kann der Mann mit der Frau eine Beziehung gehabt haben, er kann heimlich in sie verliebt gewesen sein oder sie haben auch nur miteinander geflirtet. In jedem der Fälle wird vermutlich die Frau diejenige gewesen sein, die die Beziehung beendet, nicht auf seine Avancen reagiert oder ihn auch nur ignoriert hat.«

»Ja, so könnte man es formulieren. Wie ich schon zu Beginn unseres Gesprächs sagte, es gibt keine allgemeingültige Antwort, wie jemand auf so eine Offenbarung reagiert.«

»Kommen wir zu den Schulfreundinnen. Könnten Sie sich da eine ähnliche Dynamik vorstellen?«

»Hatte Ihr Opfer schon zu Schulzeiten intensiveren Kontakt zu diesen Frauen?«, fragte Dr. Marxen.

»Nein, das glaube ich nicht. Ihre beste Freundin ist ein Jahr vor dem Abitur weggezogen, anschließend war sie mit einem der Jungen in der Clique eng befreundet.«

»Auch zwischen Frauen, also zwischen heterosexuell orientierten und lesbischen, kann es zu Konflikten kommen, aber in der Regel sind die nicht von Gewalt geprägt. Es sind keine Verlustängste im Spiel, vielleicht fühlt sich eine der Frauen hinters Licht geführt, weil sie erst Jahre später erfährt, dass ihre Bekannte oder Freundin sich zu Frauen hingezogen fühlt. Aber ich sehe da kein hohes Aggressionspotenzial. Ist die Tote dort gefunden worden, wo sie getötet wurde?«

»Nein, vermutlich war die Frau bereits tot, als sie mehr als hundert Kilometer transportiert wurde.«

Der Psychotherapeut wiegte den Kopf. »Klingt nicht nach einer Frau als Täterin. Ich könnte mir allenfalls eine Art Unfall vorstellen. Sie streiten sich, es kommt zu einem Stoß, die Frau fällt hin und …«

»Sie ist erwürgt worden«, sagte Enna.

»Nein, dann würde ich mich an Ihrer Stelle auf die Männer der Gruppe konzentrieren.«

Enna stand auf und reichte Dr. Marxen die Hand. »Sie haben mir sehr geholfen. Vielen Dank noch einmal für das kurzfristige Treffen.«

Achtunddreissig

Enna erhöhte das Tempo, nachdem sie das Stadtgebiet von Oldenburg verlassen hatten. Paulsen saß neben ihr, Pia war im Büro geblieben.

»Die Chemie scheint ja zwischen dir und Pia wieder zu stimmen«, sagte Enna.

»Ich bin sozusagen jedem Konflikt aus dem Weg gegangen und habe gut Wetter gemacht«, sagte Paulsen mit Blick aus dem Seitenfenster.

»Aber?«

Paulsen sah Enna an. »Keine Ahnung, irgendwie scheint dieser Fall an unser aller Nerven zu zehren. Pia schaut mich manchmal an, als wollte sie was Wichtiges fragen oder sagen.«

»Oder sie wartet darauf, dass du etwas sagst?«

Paulsen strich sich durchs Haar. »Kann sein.«

»Du hast dich noch nicht endgültig entschieden?«

»Wegen Osnabrück?«

»Was sonst?«

Paulsen seufzte. »Gib mir noch ein paar Tage. Im Moment habe ich den Fall im Kopf und sonst nichts.«

Sie fuhren parallel zum Küstenkanal Richtung Friesoythe. Die Kollegen in der örtlichen Polizeistation waren informiert, dass sie mehrere Zeugen im Rahmen einer Ermittlung befragen wollten. Julias ehemalige Schulkameraden waren ab Mittag im fliegenden Wechsel eingeladen worden, Enno Hinrichs würde in der kommenden Woche noch einmal in Leer befragt werden.

»Die Jungs werden nichts anderes von sich geben, als sie schon damals ausgesagt haben«, sagte Paulsen.

»Wir haben neue Erkenntnisse, die weder damals vorlagen noch als Pia die drei befragt hat. Wir gehen so vor, wie wir es vorhin festgelegt haben. Alles Weitere wird sich zeigen.«

Pia würde den Hintergrunddienst machen. Sie hatten abgesprochen, dass sie die Befragungen über Handy live nach Oldenburg übertragen würden und Pia, die die Akten am besten kannte und die drei zuvor befragt hatte, ihnen Informationen zukommen lassen und sie auf dem Laufenden halten würde.

»Und Christian Dirksen?«, fragte Paulsen.

»Morgen oder nächste Woche. Es kommt darauf an, wie weit wir heute kommen und was wir aus Enno Hinrichs herauskriegen.«

Sie schwiegen eine Weile, Paulsen drehte seinen Sitz weiter nach hinten und schloss die Augen. Erst als Enna von der Bundesstraße abbog, regte sich Paulsen. Er sah auf die Uhr. »Wir sind gut in der Zeit.«

Die Friesoyther Polizeistation lag direkt am Ortsausgang vor Altenoythe. Enna parkte auf der großen Fläche vor dem Neubau, sie stiegen aus und betraten das Gebäude.

In dem Raum, der ihnen als Vernehmungszimmer zur Verfügung gestellt worden war, standen sich zwei große Tische gegenüber, an der einen Seite zwei Stühle, auf der anderen Seite einer.

Enna holte ihren Laptop aus der Tasche und legte Handy und Aufnahmegerät bereit. Jemand klopfte an der Tür, ein junger uniformierter Beamter trat ein und brachte eine Kanne Kaffee und zwei Flaschen Wasser.

Helmut Meyer, Julias Schulfreund und heutiger Lehrer am Friesoyther Gymnasium, erschien auf die Minute genau. Enna schätzte seine Größe auf einen Meter siebzig, er war leicht untersetzt, hatte eine Halbglatze und sah älter aus als Anfang vierzig.

»Guten Tag, Herr Meyer«, sagte Enna. Sie bat ihn, sich zu setzen, und stellte das Aufnahmegerät an. Paulsens Handy lag auf dem Tisch und war verbunden mit Pia in Oldenburg.

Enna reichte Meyer eine Visitenkarte und stellte Paulsen vor. »Mit unserer Kollegin haben Sie ja bereits gesprochen. Wir haben noch ein paar Fragen an Sie.«

»Eigentlich hätte ich jetzt Unterricht«, sagte Helmut Meyer. Er schien sich Mühe zu geben, mit seinem Ton sein Unverständnis über die Aktion zum Ausdruck zu bringen.

»Das tut uns leid, aber ich denke, Ihr Schulleiter wird Verständnis dafür haben.«

»Was wollen Sie noch wissen?«

Enna lächelte. »Ein paar Details sind uns noch unklar. Sie können sich das sicher vorstellen: Wenn alles erst mal schwarz auf weiß protokolliert ist, fallen einem schon mal Details ins Auge, die nicht so ganz passen können.«

Meyer runzelte die Stirn. »Was soll das denn heißen?«

»Fangen wir doch einfach an, Herr Meyer. Es geht uns ja um den 1. Mai 2002. Ihre Gruppe hat sich damals zu siebt von Friesoythe auf den Weg gemacht. Ist das richtig so?«

»Mehr oder weniger. Die beiden Mädels haben wir damals quasi von zu Hause abgeholt, weil ihre Elternhäuser auf unserem Weg lagen.«

Enna nickte. »Sehen Sie, wieder ein Detail, das sich nicht in den Akten finden ließ. Sie haben sich wo getroffen?«

»An der Kirche. Von da aus sind wir die Alte Mühlenstraße hoch, an der ehemaligen Mühle vorbei und dann den Fußweg parallel zur Soeste weitergegangen. Hier warteten auf halber Höhe die beiden Mädels auf uns.«

»Sie scheinen sich gut zu erinnern«, sagte Enna und schenkte ihm ein anerkennendes Lächeln.

»Das ist der normale Weg, den fast alle nehmen«, sagte Meyer. Er schien Mühe zu haben, ruhig zu antworten. Seine Hände rutschten nervös auf dem Tisch hin und her, als suchten sie nach Halt, er saß kerzengrade auf dem Stuhl, schwankte aber leicht.

»So ortskundig bin ich leider nicht. Aber fahren wir fort.« Enna klappte ihr Notizbuch auf und sah hinein, bevor sie die nächste Frage stellte. »Hatten Sie damals eine feste Freundin?«

»Wie meinen?«, fragte er mit irritierter Stimme.

»Lebten Sie damals in einer Beziehung mit einer Frau oder, falls Sie homosexuell sind, natürlich mit einem Mann?«

»Wie bitte? Ich und homo? Wer hat Ihnen das denn erzählt? Ich möchte Sie doch sehr bitten, keine derartigen Gerüchte in die Welt zu setzen.« Er warf Enna einen strengen Blick zu, der sie an ihre Schulzeit erinnerte. »Ich hoffe, wir verstehen uns.«

»Sie sind also heterosexuell. Das wollen Sie uns damit sagen?«

»Natürlich. Ich bin seit Jahren verheiratet. Wir haben zwar keine Kinder, aber …« Er zuckte leicht zusammen und sog dann Luft ein. »Stellen Sie doch bitte Fragen, die etwas mit dem Mord an Julia zu tun haben.«

»Dazu kommen wir noch, Herr Meyer. Sie müssen schon Verständnis dafür haben, dass wir uns zunächst einmal einen Überblick verschaffen müssen, bevor wir ins Detail gehen.«

Helmut Meyer reagierte nicht.

»Kommen wir zum 1. Mai und zu Ihrer Wanderung zum Festgelände nach Thüle. Wer kam auf die Idee, dass Sie das gemeinsam machen?«

Meyer warf ihr einen Blick zu, als hielte er die Frage für überflüssig. »Weiß ich nicht mehr. Was sollte das auch für eine Rolle spielen?«

»Wie kam es an Weihnachten 2001 zu dem Treffen?«

»Zufall. Zu Schulzeiten hatte das Tradition, dass wir uns am Heiligen Abend gegen Mitternacht in einer bestimmten Gaststätte trafen. Es gab damals nur eine, die aufhatte. Zwei von uns haben sich da zufällig getroffen und dann herumtelefoniert. Schließlich saßen wir alle zusammen.«

»Wer hat Julia Dirksen angerufen?«, fragte Paulsen.

»Ich nicht.«

»Wer waren die zwei, die sich als Erste dort getroffen haben?«

Helmut Meyer sah sie verständnislos an. »Woher soll … Joachim und Lisa, glaube ich.«

»Und die haben die anderen angerufen?«, fragte Paulsen.

»So wird es wohl gewesen sein, Herr Kommissar.«

»Wie war die Stimmung?«, fragte Enna.

»Himmel, das ist fast zwanzig Jahre her. Ihre Fragerei ist absurd. Wissen Sie etwa, was Sie an einem bestimmten Tag vor zwanzig Jahren gemacht haben?«

»Ich gehe mal davon aus, dass die Stimmung gut war«, sagte Enna. »Ansonsten hätten Sie sicher nicht das neue Treffen ausgemacht.«

»Spitzenmäßig kombiniert«, murmelte Meyer.

Enna beugte sich leicht nach vorne. »Herr Meyer, ich kann Ihnen nur empfehlen, diese Befragung ernst zu nehmen. Es geht hier nicht um irgendeine Ordnungswidrigkeit, sondern mit hoher Wahrscheinlichkeit um Mord. Ich gehe doch davon aus, dass Sie auch daran interessiert sind, dass der Täter gefunden wird.«

Helmut Meyer schluckte schwer. Schließlich nickte er. »Was wollen Sie wissen?«

»Wie war Ihr Verhältnis zu Julia, als Sie noch zur Schule gingen?«

»Gut. Aber warum fragen Sie das?«

Paulsen räusperte sich. »Ich bin etwas älter als Sie, aber auch hier in der Gegend aufgewachsen. Bei mir damals in der Clique wechselten die Jungs oder Mädchen schon mal häufiger die Freundin oder den Freund. Wie war es bei Ihnen?«

»Was genau wollen Sie jetzt wissen? Wer mit wem mal geknutscht hat?«

»Ja, zum Beispiel. Hatten Sie eine Freundin?«

»Sicher. Aber es war nicht Julia, falls Sie darauf hinauswollen.«

»Wollte ich nicht«, sagte Paulsen. »Wer war Ihre Freundin zu der Zeit?«

»Ich weiß zwar nicht, was Sie das angeht, aber gut. Sie hieß Beate.«

»Hatte sie auch einen Nachnamen?«

Meyer blähte die Backen und stieß dann geräuschvoll Luft aus. »Davon gehe ich aus. Aber ich weiß ihn nicht mehr. Sie kam aus einem der Dörfer um Friesoythe und war eine oder zwei Klassen unter mir.«

»Und Julia?«, fragte Enna.

»Was soll mit ihr sein?«

»Hatte sie auch einen Freund? Nach den Fotos, die ich aus der Zeit gesehen habe, war sie ja eine richtige Schönheit.«

»Mag sein.«

»Freund oder Schönheit?«

»Beides!«

Enna ließ ein paar Sekunden verstreichen, bevor sie die nächste Frage stellte. Pia hatte ihr geschrieben, dass Meyer ihr weder etwas von einer Freundin gesagt hatte noch davon, dass Julia einen Freund gehabt hatte. »Julia hatte also einen Freund?«

»Denke ich schon. An uns war sie zumindest nicht interessiert.« Meyer hielt kurz inne. »Bis auf Joachim … ich meine Joachim Sievers. Die beiden hatten wohl was in dem Jahr vor dem Abitur. Aber die Clique war zu der Zeit nicht so eng. Wir mussten viel lernen. Wie das halt so ist.«

»War Beate Ihre erste Freundin?«, fragte Paulsen.

Meyer schüttelte sichtlich genervt den Kopf. »Und wenn? Ihre Fragen werden immer abstruser.«

Enna ging nicht auf seine Bemerkung ein und stellte die nächste Frage: »Kommen wir auf den 1. Mai 2002 zurück. Wie war die Stimmung auf dem Weg nach Thüle?«

Meyer schien erleichtert, dass Enna das Thema gewechselt hatte. Er atmete einmal tief durch, seine Körperhaltung wurde entspannter. »Gut, sehr gut.«

»Sie haben sich auch mal mit Julia unterhalten?«

»Das wechselte ständig, wie das so ist. Man hat mit allen einmal gesprochen. Mit einem mehr, mit dem anderen weniger.«

»Mit wem ist Julia auf dem Weg am meisten zusammen gewesen?«

»Weiß ich nicht mehr. Aber vermutlich mit Joachim.« Meyer nickte. »Doch, so war es. Die beiden hatten sich wohl viel zu erzählen.«

»Und Sie?«, fragte Paulsen.

»Ich werde mich auch mal mit Julia unterhalten haben. Warum auch nicht? Wir hatten uns ziemlich lange nicht gesehen.«

»Vier Monate davor an Heiligabend.«

»Schon, aber das war alles sehr laut und hektisch und hat auch nicht lange gedauert. Die Kneipe hatte nicht mehr so lange auf.«

Enna nickte. »Verstehe. Kommen wir zu dem Fest. Sie haben ausgesagt, dass Sie Julia, nachdem Sie dort angekommen waren, nicht mehr gesehen haben.«

»Habe ich das?«

Pia hatte die Stelle aus den alten Akten fotografiert und auf den Laptop geschickt. Enna las die Passage vor. »Das war Ihre Aussage.«

»Dann wird das wohl stimmen.«

»Finden Sie das nicht ungewöhnlich?«, fragte Paulsen.

»Nein!« Meyer hatte Paulsen fixiert und schien ihn mit seinem Blick tadeln zu wollen.

»Ich schon«, sagte Paulsen ruhig. »Ich war auch einige Male auf dieser Maifeier. Die Veranstaltung gibt es ja schon Jahrzehnte. Also zu meiner Zeit haben wir sogar nach Bekannten und Freunden gesucht, um mit ihnen zu quatschen und ein Bier zu trinken.«

»Und?«

»Überlegen Sie doch bitte noch einmal«, übernahm wieder Enna. »Sie müssen doch Julia hin und wieder gesehen haben.«

»Vielleicht war es mir nicht wichtig und ich habe deshalb nicht darauf geachtet?« Helmut Meyer sah von Enna zu Paulsen. »Was wollen Sie mir hier anhängen? Ich habe nichts mit Julias Tod zu tun.«

»Niemand verdächtigt Sie«, sagte Enna ruhig. »Sagen Sie uns einfach, ob Sie Julia mit wem auch immer zusammen beobachtet und ob Sie sie vielleicht auch noch getroffen haben.«

Meyer stöhnte auf. »Ich kann mich wirklich kaum noch erinnern. Aber ich glaube, ich habe gesehen, dass sie einmal mit ihrem Bruder gesprochen hat. Und dann hat sie sich – es war schon später am Nachmittag – mit jemandem gestritten. Aber das haben doch andere alles schon ausgesagt.«

»Aber in Ihrer Aussage steht davon nichts«, sagte Paulsen. »Warum?«

»Ich war zu weit weg und habe das mehr so aus dem Augenwinkel gesehen. Erst später, als davon geredet wurde, habe ich eins und eins zusammengezählt. Also, dass das Julia gewesen ist. Die Frau stand nämlich mit dem Rücken zu mir. Und getrunken hatte ich auch schon einiges.«

»Also konnten Sie den Mann sehen?«, fragte Enna.

Meyer nickte.

»Wer war es?«

»Wenn ich das wüsste, hätte ich es doch schon damals ausgesagt. Ein Auswärtiger. Ich hatte den Typ nie zuvor gesehen.«

»Wie ging der Streit aus?«, fragte Enna.

»Nichts passiert, soweit ich gesehen habe. Es sind schnell ein paar Leute dazwischengegangen und haben den Typ wohl abgedrängt. Ich habe mich dann auch nicht länger drum gekümmert. Solche Szenen gab es da häufiger.«

»Wie sah der Mann aus?«

»Wie gesagt, ich war ziemlich weit weg.«

»Aber nahe genug, um zu sagen, dass es ein Fremder war.«

»Ja, ich habe ihn schon gesehen. Aber behält man das, wenn man sich nicht dafür interessiert? Ich meine, in dem Augenblick wusste ich ja nicht, was an dem Nachmittag noch passieren würde.«

»Versuchen Sie es einfach.«

»So alt wie ich oder etwas älter. Dunkle Sachen hatte er an, das weiß ich noch. Und er hatte auch schwarze Haare. Als er abgedrängt wurde, hat er reichlich rumgeschrien. Aber eine Schlägerei gab es nicht. Das hätte ich mitbekommen.«

Enna öffnete das Foto von Jonathan Rotmeier auf ihrem Laptop und drehte den Bildschirm zu Meyer hin. »Könnte es dieser Mann gewesen sein?«

Helmut Meyer musterte das Foto. »Wer ist das?«

»Könnte es dieser Mann gewesen sein?«

»Könnte. Ja. Er hat ja schwarze Haare. Vom Typ her auch.« Meyer hob schützend die Hände. »Aber das ist jetzt keine Aussage. Ich kann den unmöglich identifizieren.«

Neununddreissig

»Was denkst du?«, fragte Paulsen, als sie Helmut Meyer entlassen hatten.

»Es gab keine Beate, Meyer hat Julia aus der Ferne angeschmachtet, mehr nicht. Und ich kann mir schwer vorstellen, dass das am 1. Mai anders war.«

»Und wenn doch? Vielleicht hat er doch mehr von Julias Streit mitbekommen und sich eingemischt. Könnte er nicht den großen Retter gespielt und Julia anschließend begleitet haben?«

»Ist er der Typ dafür? War er jemals solch ein Typ?«

»Schwer zu sagen.« Paulsen kratzte sich an der Stirn. »Und der Unbekannte?«

»Ist und bleibt vorerst ein Unbekannter. Das ist allenfalls ein zurückhaltender Hinweis auf Rotmeier. Gerichtsverwertbar ist das nicht im Ansatz.«

»Trotzdem. Es klang so, als würde Meyer die Wahrheit sagen. Das heißt, niemand aus dem Friesoyther Umfeld von Julia.«

»Kann sein. Lass uns abwarten. Wer kommt als Nächstes?«

Martin Schumacher war groß und schlank. Der Hotelier trug sein Haar zurückgekämmt, der gepflegte Vollbart und die strahlend blauen Augen erinnerten Enna an einen bekannten Schauspieler. Er betrat den Vernehmungsraum und ging direkt auf Enna zu, reichte ihr die Hand und verbeugte sich leicht. Anschließend begrüßte er Paulsen und fragte, ob der einzeln stehende Stuhl für ihn gedacht sei.

Schumacher schmunzelte. »Es ist ja schon etwas aufregend, wenn man vom LKA vorgeladen wird. So etwas kennt man ja nur aus dem Fernsehkrimi.«

Enna stellte sich und Paulsen vor und reichte ihm eine Visitenkarte. »Unsere Kollegin hatte Sie ja bereits befragt. Das heute ist sozusagen die zweite Runde.«

»Wird es denn noch eine dritte oder gar vierte geben?«, fragte er mit einem verschmitzten Lächeln.

»Das kommt darauf an.« Enna erwiderte das Lächeln. »Wir haben uns gerade ziemlich lange mit Ihrem Schulfreund Helmut Meyer unterhalten. Unter anderem darüber, mit welchen Jungs Julia während ihrer Schulzeit zusammen war.«

»Oh, darüber wusste Helmut Bescheid? Interessant!«

»Immerhin waren Sie beide über Jahre in der gleichen Clique wie Julia. Warum sollte er das nicht wissen?«

Schumacher spitzte die Lippen, grinste dann. »Nun ja, unser Helmut war nicht gerade ein Frühstarter in diesen Dingen. Wir Jungs haben damals sogar überlegt, eins der Mädchen zu überreden, ihn etwas in die Geheimnisse der Liebe einzuführen. Nach dem ersten Kuss geht ja manches einfacher.«

»Und? Haben Sie ein Mädchen für Ihren Freund gefunden?«

Schumacher lachte. »Nein, wir haben es erst gar nicht versucht. Der Plan war wohl doch etwas zu kühn.«

»Und Julia? Brauchte sie auch – ich bleibe mal in Ihrem Jargon –, brauchte sie auch Nachhilfe?«

»Glaube ich nicht.«

»Glauben Sie oder wissen Sie, dass nicht?«, fragte Enna.

Schumacher strich sich mit dem Zeigefinger über den Nasenrücken. »Zielt Ihre Frage darauf, ob ich etwas mit Julia am Laufen hatte?«

»Wenn Sie es so ausdrücken wollen.«

»Da war nicht wirklich was. Wir haben mal auf einer Fete etwas rumgemacht. So nannte man das ja in jungen Jahren. Nichts Wildes, geknutscht und etwas gefummelt. Das war es dann auch schon. Sie hatte so eine Art an sich, auf die die meisten Jungs flogen. Diese leicht distanzierte, unnahbare, aber gleichzeitig ängstliche. Da wehte immer der Duft des Geheimnisvollen mit. Und sie sah spitzenmäßig aus. Wo sich die anderen stundenlang schminken mussten, hat sie gerade mal etwas Lippenstift auflegen müssen. Wie gesagt, alle Jungs flogen auf sie.«

Pia, die wieder über Paulsens Handy mithörte, schrieb eine Nachricht.

Bei mir war er nicht so offen und hat nicht zugegeben, dass er was mit ihr hatte. Warum jetzt?

»Ihre – ich nenne es jetzt mal – Kurzbeziehung zu Julia haben Sie aber bisher in den Befragungen nicht erwähnt«, sagte Enna.

Schumacher schreckte theatralisch zurück. »Tatsächlich nicht? Das tut mir leid. Wahrscheinlich habe ich es nie für so wichtig gehalten. Es war Anfang der Elften. Wir waren noch die reinsten Kinder.«

Pia schickte die nächste Nachricht.

Hat er Angst, dass wir es von jemand anderem gehört haben? Oder geht es um was anderes?

»Wer von Ihnen hat denn Schluss gemacht?«, fragte Paulsen.

»Ich. Aber wie gesagt, das war mehr so ein Teenie-Ding. Es fühlte sich nicht richtig an. Julia gab mir das Gefühl, als hätte ich etwas Unrechtes getan. Dabei hab ich nicht mal angefangen. Wir haben zusammen getanzt, na ja, so wie man damals halt tanzte, wild und jeder für sich. Dann kam das obligatorische ›Je t'aime‹ – das Lied kennen Sie doch sicher auch aus Ihrer Jugend. Entweder ging man dann von der Tanzfläche oder halt nicht. Julia kam da auf mich zu, anstatt wegzugehen.« Martin Schumacher lächelte mit verklärtem Gesichtsausdruck. »Ja, so fing das an diesem Abend an. Der Kuss war dann eine logische Folge. Er gehörte quasi zu dem Tanz dazu.«

Enna hatte Schumacher aufmerksam beobachtet. Entweder war er ein hervorragender Schauspieler oder die Szene hatte sich wirklich so abgespielt. »Und wie ging es weiter?«

Schumacher sah auf und blinzelte, als habe ihn jemand aus einem Tagtraum aufgeweckt. »Weiter? Die Fete ging noch über ein paar Stunden. Ich habe Julia dann auf dem Heimweg begleitet. Natürlich nur bis zwei Straßen vor ihrem Elternhaus. Sie wollte nicht, dass mich jemand sah. Ihr Bruder sei immer noch lange auf und würde alles sofort petzen. Keine Ahnung, ob das nur eine Ausrede war. Ja, und dann? Wir waren ja im gleichen Jahrgang. Also haben wir uns am Montag in der Schule getroffen. Die Fete war am Samstag.«

»Wie hat Julia reagiert?«, fragte Enna.

»Abweisend. So, als wäre nichts passiert. Nach der Schule bin ich dann mit ihr zusammen gegangen und wir haben geredet. Sie meinte, sie habe zu viel Alkohol getrunken und ihr sei das alles ausgesprochen peinlich. Ich habe sie beruhigt und in die Arme genommen. Gut, geküsst haben wir uns auch noch mal. Aber es war anders als auf der Fete. Sie fühlte sich kalt und steif an. Ich habe mir nichts dabei gedacht. So ging das dann ein paar Tage, wir haben uns hin und wieder an den Fischteichen getroffen.« Schumacher sah zwischen Enna und Paulsen hin und her und fuhr fort, als Paulsen nickte: »Aber für mich war das nichts. Ich habe mich mehr wie ein Versuchskaninchen gefühlt. Dabei war ich derjenige, der schon reichlich Erfahrung hatte, nicht sie. Nach einer Woche habe ich dann Schluss gemacht. So war das halt. Viel Anstrengung hat keiner von uns reingesteckt in diese … Beziehung kann man das ja gar nicht nennen.« Er sah auf. »Nicht dass Sie jetzt denken, es hätte böses Blut gegeben. Das war alles okay. Ich glaube sogar, Julia war froh, als es zu Ende war. Wir sind ganz normal miteinander umgegangen. Keine Probleme oder so was.«

»Danke für Ihre Offenheit, Herr Schumacher«, sagte Enna. »Kommen wir zum 1. Mai. Können Sie uns noch einmal schildern, wie die Stimmung in Ihrer Gruppe war, wie die Wanderung nach Thüle verlief?«

»Klar, warum nicht?« Schumachers Schilderungen glichen denen von Helmut Meyer. Auch er behauptete, sich mit allen Mitlaufenden unterhalten zu haben. Es sei auf dem Weg nach Thüle nur wenig Alkohol getrunken worden, trotzdem seien alle mehr oder weniger gut drauf gewesen. Auf dem Festgelände habe sich die Gruppe zunächst verstreut und in den nächsten Stunden immer mal wieder zusammengefunden. Julia habe er zwar gesehen, aber immer aus der Ferne. Was sie gemacht und mit wem sie gesprochen habe, könne er nicht sagen.

»Haben Sie etwas von der Auseinandersetzung von Julia mit einem Fremden mitbekommen?«, fragte Enna.

»Nicht direkt. Später wurden wir ja von den Kriminalbeamten danach gefragt, und gesprochen wurde auch über diesen Unbekannten, aber mehr weiß ich nicht. Allerdings gibt es so kleine Scharmützel immer mal wieder auf solchen Festen. Aber das wissen Sie als Polizisten ja viel besser als ich. Nein, ich habe davon wirklich nichts mitbekommen.«

»Wann und wie haben Sie das Fest verlassen?«

»Die genaue Uhrzeit weiß ich nicht und wusste ich damals auch nicht. Irgendwann habe ich mich mit irgendwem zusammen auf den Weg gemacht. Sturzbetrunken war ich nicht, der Alkoholkonsum verteilt sich an solch einem Tag ja über viele Stunden und gegessen habe ich auch was. Ich habe einfach nicht auf die Uhr geschaut.«

»Nicht sehr glaubwürdig, dass er ein paar Tage nach dem 1. Mai nicht mehr wusste, mit wem er diesen langen Weg zurückgegangen ist«, sagte Paulsen, als Martin Schumacher das Vernehmungszimmer verlassen hatte. »Und seine Liebesstory mit Julia klang ja, als habe er sie gestern erlebt und nicht vor zwanzig Jahren.«

»Eloquent ist Schumacher durchaus. Um keine Antwort verlegen.«

Paulsen verzog das Gesicht. »Der Mann, auf den Frauen gerne reinfallen. Ein Quatscher ist das, sonst nichts. Diese Typen drehen durch, wenn eine Frau sie ablehnt. Das kommt in ihrer Welt nicht vor, und wenn, muss die Frau eine Emanze oder Lesbe sein. Oder gleich beides.«

»Das ist alles nicht strafbar, Paulsen. Aber ausschließen, dass er mit Julia den Rückweg angetreten hat, will ich auch nicht. Vielleicht stimmt seine Geschichte zwar, aber nicht er hat als Schüler mit Julia Schluss gemacht, sondern sie mit ihm.«

»Ich sehe keine Chance, ihm das auch nur im Ansatz nachzuweisen«, sagte Paulsen. »Es sei denn, ich prügele es aus ihm heraus.«

»Super Idee«, sagte Enna trocken und klappte ihren Laptop zu, nachdem sie Pia geschrieben hatte, dass sie jetzt eine Pause machen würden. »Lass uns neuen Kaffee besorgen und draußen frische Luft schnappen. Joachim Sievers kommt in zwanzig Minuten.«

Vierzig

Joachim Sievers war groß und stämmig, er hatte blonde Haare und ein freundliches Lächeln, das auch seine blauen Augen erreichte. Er wirkte auf Enna wie ein großer Teddybär, der niemandem etwas zuleide tun konnte. Seine große Hand fühlte sich warm und weich an, als er ihre drückte.

Nachdem sich Enna vorgestellt hatte, fragte sie: »Wie war Julias Stimmung, als Sie sich an Heiligabend in der Gaststätte getroffen haben?«

»Ich war nicht allein mit ihr, aber das wissen Sie ja sicher.«

»Das wissen wir«, sagte Enna.

»Stimmung? Ich glaube, sie war froh, von zu Hause wegzukommen. Erst war sie etwas verkrampft, aber das kannte ich schon aus der Schulzeit. Immer wenn es Zoff bei ihr zu Hause gegeben hatte und wir uns dann getroffen haben, dauerte es eine Zeit lang, bis sie auftaute. Ich glaube, sie hat ein Glas Wein getrunken, vielleicht auch zwei, und war dann guter Stimmung.«

»Sie hatten sich ja an Heiligabend dort nicht verabredet. Wer hat Julia Bescheid gegeben?«

»Das war ich. Julia hatte mir, als sie das Handy bekommen hat, die Nummer gemailt. Deshalb hatte ich sie und habe ihr geschrieben. Sie hat sofort geantwortet und ist dann auch schnell da gewesen.«

»Sie haben sie später auf dem Heimweg begleitet?«, fragte Paulsen.

Sievers warf ihm einen erstaunten Blick zu. »Woher wissen Sie das?« Er fing sich schnell wieder. »Ja, tatsächlich. Ich war mit dem Auto gekommen, weil ich ja nicht direkt in Friesoythe wohnte. Also habe ich Julia angeboten, sie zu bringen.«

»Haben Sie sich unterhalten?«, fragte Enna. »Im Auto, meine ich.«

»Sicher. Lange hat die Fahrt nicht gedauert, aber Julia ist noch eine Weile bei mir im Wagen geblieben. Klar, da haben wir uns unterhalten.«

»Wissen Sie noch, worüber Sie gesprochen haben?«

Joachim Sievers knetete die Hände. »Schwer, nein, genau weiß ich es nicht. Aber da wir uns schon länger nicht mehr gesehen hatten …«

»Wie lange?«, unterbrach Paulsen ihn.

Sievers zögerte. »Das müssen Jahre gewesen sein.«

»Drei Jahre war Julia bereits in Emden, ein Jahr war sie in Spanien gewesen«, sagte Paulsen.

»Ja, das weiß ich natürlich. Vielleicht hatte ich sie tatsächlich nicht mehr gesehen, seit sie nach Spanien gefahren war. Ich hatte gleich angefangen zu studieren, und wie gesagt wohnte ich ja nicht direkt in der Stadt.«

»Sie hatten sich also viel zu erzählen«, knüpfte Enna an ihre ursprüngliche Frage an.

»Ja, auf jeden Fall. Das wollte ich eigentlich sagen. Wir haben da nicht ewig gesessen, aber eine Viertelstunde oder so wird es wohl gewesen sein.« Er hob beide Hände. »Worüber wir genau gesprochen haben, kann ich nicht mehr sagen. Übers Studium wahrscheinlich und sicher auch, wie es uns sonst so ging.«

»Wie Sie unserer Kollegin Sims berichtet haben, haben Sie sich ja auf dem Gang nach Thüle ausgiebig mit Julia unterhalten.«

Joachim Sievers nickte. »Ja, das könnte man so sagen. Doch, Julia hat so einiges erzählt. Vor allem von ihrem Studium und Emden.«

»Weniger von ihrem Jahr in Spanien?«, fragte Paulsen.

Joachim Sievers zögerte. Schließlich zuckte er mit den Schultern. »An alles erinnere ich mich nicht, aber da ich überhaupt nichts von Julias Spanien-Aufenthalt weiß, wird sie wohl nicht oder wenig darüber gesprochen haben. Es war ja auch schon drei Jahre her.«

»Sie hatten mit Julia in dem Jahr vor dem Abitur eine Beziehung«, sagte Enna. »Ist das richtig?«

»Beziehung? Wir haben viel zusammen gemacht, und ja, wahrscheinlich waren wir in so einer Art Beziehung. Aber wie Sie wissen, ist daraus am Ende nichts geworden.«

Enna schaute auf den Bildschirm des Laptops. Pia hatte eine Nachricht geschrieben.

Bei mir war er da aber nicht so zurückhaltend. Leuchten seine Augen, wenn er über Julia spricht?

Enna tippte ein *Nein* in die Tasten und wandte sich wieder an Joachim Sievers. »Wie genau muss ich das verstehen? Sie waren nicht intim mit Julia?«

»Ich sagte doch, eine Art Beziehung.« Er zögerte lange, bevor er sagte: »Und nein, wir haben nicht miteinander geschlafen.«

»Wollte Julia das nicht?« Enna hatte ihre Stimme so neutral wie möglich klingen lassen.

»Ob Julia das wollte oder nicht, weiß ich schlicht nicht. Wir haben nie darüber gesprochen. Wir waren beide nicht die Überflieger in diesen Belangen. Wir sind beide sehr katholisch erzogen worden, dann die Gegend hier …«

»Julia war Ihre erste große Liebe?«, fragte Enna.

Sievers schwieg. Schließlich seufzte er leise. »Liebe! Ein großes Wort. Sie war die erste Frau, der ich nähergekommen bin. Ich glaube, bis zur Liebe hat es nicht gereicht.«

»Worüber haben Sie mit Julia auf dem Weg nach Thüle gesprochen?«

Er rieb sich mit den Händen über die Augen. »Sie stellen Fragen! Ich weiß es schlicht nicht mehr.«

»Über das Wetter wohl kaum«, sagte Paulsen und fügte nach einer kurzen Pause ein »Oder?« hinzu.

Der regelmäßige Wechsel zwischen Enna und Paulsen schien Sievers nicht zu behagen. Er verzog das Gesicht und atmete schwer. »Ich weiß es nicht mehr. Wir werden über alles Mögliche gesprochen haben. Aber ich erinnere mich nicht.« Beim letzten Satz hatte er zwischen den einzelnen Wörtern jeweils kleine Pausen eingelegt, vermutlich, um so seiner Aussage mehr Nachdruck zu verleihen.

Enna warf einen Blick zum Laptop. Pia hatte etwas geschrieben:

Frag ihn, ob Julia ihm von ihrem Emder Freund erzählt hat.

Enna zögerte. Würde sie mit der Frage einen Schritt zu weit gehen? Auf der anderen Seite wäre es interessant, Sievers' Reaktion zu sehen.

»Hat Julia Ihnen von ihrem Freund in Emden erzählt?«

Joachim Sievers erstarrte für einen Moment, zog dann die Augenbrauen zusammen und wehrte ab. »Nein, davon weiß ich nichts. Ich glaube nicht, dass Julia einen festen Freund hatte. Davon hätte sie mir sicher erzählt.« Seine Stimme vibrierte leicht und er klang aufgeregter als zuvor.

»Haben Sie Julia denn danach gefragt?«

»Nein, wieso sollte ich? Wenn sie es mir hätte erzählen wollen, hätte sie es ja tun können.« Er hielt inne. »Hatte Julia wirklich einen Freund?«

»Warum nicht?«, sagte Paulsen. »Sie war doch eine außerordentlich attraktive Frau.«

Sievers wirkte im ersten Moment irritiert, fing sich aber schnell wieder. »Ja, natürlich war sie das.« Sein Lächeln misslang. »Das war wohl nur eine Frage der Zeit.«

»Kommen wir zur eigentlichen Feier in Thüle«, sagte Enna. »Wie wir inzwischen wissen, hat sich Ihre Gruppe schnell getrennt. Wie häufig sind Sie später auf Julia gestoßen?«

»Meinen Sie, ob ich mit ihr gesprochen habe oder so?«

»Zum Beispiel.«

»Hin und wieder wird das vorgekommen sein. Das vermute ich zumindest. Auch hier kann ich nur sagen, dass ich es nicht mehr hundertprozentig weiß.« Er stutzte. »Stimmt, wir haben sogar eine Kleinigkeit miteinander gegessen. Hatte ich das nicht schon Ihrer jungen Kollegin gesagt?«

»Ja, das haben Sie«, sagte Enna und stellte die nächste Frage. »Julia hatte gegen drei Uhr eine Auseinandersetzung mit einem Mann, der bis heute nicht identifiziert werden konnte. Haben Sie davon etwas mitbekommen?«

Sievers schüttelte den Kopf. »Nein, direkt nicht. Später habe ich natürlich davon gehört. Über den Streit und darüber, wer das war, weiß ich nichts.«

»Wie sind Sie nach Hause gekommen?«, fragte Paulsen.

»Zu Fuß, wie die meisten an dem Tag.«

»Sie sind vermutlich nicht nach Friesoythe gegangen?«

»Nein, in Friesoythe war ich an dem Tag nicht mehr. Ich hatte mich morgens von meinem Vater in die Stadt bringen lassen, weil ich ja gemeinsam mit den anderen die Strecke von Friesoythe gehen wollte. Zurück bin ich dann aber direkt nach Markhausen. Das ist westlich von Thüle.«

»Wann sind Sie gegangen?«, fragte Paulsen weiter.

»Am Nachmittag. Es muss schon später gewesen sein. Ich war erst gegen achtzehn Uhr zu Hause. Knapp zwei Stunden braucht man schon für den Weg.«

»Tatsächlich?«, fragte Paulsen. »Also, ich habe das mal eingegeben im Internet, und da waren es weniger als eineinhalb Stunden. Ihr Hof liegt ja auch günstig Richtung Thüle, da kann man fast noch einen Kilometer abziehen. Also, selbst wenn Sie langsam gewesen sind, müssten Sie es in der Zeit geschafft haben.«

»Mag sein. Ich bin später nie wieder diesen Weg gegangen. Vielleicht waren es auch nur eineinhalb Stunden.« Er schürzte verärgert die Lippen.

Pia schrieb:

Seine Eltern haben ausgesagt, dass er um kurz nach neunzehn Uhr zu Hause gewesen ist.

»Sie sind an dem Tag erst um neunzehn Uhr nach Hause gekommen«, sagte Enna. »Zumindest laut damaliger Aussage Ihrer Eltern. Also müssten Sie gegen siebzehn Uhr in Thüle aufgebrochen sein. Sehr spät für einen sogenannten Früh-Tanz.«

»Dann werde ich wohl herumgetrödelt haben oder noch irgendwo eingekehrt sein. Ich erinnere mich nicht mehr so genau. Ist das jetzt wirklich so wichtig?«

»Nein, Herr Sievers«, sagte Enna und schaltete das Aufnahmegerät aus. »Sie bekommen von uns noch ein Protokoll über die Befragung, das Sie unterschreiben müssen. Das wird aber ein paar Tage dauern.« Sie stand auf und wartete, bis er ihr folgte, bevor sie ihm die Hand reichte. »Vielen Dank für Ihr Kommen.«

»Sievers weiß mehr«, sagte Paulsen, als sie vor der Friesoyther Polizeistation im Auto saßen. »Pia hatte recht. Er war über beide Ohren in Julia verknallt. Und ich wette, das hatte sich bis zum besagten 1. Mai nicht geändert.«

»Das kann nur Sievers uns verraten. Wir haben bisher keine Anhaltspunkte dafür.«

Ennas Handy klingelte. Nach einem Blick aufs Display nahm sie Pias Anruf an.

»Seid ihr schon auf der Rückfahrt?«

»Wir sitzen gerade im Auto, sind aber noch nicht losgefahren.«

»Ich habe die beiden Frauen der Clique noch einmal befragt. Eine von ihnen hat Julias Auseinandersetzung auch aus der Ferne mitbekommen. Sie ist deshalb nicht hingegangen, weil sie meinte, Joachim Sievers bei den Männern zu sehen, die Julia geholfen haben.«

»Aber sicher ist sie nicht?«

»Ich habe noch einmal nachgefragt, ob sie noch jemanden aus ihrer Clique dort gesehen habe. Sie hat gesagt, dass sie sehr weit entfernt gestanden habe und sich überhaupt nicht sicher sei, was sie gesehen hat. Deshalb habe sie auch damals der Polizei nichts gesagt. Sie wird das also nicht bezeugen können.«

»Das wäre ohnehin nur ein klitzekleines Puzzleteil. Ist den beiden Frauen sonst noch etwas aufgefallen?«

»Nicht wirklich. Ich habe mehrfach wegen Julias Auseinandersetzung mit dem Fremden nachgefragt und bin mir inzwischen nicht mehr sicher, ob die ganze Clique uns nicht anlügt. Kann es sein, dass sie sich damals abgesprochen haben, um nicht da reingezogen zu werden?«

»Der Gedanke ist mir heute nicht nur einmal gekommen«, sagte Paulsen. »Ich fürchte allerdings, die werden stillhalten, sollte es wirklich so gewesen sein.«

»Wir fahren jetzt ins Büro. Wenn alles gut geht, sind wir in einer halben Stunde da.«

Einundvierzig

Pia hatte Kaffee gemacht und vom Bäcker Kuchen geholt.

Paulsen ließ sich auf seinen Stuhl in der Küche fallen. »Gibt es was zu feiern?«

Pia stieß ihm spielerisch in die Seite. »Keine Ahnung, alter Mann. Sag du's mir!«

Paulsen lachte. »Außer dass morgen der letzte Tag der Woche ist und wir danach zwei Tage Ruhe haben, fällt mir gerade nichts ein.«

Enna trank einen Schluck Kaffee. »Raven hat mich übrigens informiert, dass er inzwischen von einem Unfall ausgeht. Lütgen ist natürlich aus der U-Haft entlassen worden. Was bleibt, ist die unterlassene Hilfeleistung. Ob es da zu einem Prozess oder nur zu einem Strafbefehl kommen wird, steht noch nicht fest.«

Pia zeigte den Mittelfinger. »Und dafür reißen wir uns jetzt den Arsch auf?«

Paulsen grinste. »Hey, das war mein Spruch. Du bist hier in der Runde die Liebe, Kluge.«

Pia lachte und Enna atmete auf. Paulsen hatte durch seine Bemerkung die Situation entspannt.

»Ich weiß, dass das im höchsten Maße frustrierend für euch ist. Für mich übrigens auch. Aber erstens suchen wir noch Rotmeier, und dann kann sich das Blatt für Lütgen wieder wenden, und zweitens gibt es noch weitere Frauen, die Lütgens Opfer wurden.«

Pia warf ihr einen fragenden Blick zu. »Du sprichst von Sonja Schneider?«

»Ich könnte mir vorstellen, dass sie noch ihre Meinung ändert. Die Taten sind nicht verjährt. Aber warten wir ab und konzentrieren uns jetzt auf den Fall Julia Dirksen.« Enna stand auf und riss das vollgeschriebene Blatt von der Flipchart ab. »Wo stehen wir?«

Enna schrieb Julias Namen in die Mitte des Blattes und umkreiste ihn mit einem roten Stift.

»Sievers ist der heißeste Kandidat«, sagte Paulsen. »Auf den trifft alles perfekt zu, was der Psycho-Mann dir aufgezählt hat.«

Enna schrieb den Namen rechts neben Julias und verband ihn durch einen kräftigen Strich mit ihr. Auf der anderen Seite notierte sie *Helmut Meyer* und *Martin Schumacher*, jeweils mit einem dünnen Strich zu Julia. Die beiden Frauen der Clique platzierte sie am unteren Rand und verband sie nicht mit Julia. »Ich sehe bei allen drei Männern ein mögliches Motiv oder, sollten wir sagen, ein auslösendes Moment für die Tat.«

»Schumacher vielleicht«, sagte Pia. »Aber die beiden anderen? Meyer wäre überhaupt nicht in der Lage gewesen, die Leiche zu entfernen. Der wäre heulend am Tatort sitzen geblieben.«

»Und Sievers?«, fragte Paulsen.

»Er ist der Einzige, der von Anfang an zugegeben hat, dass er mit Julia eng befreundet gewesen ist. Ich sehe bei ihm kein Motiv. Er hat sie geliebt.«

»Eben!«, warf Paulsen ein.

»Was ist mit Enno Hinrichs?«, fragte Enna.

Paulsen hob die Hand. »Morgen, ich fahre morgen direkt zu ihm nach Leer. Dann bin ich gegen zehn oder halb elf sicher zurück.«

Pia starrte auf die Flipchart. »Wir kommen so nicht weiter. Wir können die Clique nicht jeden Tag befragen, bis uns einer von denen die Wahrheit sagt.«

»Nein, das können wir nicht«, pflichtete ihr Enna bei. »Jetzt hilft nur noch ein Zufallsfund.« Sie sah auf die Uhr. »Seid mir nicht böse, aber ich muss heute mal eher nach Hause, sonst erkennt mich Elias bald nicht wieder.«

Nach dem Abendessen sah sich Elias eine Kinderserie auf KiKA an, bevor ihn Enna ins Bett brachte. Als sie sich schließlich erschöpft aufs Sofa fallen ließ, klingelte ihr Handy.

»Pia! So spät noch. Du bist aber nicht im Büro, oder?«

»Egal! Ich habe was gefunden«, sagte sie mit aufgeregter Stimme. »Joachim Sievers hat eine Verbindung nach Bad Iburg.«

Enna war auf einen Schlag hellwach. »Erzähl!«

»Seine Tante mütterlicherseits lebt dort. Sie haben regelmäßig Kontakt gehabt, solange sie noch gelebt hat. Er war sogar als Jugendlicher mehrmals dort für mehrere Tage zu Besuch.«

»Woher hast …«

»Die Tochter der Tante lebt dort weiter. Ich habe sie unter einem Vorwand angerufen und gesagt, ich wäre eine gute Bekannte von Joachim, der mir ihre Telefonnummer gegeben hätte. Ich habe so getan, als wollte ich nach Bad Iburg ziehen, und mich danach erkundigt, wo man wohnen könnte.«

Enna sog scharf die Luft ein.

»Keine Angst, ich habe nicht meinen richtigen Namen genannt. Ich glaube kaum, dass sie jetzt gleich ihren Cousin anruft. Warum auch?«

»Haken wir das ab unter verdeckte Ermittlung«, sagte Enna. »Das ist auf jeden Fall ein Ansatzpunkt. Und jetzt sieh zu, dass du nach Hause kommst. Okay?«

»Ich bin schon fast weg«, sagte Pia und verabschiedete sich lachend.

Enna schreckte aus dem Schlaf hoch und richtete sich halb auf. Krampfhaft versuchte sie, sich an den Traum zu erinnern. Sie war jemandem hinterhergelaufen, wusste aber nicht mehr, um wen es sich gehandelt und warum sie ihn verfolgt hatte. Als ihr Blick auf das Handy fiel, sah sie, dass sie einen Anruf verpasst hatte. Pia hatte sich um kurz nach Mitternacht gemeldet und anschließend etwas auf die Mailbox gesprochen.

»Entschuldige die späte Störung. Wichtige Neuigkeiten, aber du schläfst wohl schon. Also morgen. Paulsen habe ich auch nicht erreicht. Ist auch nicht so wild, entschuldige noch mal.«

Draußen dämmerte es bereits. Kurz nach fünf Uhr morgens. Sollte sie aufstehen oder liegen bleiben? Sie trank einen Schluck Wasser aus der Flasche, die sie immer am Bett stehen hatte, und versuchte, wieder einzuschlafen. Nach kurzer Zeit gab sie auf und schlich ins Bad, um zu duschen.

Kurz nach acht schloss sie die Bürotür auf und betrat den Flur. Pia kam ihr mit einem Blatt in der Hand entgegengeeilt. »Paulsen ist schon nach Leer, oder?«

»Ja, davon gehe ich aus. Hast du schon Kaffee gemacht?«

Pia sah sie ungläubig an. »Nein, also, das habe ich nicht geschafft. Ich wollte dir eigent…«

»Gleich, Pia.« Enna zog ihre Jacke aus und hängte sie an die Garderobe. »Kannst du Wasser aufsetzen? Ich komme sofort in die Küche.«

Enna ging in ihr Büro und stellte ihre Tasche ab, bevor sie sich auf den Weg in die Küche machte. Pia stand am Fenster und schien noch kein Wasser aufgesetzt zu haben.

»Ich habe gestern noch mit Maria telefoniert«, platzte sie heraus. »Maria hat eine Mail gefunden, die Julia ihr kurz vor dem geplanten Treffen in Cloppenburg geschickt hat.« Sie hielt den Ausdruck hoch. »Sie hat sie mir zugeschickt und ich habe sie übersetzt.«

Enna stand inzwischen vor der Spüle und ließ Wasser in den Kessel laufen. »Okay, und was steht drin?«

»Am besten, du liest dir das hier durch. Ich habe nur den für uns wichtigen Teil ins Deutsche übersetzt.«

Enna nickte und setzte sich an den Tisch. Pia reichte ihr den Ausdruck und blieb unruhig vor ihr stehen.

Ich weiß, dass du mich lieber heute als morgen in den Arm nehmen würdest, und glaub mir, Maria, ich selbst wünsche mir nichts sehnlicher als das. Aber ich muss auf dem Weg zu unserem Treffpunkt in Friesoythe vorbeischauen. Es geht nicht nur um meine Familie, von der ich mich verabschieden will, und auch nicht um das Geld, was ich hoffe von meinem Taufpaten geliehen zu bekommen, sondern auch um einen lieben Freund, der mir in dem Jahr vor meinem Abitur eine unendlich große Stütze war.

Ich habe dir verschwiegen – verzeih mir bitte –, dass mir dieser Freund zu Weihnachten, als ich meine Eltern in Friesoythe besucht habe, seine Liebe gestanden hat. Ja, wir waren einmal sehr enge Freunde und ich war mir zu dem

Zeitpunkt nicht klar darüber, wohin meine Gefühle mich tragen würden. Und ja, vielleicht habe ich ihm ungewollt Hoffnungen gemacht, dass wir nach meinem Jahr in Spanien wieder zusammenkommen. Aber ich bin ihm aus dem Weg gegangen, habe seine Anrufe ignoriert und ihm einen Brief geschrieben. Ich bin vor ihm und auch vor mir selbst weggelaufen. Das alles hat mich zu Weihnachten wieder eingeholt, als ich ihn an Heiligabend getroffen habe und er mir gestand, dass er immer noch unendlich in mich verliebt ist und er sich nicht vorstellen kann, jemals eine andere Frau so lieben zu können, wie er mich liebt. Ich habe mich wieder herausgeredet und ihn hingehalten. Mein Leben war schon so kompliziert genug, als dass ich mich um meinen alten Freund kümmern konnte. Oder wollte, ich weiß es nicht.

Ich muss mich mit ihm treffen, ihm erklären, was in den letzten Jahren passiert ist, und dass er nicht auf mich warten soll. Mein alter Freund ist übrigens sehr sympathisch und diese Art von Mann, den man gerne um sich hat.

Maria, mach dir bitte keine Sorgen um mich. In Friesoythe kann mir nichts passieren. Diese Männer in Emden, die mich bedrängt und überfallen haben (verzeih mir, aber das war so traumatisch und ekelhaft, dass ich immer noch nicht darüber reden kann; irgendwann kommt die Zeit dafür – ich verspreche es), diese Männer wissen nicht, dass ich zu dir komme, und auch nicht, dass ich bei meinen Eltern sein werde. Sie werden mir nichts tun, weil sie inzwischen gemerkt haben, dass ich nichts mehr gegen sie unternehmen werde. Glaub mir, Maria, es wird alles gut.

Enna legte die E-Mail-Übersetzung auf den Tisch und starrte Pia an.

Pia nickte. »Der Wahnsinn, oder?«

»So könnte man es ausdrücken. Du hast das Original?«

»Sozusagen. Maria hat mir die Mail weitergeschickt. Sie hatte sie in einem Extraordner abgelegt und später vergessen, sie zu löschen. Erst nach unserem Gespräch in Barcelona hat sie sich an die Mail erinnert und ist auf die Suche gegangen.«

»Auch wenn die Mail noch nicht ausreicht, denke ich, dass wir uns ab sofort auf Joachim Sievers konzentrieren sollten.«

Pia nickte. »Tut mir leid, aber ich habe mich offensichtlich vollkommen in diesem Menschen geirrt. Er hat mich eingewickelt. Und ich habe mich einwickeln lassen. Das war unprofessionell.«

Enna beugte sich vor und strich ihrer jungen Kollegin über die Schulter. »Das passiert. Und glaub mir, nicht nur dir.«

Zweiundvierzig

»Wenn sich alles so zugetragen hat, wie wir es im Moment denken, handelt es sich vermutlich um Totschlag«, sagte Pia mit nachdenklicher Miene. »Ist das eigentlich schon verjährt?«

Enna schüttelte den Kopf. »Nein, das sind zwanzig Jahre. Das wird also nicht das Problem sein.«

»Du machst dir Gedanken, wie wir Sievers die Tat nachweisen können?«

»Ja, die Mail belastet ihn natürlich, aber das ist allenfalls ein Indiz. Wenn er nicht gesteht, brauchen wir mehr.«

»War Sievers in seinem Zustand überhaupt zurechnungsfähig? Alkohol, Stress und dann die für ihn schockierende Nachricht …«

Enna wunderte sich, dass Pia bereits mildernde Umstände für Joachim Sievers suchte, wo sie vorher die Gruppe um Lütgen verflucht hatte. »Das haben wir zum Glück nicht zu entscheiden.«

Pia stöhnte. »Was für ein schreckliches Drama. Ich kann mir nicht vorstellen, dass Joachim Sievers homophob ist. Selbst Julia schrieb noch ein paar Tage vor ihrem Tod, dass er ein Mensch ist, den man gerne um sich hat.«

»Ich kann dir darauf keine Antwort geben, Pia. Wir suchen den Täter. Warum er die Tat begangen hat und ob es mildernde Umstände gibt, ist für uns zweitrangig. Damit sollen sich die Gerichte auseinandersetzen.«

»Ich weiß doch, Enna. Trotzdem …« Pia schloss die Augen und sagte leise: »Ich habe mich wohl zu sehr auf einen anderen Täter konzentriert.«

Kurz vor zehn traf Paulsen im Büro ein. Enna brachte ihn auf den neuesten Stand und fragte, was er in Leer erfahren habe.

»Ich war sehr früh da und habe Hinrichs abgefangen, als er zur Arbeit fahren wollte. Ich mache es mal kurz: Christian Dirksen ist nach dem Verschwinden seiner Schwester davon ausgegangen, dass die Gruppe um Lütgen sie entführt hat. Er hat geschwiegen, um nicht selbst belangt zu werden und vor allem wohl aus Angst vor seinem Vater. Seine Drogensucht hat sich danach verstärkt, und als Julia schließlich gefunden wurde, ist Dirksen zusammengebrochen und in eine Klinik eingeliefert worden. Für uns hat das wenig Relevanz, von daher können wir das erst mal abhaken. Was wichtiger ist: Hinrichs hat damals von Christian gehört, dass Sievers – und das passt jetzt zu der alten Mail und auch zu Sievers' Kontakten nach Bad Iburg –, dass also Sievers am 1. Mai nach Julias Zwischenfall mit dem Fremden in ihrer Nähe war und sich anschließend um sie gekümmert hat. Leider fällt diese Aussage in den Bereich des Hörensagens und ist deshalb nur bedingt nutzbar. Ob Christian Dirksen uns das so bestätigen wird, bin ich mir auch nicht sicher. Er wird vermutlich auch heute noch alles abstreiten und sich auch nicht zu Sievers äußern.«

»Das sehe ich im Moment genauso.« Enna sah auf die Uhr. »Halb elf. Vorschläge für unser weiteres Vorgehen?«

Pia zuckte mit den Schultern, Paulsen hob beide Hände und sagte: »Schwer. Wir brauchen noch mehr, um Sievers unter Druck setzen zu können. Er scheint ja ein fantastischer Schauspieler zu sein, da wir alle auf ihn reingefallen sind.«

»Ich denke, aus Hinrichs ist nichts mehr rauszuholen«, sagte Enna. »Christian Dirksen wird nicht ohne Weiteres mit uns reden. Im Moment sehe ich auch nicht, wie er uns helfen könnte. Bleiben die fünf alten Schulfreunde. Die zwei Frauen konnten bisher nicht viel zur Aufklärung beitragen und leben auch nicht in Friesoythe. Aber Pia hatte den Eindruck, dass sie – und somit vermutlich die ganze alte Clique – uns etwas verheimlichen.«

»Genau! Eine Absprache unter den fünf Schulfreunden«, warf Pia ein.

»Wer ist das schwächste Glied in der Kette?«, fragte Enna in die Runde.

Pia lehnte sich nach vorne. »Helmut Meyer! Und er ist der Einzige, der zugegeben hat, die Auseinandersetzung beobachtet zu haben. Das war kein Zufall. Er wollte sich absichern oder hat dem Druck nicht standgehalten. Ich tippe auf das Letztere.«

Als Paulsen nickte, griff Enna zu ihrem Handy, googelte nach der Telefonnummer des Friesoyther Gymnasiums und rief das Sekretariat an. Dort teilte man ihr mit, dass Helmut Meyer bis kurz vor vierzehn Uhr Unterricht habe.

Zum wiederholten Male in den letzten drei Wochen fuhr Enna parallel zum Küstenkanal auf der B401 in Richtung Friesoythe. Paulsen saß auf dem Beifahrersitz, Pia auf dem Rücksitz. Anders als bei den Fahrten zuvor wurden sie nicht durch langsam fahrende Lkws ausgebremst. Selbst der Kanal schien an diesem Freitag wenig befahren zu sein. Die Wiesen der ehemaligen Moorlandschaft glitzerten in der Spätsommersonne und strömten eine wohlige Ruhe aus.

Pia beugte sich nach vorne. »Wollen wir ihn zu dritt befragen?«

Enna nickte. »Ja, und wir gehen aufs Ganze. Ich will jetzt wissen, ob es eine Absprache gab und was Meyer weiß. Mir reicht es.«

»Direkt in der Schule?«, fragte Paulsen.

»Ja. Die werden ja wohl einen Raum haben, in dem wir die Befragung durchführen können.«

Paulsen grinste. »Das wird dem Herrn Studienrat aber nicht gefallen.«

»Das hoffe ich doch«, murmelte Enna.

Nach kurzer Suche hatten sie das Vorzimmer des Schulleiters gefunden. Enna sprach mit der Sekretärin, die wiederum ihrem Chef Mitteilung machte. Nachdem Enna ihr Anliegen persönlich erklärt hatte, ließ der Schulleiter Helmut Meyer aus dem Unterricht rufen. Kurz darauf stand Meyer vor ihnen.

»Das ist eine Unverschämtheit, hier an meinem Arbeitsplatz aufzutauchen«, fauchte er Enna an. »Ich werde mich über Sie beschweren.«

Enna hielt einen Schlüssel hoch. »Wissen Sie, wo der Raum W17 ist? Der Schulleiter war so nett, uns ein Zim…«

»Ich beabsichtige nicht, noch einmal mit Ihnen zu sprechen«, fiel Meyer Enna ins Wort.

»Wenn dem so ist, müssen wir Sie leider vorläufig festnehmen. Sie würden dann mit uns nach Olden…«

»Sind Sie wahnsinnig?«, fuhr Meyer Enna wütend an.

Anstatt einer Antwort zog sie die Handschellen aus der Tasche und hielt sie hoch. »Ihre Entscheidung, Herr Meyer.«

Meyer drehte sich auf dem Absatz um. »Hier entlang.«

Sie saßen zu dritt vor den drei zusammengeschobenen Tischen, Helmut Meyer allein auf der ihnen gegenüberliegenden Seite.

»Was wollen Sie noch von mir? Ich habe alles gesagt.«

»Da sind wir anderer Ansicht«, sagte Enna. »Nach unseren Informationen gab es seinerzeit 2002 eine Absprache zwischen Ihnen und Ihren alten Schulfreunden.«

Meyer schwieg.

»Zu Ihrer Information: Die damaligen Falschaussagen sind verjährt. Anders verhält es sich mit Ihrer aktuellen Aussage. Sollten wir Ihnen nachweisen, dass Sie wissentlich die Unwahrheit gesagt und damit eine Ermittlung behindert haben, kann das ernsthafte Konsequenzen für Sie nach sich ziehen.«

»Ich habe alles gesagt«, presste er heraus.

»Sie sind Beamter auf Lebenszeit. Eigentlich sollte Ihnen klar sein, dass …«

»Was wollen Sie wissen?«, fragte er leise.

»Wie nah waren Sie an dem Geschehen, als Julia Dirksen sich mit einem Fremden gestritten hat?«

»Das habe ich doch schon …«

»Wie nah?«, unterbrach Enna ihn.

»Verflucht, wie soll ich wissen, wie weit das genau weg war? Ich habe das doch nicht gemessen.«

Enna schwieg und sah ihn fragend an.

»Zwanzig Meter, vielleicht etwas weniger.« Er schluckte und fügte hinzu: »Oder auch etwas mehr.«

»Das ist erheblich näher, als Sie beim letzten Mal angedeutet haben. Warum sind Sie Julia nicht zu Hilfe geeilt?«

»Es waren doch schon genügend Leute da. Und Joa…« Meyer brach mitten im Satz ab.

»Ja, was wollten Sie sagen?«, fragte Enna.

»Verdammt, Joachim hat sich doch gekümmert. Er war ganz vorne dabei. Warum sollte ich da noch hinlaufen?«

»Sie sprechen von Joachim Sievers?«

»Von wem sonst?« Er hob genervt die Hände.

»Sie haben die Szene weiter beobachtet?«, fragte Pia. »Was passierte, als der Fremde abgedrängt war?«

»Nichts! Der Typ ist verschwunden und alle haben sich beruhigt. Das passiert ständig auf solchen Feiern. Das habe ich Ihnen doch schon alles mehrfach erklärt.«

»Nach unseren Recherchen kam es gegen fünfzehn Uhr zu dem Vorfall. Wir vermuten, dass Julia anschließend nach Hause gegangen ist. Wissen Sie, wer sie begleitet hat?«

»Da müssen Sie Sievers fragen. Er hat sich doch um sie gekümmert. Ich habe das nicht gesehen. Tut mir leid.« Helmut Meyer hatte schnell und abgehackt gesprochen, als wolle er die Information endlich loswerden.

»Ich komme noch einmal auf die Absprachen zurück«, sagte Enna. »Wieso haben Sie das, was Sie uns gerade erzählt haben, nicht schon früher ausgesagt?«

»Den Streit haben doch viele gesehen. Und es gab tatsächlich Leute, die näher am Geschehen waren. Ich fand das einfach nicht so wichtig.«

»Es gibt noch einen weiteren Grund, oder?«, fragte Pia in ruhigem und freundlichem Ton, als spräche sie mit einem Freund.

Meyer schloss die Augen und atmete schwer. »Es gab keine Absprachen, das habe ich doch schon gesagt.«

»Aber?«, fragte Pia.

»Wir wussten doch nicht, dass sie schon tot war. Joachim hat uns erzählt, dass Julia verschwinden wollte, abhauen, wohin auch immer. Sie wollte weg von ihrem Alten und dem ganzen Mist. Wir wollten Julia nicht verraten. Und später hatte ich zumindest Angst wegen meiner Falschaussage von damals.«

Die drei Kommissare standen auf dem Parkplatz des Gymnasiums und warfen einen Blick zurück auf die Gebäude der Schule.

Pia stieß Paulsen an, der sich auf dem Weg zum Auto immer wieder schweigend umgeschaut hatte. »Wie ist das so, wenn man in die alte Schule zurückkommt?«

Paulsen blieb stehen und drehte sich ein weiteres Mal um. »Zu meiner Zeit sah es noch etwas anders aus. Nicht alles, aber schon das eine oder andere.« Paulsen zeigte auf ein Gebäude, das aussah, als sei es in den letzten Jahren errichtet worden. »Aber der Geruch ist der gleiche geblieben. Nichts, was ich häufiger haben müsste.«

»Ich glaube nicht, dass wir da noch einmal reinmüssen«, sagte Pia. »Beim nächsten Mal würde Meyer sicher einen Schlaganfall bekommen. Er war ja jetzt schon nur noch ein Schatten seiner selbst.«

Enna schloss den Wagen auf. »Steigt ihr ein?«

»Jetzt zu Sievers?«, fragte Pia, als sie in Ennas Passat saßen.

»Ich bleibe im Auto, ihr geht rein«, schlug Paulsen vor. »Wir können ja wieder die Nummer mit dem laufenden Handy abziehen. Dann habe ich alles live und kann dazukommen, falls ich gebraucht werde.« Er drehte sich zu Pia um. »Ich denke, zwei Frauen werden ihn mehr unter Druck setzen, als ich es könnte.«

Enna seufzte leise. »Ich kann mir viele Szenarien vorstellen, die passieren könnten, wenn es uns gelingt, Sievers in die Enge zu treiben. Du solltest dich bereithalten. Ihr habt hoffentlich eure Waffen dabei?«

»Schutzweste?«, fragte Pia. »Ich kann sie unter meinen Pullover anziehen. Dann fällt es kaum auf.«

Enna sah Paulsen an, der kaum merklich nickte, und sagte: »Ja!«

Dreiundvierzig

Sie gingen auf ein Bauernhaus zu, das nach Ennas Schätzung weit über hundert Jahre alt war, aber vor noch nicht allzu langer Zeit von Grund auf renoviert worden sein musste. Die Holzfenster und die Haustür waren sichtbar jüngeren Datums, das Reetdach sah neu aus.

Joachim Sievers öffnete ihnen die Tür. Er sah mit erstaunter Miene zwischen Enna und Pia hin und her. »Sie? Ich dachte, es wäre alles geklärt?«

»Es gibt noch ein paar Fragen, Herr Sievers. Und da wir ohnehin gerade in Friesoythe waren, dachten wir, wir kommen einfach kurz vorbei.«

»Wie Sie meinen.« Sievers trat zur Seite und bat die beiden Kommissarinnen ins Wohnzimmer. Der großzügig geschnittene Raum hatte gegen Ennas Erwartungen deckenhohe Fenster, die einen Ausblick in den Garten des Hauses freigaben. »Möchten Sie sich setzen?«, fragte Sievers und wies auf zwei Sofas, die sich gegenüberstanden.

»Dort wäre uns lieber«, sagte Enna und ging, ohne auf seine Antwort zu warten, auf einen Tisch mit vier Stühlen zu.

»Darf ich Ihnen etwas zu trinken anbieten?«, fragte Sievers, nachdem sich Enna und Pia gesetzt hatten. »Kaffee, Tee, Wasser?«

»Ein Wasser, vielen Dank«, sagte Enna.

Joachim Sievers wandte sich ab und verließ das Zimmer. Enna öffnete ihren Laptop und legte das Aufnahmegerät auf den Tisch. Pia stellte eine Verbindung zu Paulsen her, fragte ihn leise, ob er sie verstehe, und legte das Handy auf den Tisch.

Sievers kam mit einem Tablett in der Hand zurück, auf dem eine Flasche Wasser und drei Gläser standen. Nachdem er seine Gäste versorgt hatte, setzte er sich an den Tisch.

»Sie haben Glück. Ich war gerade auf dem Sprung. Leider habe ich nicht viel Zeit.«

»Wir versuchen, es kurz zu halten«, sagte Enna. »Es gibt noch ein paar Unklarheiten bezüglich der Auseinandersetzung, die Julia mit einem bisher Unbekannten hatte.«

»Dazu kann ich leider nicht mehr sagen.«

»Wir haben inzwischen eine glaubhafte Aussage, dass unter anderem Sie Julia zu Hilfe geeilt sind.«

»Da muss sich Ihr Zeuge irren«, sagte Sievers mit fester Stimme.

»Da es sich um jemanden handelt, der Sie schon lange persönlich kennt und nur wenige Meter vom Geschehen entfernt stand, halten wir die Zeugenaussage für glaubwürdig.«

»Tut mir leid, ich kann Ihnen da nicht helfen.« Er hielt inne und sah Enna direkt an. »Und warum hat sich Ihr Zeuge nicht schon damals gemeldet?«

Enna hatte auf die Frage gehofft, ließ aber ein paar Sekunden verstreichen, bevor sie antwortete: »Sie selbst haben im Freundeskreis behauptet, Julia sei vor ihrer Familie geflohen und wolle nicht gefunden werden.«

»Unsinn. Woher hätte ich das wissen sollen?« Sievers' Stimme klang nicht mehr so sicher wie zu Beginn der Befragung. Sie vibrierte leicht und war leiser als zuvor.

»Weil Julia Ihnen das mitgeteilt hat«, sagte Pia ruhig. »Sie ist nur Ihretwegen bei dieser 1.-Mai-Wanderung mitgegangen. Sie wollte sich von Ihnen verabschieden, Ihnen sagen, dass Sie nicht mehr auf sie warten sollen. Wussten Sie, dass Julia Sie als einen Menschen bezeichnet hat, den man gerne um sich hat? Sie war Ihnen mehr als dankbar, dass Sie ihr vor dem Abitur beigestanden hatten. Auf ihre Weise hat Julia Sie geliebt.« Pias Worte klangen gefühlvoll, aber eindringlich. Sie hatte genau den Tonfall und die Worte gefunden, die Sievers tief im Innersten zu treffen schienen. Er starrte Pia an, schien etwas sagen oder fragen zu wollen, schloss aber den Mund wieder und senkte den Kopf.

»Julia hat ihrer Freundin geschrieben, dass sie nicht anders kann, als zu Ihnen nach Friesoythe zu fahren, um mit Ihnen zu sprechen. Und sie hat ihre Freundin beruhigt und gemeint, dass sie sich keine Sorgen machen müsse, da sie hier in Sicherheit wäre.«

Enna zog eine Kopie der übersetzten Mail aus dem Ordner und schob sie zu Sievers über den Tisch.

Pia lehnte sich vor. »Lesen Sie! Das ist eine Mail, die Julia in den letzten Tagen des April geschrieben hat.« Pia klopfte mit dem Zeigefinger auf den Ausdruck. »Lesen Sie. Und dann sagen Sie mir ins Gesicht, dass das eine Fälschung ist.« Sievers, der mit geschlossenen Augen und gesenktem Kopf vor den beiden Kommissarinnen saß, rührte sich nicht. »Hier, lesen Sie!«, wiederholte Pia, dieses Mal nachdrücklicher. Als Sievers sich immer noch nicht regte, drehte sie die Mail wieder zu sich her und begann vorzulesen: »… dass er immer noch unendlich in mich verliebt ist und er sich nicht vorstellen kann, jemals eine andere Frau so lieben zu können, wie er mich liebt.«

Jetzt zog Sievers den Ausdruck zu sich her und begann zu lesen. Als er aufsah, schien es kurz, als könnte er die Fassung wahren, doch dann schluchzte er auf und die Tränen begannen, ihm übers Gesicht zu laufen. Er atmete stoßweise mit geöffnetem Mund.

Pia beugte sich vor und legte ihm die Hand auf den Arm. »Julia hätte alles für Sie getan, nur das eine war nicht möglich. Trotzdem wollte sie nicht mehr vor sich davonlaufen. Sie wollte Ihnen erklären, was passiert ist, und sie wollte, dass Sie endlich anfangen zu leben. Julias sehnlichster Wunsch war, dass Sie Freunde bleiben würden.«

Sievers zog seinen Arm zurück, stand auf und wischte sich mit dem Handrücken die Tränen aus dem Gesicht. »Entschuldigen Sie mich einen Augenblick. Ich mache mich nur schnell frisch.«

Bevor Pia oder Enna reagieren konnten, hatte sich Joachim Sievers abgewandt und war mit schnellen Schritten aus dem Wohnzimmer geeilt.

Einige Sekunden verharrten beide Kommissarinnen in einer Schockstarre, bis Pia aufsprang. »Hinterher?«

Enna nickte, stand ebenfalls auf und griff nach ihrem Handy, das in diesem Augenblick begann zu vibrieren. Im Laufen nahm Enna das Gespräch an. »Paulsen?«

»Sievers läuft hier auf einen der Schuppen zu. Er hat ein Gewehr in der Hand.«

»Wir sind auf dem Weg!« Enna raunte Pia zu: »Er hat ein Gewehr und ist draußen, sagt Paulsen.«

Enna lief voran. Sollte sie zurück zur Haustür oder gab es einen Hintereingang? Wenn Paulsen Sievers gesehen hatte, konnte er nicht vorne rausgegangen sein. Von ihrem Parkplatz aus hatten sie keine Scheune sehen können. »Nach hinten raus«, rief Enna Pia zu. »Bleib hinter mir.«

Der Flur führte sie zu einer Diele, von der drei Türen abgingen. Hastig schaute sich Enna um und versuchte, sich zu orientieren. Schließlich lief sie auf eine der Türen zu und riss sie auf. Ein zweiter, kurzer Flur, eine Tür mit Glaseinsatz, die offen stand: der Weg nach draußen!

Vorsichtig streckte Enna den Kopf durch die Tür, sah schnell nach links und rechts und zog sich wieder zurück. »Ist frei! Ich gehe vor.«

Enna hielt sich dicht an der Mauer, den Blick auf die vor ihnen liegende Scheune gerichtet, als sie Paulsen leise rufen hörte: »Ich bin hier!«

Er stand geschützt hinter einer Hausecke. Enna gab Pia einen Wink und lief zu Paulsen rüber, Pia folgte ihr mit einigem Abstand.

Paulsen zeigte auf die Scheunentür. »Da ist er rein. Ich glaube, er hat mich nicht bemerkt. Was machen wir? Verstärkung rufen?«

»Der schießt nicht auf uns«, flüsterte Pia. »Der tut sich eher selbst was an.«

»Wir sondieren die Lage und dann entscheiden wir«, sagte Enna. »Ich gehe zuerst, Paulsen nach mir, dann du, Pia.«

In gebückter Haltung lief Enna auf die Schiebetür zu. Sie wartete, bis ihre beiden Kollegen hinter ihr standen, bevor sie die Tür langsam aufzog.

Ein ohrenbetäubender Knall durchschnitt die Stille, Enna ließ sich auf den Boden fallen und sah aus dem Augenwinkel, dass Paulsen und Pia es ihr gleichtaten. Als kein zweiter Schuss folgte, schaute Enna sich um. Weit oberhalb der Tür fand sie in der Holzwand ein zersplittertes Loch in Daumengröße. Sievers musste auf sie geschossen haben.

»Hauen Sie ab! Alle!«, donnerte Sievers' Stimme aus der Scheune.

»Seien Sie vernünftig, Herr Sievers«, rief Enna. »Wir können über alles reden.«

»Nein! Ich will nicht reden. Es ist vorbei. Ich kann so nicht mehr weitermachen. Ich habe Julia ermordet. Ich!«

»Joachim!«, rief Pia. »Ich bin es, Pia Sims.«

»Was wollen Sie? Mir kann niemand mehr helfen!«

»Denk an deine Kinder«, rief Pia. »Das mit Julia war kein Mord. Es war mehr ein Unfall. Du warst nicht mehr bei dir. Niemand wird dich für Julias Tod voll verantwortlich machen. Ja, es gibt einen Prozess, und du wirst wohl auch für einige Zeit ins Gefängnis müssen. Aber nicht so lange, wie du denkst. Wenn du jetzt Schluss machst, wird niemand erfahren, wie es wirklich war. Niemand! Nicht deine Kinder, nicht deine Frau oder deine Freunde, niemand. Hörst du, Joachim? Alle werden dich für einen kaltblütigen Mörder halten.«

Pia war, während sie gesprochen hatte, weiter nach vorne zu Enna gekrochen, um näher an der Türöffnung zu sein. Enna hatte ihr zugenickt als Zeichen, dass sie weitersprechen solle. Anschließend hatte sie auf Paulsen und sich und dann in beide Richtungen um die Scheune gezeigt.

»Ich kann nicht mehr«, sagte Sievers. Seine Stimme hatte an Kraft verloren und war nur noch schlecht zu verstehen.

Enna gab Paulsen einen Wink und kroch an der Türspalte vorbei. Auf der anderen Seite richtete sie sich auf. Paulsen war inzwischen auf dem Weg entlang der Schuppenwand und verschwand jetzt um die Ecke. Enna nickte Pia zu und ging vorsichtig weiter.

»Joachim«, rief Pia. »Das stimmt nicht. Du bist ein starker Mensch. Du schaffst das! Du hast dich doch noch nie aus der Verantwortung gestohlen, oder?«

»Nein«, kam es deutlicher als zuvor zurück.

Enna bog mit gezogener Waffe um die Scheunenecke und trat einen Schritt zurück, um die Wand besser sehen zu können.

Sie schätzte die Länge des Schuppens auf über zwanzig Meter. Kurz vor Ende der Holzwand befand sich eine Tür. Enna zog ihr Handy aus der Tasche und schrieb Paulsen eine Nachricht. Kurz darauf meldete er sich: Auf seiner Seite befinde sich ebenfalls eine Tür. Enna tippte ein, dass er warten solle, und lief gebückt auf die Tür zu.

In zehn Sekunden gehe ich rein, schrieb Enna Paulsen und begann zu zählen.

Langsam drückte sie die Klinke nach unten und zog vorsichtig die Tür auf. Hatte sie vorher Pias Stimme nur noch aus der Ferne hören können und nicht verstanden, was sie sagte, war ihre junge Kollegin jetzt klar und deutlich zu verstehen.

»Joachim, lass uns reden! Bisher ist nichts passiert. Der Schuss ist dir versehentlich losgegangen. Das stimmt doch, oder?«

»Ja«, antwortete Sievers nach einer kurzen Pause.

Als Enna Sievers' Stimme hörte, war sie sicher, dass er mehrere Meter vor ihrer Tür stand. Sie bückte sich und sah kurz in die Scheune hinein. Sie hatte recht gehabt. Sievers stand etwa vier Meter weiter vorne. Enna sah sich um. Paulsen öffnete gerade seine Tür und warf einen vorsichtigen Blick durch die Öffnung. Enna zeigte nach rechts, um ihn auf Sievers aufmerksam zu machen. Paulsen nickte.

»Was meinst du, Joachim? Legst du die Waffe jetzt auf den Boden? Und kann ich dann reinkommen?«

Enna hielt den Atem an. Wie würde Sievers auf die direkte Ansprache reagieren?

»Hast du mich verstanden, Joachim?«, fragte Pia.

»Ja.«

»Tust du mir den Gefallen und legst das Gewehr auf den Boden? Du willst doch auch nicht, dass jemand verletzt wird. Oder?«

»Nein.«

»Und ich will das auch nicht. Legst du die Waffe jetzt auf den Boden?«

»Nein.«

Enna bewegte sich vorsichtig an der Wand entlang. Sievers hatte jetzt die Waffe vor sich gestellt und presste sie an sein Kinn. Mit der linken Hand versuchte er, an den Abzug zu kommen. Enna war inzwischen noch gut zwei Meter von ihm entfernt, Paulsen, auf der anderen Seite der Scheune, fast auf gleicher Höhe.

»Kann ich jetzt reinkommen, Joachim?«, rief Pia. »Liegt die Waffe auf dem Boden?«

»Nein!«, sagte Sievers und es klang, als sei alle Kraft aus ihm gewichen.

Enna trat einen Schritt vor, sah ein letztes Mal zu Paulsen, der ihr zunickte, und sprang auf Sievers zu. Mit einer Hand erreichte sie das Gewehr und stieß es zur Seite. Ein Schuss löste sich, verfehlte aber Sievers' Kopf. Im gleichen Augenblick drückte Paulsen den Mann auf den Boden und setzte sich auf ihn. Enna schob mit dem Fuß die Waffe zur Seite und legte Sievers Handschellen an.

»Alles sicher!«, rief Enna in Richtung der großen Tür, die gleich darauf aufgeschoben wurde.

Paulsen hatte Sievers inzwischen aufgerichtet. Dieser hockte auf den Knien und wimmerte leise vor sich hin. Pia kam auf ihn zu, kniete sich vor Joachim Sievers und sprach leise beruhigend auf ihn ein.

Vierundvierzig

Der direkt nach dem Vorfall gerufene Notarzt untersuchte Joachim Sievers und spritzte ihm ein Beruhigungsmittel. Währenddessen sprach Enna mit Staatsanwalt Raven und informierte ihn über die Lage. Er stimmte zu, dass Sievers in die Oldenburger JVA überführt werden und dort wegen Suizidgefahr unter Kontrolle stehen würde. Am nächsten Vormittag würden Enna und der Staatsanwalt ihn vernehmen, später würde Joachim Sievers dem Haftrichter vorgeführt.

Drei in weiße Overalls gekleidete Kriminaltechniker aus Oldenburg sicherten seit einer halben Stunde die Spuren in der Scheune. Sievers' Jagdwaffe war bereits sichergestellt und würde mit den weiteren Waffen aus seinem Bestand nach Oldenburg in die Asservatenkammer gebracht werden.

»Wie geht es dir?«, fragte Enna Pia, die neben ihr auf einer Holzbank saß und aus einem Becher Kaffee trank.

Pia lächelte bemüht. »Eine verdammte Scheiße, würde Paulsen sagen. Aber so was von.«

Enna warf einen Blick auf ihren Kollegen, der einige Meter entfernt an der Scheune lehnte und eine Zigarette rauchte. »Ja, das würde er wohl.«

»Ich bin okay«, sagte Pia leise. »Aber vielleicht befolge ich doch mal deinen Rat und werde nächste Woche ein paar Tage Überstunden abbummeln.«

»Klingt prima. Etwas Abstand tut immer gut.«

Pia schwieg eine Weile. »Sag deiner Au-pair doch bitte, dass ich sie nicht vergessen habe. Sie sieht übrigens sehr nett aus.«

»Oh, Alina ist mehr als nett. Ich habe mit ihr unglaubliches Glück gehabt. Und ja, ich gebe ihr Bescheid. Ruf ruhig an, wenn du nächste Woche freimachst. Ihr könnt auch tagsüber was unternehmen. Ich gebe Alina dann frei.«

»Ich könnte ihr Oldenburg zeigen«, sagte Pia.

»Perfekt! Sie wird sich freuen.«

Pia nickte und schaute in den Himmel. Sie sah zur Scheune, ihre Mimik fror ein. »Das war vorhin knapp, oder?«

»Ohne dich hätten wir es nicht geschafft. Meine Hochachtung. Das war verdammt gute Arbeit.«

Pia atmete flach und schloss die Augen. »Er wollte sterben. Die Last muss ihn über die Jahre erdrückt haben. Ist ihm erst heute klar geworden, dass er seine große Liebe getötet hat?«

»Das weiß ich nicht, Pia. Damit werden sich andere beschäftigen müssen. Gutachter, Richter, Staatsanwalt und Verteidiger.«

Pia sah Enna mit Tränen in den Augen an. »Wie kannst du das nur immer so trennen? Wir sind auch ein Teil dieses Apparats.« Sie fuhr sich mit beiden Händen durch die Haare. »Dieses Mal hat es den Falschen getroffen.«

»Joachim Sievers hat Julia getötet. Wir haben den Täter gefunden. Inwieweit er für seine Tat verantwortlich ist, haben wir tatsächlich nicht zu beurteilen. Und das hat gute Gründe.«

»Ich weiß, Enna. Trotzdem geht es mir nicht gut dabei.«

Eine Frau kam auf Enna zu und stellte sich als Kerstin Sievers vor. Enna hatte sie nach dem Gespräch mit dem Staatsanwalt angerufen und ihr erklärt, dass der Vater ihrer Kinder in Untersuchungshaft genommen worden sei. Jetzt kontrollierte sie den Personalausweis und übergab ihr die Schlüssel des Hauses.

Als die Kriminaltechniker sich auf den Weg machten, schlug Enna vor, nach Oldenburg zurückzufahren. Beim Auto angekommen öffnete Paulsen die Beifahrertür und bat Pia, vorne Platz zu nehmen.

»Schon gut, Paulsen. Mit mir ist alles in Ordnung. Mach dir keine Sorgen um mich. Und jetzt ab nach vorne. Ich brauche nicht so viel Platz wie du, alter Mann.«

Enna startete den Motor und fuhr vom Sievers-Hof. Kurz darauf stand sie an einer Kreuzung. Paulsen zeigte auf ein Straßenschild, das auf *Bösel* hinwies. »Der Weg ist kürzer.«

»Sicher?«, fragte Enna.

»Er ist kürzer«, wiederholte Paulsen.

Pia stöhnte theatralisch. »Enna meint, ob du wirklich über Bösel fahren willst, Paulsen.«

»Ja. Der Weg ist kürzer.«

Enna bog ab, sie fuhren über eine kleine Straße, an deren beiden Seiten hohe Fichten standen, kamen über die Dorfstraße nach Augustendorf und erreichten schließlich den Ortsteil von Thüle, in dem das 1.-Mai-Fest stattgefunden hatte. Paulsen zeigte auf einen großen Gasthof und murmelte: »Hier ist das alles passiert.«

Sie überquerten die B72, die von Friesoythe nach Cloppenburg führte, und fuhren weiter Richtung Norden auf Bösel zu.

Hinter dem Ortsschild standen links und rechts der Straße die ersten Häuser. Als die Bebauung enger wurde, zeigte Paulsen auf ein Backsteingebäude und fragte: »Kannst du hier kurz halten?«

Enna parkte an der Straßenseite, Paulsen fuhr das Seitenfenster runter. »Ihr wolltet doch wissen, wo ich groß geworden bin. Da, in dem Haus.«

»Wer wohnt da jetzt?«, fragte Pia.

»Eine Familie zur Miete. Sie haben nicht viel Geld. Ich lasse sie da günstig wohnen.«

»Das ist dein Haus?«, fragte Pia mit erstaunter Stimme.

»Nein, es gehört ihnen.«

»Deinen Adoptiveltern?«, bohrte Pia weiter.

Paulsen nickte.

»Also jetzt dir?«

»Ich rühr das Geld nicht an. Es liegt auf einem Extrakonto.«

»Okay.«

Paulsen wandte sich an Enna. »Wir können weiter.«

Enna fädelte sich wieder in den Verkehr ein und fuhr den Hinweisschildern nach. Als sie auf die Kirche zufuhren, fragte Paulsen: »Habt ihr noch fünf Minuten Zeit?« Gleichzeitig zeigte er auf eine Straße, die nach rechts abbog. Ohne Pia zu fragen, setzte Enna den Blinker und bog ab. Als sie vor dem Friedhof anhielt, nickte Paulsen. »Bin gleich wieder da.« Er stieg aus und ging langsam auf das Tor zu.

»Na, dann war der Fall ja wenigstens für etwas gut«, murmelte Pia.

Enna lächelte. »Ich denke, auch hier war es nur der letzte Tropfen. Manche Dinge brauchen Zeit. Ich kann Paulsen gut verstehen.«

»Ich nicht immer. Ob er so richtig damit liegt, dass er es im Heim besser gehabt hätte? Okay, seine Eltern waren streng und auch noch katholisch. Keine gute Kombination, wie wir inzwischen mitbekommen haben.«

»Nein, wohl eher nicht.« Enna sah sich zu Pia um. »Ihr beide kommt wieder besser miteinander aus?«

»Klar! Alles bestens. Wir sind ein gutes Team, da muss man auch schon mal was einstecken können. Sonst funktioniert es nicht.«

Enna war sich nicht sicher, ob Pia ihr nicht etwas verschwieg, beließ es aber dabei.

»Was passiert jetzt mit Sievers?«, fragte Pia in die entstandene Stille hinein. »Wird er lange sitzen?«

»Schwer zu sagen. Bei guter Führung ist er sicher in ein paar Jahren wieder draußen.«

»Ob das für ihn ein Trost ist?«, sagte Pia.

»Sagen wir: fünf Jahre, dann ist er fünfundvierzig. Klar, er muss von vorne anfangen. Ob sein Bauernhof dann noch existiert, ist eine andere Frage.«

»Und seine Kinder? Wie sollen die damit umgehen? Cloppenburg ist nicht so weit weg. Der Prozess wird Wellen schlagen. Das wird nicht leicht. Sie werden wegziehen, da bin ich mir sicher.«

Sie schwiegen, bis Paulsen nach einer Viertelstunde vom Friedhof zurückkam. Er setzte sich ins Auto und schnallte sich an. »Danke euch beiden. Für alles!«

Fünfundvierzig

Joachim Sievers war am nächsten Tag vernehmungsfähig. Er gestand die Tötung von Julia Dirksen. Er gab zu, Julia auf dem Weg nach Friesoythe begleitet zu haben, nachdem sie eine Auseinandersetzung mit einem Fremden gehabt hatte. Der Mann, der Sievers schon einmal unangenehm auf einer Veranstaltung in Cloppenburg aufgefallen war, hatte sie eine Zeit lang auf dem Fest verfolgt und schließlich angesprochen. Die Situation war eskaliert, als er versuchte, Julia zu küssen. Sie wehrte sich und schrie den Fremden an. Joachim Sievers stand in der Nähe und war einer von denen, die ihr zu Hilfe geeilt waren. Als Julia sich beruhigt hatte, versuchte sie, ein Taxi zu bekommen, entschied sich dann aber, zu Fuß nach Friesoythe zu gehen. Sievers bot sich an, sie zu begleiten. Auf dem Hinweg hatte Julia keine Zeit gefunden, mit Joachim Sievers unter vier Augen zu sprechen. Als sie dann gemeinsam nach Friesoythe unterwegs waren, gestand Sievers ihr erneut seine Liebe und flehte sie an, es noch einmal mit ihm zu versuchen. Er bot an, mit ihr außerhalb von Friesoythe ein neues Leben zu beginnen. Julia zögerte lange, erzählte ihm aber schließlich von ihrer Freundin Maria und ihrem Plan, Deutschland zu verlassen. Sievers schrie sie an, Julia wich zurück und lief davon. Sievers verfolgte sie, hielt sie auf und stellte sie zur Rede. Als sie wiederholte, was sie ihm zuvor schon erzählt hatte, schlug er zu. Julia stolperte nach hinten, fiel auf den Rücken und begann zu schreien. In Panik stürzte Sievers sich auf sie, hielt ihr den Mund zu, aber sie biss in seine Hand. Schließlich würgte er sie, bis sie ruhig war.

Nachdem Joachim Sievers wieder zu sich gekommen war, wurde ihm klar, was passiert war. Er versteckte die Leiche im Gebüsch und holte sie in der Nacht des folgenden Tages mit dem Auto seines Vaters ab. Später zog er ihr die Kleidung aus, weil er Angst hatte, dass sich Spuren von ihm daran finden würden. Den Platz in der Nähe von Bad Iburg kannte er aus Jugendtagen, als er bei seiner Tante regelmäßig in den Ferien zu Besuch war.

Der Richter erließ Haftbefehl und ordnete Untersuchungshaft an. Staatsanwalt Raven war in seinem Element und kündigte an, die Anklageschrift schnellstmöglich erstellen zu wollen. Er berief für den Sonntag eine Pressekonferenz ein und schaffte es, auch über die Region hinaus Pressevertreter nach Oldenburg zu locken. Enna nahm als Leiterin ihrer Einheit an dem Termin teil, gab sachliche Informationen und verließ direkt nach der Pressekonferenz die Polizeidirektion.

Im Anschluss an die Pressekonferenz fuhr Enna nach Friesoythe und klingelte unangemeldet am Anwesen der Dirksens. Hannelore Dirksen öffnete ihr die Tür, nickte ihr zu und trat zur Seite. »Kommen Sie rein. Ich habe Sie schon erwartet.«

»Ich komme gerade von der Pressekonferenz in Oldenburg«, sagte Enna, als sie zusammen in der Wohnküche saßen. »Sie haben sicher schon davon gehört, dass Joachim Sievers, ein Schulfreund Ihrer Tochter Julia, festgenommen wurde.«

Hannelore Dirksen nickte.

»Ich wollte Sie persönlich darüber informieren, bevor morgen die Zeitungen darüber berichten.«

»Danke.« Hannelore Dirksen hatte die gefüllte Tasse Tee bisher nicht angerührt. Sie sah gedankenversunken aus dem Fenster. »Julia ist auf dem Weg nach Hause ge…«

Als Frau Dirksen nicht weitersprach, sagte Enna: »Ja, die beiden waren zu Fuß auf dem Rückweg nach Friesoythe.«

»Warum?«

Enna hatte die Frage erwartet und sich auf der Fahrt nach Friesoythe Gedanken gemacht, was sie Hannelore Dirksen erzählen wollte. Letztlich war sie zum Schluss gekommen, dass die Wahrheit der einzig richtige Weg war.

»Joachim Sievers war in Julia verliebt. Und das seit der Schulzeit. Er hoffte, dass sie es noch einmal mit ihm versuchen würde.«

»Noch einmal?«

»In dem Jahr vor dem Abitur waren die beiden sehr eng befreundet. Für Joachim Sievers war es die große Liebe, für Julia ein Ersatz für ihre Freundin Franziska.«

»Ich wusste das nicht. Julia hat nie …« Hannelore Dirksen brach mitten im Satz ab, senkte den Kopf und starrte auf ihre Hände. »Hat Julia es nicht erzählen wollen, weil Joachim …, weil seine Eltern Bauern sind?«

»Zumindest hat das Herr Sievers ausgesagt.«

»Aber warum hat er sie dann …« Wieder schien es ihr die Sprache zu verschlagen.

»Julia wollte Deutschland verlassen. Sie hatte sich mit ihrer spanischen Freundin in Cloppenburg verabredet, um anschließend mit ihr nach Spanien zu fahren. Dort wollte sie mit ihr leben.«

»Freundin? Sie meinen …«

Enna nickte.

Hannelore Dirksen schwieg lange, sah zwischendurch immer wieder auf und schien etwas sagen oder fragen zu wollen. Schließlich beugte sie sich vor und griff nach Ennas Hand. »Danke, dass Sie gekommen sind.«

Hannelore Dirksen begleitete sie bis zum Auto und reichte ihr die Hand zum Abschied. Erst als Enna ins Auto einstieg, sah sie, wie die alte Dame sich mit einem Taschentuch die Augen trocknete.

Enna war im Dirksen-Anwesen weder auf Heinrich noch auf Christian Dirksen getroffen und hatte auch nicht nach ihnen gefragt.

Auf der Rückfahrt durch Friesoythe fuhr Enna an der katholischen Kirche vorbei, deren Turm von Weitem sichtbar war. Sie hatte gelesen, dass die Kirche als eines der wenigen Bauwerke den Krieg überstanden hatte, als der Rest des Ortes von der kanadischen Armee als Strafaktion für den Tod eines hohen Kommandeurs zerstört worden war. Sie hielt auf einem Parkplatz an der Straße und überlegte, ob sie einen Blick in die Kirche werfen sollte. Würde sie dort etwas erfahren über die Menschen, die in dieser Stadt lebten? War Julias Vater ein Kind dieser Stadt, geprägt durch jahrhundertelange Traditionen? Sie hatte Heinrich Dirksen nie kennengelernt, kannte nur sein Foto, das sie auf der Firmenseite gefunden hatte. War er mitschuldig am Tod seiner Tochter? Im juristischen Sinne traf weder ihn noch Hannelore Dirksen eine Schuld, moralisch hielt Enna beide für mitverantwortlich.

Enna musste an Paulsen denken, der in einer Familie aufgewachsen war, die ebenso traditionell-katholische Ansichten vertreten hatte. Auch wenn diese Zeit tiefe Kerben in Paulsens Psyche hinterlassen hatte, schien er sie hinter sich gelassen zu haben. Enna hatte am Morgen mit ihm telefoniert und ihn gefragt, ob er sich für oder gegen Oldenburg entschieden habe. Zunächst hatte er die Antwort hinausgezögert, bevor er schließlich murmelte, er werde hier in Oldenburg wohl mehr gebraucht als in Osnabrück.

Enna startete den Motor und fädelte sich in den Verkehr ein. Als sie die Stadt hinter sich gelassen hatte, öffnete sie das Seitenfenster und atmete tief durch.

Enna fuhr, wie sie hoffte, für lange Zeit zum letzten Mal parallel des Küstenkanals. Sie freute sich auf Elias, der mit seiner Oma und Alina nach Osnabrück in den Tierpark gefahren war. Als ihr Handy klingelte, zögerte sie zunächst, das Gespräch von der ihr unbekannten Nummer anzunehmen, drückte dann aber doch seufzend auf den kleinen Hebel am Steuerrad.

»Andersen!«

»Hier spricht Sonja Schneider. Sie erinnern sich an mich?«

»Selbstverständlich, Frau Schneider.«

»Entschuldigen Sie die Störung am Sonntag. Aber …« Sie brach ab.

»Erzählen Sie ruhig. Ich sitze allein im Auto und habe Zeit.«

»Es ist so, also, als Sie bei mir waren, da habe ich Ihnen nicht alles erzählt. Oder nicht alles richtig erzählt.«

»Sie können sich doch erinnern, was in der Nacht passiert ist?«

»Ja. Damals, in den ersten Tagen, nicht, aber als ich bei meinen Eltern zur Ruhe gekommen bin …« Wieder brach sie ab.

»Frau Schneider, ich kann in etwa einer Stunde bei Ihnen sein. Was halten Sie davon?«

»Geht das wirklich? Ich meine, Sie haben doch auch ein Kind und heute ist Sonntag.«

»Das ist kein Problem, Frau Schneider. Wir treffen uns bei Ihnen zu Hause?«

»Ja, mein Mann passt dann auf unseren Sohn auf.«
»Bis später, Frau Schneider.«

Sonja Schneider öffnete ihr die Tür und trat zur Seite. »Bitte!« Ihre Stimme klang brüchig, ihr Lächeln war zaghaft.

In der Küche bot sie ihr eine Tasse Kaffee an, die Enna dankend annahm.

»Ich habe mit meinem Mann über alles gesprochen.«

»Das ist gut«, sagte Enna.

»Er meint, ich soll die Wahrheit sagen. Nicht nur jetzt, sondern auch vor Gericht.«

Enna nickte und schwieg.

»Es war Boris. In dieser Nacht auf dem Bauernhof. Es war eindeutig Boris Lütgen. Er hat mich vergewaltigt. Nur er.«

»Sie sind bereit, das offiziell auszusagen?«

»Ja.« Sonja Schneider zögerte lange, bevor sie weitersprach: »Kann ich das bei Ihnen machen? Ich habe Angst. Muss ich nicht sonst nach Emden? Wer weiß, was da für … und ob er nicht …« Tränen flossen Sonja Schneider über die Wangen. Sie schien es nicht zu bemerken. »Geht das bei Ihnen?«

»Ich denke, ja. Erst mal nehme ich jetzt Ihre Anzeige gegen Boris Lütgen auf und leite sie an den Staatsanwalt weiter. Sie müssen später noch einmal zu einer offiziellen Zeugenbefragung nach Oldenburg kommen. Dort werde ich dann anwesend sein und der Staatsanwalt. Ist das in Ordnung für Sie?«

»Wenn Sie da sind. Mein Mann kann doch mitkommen?«

»Ja, das geht.«

Sonja Schneider atmete erleichtert auf. »Gut. Das ist gut.«

Sechsundvierzig

Montagmorgen gegen neun trudelten Paulsen und Pia im Büro ein. Enna hatte mit ihnen am Freitag vereinbart, dass sie Anfang der Woche den Fall abschließen und anschließend die Ermittlungsakten an den Staatsanwalt weiterleiten würden.

»Guten Morgen«, sagte Pia lächelnd, als sie an Ennas geöffneter Bürotür vorbeikam.

»Hallo, Pia! In fünf Minuten in der Küche. Es gibt Neuigkeiten.«

Enna berichtete von der Sievers-Vernehmung, der anschließenden Pressekonferenz und dem späteren Anruf von Sonja Schneider. Ihr Treffen mit Hannelore Dirksen erwähnte sie nicht.

»Hast du schon mit dem Staatsanwalt gesprochen?«, fragte Pia.

»Nein, der war noch nicht zu erreichen.«

Paulsen hielt einen Ausdruck hoch. »Dann kannst du gleich noch eine weitere Neuigkeit mitteilen. Mein Kontaktmann bei Scotland Yard hat mich angeschrieben. Er hat Jonathan Rotmeier gefunden. Wir haben jetzt eine Adresse. Er lebt tatsächlich in Nordengland.«

Pia hob die geballte Faust. »Wenn das nicht mal eine gute Nachricht ist. Wir bekommen das Schwein doch noch bei den Eiern zu fassen.«

Enna musste unwillkürlich schmunzeln. »Ich würde es zwar anders ausdrücken, aber ja, jetzt können wir einen Auslieferungsantrag stellen – beziehungsweise der Staatsanwalt.« Sie sah auf die Uhr. »Er sollte jetzt auch zu erreichen sein.«

»Guten Morgen, Herr Dr. Raven.«

»Frau Hauptkommissarin. Sie hätte ich heute am wenigsten erwartet.«

Enna teilte ihm mit, was Sonja Schneider ihr gegenüber ausgesagt hatte, und bat darum, dass Raven das Verfahren an sich zog, da es eng verknüpft war mit den Ermittlungen gegen Lütgen.

»Die Dame hat also jetzt mir nichts, dir nichts ihre Aussage geändert?«, fragte Raven.

»So würde ich das nicht bezeichnen. Frau Schneider hat ihre Aussage ergänzt und präzisiert. Das kommt häufig vor im Zusammenhang mit Sexualdelikten.«

»Mag sein, aber es tut mir leid, Frau Hauptkommissarin. Ich sehe hier keine Notwendigkeit, das Verfahren zu übernehmen. Wenden Sie sich doch bitte an die zuständigen Stellen in Emden. Die werden Ihnen gerne helfen.«

»Ich befürchte, die Zeugin wird dort nicht aussagen wollen. Es wäre in diesem Fall angebracht, dass …«

»Meine Entscheidung steht«, fiel Raven ihr ins Wort.

Enna atmete einmal tief durch, bevor sie ihm von dem Ermittlungserfolg zu Rotmeiers aktuellem Wohnsitz erzählte und ihn darum bat, einen Auslieferungsantrag an Großbritannien zu stellen.

»Auch in dieser Angelegenheit bin ich mir nicht sicher, ob die Ermittlungsergebnisse einen solchen Antrag rechtfertigen würden. Ich werde darüber nachdenken, Frau Hauptkommissarin. Gibt es sonst noch etwas?«

Enna verneinte und verabschiedete sich kühl von Raven.

»Das ist jetzt nicht dein Ernst, oder?«, fragte Pia, nachdem Enna berichtet hatte.

»Ich fürchte, da sind uns die Hände gebunden.«

Pia sprang auf. »Mir nicht. Ich bin gleich wieder da.«

Eine Stunde später rief Staatsanwalt Raven bei Enna auf dem Handy an und teilte ihr mit, dass er noch einmal in sich gegangen sei und ihren guten Argumenten selbstverständlich folgen würde. Sie solle einen Termin mit Sonja Schneider vereinbaren, danach würde man weitersehen. In einem Nebensatz teilte er ihr mit, dass er einen Haftbefehl für Jonathan Rotmeier beantragt habe und jetzt, nach dem Bekanntwerden seines Aufenthaltsorts, ein Auslieferungsersuchen stellen würde.

Als Enna das ihren Kollegen berichtete, jubelte Pia. »Geht doch! Warum nicht gleich so, Herr Staatsanwalt?«

Pia hatte ihren Onkel, den Generalstaatsanwalt Grotewohl, angerufen und ihn um Hilfe gebeten. Er hatte ihr zugesagt, mit Raven zu sprechen, aber offengelassen, ob er ihn anweisen würde.

Paulsen grinste breit. »Ich muss zugeben, Familie kann manchmal ganz nützlich sein.«

»Und Lütgen muss sich warm anziehen«, sagte Pia. »Ich könnte mir gut vorstellen, dass Rotmeier, wenn er erst mal hier in Deutschland in Untersuchungshaft sitzt, seinen alten Freund Lütgen mit reinziehen wird und sie sich dann eine Zelle teilen werden.«

Enna nickte. »Das ist mein Plan. Drückt mir die Daumen.«

Enna öffnete die Haustür, Elias rannte auf sie zu. »Mama! Wir sind gerade erst vom Kindergarten gekommen. Bleibst du jetzt hier?«

Sie ließ ihre Tasche auf den Boden gleiten, ging in die Knie und öffnete die Arme. »Komm her, mein Großer. Ja, ich bleibe heute hier und morgen sogar den ganzen Tag. Du gehst nicht in den Kindergarten und wir machen was zusammen. Was hältst du davon?«

Elias küsste Enna abwechselnd auf beide Wangen, bis Enna ihn lachend in den Arm nahm und ihn an sich drückte.

Printed in Poland
by Amazon Fulfillment
Poland Sp. z o.o., Wrocław

87060800R00233